U1004876

赤子心文丛

广东省高水平大学建设经费资助

暨南中文本科文学作品精选（第一辑）

赵春利 ◎ 主编

安徽师范大学出版社

安徽·芜湖

责任编辑：潘　安
装帧设计：张培树

图书在版编目(CIP)数据

暨南中文本科文学作品精选．第一辑 / 赵春利主编．—芜湖：安徽师范大学出版社，2016.10

(赤子心文丛)

ISBN 978-7-5676-2665-2

Ⅰ．①暨… Ⅱ．①赵… Ⅲ．①中国文学－当代文学－作品综合集 Ⅳ．①I217.1

中国版本图书馆CIP数据核字(2016)第235022号

JINAN ZHONGWEN BENKE WENXUE ZUOPIN JINGXUAN (DIYI JI)

暨南中文本科文学作品精选（第一辑）

赵春利　主编

出版发行：安徽师范大学出版社

芜湖市九华南路189号安徽师范大学花津校区　　邮政编码：241002

网　　址：http://www.ahnupress.com/

发 行 部：0553-3883578　5910327　5910310(传真)　E-mail：asdcbsfxb@126.com

印　　刷：虎彩印艺股份有限公司

版　　次：2016年10月第1版

印　　次：2016年10月第1次印刷

规　　格：787 mm×1092 mm　1/16

印　　张：21.75

字　　数：446千

书　　号：ISBN 978-7-5676-2665-2

定　　价：72.50元

凡安徽师范大学出版社版图书有缺漏页、残破等质量问题，本社负责调换。

丛书编委会

总策划：

程国赋　邱向欢　苏桂宁　赵静蓉　盛永生

总主编：

盛永生

副主编：

黄卓才　赵春利　朱巧云

成　员：

张振金　李大洲　钟毓材　黄卓才　赵春利　黄　勇
张振谦　蔡亚平　程　刚　何志军　李亚萍　刘卫宁
罗执廷　马　莎　宋小克　郑焕钊　朱巧云　唐礼兵
张春晓　张家梅　喻群芳　鲁承临　赵王柳　盛永生

本册编委会

主　编：

赵春利

副主编：

黄　勇　张振谦

成　员：

蔡亚平　程　刚　何志军　李亚萍　刘卫宁

罗执廷　马　莎　宋小克　郑焕钊

总　　序

中文系出身的人，天生就被贴了个标签“能说会写”。如果你是中文系毕业的，却不能写得一手好文章，似乎是不能被原谅的。前几年，就有报道说中文系毕业的一个学生因写不好“邀请函”而被拒聘。我经历过这样的事：参加一些团体活动时，只要我中文系出身的身份一暴露，拟计划、写总结、做报道、搞宣传等等与文字有关的书面材料都归我了。中文系出身的摇笔杆，天经地义！

为了让中文系的学生能够“名副其实”，对得起“能说会写”的标签，我们在发扬本系重视写作教学百年传承的同时，借鉴兄弟院校的一些做法，从2010年开始实行“能说会写”培养计划：一是开设“口语表达课”，进行“即席演讲”能力的训练和测试；二是开展“百篇写作”训练计划，两学年内完成100篇各类体裁文章的写作，配有专门的一对一的老师做指导。本套丛书就是本系教学老传统和新尝试成果的结晶。

本套丛书是文学作品选，取名《赤子心文丛》。《赤子心》是暨南大学中文系学生于1978年自发创办的校内文学期刊，延续至今，已经成了暨南大学中文系的象征。

本套丛书由三本书组成。

第一本《一路春色——明湖四子作品选》是我系58级“明湖四子”的作品集。他们的家国情怀，他们豁达乐观的人生态度，他们追逐理想、永不言弃的精神，全都体现在作品里。之所以把师长们的作品列入丛书中，是因为“明湖四子”代表着中文系的传统，是我们后学的标杆和榜样。

第二本《暨南中文本科文学作品精选》（第一辑）是新一代中文学子的代表作，是我们在本科生中实践“百篇写作”教学的成果体现，也是我们强化中文系学生“能说会写”的一种努力。具体如何，就请读者您品鉴吧，但我相信您不会失望的。

第三本《出花园——暨南中文本科剧本创作精选》（第一辑）是我系戏剧影视文学专业的优秀毕业剧作选。为便于您更好地解读这些作品，我们增加了作者的创作谈和指导老师的点评。当然我们有更大的期待，希望有导演能够慧眼识珠。

本套丛书得到了广东省高水平大学建设经费的支持。感谢文学院院长程国赋教授、文学院党委书记邱向欢先生的鼎力相助。感谢“明湖四子”张振金、李大洲

（秦岭雪）、钟毓材、黄卓才四位师长为我们做出的榜样。感谢赵春利老师、朱巧云老师分别带领的两个团队，他们为后两本书的编辑付出了辛苦的努力，占用了许多业余时间。感谢中文系“百篇写作”课程所有的指导老师，你们完全是义务地指导了学生两学年的作品写作，这些作品的出版也凝聚着你们辛勤的汗水。感谢所有参与“百篇写作”和“毕业剧作”的学生，你们的努力让我们看到了中文系的传承一直在延续，这也是所有中文系老师的欣慰之处。

感谢安徽师范大学出版社，感谢责任编辑潘安的热心、细心和贴心。

2016年11月16日，是暨南大学110周年华诞，谨以本套丛书向母校献礼，向各位校友汇报。

盛永生

2016年7月20日

前　　言

到2016年为止，暨南大学中文系本科生已经有了两个专业三个方向：汉语言文学专业（基地班、师范班）、戏剧影视文学专业。为了提高本科生的中文写作能力，激发同学们的创作热情，早自2010级开始，中文系要求本科生就文学体裁和应用文体进行为期一年的“百篇写作”训练。

为了纪念暨南大学建校110周年，彰显暨南大学中文本科生的理想追求，展现当代青年学子们的家国情怀，暨南大学中文系特此向2010级以来的全体本科生发出征稿函，要求每人以“百篇写作”为基础提交两篇文学体裁的满意作品。

本着原创性、时代性、进步性、优美性的原则，编委会经过多次审稿，从两千多篇征稿中选出了142篇优秀文学作品，其中诗歌28首、散文74篇、小说36部、剧本4部，以年级先后和作者音序为排序原则。或许每篇作品在艺术性和思想性上还存在着或多或少的不足，但它们都沉淀着大地的朴实，蓄积着青春的苦乐，彰显着灵魂的刚毅，跳动着时代的脉搏，它们是指向豪迈的执著，是铺垫成熟的青涩，是收获硕果的耕耘，是走向未来的基石！

愿本书成为学子们扬帆起航的海风，心灵振翅飞翔！愿本书成为读者们灵魂休憩的港湾，栖居回归诗意！

赵春利

2016年5月5日于暨南园

目　录

诗　歌

散　　文

小　说

剧　　本

诗　歌

围　　城

陈欣妍(2010级基地班)

早晨七点
矛盾和挣扎中醒来

长长的,像被疯狗咬过的参差的早餐队伍
焦躁耸动的头颅是翻滚着的浪
把人淹没到胸口处
呼吸骤然变得困难、沉重
频频低头看表
语无伦次地叨念着
快啊,快些,再快些啊

黑压压的一片
干瘪了的,折了腰的麦穗
据说在秋天本应金黄金黄的
讲坛上的人学识渊博
严肃庄重,或者慈眉善目
可他们不知道
嘴中蹦出的每个字竟夹枪带棒
张牙舞爪地强行撬开
他们的大脑
仍然干瘪,仍然低头,仍然默不作声
讲坛与课桌一步之遥
办公室和宿舍却迢迢千万里

竭尽所能往上奔
用爬的,滚的

自以为到顶端
准备朗诵盘旋血液许久的雄壮的诗
可为何到处都是通天的高楼大厦?
团团围住了,不
挤着,狠狠地挤着新建的楼
巨大的阴影投射过来
想成为勇者和斗士
但真累了
连爬的力气也丧失了

奋力在键盘上敲打
忽然切换成聊天的页面
笑嘻嘻地
对购物回来的舍友打招呼
他背包里有一本书
刚被认真翻过的书页不会说谎
目的达成的快感和谎言的罪恶撕扯着灵魂
撕裂吧
撕裂了,就无需面对这样嘴脸
他们的,和我的

母亲的来电仿佛崩裂的指甲
又长,又尖
这时,人是赤裸的
所以它能穿过衣裳和皮肉
轻轻地,搅得心脏发酸
重重地,刺得心脏钝痛
时轻时重,玩弄得心脏越加惶恐
惶恐得
手忙脚乱地挂了电话
…………

有多想进城
就有多想逃城
不在城里
也不在城外
茫茫然不知所处

然后
凌晨一点
在恐惧和懊悔中睡去

致我的搭档

程宗洋(2010级基地班)

不止一次地讨厌你的强势，
不是一两回讨厌你的武断。
路灯下，
你连影子
都霸道得拉得老长。
不见到你，
是多么舒心。

曾想过大家分开之后，
会是多么闲适，
会是多么清净，
会是多么自在。
没了反复的电话，
没了反复的讨论，
没了反复的争辩，
空气都会变得更加纯净。

后来
欢声笑话中
大家各奔东西了。
影子，
拉长了，
它远了。

渐渐地
平静的生活开始了，

但并没有想象那样，
那样的开心。
无聊的时候，
再也不能毫无顾忌地拨你的号码，
怕觉得没有了话题,也怕你喜欢的他误解你。
慢慢地，
自己懂了，
像我需要一个强者一样，
你也需要一个强者。

梦乡里，
留下了这样一个场景，
某夜，
某条街，
某个路灯下，
再见这拉长的身影，
搪塞后,我说了一句：
“嗨,原来这么巧啊。”

麦田里的狮子

何非亚(2010级戏影班)

我想要有一片田野
上面有好多好多朝天竖立的麦子
他们永远在成长
永远在老去
麦田里还有一只狮子
他却一直以为
自己是一根粗壮的麦子
他也努力成长
如同生命本身的
奔流不息
撞墙不止

澎湖看海

何非亚(2010级戏影班)

你
穿着蓝色的铠甲
蜷着身子匍匐而来

风
翻滚起面面饱满的旗帜
亦如阵阵深情而悲戚的呐喊

浪
是扬起的银光闪闪的刀剑
在那样近的地方
携着如雷贯耳的咆哮

而命运
成为包裹我们的堤岸
你倒下
却成为我脚边
一片泛白的呜咽

幸福是你

洪靖茹(2010级基地班)

你是我的奇遇
我不敢注视,怕幸福瞬间溜走,当我触碰到你的手心
风夹带花香

你是我的奇遇
我不敢凝望,怕幸福瞬间消逝,当我依偎在你的肩膀
雨夹带暖意

我的欢欣惊醒了撒旦,突发地,你远走
你走的时候,仍是夜晚,仍是曾经幸福上演的夜晚
泪水淹没了幸福的堤岸

你是我的回忆
我不敢思念,怕绝望无边扩散,当我翻看尘封的照片
倚栏远望,山夹带浓雾

你是我的回忆
我不敢寄望,怕失望无尽伸展,当我聆听古老的歌曲
独自吟唱,水夹带涟漪
谁又能忘怀曾经的你,最真实的幸福
幸福是你

我的向日葵

刘伟菁(2010级基地班)

大地上徐徐展开一把金色的扇子
那是晨初的阳光

我有三棵向日葵
一棵温润谦良低头含笑
一棵不卑不亢直视前方
一棵桀骜不恭傲视天穹

云朵惹怒了太阳,轰然而散
太阳只好
把他的怒气
撒向大地

于是我看见
它以柔情温和了烈光
它忍耐的汗水顺着笔直的身躯流下
它怒目而视逼退炎火
那是我的向日葵

金色的扇子徐徐收起
黑暗重笼大地
有三道光芒璀璨绽放
那是我的向日葵

夜

刘志伟(2010级基地班)

太阳拉下黑色天幕
星星把夜空扎得生疼
秘密钻出了我的眼睛
发着光
五光十色不停闪烁
惊奇填满我的心胸
黑夜带来疑问与惊叹号
未知编成了一张网
把我从坠落中温柔拯救
闭上眼用力呼吸
听
月光掷地有声

牧师与秘书

庞帅颜(2010级基地班)

牧师熟读*the Bibble*,牧师精通英语
牧师有四个女儿嗷嗷待哺
牧师的妻子不知人在何处
为了女儿不哭
牧师最后变成了秘书
西装终于代替了教袍
小心翼翼协调统筹
战战兢兢终日奔走
Boss竟比上帝更难伺候
没有忏悔没有弥撒没有安魂曲
矛盾的灵与肉
你该如何自由
故事的最后
教堂成了景区
故事的最后
上帝被写入广告
故事的最后
牧师作为秘书终日奔走

债

陈燕霆(2011级基地班)

月光留些于床边
啼声颤击着水汽
凌乱的床单,贴身的汗衫,憔悴的脸庞
我折磨你,你无言地望我
淡淡地笑,那般恬静
只为还我前世债?

我在田野间追逐我的花蝶
奔跑中泥土溅污白裙
你在黄昏下寻觅我的踪影
寒夜里冰水冻刺双手

我痴痴仰头期盼树梢的花红
你默默俯身浇灌树下的黄土
金秋时节
我依然起身,留下一地残瓣
你拾起粉嫩的落花,紧紧揣于胸前

此后
木船在浪里沉浮
顶塔在岸边坚守
昏暗的暖光,照亮天际的黑点

来生,轮我还你今世债

独 角 兽

陈郅馨(2011级戏影班)

我是一只独角兽
带着我别具一格的角闯荡
沿途的风景真美
因为有别具一格的山峰伫立于江水之间
因为有别具一格的山尖直逼天穹
但
久而久之
我发现
为什么世界总有一座大山
我走了这么长的时间
难道就走了这么一点路吗
我问爸爸
把我的心里话告诉他
我想像青蛙妹妹一样
蹦蹦跳跳
一会儿就将这世界尽收眼底
我想像大象叔叔一样
沿途走过的路都可以居高临下
当之无愧地接受注目礼
此时的我
有点沮丧
有点沮丧
爸爸说
孩子,这是你拥有的独一无二
青蛙妹妹不会有
大象叔叔也不会有

我高兴地笑了笑
我是一只快乐的独角兽
因为我的独一无二
我不再羡慕青蛙妹妹
我也不再羡慕大象叔叔
我继续我的旅行
沿途的风景依然雄伟
因为有一座独一无二的大山
我来到湖边
那座大山便在水里巍峨耸立起来了
我看到了我的脸
我想
我把整座大山都撑起来了
我是一只魁梧的独角兽
我拥有青蛙和大象没有的能量
我喜欢上了这座大山
它给了我无穷的力量
我开始给这座大山上色
并非只有碧海蓝天白云青山
我给大山添上七彩
雨过天晴后的山散发出绚丽的光芒
我成了家族中独一无二的独角兽
因为我拥有独一无二的大山
我继续行走
一直走到我的另一半的身边时
我停了下来
我想
她将会是世界上最美丽的新娘
我会永远陪在她的身边
再培养出一代又一代的独一无二的独角兽
因为
我爱她
但
有一天
她突然转过脸
对我说
亲爱的

你的角如何方便我们繁衍下一代呢
我亲你的时候
脸都被你的骄傲的大山刺破了
然后
她回过头补充了一句
亲爱的
我爱你
不管你的决定如何
我仍然会和你不离不弃
我心疼地看着她
我爱这座大山,也爱我美丽的新娘
幸好她是体贴的妻子
我继续行走
我是一只身负重任的独角兽
带着我的妻子
我的队伍慢慢壮大
我不再形单影只
然后
有一天
我的孩子也问我
为什么世界里总有一座大山
我告诉孩子
这是你的独一无二
孩子问
爸爸,你也有独一无二
我点了点头
笑了
夜深了
有人闯进了我们的阵营
我只感觉自己昏昏沉沉地睡了过去
第二天醒来
我发现我的大山不见了
我的世界里只有纯粹的碧海蓝天白云青山
嘴角还流淌着红色的血液
我擦拭嘴边的血液
低下头问自己
没有了角,我还是一只独角兽吗

“?。!”——仿舒婷《?。!》而作

陈竺羿(2011级基地班)

那么,这是真的?
在秋日温暖的午后
在晴朗的清晨或每个雨后
你会陪我静静地静静地翻阅
也许还是相同的一本书
再也没有当初令人沉醉的邂逅
但指尖流淌的却还是
有温度的守候
那份不变的温柔

那么,这是真的。
当眼中的朝霞泛滥了的时候
我们的目光就放在彼此的眼眸
相携看海边盘旋的海鸥
拥抱湖边稍露尖尖角的莲藕
角落里的玫瑰也散发清幽
缭绕你我的心头
日出日落
你都陪伴左右

那么,这是真的!
你不只是贪恋我眉案的温柔
还愿与我执手
在深陷的沼泽被弄得浑身散发着恶臭
在炎热的沙漠被炙得像鸵鸟一般奔走
等云淡风轻的时候

我们会褪去曾经的稚幼
我可以安心地把手插进你的衣兜
把所有的风景都看透

高 跟 鞋

程梦影(2011 级基地班)

我一直渴望着
穿上柜台里
五色斑斓的高跟鞋

它是长大的记号
是成熟
是女孩的私密梦想

鞋跟踏上地板的音律
奏响欢快的乐章
惊动了人群的安详

啊！我才发现
穿着它却不能
奔跑,追逐,打闹,玩耍

就像成长的烦恼
我为它而烦恼
这双属于十八岁的高跟鞋

墙上的舞者

范晖帆(2011级基地班)

烈日肆虐
凋零的玫瑰
得了失语症飘飘摇摇
烧焦的红
泪珠
一滴又一滴
坠入干裂的土里
熔化的神采
长叹
一声又一声
沉入燥热的风里

流光徘徊
白色的墙上
安放了她长长的影子
孤独回旋,无声开场
废墟上的舞者
沉醉,为了今夜
忘却明日
死去,复活
踮起骄傲的脚尖
这未曾失落的梦

不期而遇

江映帆(2011级戏影班)

是穿过茫茫草岸遇见的一叶扁舟
扁舟上白衣胜雪的操琴美人?
是窗外打破沉寂的哒哒马蹄声
马背上剑眉星目的佩玉男子?

像一只散步的猫咪投来回眸一笑
不可预测的奇缘
像一朵蓝色的泡泡在半空中缓缓上升
不动声色的暗涌

相遇是美丽的
不期而遇更是动人心扉

我自街角转过,一抬头
迎面扑来你的脸,你的眉,你的气息
那么轻柔,却起六种震动
可是,最赏心悦目的你啊
却最为粗心

当你无视地走过
眼神空洞如一片空海
载不动一叶扁舟
我心底的马蹄声
把我的星球踏得支离破碎

猫咪漠然地掉头离开
泡泡在空气的怀抱中顷刻化泪

夜

邱梓枞(2011级基地班)

冷月无声而满
月桂遗世自立
冷眼旁观
硕大花蕊吸尽寒露
兀自绽放
破裂声噼啪作响
惊起一树倦鸟

天心圆月高悬
朗照山间细涧
白犀在涧边饮水
揉碎一匹银光
赤脚行走于林间
光影声色交杂
世间明暗忽不得见

无　　恙

万千（2011级基地班）

这个人，
怕老，
怕死，
怕没有酒喝，
怕食不果腹，
怕衣不蔽体，
怕梦醒了无处可去，
怕得了广厦万千却无一处可还乡，
怕今夜送归灯火冷云海天涯两渺茫。

这个人，
愿辜负，
愿多情，
愿浪得起费，
愿不醒不醉。
愿千山万水无人相随。
愿绮梦浮生比青春还狠，
与你同看雪落算一夜白头。
愿到死未悔改。

可是屋宇建起又倒塌，
当年共我赏花人，
如今无一半，
才知我们都要这么走一遭的，
我同你。

一线之遥

吴思敏(2011级师范班)

有限的扁担两头
悬着两筐无尽的牵绊
被思念沉坠的弯月
蹙如焦虑的眉

只为织女的一泓微笑
牛郎厮守在寂寥的长夜
放牧星星

清澈的眸里住着绚烂的影
流星预期的美丽
无与伦比

天　　寒

杨潇月(2011级基地班)

悬着的衣绳上 夏天的裙还未干
秋冬的格子即已覆上
昨夜的雨 许是来迟姗姗
八千里北风凛冽 早都等急

我知道发梢眼角均成浮华
一场秋雨淋去了
皆是颅骨
嶙峋凹凸 不似美人图

未干涸的人有福了
本来润泽的心加了雨
饱和得溢出水来

已枯朽的重生了
生苔的是希望还是绝望
全靠生命玩耍

这么多年历历何事
祸水饮 烽火息 百花残 万物生
我仅以一杯血红深情敬你
火燎燎烧伤
不至于天寒

审判的公交车

张弛(2011级基地班)

黑云笼罩的傍晚
我走上一辆公交车
车上有昏暗的灯光
看不清人们的模样

雨水模糊窗外的光亮
像打碎这世界的影像
京剧的脸谱溶化在玻璃上
像我哭花的妆

红色的霓虹灯
是地狱之光
映在我脸上
黑色的树影匆匆划过
轻抚在我湿漉的头发上

黑箱子里没有人出声
他们望着地上或前方
眼里涌出黑色的浊流
脚下踩着各自的执拗

他们的心是团毛线球
被囚禁在生锈的身躯里
他们的身躯
在焦黄的车厢里晃荡
等待着到站解救

却被宣判终身的无聊

黑云笼罩的傍晚
我走上一辆公交

小诗两首

郑路(2011级基地班)

秋

绿色憔悴了
打着卷儿
泥土也凉凉的
浸着露水
爬一架绳梯到井下
就捞起些润泽

小　感

世界是一幅被临摹的画
每日湿漉漉地重现
时光的手抚上
色彩温柔变化
做一个支架
将它收纳囊中

满江红·平遥怀古

陈丹亭(2012级基地班)

雨打城垣,似过往、马蹄声烈。
举目处,市楼商贾,花灯明灭。
票号汇通成信字,镖师卫护抛颅血。
跨城濠、一去远乡关,狂沙雪。

雕檐暗,驼铃别。
西行史,游人阅。
叹当年,尽付如今词阕。
高屋难留青玉粉,深穴不见黄金屑。
登城看、桑柳满坟头,黄昏月。

破晓访山寺

李佳齐(2013级基地班)

风起树微动,
山钟破晓来。
晨晞拂露袖,
小径着青苔。

觉

王芝芝（2013级基地班）

我饮着孤酒与烈风
等一切都暗了
架起沉睡的你去追不醒的梦境

穿过沉没森林
划破寂诡冬音
唤起蒙尘真心

就在床头放第一片新生的叶吧
睁眼的一刻
你的嘴角会有露水清风与光明

昨日的夏天

王芝芝(2013级基地班)

时间的列车沿着铁轨逆行
铺满苔藓的青石板
沾上谁的脚印
蜷缩枯败的梧桐叶
躲进谁的书页

五楼天台的黑板
四把固定的座椅
三本卷边的书册
两只侧耳的麻雀
一个干净的梦想
拼凑起记忆里的夏天

泛黄的旧校服吹鼓了风
白色的帆布鞋打湿了雨
困倦的眼皮催眠了鸣蝉
掉落的铅笔惊醒了
夏日的最后一页

南墙遮住了悸动的心事
捂住了另一只眼睛
撞破了瞌睡的乌云
然后一场大雨
将你我分别
舞台拆了掌声
歌声拭干眼泪

酒杯撞碎离别
火车惊醒沉梦
一觉醒来
阳光爬上谁的脸
嗨 夏天 好久不见

童　　年

徐嘉欣(2013级师范班)

北冰洋
绿豆汤
七星茶一碗又一碗
缺齿的笑容
小短腿的幸福时光

阔腿裤
石板路
老鼠仔偷偷入米缸
电视机沙沙响
玉兰花探进谁的窗

时间啊
慢慢地
听一听椅子嘎吱响
知了呀唱啊唱
记得那拂过的大葵扇

力

陈志浩(2014级师范班)

窗　外

芭蕉叶发出噼噼啪啪的声音
从2000米高空坠落的雨滴
对它的伤害似乎微不足计
乌暗的天空不甘示弱
继续下降自己的臣民
令其在空气中凝聚尘埃壮大自己
对地面发动无差别攻击
勇往直前一鼓作气
殊不知为生态环境徒做嫁衣
到最后依然只是匀速润地

沙　漠

由沙子组成的荒漠
寸草不生一望无际
风看不惯这里
认为这里太过安静
于是化身成狂肆虐到底
似乎不把沙子吹尽就永不停息
然而
沙子对此嗤之以鼻
认为起起伏伏的丘状变化并没有什么意义

遥题苏小小墓致敬李昌谷

郭坤霖(2014级基地班)

文学史讲昌谷，但觉毛骨悚然，遍体皆凉，寒生脊背，意冷肝肠。得诗以致之，愿达天地，以吊风骚。

油壁高轩暗香软，寒气生裾夜正短。
遥看平芜作青丝，展眼枯骨成皓腕。
剪风为裳雨为针，桂华织衣流霰染。
子规啼声簪鸦髻，北辰明珰雪肤暖。
细碾残月涂鸦黄，云萦环佩行款款。
森森松木张华盖，落红点额芳华晚。
谓我当年烟柳深，钱塘门外风流散。
谁羡五湖入扁舟，长忆若耶素纱浣。
一席清宵言未尽，香兰泣露鲛珠泛。
凌波欲去频回顾，芳意杳入晨光远。

有　一　年

龙煜志（2014级基地班）

有一年
我的青春被狗吃了
一夜之间
我成年了 踏上了寻狗的道路

一路上
我焦急地向村里的鸡鸭询问
向田里的野草询问
向村口的老爷爷询问
天上的白云优哉游哉
一脸平静地看着我风尘仆仆

在某个老态龙钟的冬天
很冷　还下了点雪
我在熄灭的火堆旁
发现了奄奄一息的狗
狗跟我一样两鬓如霜
老死在我的怀里
我在寒冷的雪地里号啕大哭

那一年
我和狗都得了口腔溃疡

散　文

离　别

陈柏林(2010级戏影班)

如今我长大了,是的,女儿长大了,随着那满林子的落红飞扬,盈盈地点缀着女儿的青春。而父亲却老了,林红匆匆飘过,却扯来满园的白絮,落了父亲满头的白发。

离别离别,我害怕,总有一天的生离死别。

我与父亲,似乎有太多的离别。

小时候,我与老爸的离别是快乐的。

那时,无论老爸有多忙,就是要坚持送我上学,他总是说:我的娃,由壮壮的爸爸来保护。没办法拒绝,因为,那时的老爸的的确确很强壮:他强壮得可以骑着单车载着女儿轻轻松松地溜到离家一公里外的学校;他强壮得可以顶着狂风暴雨稳稳地踩着他的脚踏;他强壮得可以在陡陡的坡上牢牢地护着我踏踏实实地爬上坡。

每天早晨,爸爸都会像只河东狮准时地出现在我的梦境与现实当中,我真佩服我老爸竟然能把这样的生物钟安装在女儿的基因里。要是我赖床,两个老爸就会一起轰炸我的耳膜,现实的老爸一把拎起我,把我塞到单车后车厢里。哦,我得说说这个后车厢的来历,就是老爸自作聪明地把一张没用的摇摇床,拆得只剩下能坐的部分,这个东东有靠背有坐垫有扶手,就差空调了。老爸就把它用粗绳乱七八糟地稳稳绑在单车的后座上。还别说,我真恋上坐车的感觉。

无论我有多困,一旦被老爸拎上后车厢,整个人就神清气爽了。我坐在后面狂欢,扯着喉咙大声地唱着儿歌:“啦啦啦,啦啦啦,爸爸是个大傻瓜!”老爸被我逗乐了,跟着咆哮:“起来,不愿做柏林的爸爸!”呵呵,两父女就像斗山歌一样上学去,反正乡间的小路没有多少人,没啥好遮掩的。

有时,坐在后面百无聊赖的时候,就会做点小动作。站在座椅上,高高地俯视老爸的头顶,专替他拔白发,但也没几根。或者,使劲地戳戳爸爸宽大的微微弓起来的后背。每当爸爸不耐烦我的恶作剧时,就扬言要把我摔到北京天安门去。这话惹火我,我气的是,他一直没履行他的诺言,还在稳稳地踩着他的单车,一点儿摔的趋势都没有。

有时,我还会偷吃老爸买给我和他的早餐,我吃完自己那份,就会一边偷吃着他的那份，一边瞄着老爸的反应，也不知道老爸有没有发现，反正每次都成功。我一到校门口就做贼心虚一般抓起书包飞一般冲出来，头也不回地喊："老爸，拜拜！"

"你给我回来"，我的老爸嘶叫着。

那时，说声再见，真的很轻松很快乐，离别就像欢快嬉戏的小蜻蜓，轻轻点点，在湖面留下一串串一圈圈自在的水纹，调皮地融进心湖的最深处，不经意间化作心底最悠扬的小桥流水人家。那样的离别没有泪水，没有伤感，有的是满满一车厢的欢笑、快乐。

悄悄是离别的笙箫——

后来，我考上了离家较远的一所重点中学，那是我第一次去离家这么远的地方，那是我第一次要到一个不能经常回家的地方，那是我第一次要向父亲吹一曲笙箫！

我还记得，那时父亲已经有了一部摩托车，我再也不用坐在那后车厢里了。送我那天，父亲将摩托擦得干干净净，把我的行李牢牢地绑在车尾，载着我沉重地跑在冷秋里。

那天很冷，还下着丝雨。我紧紧地抱着父亲弓起来的背。父亲的背是湿热的，似乎在流泪。我枕着父亲的背，望着一排排飞快滑过去的桉树，一串一串的，就能想象父亲现下挂着的两行清泪，那密密的雨丝，一针一线地把父亲的泪和我的心中痛缝在一起，一起感伤着这凄美的笙箫，连摩托也发出呜呜的哭声。

就让那细如愁的无边丝雨，和着冷落清秋桉树泪，一同浅吟低唱着这自古离别之伤吧。

到了车站，没几人在等车，父亲和我一起等车。过了一会儿，车还没来，父亲却似乎焦急起来，一会儿问我衣服带齐了没有，一会儿问我钱够了没有，一会儿又问日常用的药拿好了吗。我使劲地点点头，心里酸酸疼疼地，定定地望着父亲那张焦急的脸，希望车不要这么快就来，我还要再多看几下我的父亲。

车就要来了，突然父亲惊叫了一声："糟了！""怎么了？"我不解地问。

"我忘记买苹果给你带去了！"父亲连忙从口袋里掏出钱，撒腿就往水果摊跑。我急急叫住父亲，说："我不需要，我可以在学校里买。"父亲一边跑一边回过头说："家里的好，家里的好。"我傻傻地望着父亲的离去，惊讶地发现这样的情节是多么熟悉，我的父亲居然和朱自清笔下的父亲一样，拥有那样沧桑伟大的背影。

这是巧合吗，还是天下的父亲都是如此？

在他们的背影里洒满了爱的雨丝。

司机急着喊我上车，可我的父亲还没回来，司机催了我上车，正要开动——

我看见父亲急匆匆地朝车子跑来，我叫住司机等等，再等等我的父亲，哀求着司机，我的父亲很快就能到了——

真的，我的父亲真的很快，穿着厚厚大大的军衣，竟然能单手撑着栏杆，跨过去，三步并作两步，像刘翔一样咬紧牙关使劲地冲刺。父亲，我的父亲，你不必这样，女儿的心很痛，司机在吼叫："你还坐不坐车，不坐就别耽误时间。"

“我不坐了”,我毅然地把行李扛下车,司机惊讶地看着我离开的步伐,下车的那刻,我笑了,我望着父亲笑了,我不愿让父亲这样奔波,我不愿让父亲跑来而女儿却走了,我不愿父亲有遗憾。我宁愿是我在遗憾,我在等待。我笑盈盈地迎接着父亲。近了,近了,我看见父亲跑得红通通的脸,父亲喘着粗气立在眼前,稳稳地将苹果托在我手上。“咦,你怎么下车了,还把行李拿下来,好不容易等来的车,你居然不上车！还不快上车!”

我转身发现那车还在,司机不耐烦地说:“这年头,客人都变得刁钻了。”父亲听了,责备地望了我一眼。父亲一边帮我把行李重新扛到车上,一边唠唠叨叨:“去到那边记得自己照顾自己,别吝惜钱,有什么事情打电话告诉爸爸……”诸如此类的话。我只是细细地擦拭着父亲刚买回来的红苹果,点点头。

车要开了,父亲摸了摸我的头,要走了。我不舍地扯了扯父亲的衣角:“爸爸,吃苹果,刚擦干净的。”这时我才发现,父亲的眼睛正如苹果一样红。

父亲狠狠地咬了一口走了,我隔着车窗对父亲招了招手,便放下帘子,不去看父亲红红的眼睛,在帘子的这边,女儿亦在低低哭泣。

这些离别已经离我挺远的了。

而后,又有一场新的离别。我的大学,离家更远了。

我清清楚楚地记得,那天我的父亲已经能够开着小轿车送我去车站了。然而我的父亲依然像往常一样,在车上陪我直到他被赶下车。

我的父亲站在车外,直直地透过他的镜片,透过车窗,牢牢地望着我。我的父亲是笑着看着我,笑容挤皱了他的脸庞。为何在父亲的笑容里看到一丝又一丝离别的悲伤。我像小孩一样对着车窗呵气,画了个圆圆的大笑脸。

我和父亲笑得比残留在车窗的笑脸还欢,然而,我的心底很酸很酸,似乎我的胃在发酵似的,有种冲动,就是冲下去再抱抱我亲爱的爸爸,不知道父亲是否也跟我一样?

两人的笑挺僵的,这时,车开动了,生硬地扯断我与父亲唯一的僵持,就那样断了,断了。

天上飞过的一只鸿雁,孤单地等待坠落!

离别后,我就是那只雁。

如今,我想了很多,很多……

我想到了我与父亲还有更多的离别,到远方工作,或者嫁到远方去。

但这些都不是我害怕的,正如我前面说的,我害怕的是总有一天的生离死别。

如果上苍给我一个许愿的机会,我愿我的父亲不老。

若要付出一定的代价,我愿意舍弃我的青春。

给你的少年时代，我亲爱的女儿

陈欣妍（2010级基地班）

我的女儿，我娇滴滴的女儿，我要给你一个属于少女的时代。

和所有的母亲一样，妈妈多么想把你打扮成一个可爱的洋娃娃，犹带稚气的小圆脸，齐齐的厚刘海，天然卷曲的双马尾，蓬蓬公主裙配上你乌黑的大眼，该是多么令人动心，妈妈喜欢可爱的你，却更喜欢做自己所爱的你。裙子还是短裤，长发还是短发，喜欢的请你一定要告诉妈妈，因为妈妈不会让你成为站在试衣间频繁换衣的女孩。即使你想要像假小子一样潇洒，只要你能说，妈妈都会点头。因为那样的你不是一个傀儡娃娃，而是一个意气风发的自信女孩。那样的你，最漂亮。

那时候，街口的小吃店应该还在吧？或许你已经抵不住美食的诱惑去尝尝了吧？作为一个母亲，可能会板着脸告诉你“不能去”，但那样做只是想让你不要以为得到我的默许，就肆无忌惮不顾规矩地成为那里的“常客”。三五个同学背着家长，手里攥着几块钱，偷偷结伴去吃小吃，钱不多，机会也难得，连吃什么都衡量再三，还真是甜蜜的苦恼。那样的事情，回忆起来，又该是多么美好而珍贵。

学校里必定有一位长得漂亮，成绩优秀，甚至是能歌善舞的女生吧？叫你不羡慕不嫉妒那是假的。当然，如果你能把这份憧憬转换成改变自己的动力，我也乐见其成并全力支持。可是，人就一定要活得这么优秀吗？我要的，只是你健康成长，生理上的，心性上的。只要不违背良心，只要你有最初的原则和上进心，便是妈妈的乖孩子。能有三两闺蜜，吃饭的时候叽叽喳喳聊聊男女生，走在路上偶尔会不顾形象地大笑起来，上课的时候有时会走走神，传传纸条，偷偷与同桌八卦老师今天的衣着……那才是真正的少女生活。

在这个朦胧的下雨的季节，你的心里一定有不少激动和徘徊吧？妈妈不允许你随随便便泛滥自己的感情，也不希望你痛苦压抑内心。有些东西也许是时间、地点和人的相互契合才能促成的，以后即便有机会可能也找不回属于哪个时代的独特感觉。那应该是一种酸酸甜甜、常常犹豫不决却又容易满足的味道吧？那是一种有时间限定的味道。因为，这正是深呼吸一口气，便能洋溢四肢百骸的青春感觉，这般体会，又该是多好。

最后,妈妈会让你写日记。少年少女的时代,纯粹,斑斓,耀眼得让人无法睁开眼,即便是“应付式”的日记,往后看回来,再平凡的事,也会让人忍俊不禁。也许是那种想装作成熟豪放而结果潦草得让人难以辨别,也许是当时自己难以察觉的儿童心性,又或者是那句与妈妈赌气时写下的“今天与昨天一样”,那时的你一定可爱纯真,字里行间中透出一种拙拙的美。虽然人终究会长大,有些东西注定要失去,但孩子,别像其他人一样悲春伤秋,因为把美好定格下来不也很好么?

少年时代,妈妈所不能完成的,希望你能一一体会,是妈妈的孩子的话,一定行。

最温暖的阳光

高梦霞(2010级戏影班)

在广州这样偏南的南方,总是很难感受到冬天的来临,好像过完长长的夏天,就进入了一个不知是秋还是冬的季节,紧接着又是逐渐炎热起来的夏天。不过这几天的阴雨却着实让我感受到了广州的冬天,萧瑟的北风、阴冷的空气,还有灰蒙蒙的天与地。

幸而,在广州,这样的天气不会持续太长,久违的阳光终于又洒向了这片连绵阴雨的地方,也驱散了灰蒙的天气和阴郁的心情。广场上铺满了大片的阳光,校道上散落下细碎的光亮,走廊里投射出柔和的光束,那阳光像是无所不在地驻留于每一个角落,感觉整个世界就像一个熟睡的孩子,静静地躺在她温暖的怀里。

这样的阳光,让我想起了老家的冬天,阳台上晒满的被子,又让我想起了奶奶。

家乡的冬天总是特别冷。因为处于中部,既没有北方无处不在的暖气,也不像广州这样有如此短暂而温暖的冬天,因此手指跟脚趾经常会被冻麻,即使戴上手套、多穿一双袜子也无济于事。所以,当冬天来的时候,我总是满怀期待,等着放假,等着回老家,等着阳光的到来。

我很喜欢在冬天的时候回老家,整整一个假期都黏在奶奶身边,那种感觉很温暖、很踏实。江南的冬天很冷,为了保暖,奶奶总会穿很多的衣服,就连裤子也会厚实地穿上好几层,最后还不忘在外面套上一件灰色的大号羽绒服,于是整个人鼓鼓的,像个气球。

家门前的那个墙角位置特别好,冬天的时候几乎吹不到寒冷的北风,似乎只有阳光能触及,于是,原本清冷的角落里堆满了阳光的气息。天气好的时候,奶奶总爱搬一把椅子坐在墙角晒太阳,两只手各自套进袖子取暖,身体微微有些瑟缩,蜷在那把吱嘎作响的竹椅上,像一只慵懒的老灰猫。那时,我也会搬一把小凳子,依偎在奶奶身边,上半身就靠在那件膨膨的羽绒服上。也许是在墙角坐久了,那衣服上有好闻的阳光的味道,好多次我都在那股味道中安心地睡去。

上个寒假,我告诉奶奶我总是觉得脚冷,老是焐不热,于是第二天早上,奶奶就拿出了一个闲置在家好久的焐脚炉,把早上用来烧火、还有余热的木炭装进了炉子,又在上面放了一块干净的毛巾,然后拿一个小板凳放在墙角,把焐脚炉放在了上面。当我把脚放上去时,炉子里的那股暖气从脚底传来,原本冰冷的双脚好像苏醒了过来。脚底的温暖与阳光的温暖融合在一起,使得冬天的日子成了一种享受,以至于有关那个假期,脑海里满满都是踏实温暖的回忆。

每次到老家的当天,还没进门,就一下能看见阳台上晒着的被子,红色锦缎上的金色丝线在阳光的反射下明亮闪烁着,我知道那是奶奶特意抱出来晒的。有几次回去的时候,总是下着雨,雨不大,却连绵不断,一股潮湿的味道在空气里弥漫开来。这样的天气会一直持续多天,奶奶也总因为这坏天气而抱怨没能给我晒被子,即使我安慰她这没关系,没晒过的被子盖着也很暖和,但她似乎觉得没在我来之前晒被子就坏了长久以来的习惯,是无论如何也不行的,因此总还忍不住抱怨几句老天。于是当阳光重回大地的时候,她便迫不及待地把床上的被子全抱出来,铺满整个阳台,然后心满意足坐在墙角晒太阳。我记忆里有关阳光的味道不多,这便是其中之一。晚上钻进被窝,像是进入了一座布满阳光的城堡,有一种被守护的安全感。有人说那是螨虫被紫外线杀死后留下的味道,而我愿意固执地相信那是阳光饱满的味道。关灯前,奶奶还会习惯性地给我把肩膀两边的被角塞紧,就像牢牢地锁上了城门,把充盈的阳光紧紧地关在了城堡里。

现在奶奶已经八十多岁了,虽然由于年老,身材有些收缩,显得很瘦小,但几十年的劳动生活使她的身体还很健康,家人一直这么认为,并也总引以为豪。但近两年回老家的时候,奶奶总是无意间说起她有些地方不太舒服,但家人似乎习惯了奶奶的健康,因此也并不以为意。但每天待在奶奶身边的我,会看到一些真实的细节,因此不免为此而有些担心。尤其是在外读书时,只能从电话中听到奶奶的境况,即使有什么事,也只能干着急,想做点什么,却无能为力。所以最近越想越揪心,回去读书或者工作的愿望突然变得特别强烈。这样的冲动也许是离家两年多后,恋家的情绪重又战胜了当初义无反顾离家的决心吧,说到底,我还是依恋那一片土地,依恋那道温暖的阳光,真希望她一直能在身边,不会离开。

回忆慢慢地转变成文字流淌在指尖,只是那些温暖的点滴回忆不断地涌出记忆的泉口,来不及全部盛进回忆的冥想盆,就留待下一次的回忆吧。

匣子里的回忆

刘伟菁(2010级基地班)

我喜欢收拾自己的小玩意儿,从小学开始便是这样,这在别人看来是幼稚或是不可理解,但对我来说,这是一种怀旧、回忆的方式,就像一场一个人的旅行。

有时候,当家里只剩下我一个人时,我最喜欢做的事情就是把自己所有的小玩意儿都拿出来,再一件一件地放回去。当然并不只是拿出来再放进去那么机械,我会把它们放在手中,或只是看,或把玩,然后慢慢地想起与它有关的种种,一步步走进属于那个时候的我的时光。

我的柜子上有一个小收纳箱,里面静静躺着的,是我一段段朦胧而美好的回忆。小时候,我需要踮着脚小心翼翼地把它从柜子里抽出来,打开盖儿,然后把手中的宝贝放进它合适的位置,再盖上盖儿,又踮着脚把它推进柜中。现在,我不再需要踮起脚了,也不再往里面放"宝贝"了,只是把它拿出来,坐在床上或直接坐在地上,轻轻擦去它深绿色盖子上的落尘,然后扳开两边的扣子,箱子发出清脆的声音,像是在告诉我舞台已搭好,将要开幕。

最上面斜放着一个细长形的木盒,木盒上飘逸的书法上写着什么我已经记不清了,里面是一把檀香木扇,打开盒子凑近些就能闻到一阵舒服的香味,扇面是镂空的雕花,扇尾系着粉色的流苏,淡雅精致,扇柄上还有我那时候为"宣示"对扇子的所有权而用银色的荧光笔签下的名字。扇骨之间用透明的鱼丝线串起,有两处断了,被我用白色的线"缝补"起来,远看倒也看不出什么破绽。这把扇子是小学的时候四婶送的,当时有两把,不一样的款式,却一样漂亮,我和姐姐犹豫了好久也没决定好谁要哪一把,哪一把看着都那么喜欢,都那么令人爱不释手。我们最后决定用最简单的方式——剪刀石头布,来决定,赢的先挑,另一个不许有异议。至于是谁先挑的我已经不记得了,但想想好像那时候甚至现在我们都常常用"剪刀石头布"的方式解决问题,比如去麦当劳还是肯德基,争执不下,好吧,你代表去肯德基,我代表去麦当劳,谁赢就去哪,于是问题很快就有了个结果,一如《非诚勿扰》里的那句经典台词,"核心诉求就是全世界的争端都用剪刀石头布来解决"。

扇盒下面是一个红色、六角形、绣着花的布制首饰盒,古色古香。里面都是些小装饰,就连手机挂链、铃铛等等也都放在了里面,都是我的心爱之物。每一个仿佛都叽叽喳喳地争着要告诉我它们和我之间的故事。一件一件地拿出来,出神地想着,回忆像放电影一样,一段接着一段……回味完以后,脑袋里一片空白,什么都不去想,就这样静静地发呆,心里却有一种说不出的感觉在蔓延。

放下盒子,拿起一个幸运符,就想起了购买它的经历;拿起"飞天小女警"的小玩偶,就想起了自己小时候对那些卡通人物是多么喜欢;拿起小钱包,就想起它对于我有怎样特别的意义……这是个载满回忆的箱子,一个人与它相伴的时候,时光倒流,不好的心情被暂时寄放到了一边,但往往当你从过去回到了现在,你会发现坏心情不知何时已悄悄溜走,而你自己,心如止水。

可能是太重感情,我常常会把自己认为有意义的东西(尽管有时候自己赋予它的意义在旁人看来根本不算什么)都保存起来,觉得自己这样就能很好地留住过去,然后随时可以把它拿出来,让自己沉浸在过去。人的记忆总是有限的,有些人有些事,不经意间就忘了,可是如果保留了一个线索,那么这个线索就是开启那段记忆的钥匙,我的这些收藏就是我记忆的载体。

不记得什么时候家里的电视机坏了,很自然要买一部新的。妈妈无意中提起这个电视机是我出生那年买的,我听了以后对这台电视机顿生感情,它从我出生开始就一直陪伴着我呢。于是我就叮嘱妈妈不要把旧电视机卖掉,放到楼上摆着就好。我自知这是个很不现实的想法,所以我总担心听到巷子中"回收——旧彩电、旧电脑、旧冰箱——空调"的吆喝声。电视机终究还是卖掉了,那时候我常想,如果有哆啦A梦的缩小电筒,我就可以把这台大电视机变得如一个钥匙扣般大小,也成为我箱子里的小玩意儿,然后偶尔见到它时,还能勾起我已很久不曾记起的回忆,不过,这听起来或许有些可笑吧。

我喜欢收拾自己的小玩意儿,它们确实是我的心爱之物,但更重要的是它们那儿存放着我的回忆,也正是这些回忆使得它们对于我来说有了更特殊的意义。我并不会常常把它们唤醒,只是有时因为一些现实的触动,才会有念想去打开。还是不要太频繁地去打扰它们吧,毕竟,回忆就像酿于坛中的酒,愈久愈醇厚。

思

潘萌(2010级基地班)

天气晴好,我的世界的颜色像是在水里浸湿的墨砚舒缓而有节奏地濡开。淡淡的墨色侵袭而来,然后又颓然不知所踪。我总有一种丢失的感觉,好像总少了些什么,我像是一条鱼,记忆只有短短的七秒钟,上一刻我所思所想会昏昏沉沉被我的脑袋去掉,只留下残阳里微弱的剪影。所有的一切就好像是安排好的一样,永远都有这么一个剧情缓缓地行走在我的脑子里,里面总有天地云雨,还有一片模糊的人影。他们的脸是阴郁的,在嘴角却还挂着那么一丝令人费解的微笑。我看见的太阳好像是一个金黄的荷包蛋。我相信世界是圆的,因为我总也看不见远方的草、树木、行人,它们在我的视界之外,无关乎痛痒。有时候我就在想,为什么我的视觉和听觉这样孱弱,看不见千里之外也听不见花树的言语。人啊,总是有自己最为卑微的一面,我曾试图把自己的每一部分拆开然后将之融入我喜好的事物之中,结果只有心和信仰这些唯灵意识能够渗入我想到的一切。我想我将会这样昏睡多久,我将自己的脑袋放进一个小小的盒子里,然后只用自己的眼睛看,用自己的耳朵听,我不想再思考,现在思考于我是一个沉重的负担。因为我总会在思考中滑出现实世界,然而那虚幻的另一头却又昏暗不明。我总是想到那个剧情,天地云雨、人影斑驳,好像是我的过去又好像是我的未来。其实我又能怎么样呢?时间在那里,我的人生脱离不了天地云雨和人群。至于那诡异的阴郁和微笑则是痛苦和幸福的象征。

我还在过活啊,我的生命随着时间一道行走在物质的道途上,可最终剩下的是一撮灰、一撮尘。尘泥,这是我沉默的时候想到最多的东西,我的心在沉默中完完全全空置在那里,稍有一点扰动就会疯狂地扯动我脆弱敏感的神经元,那时我总觉得自己处于一种卓越的状态之中。我的言语我的眼睛同步成为一道渐强渐弱的光线。我承认我喜欢某些变态的意象,比如鲜血,但是我的心灵在暴戾中投射湖泊柔和的水光。矛盾是每个人存在的根本依据。若有哪天我真感觉不到自己的矛盾症结,我想我就只能沉湎于萧瑟的回忆了。那时我将会离开,我将会渗入那个缓缓的剧情里,不管怎么样我所有的记忆和时间堆砌着我的人生。尘土飞扬,我被劈开的疼痛在大地弥漫。我在此所作的所有无聊的堆砌,流水一般淌着我的过去和未来,还有记录它们的现在。

于是乎我小心翼翼校正自己的每一道目光和每一条思路,争取不显得那样凌乱。不管是安静还是癫狂,我的思维总是混乱缠结于我的大脑和想象。只有那么一瞬间的清晰还是被我昏昏沉沉当做破铜烂铁丢弃。我的无所适从恰恰来自我好假想却又无从捕捉的恶习。明天醒来我还是那样一个人,那样的一条命,还是无关痛痒搅扰这泥土和空气。

由此我仅有的小小的思考就显得浅薄无力。人的思想奔腾的时候,正是人最脆弱的时候。

人类一思考,上帝就发笑……

我便站在太阳痛苦的光芒上了……

野　趣

潘萌(2010级基地班)

住在乡下镇子里,散步是极赏心悦目的事。我家住的学校周围便是附近村庄的大片良田,逮着天气好,我常去那边散步。

春天里好天气多。记得高中时学校在修新操场,围墙被挖塌了一截,体育课上没什么玩的,我常一个人从那空处溜出学校去散步。那是刚进春天里的太阳,不晒的,只是暖暖地照着你,微微的春风缓缓吹,倒是有些“吹面不寒杨柳风”的味道。对于刚刚从学校的课程中解脱的我,已是大大的神清气爽了。多走几步,便是田间了,一条护城河环绕着学校,我走在河边的田埂上,一边是早春刚刚发了芽的垂柳和一些不知名的树,另一边是刚出苗的小菜,脚边是各种野花野草,叫得上名的叫不上名的四五种小花攒在一起五颜六色煞是好看。有一种蓝色的小花,依我看来颇似缩小了几倍的兰花,只是生得又小又娇嫩,轻轻碰一下,花瓣便摇摇欲坠了,我一直不知道叫什么名字,可巧几日前在论坛中见到有人介绍这花叫做阿拉伯婆婆纳,这可真是个好玩的怪名儿!还有一种淡黄色的小花,比那蓝花大一圈,一丛只开了几朵,我小时候听表哥说凡有那花的地方底下必是长着鸡蛋的,我深信不疑,逢人便说,现在倒是纳闷馋嘴的我当时怎么没有挖出那花根看个究竟,想来是那花开得极美,我虽小却是有不舍之心。开得最多的就属野菊花了,到了春天一大丛一大丛地开,到处可见,淡黄的花蕊聚在圆圆的花心,周边生着极白的长条似的花瓣们,虽是野生的,泡茶来却是好得很。野草们虽是乱糟糟地长着,里面可有不少好玩的。记得有一样可以吃的,我们那边方言叫“茅毡”,正嫩的时候可以生吃老皮里的嫩髓,滋味很甜,吃在嘴里清甜可口得很,我们小时候常常一大群孩子抢着采来吃,这草老了便不能吃了,嫩髓都抽出来开带絮的花了,怕是和棉花一个味。还有一种草深受孩子们的喜爱,名字也很可爱,叫做小鸡草,倒不是因为长得像小鸡,而是因为可以做饲料喂给小鸡吃。我们孩子当然对饲料这种用途是不感兴趣的,只是这小鸡草另有个做哨子的用途。做哨子可是有讲究的,选那刚出穗不久的草,要连着茎节一起采下来,穗出太长的不要,短了可也不行,然后把那穗拔了,只余一个空心的带叶草茎,这便是个哨子了,把它嘬一半一进嘴里,猛一吹气,嗨,只要你选准了草,保准声音响亮!

看完花花草草,再往前走便是一片芦苇地了,一片青色底下还留有去年冬天的茬,灰黑色的,衬着那青越发浓了。我私以为芦苇是很美的植物,只是不是春天抽穗开花,现在只能看到它青涩地长着。有几家地里没种东西,荒在那里,倒是长了好些野菜,马齿苋、蒿子、黄花菜……我还采过回家吃,最喜欢的是蒿子,因为可以采了让我妈给我做蒿子粑粑,这可是我的最爱。吃这种粑粑,是在阴历三月三,那时蒿子长得最盛。采了嫩茎,装满了一袋子,回家交给妈妈,洗洗之后便用菜刀剁得细细的,和面时糅进去。锅里煎点过年腌下的腊猪肉,出了油之后拿出猪肉,把猪肉也糅进面团里,糅好了,揪一点下来做成巴掌大的粑粑,贴在锅上煎,至两面均为金黄色时便可拿出来吃了,我一次足可以吃五六个!三月三吃蒿子粑粑,并不只是为那时的蒿子长得好,另有一个典故的。乡间传说三月三乃是鬼节,特别是勾小孩魂的鬼多,但如果小孩吃了掺有糯米粉的蒿子粑粑,黏住了嘴巴,魂就出不来了,鬼自然就无法勾走了。我倒是觉得这粑粑如此美味,该是把小鬼们黏住让他们没时间去勾魂了吧。

我妈说我是顶顶好吃之人,这篇说野趣的文章倒有一半是讲吃食。罢了罢了,再往前行就是人家的良田了。也许体育课已然结束了,我要回去了,再见了我美丽的田野!

我的弟弟

索磊(2010级基地班)

我离家一个人在南方读书,已经有两年了。终于临近放假,晚上我给家里打去电话,弟弟接的。那头吵吵嚷嚷,是他在看动画片。"听不见,"他说。我提高了声音。"听不见,"他的声音干脆、清澈,一听到,便让人联想到他闪烁的眼睛。

我弟弟的眼睛很美,大大的,睫毛长长的。我的表姐常说:"男孩子要这眼睛干吗,给我就好了。小弟,把你的眼睛给我吧?"他的回答每每都是否定的。弟弟见到生人有些害羞,沉默着不说话;中学时,有几次到我学校玩,别人逗他,他一言不发,只一双大眼睛忽闪忽闪,很讨我同学喜欢。他得了不少零食和赞美,也渐渐有了"美"的概念,自恋起来。此后每每同学约我,他都要求一起去:"你的同学都喜欢我啊,看到我来一定很高兴!"我以为再没有比小孩子自恋更可爱的事了。

有一回,家附近来了个炸米泡的小贩,我和弟弟一起去炸。回来发觉弟弟额头上有一小处破了皮,该是叫米泡的热气烫破了。小孩子的皮太嫩,热气只是稍稍一触,便烫破了皮,太快,他还来不及意识到疼,也没有叫疼。我看了却痛心极了,恨自己没有保护好他。时至今日,他额头上仍留有这样一块小小的印记,也成了我心头的印记。

我十几岁青春期追求自由的时候,正巧是他爱做跟屁虫、爱捣乱的时候。我去哪里,他必跟着,我偷偷溜走,他发现后便大哭一场,让我负疚极了。我的抽屉也常常遭他一通乱翻,所有的秘密都袒露无遗。少年时珍藏的东西大都不复存在,经他日日月月的"洗劫",我的书、作业本也成为他的涂鸦本。上课时偶尔翻到一页,发现有他的涂鸦,便指给我的同桌看:这是我弟弟画的。

有一次"出逃",我记得尤为清晰。那是我高二的时候,他八岁,是过春节。晚上家里有很多客人,闹哄哄;我和表姐觉得实在无聊,便想出去玩。我们准备偷偷溜走,可开门的时候,他还是听到了。见他追出来,我和表姐都不由得加快了步伐。他一面追,一面叫:"姐姐……姐姐……"我不得不停下来。"你们去哪里?"他终于追上我们。"我们去玩,一会儿就回来。你在家乖乖的,我们待会儿给你带吃的回来。"我像做了坏事急于掩饰一般。

“你有钱吗?”他似乎没有认真听我说话,冷不防地问我。

“有啊……你快回去吧,姐姐送你回去。”

他从口袋里掏出五块钱来,递给我,这是他刚得的。

我一下子愣住了。“你留着吧……姐姐有钱。”

“你拿去嘛,反正在我手里也没有用。”

我接过来那五块钱。他转身回去。“我送你回去吧。”走到这里离家已经有一段距离,而且是没有灯的黑路。

“不用。”他干脆回答道,转身走了。

“这孩子……”表姐笑起来。

那时,我看着他向黑暗中跑去,小小的身子最终消失在黑暗中。我站在那里,觉得自己可笑又渺小。那张崭新的五块钱,我很后悔不知什么时候就用了,没有留下来。

“姐姐还有一个多月就回来了。”电话这头,我暗示他向我要礼物。他心领神会:“我要吃鱿鱼丝——这是我交给你的最大任务!”

于是便想起我们相聚的场景了,有太多事要同他一起做了,可想来又觉得不可能。他现在已经没有多少耐心同我玩了,同一个大九岁的姐姐玩,对他这个年纪的小男孩来说,的确太沉闷了。

我想我弟弟是幸福的,有一个在引起人无限遐想的远方的姐姐,寒暑假有她愉快的归乡,带回来未知、新奇的东西。我小时候就在幻想着有这样一个在远方的人,随便是哥哥还是姐姐,带给我礼物,喜欢我,只要礼物是新鲜的,人也是新鲜的。小孩子总对未知的、新的东西怀有无限的向往,似乎也是在向往着大人的世界,向往着未来。而今,我的未来已经来了,小时候向往的那个到未知的远方上大学的未来,已经来了,也不过如此吧。我似乎再没有未来了,也再不敢憧憬未来了。我的未来已经来了,便是现在。

在弟弟心中,我或许变成了这样一个“远方的人”吧,像我小时候向往的那样。孩子的记忆不会长久,他或许不会回忆起之前我们朝夕相处的日子。

但我的弟弟,已经陪伴了我十年。从第一眼见到他时,他小小的身子仰在那里,闭着长长的眼,黑黑的细发湿漉漉的贴在头上,一声不吭,我就感觉到了他在我生命中不一般。我九年独生女生活就此结束,这个小家伙来到我的世界,牵着我的手,仰头喊着我“姐姐——”……即使这四年,我注定要在他心中远去了,而于我,他始终在心里最亲近的地方。

潮汕人的“吃茶”

肖婉琦(2010级基地班)

又往保温瓶中撒了一把茶叶。但这终究有些无奈——今晚又要熬夜了。候了一会儿,呷一口热茶,水仙茶叶的味道还是有的,我却觉得还是少了些味道。身为潮汕人,对茶总是有一份独特的感情。所以对那失去的几分味道,多少都是计较的。

但你可知道,为了这几分味道,需花上多少工夫?不然也就辜负潮汕工夫茶的美名了。

工夫茶,工夫茶,其独到之处全在这“功夫”二字上。其实,究竟是“功夫”还是“工夫”,我也不曾弄明白过。不过是从方言的角度上说,写为“工夫”更准确些。在普通话中大约是通“功夫”的。有意思的是,我们潮汕人不说“喝茶”,而说“吃茶”,虽然或许是在我们的方言中“吃”这个词已经涵盖了“饮”“吸”等意思(如“吃水”“吃烟”),但我认为,“吃”这个动作究竟是比“喝”要更花工夫,“吃”,才能吃出更多味道。

与“巧妇难为无米之炊”同理,泡制工夫茶也需有特定的茶叶。潮汕人多喜乌龙茶。我们家便是经常吃乌龙茶中的两种——铁观音和水仙。这里又要提提“茶米”这一说法。我们不说“茶叶”,而说“茶米”。小时我便臆断,是因为其茶叶形如米粒。后来又听说,是因为潮汕人嗜茶,“柴米油盐酱醋茶”这七样,我们将其换了个顺序,茶最重要,居七样之首,故称“茶米”。虽然这一说法也稍显勉强,我不甚赞同,但点出我们“嗜茶”亦颇有趣。又或者,“茶米”专指烘焙好的茶叶,以区别于生长中的茶叶吧。所以,言及茶米,则水仙色黑而观音色黛,水仙多呈细条状而观音多呈圆粒状。此时入鼻之“茶气”也已透露几分其泡制后的“茶味”——水仙气味略涩而观音香馥。于是,颇似潮汕儿女的痴情忠贞,你选择了哪种茶米,“生茶泡成熟茶”后,吃茶时尝得之味定不背叛你选择时嗅得之气。下点功夫选择自己所好,情投意合的结局才是最美妙的。我便喜吃水仙,妈妈说水仙不伤胃,正好照顾了我那不争气的胃;爸爸则喜吃观音,爱极观音的香。家中两个茶罐子即使是长得一样,冲茶者选择时也能辨清两种茶米。我们家偶尔才会喝点绿茶,红茶几乎是不喝的。夏日,也会在泡茶时加点菊米或罗汉果之类的清清热,再花点功夫就是自制蜜茶了。

至于冲泡过程,我平日里冲茶那几个随便的动作,此刻说来,竟也可分解成几道颇有名堂的工序。首先便是煮水,耐心候几分钟,待水开后,就可以开始洗茶具。将刚开之水淋于茶杯茶具上,一来消毒,二来热杯热壶。倒尽杯中壶中之水,便可下"茶米",谓之"纳茶"。这等"小事"是整个泡茶过程的关键。"够小吗?""会不会太多?"我每每纳茶,总要问问身边的长辈。拿捏得准的人才是真正有工夫的人呢。拿捏拿捏,还真是用小勺子来掂量。多几分则所泡之茶气味苦涩,少几分则无甚气味。还要根据茶壶的大小、茶米的品性来定量。观音过水极易舒展膨胀,水仙相对内敛,故下观音时切忌过量,否则易堵塞壶嘴。有时问声:"下几勺啊?"总是倒挨骂。最有闲情有工夫的人,会铺张纸,将茶米舀至其上,挑选一番,再倒入茶壶中。我只记得那是爷爷才曾有的做法了。接着便是引水斟茶,而首冲茶就是要弃之的。一来是讲求卫生,相当于洗茶叶,这时要用壶盖拨弄掉浮起的泡沫;二来是首冲茶往往有杂质且气味过浓,不值一品。但是也别浪费了。所弃茶水往往是淋于茶杯中,用来湿润茶杯,大约是"培养感情"吧。而如果茶壶是紫砂壶,妈妈还会将杯中茶水再淋回壶身。也许是受"以茶养壶"一说的影响,感觉像是茶壶外部吸取了茶的精气,更能留住壶内茶的气味。接下来的二冲即可一品。似乎花费好多笔墨才写至此步,然非"工夫"二字之过,实乃本人言语啰唆所致,实际冲泡过程并不十分考验耐心的。望切勿因此对冲泡工夫茶产生烦厌之感。

然而其中仍有许多说头。其中我最喜欢的一道工序是斟茶。这也是有讲究的,歌谣中有两句诗可作口诀——"关羽巡城流,韩信点兵滴"。斟茶时忌逐杯逐杯斟满,而应如"关公巡城"般顺着杯子巡回地斟,这样才可保证各个杯中茶色一致。至于最后壶中所留残汁,也应均匀地滴入杯中,这就是因为"浓缩是精华"了,谓之"韩信点兵",同时也不致使壶中残留太多汁液浸泡茶叶,令下一冲的茶苦涩。如此,方可达到色香味俱佳之境。我记得小学或初中某本课本中就有这首关于工夫茶的歌谣,只不过我到现在能记住的也仅此两句。毕竟实际操作过的印象更深刻。真正吃到茶,那种浑身舒畅的感觉竟难以言表。而工夫茶的特别,也在于其相对于其他茶的浓和烫。有些人喜欢用透明的玻璃杯泡茶,看茶叶在杯中舒展浮沉的形态。那也确是茶叶生命精华释放开来的最美姿态。但是茶叶能够尽情舒展,说明杯中空间足够。而泡工夫茶,是见不到这一过程的。而且,之所以味浓略苦,正是因为茶壶内一方小天地是无法令其尽情舒展的,可是壶中每一个分子却因此更加凝聚,保留住了更多气味。所以不管吃哪种茶,那种隐隐的苦是无法回避的。我喜欢水仙,正是因为它将这种苦更浓烈而愈有味道。观音茶色泽褐红,浑厚、含蓄、深沉。我想吃观音是重气,而吃水仙是重味的。我非能品之人,平素也仅是喝水仙、观音两类,到底得胡诌几句多年吃水仙的心得罢了。至于烫,无疑,整个泡茶过程中滚烫的开水这一配角实则对茶甚为重要。若水稍凉,则气味难留。记得家里换了热水壶后,为安全起见,通常是选择自动烧水,然而爸爸对水温要求过高,以至于每次水开后亮着"保温"指示灯时,爸爸总疑心水温不够,便执著地重新用手动加热,孩子似的乖乖守在一旁,看到壶盖"扑通、扑通"跳动方才罢休。这样冲泡出来的茶,吃起来确实过瘾。所以,我便渐渐有了两项本事——能吃苦、能吃烫。爱吃茶的人，还是有回报的。而吃茶吃茶，吃比喝复杂，工夫之处，大抵就在于此吧。

吃茶之益处，无非是止渴生津、提神醒脑、消困解乏、清肠助消化之类，所以饭后、尤其是大鱼大肉之后，吃茶是绝佳的。因为消化得快了，便又可以有其他美食下肚。所以潮汕人讲究吃，会吃，是有门道的。吃茶时必要有“物食”(即点心)来配茶才好。这让我这嘴馋之人又垂涎起那一长串可以唱成歌谣的潮汕小吃。方的油条、圆的油粿、海门的糕子、仙城的束砂、棉城的蚝粿、澄海的猪头粽，还有豆仁方、豆沙饼、腐乳饼、老婆饼……潮汕小吃多甜腻、油腻，用以配茶却是很好的物食。我常寻思着，会不会正是吃茶才带动了潮汕美食的发展。或者相关产业总是相互促进的吧。不管怎样，我们是有口福之人了。这怎么都得算是吃茶的益处。都说潮汕人是“东方的犹太人”，潮汕生意人受益于吃茶亦匪浅。潮汕人开店铺，都喜欢在铺中置一套茶具，冲茶以待客。店主往往都是热情好客之人，嘴上功夫了得，手上功夫也不赖。一两冲茶便做成一桩生意的事，并不稀奇。而且这种方式下结识的顾客，会不知不觉变成长期客户，甚至是良好的客户源。当然，更妙的就是由生意关系发展成朋友关系了。所以，像楼下的小店铺里头，煤气铺的叔叔，药铺的伯伯，卖衫铺的阿姆，理发铺的阿姨……进去坐坐经常只是谈谈天说说地蹭蹭茶，他们也是乐意的。店铺之间，也经常互相串门互相照应。吃茶的这种种益处，真正是妙不可言。

不过说到我们潮汕人的这种“好闹热”(爱热闹，热情)，从小小的茶杯中也能发现一些端倪。比如店中来了好几位蹭茶之客，而茶杯往往是不够的，所有的客人喝上茶或许需两三轮。因为一套工夫茶的茶具里，茶杯往往是只摆出三个，呈“品”字形。这“品”字，是“品茶”之品，更是“茶品”之品。吃茶间的礼数，多少是需要懂得的。茶杯少，自然要体现礼让人之品。这一点，主人也要拿捏好分寸。众多茶客，孰先孰后，人际这门学问大着呢。不过，据说吃茶的席间也是有暗号的。依稀记得那本课本里头提过，茶杯中的茶斟太满，其实是主人在发逐客令了；而茶杯中的茶不满七分，则是主人对客人的轻鄙。正常的茶位，应是八分。我想，这种暗号现在应该很少用了吧。若真出现这种情形，不是主人不拘小节，便是斟茶技艺确实不佳吧。总之大抵是无心之举。不过我不属于很好闹热之人。我喜欢“三杯”之举，不只因其美感，更因为我喜欢吃茶间就刚好三两好友，无需礼让，随意就好。这样吃茶也许更适合谈心，不只是谈天吧。且太多人，一泡茶吃不上几杯，终究不是吃茶的意思。工夫茶，这工夫，单用于茶，任你要下多少；若是用于人，下得太深了，恐比泡茶过程更复杂多了，我只怕弄不清楚。当然，也要看是如何用这工夫了。

可惜的是，如今我竟连冲茶的工夫都省去了。实属无奈之举。同样是水仙，泡在保温瓶中，那味道与用茶具泡制成的，早已无法比较。就这么随便抓一把茶米，因为不知道这圆柱形的容器究竟该装几分才好。懒得弃首冲茶水了，反正也用不着拨弄浮沫。就这么任其浸泡着，多久也没个标准。所以对水温基本不作要求。更不可能与人分享吃茶之趣……于是，喝茶，成了与喝咖啡同样目的的手段。

但还是不愿喝咖啡。吃茶的习惯,怎可能一朝一夕改变? 少却工夫,却少不了对吃茶的痴情。正如秦牧老先生在《鄙乡茶事甲天下》一文中所言:"……但是我觉得大多数饮料,常饮都使人有'腻'了之感,唯独好茶,却是天天喝,都不感厌烦的。"

吃茶的工夫,也不是求来的,是自己下的。

书　　褶

朱彩英(2010级基地班)

小时候念书，谈不上刻苦认真，却总是在每本书上都不自觉地留有似卖命读书的痕迹。那就是书本右下角的褶皱。

新学期领到新课本回家的第一件事便是包书了。读小学时是没有见过现在所见的书套，市场上也还没有卖。当时流行自己动手，制作合适的纸质书套来爱护书。我总是喜欢用上一学期的美术课本书页来包装新书，因为美术课本的纸张足够厚也很漂亮，既经济实用又美观。于是，刚开学手里的书都是漂漂亮亮、整整齐齐的。然而，好景总是不长的。每每三五星期后，书皮磨损了，封面也就如闺中女儿被曝光了。再多些时日，书角也就起皱了。

小学念书只有数学、语文两门功课。天天反反复复翻看为数不多的几本书，知识学得慢，老师好几天讲同一个知识点。书本翻多了，书页变薄了，书貌破旧了，书角长鱼尾纹了。

我习惯在书起皱后再一页页铺平鱼尾纹，起皱又铺平，如此周而复始地循环。书角经受不住这样，自然是要反抗的，好像它们也是要有尊严地活着，“宁为玉碎，不为瓦全”一样。它们选择了宁可让自己缺边缺角，也不服从你百般折磨。结果有些书页掉落了一角。同学们的书好像也都是这番景象，不明真相的人看了总会以为是我们念书很勤快，经常翻书学习功课所致。

五年级坐我后桌的那个不修边幅的男生，课桌上的书总是杂乱不堪，书角起褶起得厉害，整页书几乎都要卷起来了。老师常在班上开他玩笑说，你们看XXX同学念书多用功，都要把书啃了。那男生乐观开朗，当然不会介意老师这么调侃他。他特别聪明机灵，数学学得很好，做题很知变通。我一直学不好数学，记得那时可怜巴巴拜他为师，求学习数学的秘诀。他很爽快地收我为大弟子，毫不吝啬地予以指教。有任何解决不了的问题求教于他，都会得到最好最详细的答案。后来分班了，师徒缘分没能再继续，不过我数学因拜师长进了不少。再后来，初中高中班级分分换换，学校转来转去，见面少了，联系断了。而今也不知道我那师傅可曾记得我这徒儿，也不知他现在念书还起不起书褶。

六年级换了新班级,同桌是个从淳朴乡村来镇上念书的老实安分的男生。他总是很安静很乖,待人很真诚善良,我们都叫他“老实人”。我对这同桌唯一敬佩的就是他的书总是放得整齐有序,没有一本书会起皱。看他书桌上面、里面都收拾得干干净净、有条不紊的。看多了起皱残缺破旧的书,倒觉得他保持着原本姿态的书是非正常的。我不敢相信一个男生竟然可以如此整洁,而且他的书不起皱。我动了歪脑筋,做了件坏事。趁他不在的时候,故意把他的书角折起来,卷出鱼尾纹状。几天后再去观察,被我做过手脚的书重新被处理得平平整整,只留下一线折痕。想来那时的我真是小孩子气,倒也在同桌面前赧颜了。不知我那同桌是否依然保持着这般男生少有的为人忠厚做事平稳的品质。

现在念书虽是念到大学了,但平日很少看书,只是到了快考试的时候如临大敌苦读几日,考试一过也就不看书了。自然,很多书都还是新书,书页不曾留下什么看过的痕迹,更别谈书角长鱼尾纹了。

相较而言,还是喜欢自己小学长鱼尾纹的课本,因为那是真真切切的读书记忆。那书褶,留着过去手的温度,岁月的痕迹。

行　走

陈春玲(2011级师范班)

原计划生日月(九月)的旅途随心提前了。庆幸刚过持续雨期,遇上好天气。一切刚刚好,大概如此。

行走庐山

雨雾中的庐山简直是迷雾森林。仙境,大概是唯一的形容词去描述它。隔天,天晴苍翠,在暖阳的照耀下游走山间径道,那含鄱口、五老峰、三叠泉……还清楚感受到安静的山路里,我们坐在马路中间,听到身后车辆接近的声音,便不约而同欢快逃离。那时阳光很好,温暖且干净,我们躺在绿树下享受最自然的静谧。还清晰地记得爬上五老峰的疲惫瞬间被眼前的壮丽消除,站在云端的高度,触手便是云雾,望眼便是天际,一片雪白延伸过去便是透彻的蓝天,直至照耀万物的太阳。稍微低头,那深不见底的渊崖,高山陡壁隐匿于云雾之间。爬上最高的岩石,危险而开阔,身边空无一物,唯天际相拥。还感受到缆车从头顶"咔嚓、咔嚓"驶过的轰隆声,回转往下,终于目睹美丽的三叠泉。泉水迸溅的水花细细落在身上,巨大的水声、清凉的谷风,让人沉醉于山中秀水,不到三叠泉枉来庐山确实没错!

行走婺源

精美木雕、香樟源地、白墙灰瓦、徽派建筑,这就是婺源。虽然赶不及油菜花开的季节,也没等到红叶弥漫的深秋,但五月的婺源安静、淳朴,回复到它最自然的一面。偏僻、人迹罕至的上晓起村,那里有耕作的农民,有田垄泥土的味道,有破旧低矮的老屋。商业气息浓重的江湾却也不失美感,底子里的古建筑不曾改变。秀美的汪口并不著名却是最令我难忘。白墙灰瓦的房子沿江而立,一排排民居有其固定性的内部构造:那古老的钟摆,那四方的木桌椅,开门便现。汪口的绿水源源不断,小瀑布,江中小洲,"所谓伊人"沿河劳作。最常见写生的李坑,兜转曲径便见风情,小桥流水人家尽在眼前。呷一口桂花酒,享受午后阳光。倍感熟悉的酒楼客栈,无需回想,从古至今便是如此美丽。美丽的思溪延村应该是最原始的村落,古建筑静静伫立,村民们自给自足,商店不多,偶尔几家民宿只为向游人提供观赏日出日落的便捷。小桥上,一间独具一格的酒吧,小小的,名叫花吧,也叫单身酒吧,无数的明信片贴在墙上,上面只言片语,都是旅途的记忆。年轻的南老板就这样简单地开店,见证无数游人驻足又自由地游走婺源。

五月的江西很美,清凉宜适的庐山,避开游客拥挤而终复宁静的婺源,还有伴随左右的闺蜜。好景好人好风景,此次游走江西,都是美好的记忆。

关于进食

陈春玲(2011级师范班)

“雨天的夜晚很适合喝蔬菜通心粉汤。我们会顺着罗马古道散步到镇上,买一些干酪、芝麻菜,再喝上一杯咖啡。樱桃永远都是那么可口,我们每24小时就会吃上一公斤……”

你喜欢吃什么?有没有什么习惯?和别人聊天,多少离不开吃的话题,大概“民以食为天”真正是天性。每个人多多少少都是个吃货罢,对食物有各种喜好各种偏执。想要熟悉一个人的饮食习惯,由蔬菜起。A喜欢生菜苦瓜、B喜欢娃娃菜玉米、C喜欢韭菜小棠菜、D喜欢菜心香菜、E喜欢西洋菜……大家心中自有排名与区分。

在学校的话,如果早上有八点的课,那早餐是一份小笼包;十点的课,早餐是面包或者冲一杯麦片;周末,早餐是自制三明治和鲜牛奶,或者煮一碗青菜汤面。不喜肉类,高蛋白质的食物让我油腻与疲倦。每次午饭回宿舍后一定要刷牙,才能休息或用电脑,习惯每天晚餐后喝一杯酸奶……说起吃的,总会没完没了。

喜欢与人进餐时观察别人的吃相,不管男女、老少、亲疏。那低首不经意地展现头顶柔美的头发,视线顺着微微低垂,眼睫毛隐隐颤动,那持筷子的手指细长而灵活,拿筷子的姿势特别好看,优雅不失仪态,细细咀嚼食物,抬头见我观察着又马上不好意思地慌张望向他处或继续低首。看美丽的人儿进餐何尝不是一种享受?

若是12点下课,则必然是和室友一道吃午餐的。两个人边吃边聊是一天最平常也最舒畅的事。有时大家各忙各的,一整个星期没在学校一同吃饭,那便抽出时间在夜晚在学校外面附近的餐厅吃饭,即撑台脚是也。和谁谁谁吃饭,有时会变成一种习惯。例如空闲的周末我也一定煮粥给她吃,周末会一起去超市买酸奶和下一周的食材,即使只是普通的青菜肉丸,一起进食也会令人愉悦。

进食,其中有很多故事的呢。

春　　鸣

陈春玲(2011级师范班)

你要问我南方的春天是怎样的？我告诉你：去听听春天的声音吧。

乍暖还寒时节，咕噜咕噜，河床下裸露的淤泥一点点被涌进的河水覆盖冲斥，干涸的河流逐渐丰盈。咕噜咕噜，寒冷寂寥的冬季快要结束了。

南方的阳光雨水充足，枝叶繁茂，即使经历着痛苦难耐的严冬，南方的树木也并不会掉光叶子。迎着四季风袭，沙啦沙啦，沙啦沙啦，飒飒风姿逐渐转为温柔缠绵，恍如争吵过后的低喃细语。即使没有"忽如一夜春风来，千树万树梨花开"的恍然大悟，南方的春天却有百花争芳，炫彩夺目的鲜花盛宴。花瓣破苞而出，发出柔软舒展的声音，宛如你侬我侬的悄悄话，谁也听不到，可谁都看得出当中的亮丽。

夏

亚热带气候的家乡从"清明时节雨纷纷"结束起，五月初已进入夏至，阳光逐渐灿烂灼热，空气逐渐变得温暖黏稠。城市中的空调废气、骑车尾气毫无节制地往街道充斥，袭击着每一个行人的皮肤与鼻腔。整个南方城市的夏天都弥漫着腻得令人发愁的味道。

秋

南方的秋天来得激烈，一场闷了许久的大雨过后，秋意便浓了，让人措手不及。尔后的一段日子里炎热夹杂着秋风，时而令人厌恶，时而令人舒适无比。南方的秋天让人无法适从，毫无预兆地便遭遇了一身冬衣。

冬

从前不喜欢冬季皆因穿着厚重冬衣，活动不便，让身心不自在，且寒冷冬日就该窝在家好好睡觉过日子，上学工作什么的倍加让人心烦。

可是从几年前的冬季起，我喜欢上冬天了。因为，冬天是恋爱的季节。

我说："冬天是恋爱的季节。"

“为什么?”

“因为认识了你,因为可以装冷和你挨近点。”

“你傻呀!”

“你不喜欢吗?”

“不喜欢。”

“为什么?”

“……”

“你说呀!”

“……”

“哼,小气!”

我说:“我们找个冬天去大连看海吧。”

“为什么?”

“我喜欢呀!”

“……”

“你不喜欢吗?”

“不是。”

“那我们约好下年一起去吧!”

“……”

可是后来,我们一直都没有去冬天的大连。

向来情深,奈何缘浅。分开是痛苦的,尤其是在恋爱的冬天。

之后有一天我问他:“你不喜欢我冬天挨着你吗?”

“嗯。”

“为什么?”

“……我手掌凉,不敢牵你。”

我手掌是温热的,应该暖和到足以融化你的凉意。可是感情就像时间,过去了的,就不再回得来。不管分开的理由有多复杂,我只记得那年冬天不太冷,天空弥漫着若丝的幽香。

直到现在,我还是喜爱着冬天。因为,冬天一直是恋爱的季节。

我亲爱的人

陈燕霆(2011级基地班)

11月12日,外公生日。我没能赶回家为他祝寿,有些遗憾。我总担心,游学他乡的我还能有多少机会亲自为外公祝寿,不由地紧张起来。记得今年年初,好朋友的外公心脏病突发,撒手人寰。这一噩耗加剧了我对生离死别的恐惧。可又会马上打断思绪,怪自己杞人忧天。心一宽,思绪随着时间隧道回到外公身边。

外公是个胖老头,顶着个圆鼓的大肚子。小时候,一到夏天,我爱趁外公光着身子时撒娇地扑到他身上,边轻拍边调侃他的肚子:"呀呀,怎么满是脂肪却不柔软呢?"我嘀咕着,把外公的肚子当小鼓,在他怀里击出童年无忧无虑的乐章,节奏轻快愉悦。

外公前额饱满,双眉浓黑,眉角上扬,洋溢着凌人的气势,肉鼻厚唇又给人以憨实的亲切感。如今,岁月风霜磨去了他年轻时的盛气,时光的痕迹也化成淡淡的老人斑,永驻他脸颊。

上了年纪的人,对过去有一种忠实的信仰。他们会很认真地膜拜往昔,很沉醉地迷失在回忆中。每次,外公都夹着一支烟,任烟灰散落一地,任烟雾袅袅盘旋,一句轻轻的"那时候……"开启了温情的历史剧幕。这时候,他会像一个任性的孩子,要求一个耐心的听众陪伴;他又像一个自私的孩子,只把故事讲给自己听。

17岁左右,外公已成为生产队一员,随众人下田劳作,每天得一碗稀饭填肚子。那时候的人,都习惯了食不果腹,也都对饥肠之苦麻木无感了。可是,在外公体内一直流淌着一股汩汩热血。他似饿狼般在寂寞的荒郊寻觅生机,目光犀利敏锐,不放过一丝风吹草动。终于,死寂的寒冬里,他眼神一亮,猛扑了上去。80年代,外公毅然北上,风雨兼程,他不屈地寻找商机,拼进商界。

每有空闲时间,我便缠着外公讲述他游历大江南北的故事,含着口水想象他描绘的各地美食。每段故事,由他口中,融入我心里,并慢慢滋育一个美梦:闯荡世界。外公还不忘教导我,在外须真诚待人,不鄙夷落魄者,不高攀权贵者,心胸坦荡地立于世。即使致富了,外公也不像葛朗台老头那般锱铢必较,朋友有难他便慷慨地解囊相助。他是个乐观豁达的人,从不患得患失,只求"今朝有酒今朝醉"。

或许,正是这份达观,让人事的变故击不倒外公。

我总觉得老天似个顽童，芸芸众生中，他偏偏选中了外公，偷偷将他的命运拼成“Λ”型，又狞笑地跑开。曾经千辛万苦才攀上的高峰，来不及伫立观望，便被某些因素狠狠地推下深谷。可外公不怨不愠，似顽童般努力将命运的字符拼凑成“N”型。他知道，这场生的游戏未完。他离开商界，投身于宗祠事务，一心想在有生之年为乡人做点贡献。

由于妈妈和舅舅都离开家乡，剩下外公和外婆守着他们的家。冷清的庭院，空荡的厂房，孤寂的夜，不眠的心。外公、外婆耐不住寂寞，在后院开辟一方小地，种上番薯、葱、辣椒。嫩绿的番薯叶下长着番薯，有时外公会挖出番薯煮给我吃。出炉的番薯又热又香又甜。我问外公，是否尝到里面的苦涩。他笑道：“淡淡的，苦中带甜。”我爱吃番薯，爱和外公，外婆一起吃番薯，热乎乎，甜丝丝。

寂夜中，我常对着天空诚心祈祷，让外公、外婆平静自在地度过余生，而这余生，让它没有期限吧。我知道这种祈求奢侈，也知道这祈求背后隐匿着我不安的牵挂。

外公有咳嗽病，有时痰哽在喉中，外公会被憋得满脸通红，紧握的手背青筋突起，他似绝望地张着嘴，胸口一起一伏用力咳着。只有痰被咳出来了，他才会舒服些。我初看这情形很是害怕，屏住呼吸双眼直勾勾地盯着外公，我很想帮他减轻痛苦，可那么无力。只能在他舒服些后，递上一杯浓茶 ，在他身边轻拍他的后背。这厚实的背，承载了多少重负？这厚实的背，我需要它的保护，所以，一定要一直坚挺着！

岁月蹉跎，愿我们且行且珍惜。

公交车上的青春

陈梓婷(2011级戏影班)

我曾一度幻想自己买辆公交车,从白天开到黑夜,不收费,不按规定路线走,停靠着不同的站,停停走走,风雨无阻。

很多人都不喜欢公交车,因为他们往往只会联想到逼仄和汗臭味。

在每天街上的车水马龙中,唯一不变的,让我们不时翘首企盼的应该要数公交车了吧。它可以早到或是晚到,甚至不到,我们除了无奈地抱怨一下,最后还是得乖乖地坐上去,不过也许很多时候应该还是站着的。总之,这个慢吞吞的大家伙确实磨去了青春的大半时光。

可是我很享受坐公交车,包括等公交的过程。珠海的公交站都很漂亮,我喜欢在公交车站看等车的人。有些人从头到尾一动不动,一声不吭,就只紧紧地盯着车来的方向,眼睛也几乎不用眨,生怕错过了一辆车;有些人会急得像热锅上的蚂蚁,坐立不安,时而起身张望,时而坐下焦急,嘴里还碎碎念,估计是在诅咒那慢吞吞的公交车;还有一些人境界很高,能够苦中作乐,或与一起等的人谈天说地,或拿手机切几盘水果游戏,但仔细观察,还是可以发现,他的注意力其实还是在公交车来的那个方向上,因为一有什么风吹草动,他总是立刻反应过来。

可能是有强迫症,我坐公交车总是要坐最后一排左边的位置,戴上耳机,任音乐撞击耳膜。将窗开一条缝,让风温柔地拂面,给头发一个飞舞的机会。闲散地倚在窗边,看路边的景物快速地倒退。在夜里,五光十色的霓虹灯、耀眼的车尾灯和路边橘黄色的路灯交织成一幅流光溢彩的画面。

我还很喜欢观察车上的乘客:青春活泼的学生,一脸疲惫的上班族,饱经沧桑而显得格外淡定的老人,眼神空洞神情淡定的女子,带着淡淡烟草味的男人。我喜欢为不同的面孔编制不同的故事,这是属于我一个人的娱乐,乐此不疲。

公交车停停走走,每一站,有上车的人,也会有下车的,不是每个人都到终点。而这样停停走走的乐趣,是其他交通工具所没有的。你永远不知道公交车上谁会突然上车,谁又会突然下车。

试想一下,如果能够在公交车上来段美丽的邂逅,进行一次愉快的交谈,到站时匆匆下车，下车后抬头对眸时才发现来不及互留对方联系方式。公交车缓缓驶走，同时也带走那一抹微笑。一点遗憾，一点青涩，那是青春的味道。

就这样，我在每一个公交车会停的地方上车，在每一个属于我的终点下车，每天来来往往，反反复复，经历着我的学生时代，我的青葱岁月。

最接近猪肝的方法

程梦影(2011级基地班)

我有时候会忽然想吃一种东西。

有人帮我解释说,是因为你的身体里缺少那样东西富含的某种元素。这说法我还能接受,特别是有时候已经甚至不能用嘴馋来概括那种状态。

比如,我高三时有段时间就特别想吃猪肝。一想到猪肝,就会联想起以前吃过的各种煮法的猪肝的味道,并且在脑海里将美味无限放大,刺激着自己的味蕾。这时其他食物都引不起我的食欲,即使再好吃的菜肴到了我嘴里都会失去味道。只有猪肝,能勾起我食欲里最激动的信号。

于是便忙坏了我的母亲。她为了买到猪肝(新鲜的),特地起一个大早去菜市场挑选,然后就开始做菜。

我到家前的十分钟,她会把做好的猪肝再热一下。我一进门便嗅出了那诱人的香味。饭桌上的菜以猪肝为主,有许多辅料,像酸菜炒猪肝、竹笋猪肝汤、炖猪肝。总之,她在电视上、菜谱上见过的,都一一做给我吃。

看着狼吞虎咽的我,母亲一定是欣慰的,甚至她一定认为之前付出的一切辛苦都是值得的。

我跟她开玩笑说,难道是自己缺肝?母亲嗔怪地拍了拍我的头,说不许胡说,而后又殷勤地嘱我多吃些。

高三一年怕是吃了不少猪肝,当时父亲戏言,可能别人一辈子吃的都不及我这一顿吃的。

我突然想到猪肝,是因为今夜,我又犯了想吃猪肝的毛病。可是除了食堂所售的猪肝瘦肉粥里那少得可怜的几片之外,我找不到其他更快更好地获得猪肝的方式了。

在QQ上询问损友胡小二,她说帮我想想最接近猪肝的方法。我笑了,却更加思念远在千里之外的家。那里,是最接近温暖的方法。

在 林 中

官舒虹(2011级戏影班)

不论平地与山尖,无限风光尽被占。

但我已从平地启程,又尚未抵达山尖,这一路的风景在哪里?

我在一片密林中穿行,步履匆匆。迷失了来时的方向,亦觅不到苦苦追寻的山尖。前方似已无路,又仿佛处处是路。那一棵棵狞笑着遮住视线的大树,那一个个刺破天空张牙舞爪的长枝,还有那一团团让我难辨晨昏的浓荫,似乎都在嘲讽着我:“谁让你闯进来,你活该迷路。”

是的,我活该迷路。是我自己不要平地放眼即得的风景,是我自己渴盼在山巅俯瞰世界的快意,是我自己一腔热血闯入密林,然后陷入这般境地,不知何去何从。但我决不后悔。既然选择了远方,便只顾风雨兼程。

林中还有很多梦想家,我们相逢在某个岔路口,并肩前行一段,或长或短,然后又在某个岔路口分道扬镳,各自寻找各自的方向。我渴望邂逅一些胜利者,得到他们的指点,告诉我胜利在望。

当最后一抹夕阳的余晖被暮色销蚀,已累到极限的身体再也不肯妥协。被一丛灌木绊倒后,我终于伏在地上,沉沉睡去。

不知过了多久,朦胧中明亮的光芒把眼皮刺痛。揉揉眼,只见阳光像一汪熔化的金子,从树林上方的罅隙倾泻而下,照亮了幽暗昏晦的深处。而这一束束光线似乎带着魔法,让周围的一切都跟着起了微妙的变化。浓密的树冠慎重地筛下满地碎金,新生的绿叶在逆光中舒展身体;昨夜绊倒我的藤蔓上爬满一簇簇不知名的紫色小花,幽幽的香气在林中静静弥漫。侧耳倾听,清晨的露水从叶尖滚落,滴答,滴答。

于是心突然很静,平和安然。走累了偶一驻足,才发现自己错过了什么。

选择远方,但别只顾风雨兼程。

放慢逐梦的脚步,最美的风景原来就在林中。

睡　相

何凯琦(2011级戏影班)

相,样子。故有吃相、坐相、睡相,还有骂人的死相。我很喜欢欣赏别人的睡相。有些人睡相很美,睡姿很像白雪公主、睡美人,看了以后会忍不住想要偷亲一下他/她的脸颊。有些人则是很有姿态的样子,“大”字形,老人们称这是皇帝相,有霸气。另外,有些人睡觉则是像闹钟那样不停地旋转。刚睡下时,睡在床的这头,醒来后却发现自己已经在床的另一头,甚是可爱。

众生百睡相。根据中医的说法,分为不同的“相”,不同的“相”是由于人有不同的性情,不同的性情又在睡相中表露无遗。大概“相由心生”就是这个道理吧。暂姑且浅谈其中三相。

第一种是平时拘谨之人,睡觉时也是一种拘谨相,中医称之为“土形睡相”。身子直挺挺地躺在床上,被子盖到胸前,双手轻轻搭在小腹上,从睡下的那一刻到醒来还是那样的姿势。真想问问他第二天早上醒来,身子会不会有种僵硬、麻痹的感觉。此人平时生活之中大多都是那种拘谨的或是忧郁相。他们的拘谨和忧郁已经如同血液深入骨髓,即使你跟他说这是一个不好的睡觉姿势,对身体有害,他们还是改不过来的。

有种人睡觉就是那种“天大地大”的“大”字形姿态,霸占着整张床席,但这偏偏是老人家最为称赞的一种姿势,称之为“皇帝的睡姿”,而中医称之为“木形睡相”。心无杂念,胸怀坦荡,不对手脚、身体的其他任何部位加以约束,让身心处于最原始、最舒适的状态。

“火形睡相”,此种人睡觉时,双脚挺直或呈八字形,抑或一只腿伸直另一只腿曲起来,两只手上下移动,此人性情暴躁,但是为人耿直,热得快,冷得也快。

但是有一种人的睡相变换无穷,真不知道要将其归入哪一类为好。

小孩子的睡相总是不规矩的,你永远想不到他的梦境是什么,才会有如此丰富的肢体动作。

开始时手脚大张,像极了太极中的“野马分鬃”掌法加“大鹏展翅”的腿法,这小家伙难道是梦回古代开始了一夜的侠客之旅不成。忽而双脚一蹬,本来好端端躺在小身子上的被子便被无情地踢到床尾，皱巴巴地在一旁哭泣，忽然又180度大转弯。好不容易到大半夜消停一会儿了，又开始将自己的小手指放在嘴巴上吮吸，樱桃小嘴上还不时冒出几个小口水泡泡，眼珠子在眼皮子底下一转一转的。祖母跟我说，小孩子睡觉的时候都爱半闭着眼睛，眼珠子动来动去的，像是在防贼，保护家里的安全。哟，这样一个嫩小孩便知道保家了，难道是天生英才不成。

我很怕和陌生人睡觉，倒不是我小气，而是睡觉是私人行为，旁边多了一个陌生的身体，总会怕自己的睡相不好，影响他人休息，便不能恣意地睡觉，而且会下意识刻意收敛自己的睡相，反而一夜辗转，难以入睡。

睡相是人体自然的神态，也是最和谐的真实姿势，如小孩子的童真，如一股清泉澄清见底，如老人自然流露的沧桑。当累了的时候，用恣意的睡相酣然入梦，何尝不是一种幸福呢？

清明时节

李嘉玉(2011级基地班)

清明时节雨纷纷。

还好,今年的清明时节,天色虽阴沉,始终没有下雨,可算是天公作美。码头挤满了回乡下的人,我也是其中一员。人们提着大袋的祭品,高声谈论扫墓的具体事宜,夹杂着海浪声和鸣笛声。我想,这就是家乡的声音。

不一会儿,船就到了。上了船,更清晰、真切地看到了这片我既熟悉又陌生的海。海水是墨绿色的,缺乏通透的灵气,岁月却赋予它厚重、朴实的质感。放眼望去,海平面在不远处与天相接,我似乎离天很近很近,仿佛一伸手便可触及。远处,一艘天蓝色的货船缓缓前行,渐渐隐没在雾色之中,如海市蜃楼那般迷离。偶尔会有小飞艇"嗖嗖"地疾驰而过,所到之处波浪翻滚,化成一条长长的白练。依稀忆起很小的时候,我也曾乘过这种飞艇,那时我怕极了,摇晃的飞艇仿佛随时会翻倒,之后,就再没有乘过了。

大约过了20分钟,我终于看到家乡的沙滩,还有连成一片的低矮的防护林。汽笛再一次响起,船就要靠岸了。

"南三人民欢迎您",虽然俗套却令人倍感亲切的标语映入眼帘。回到我家所属的村子还需要走上一段路。路的两旁零星地分布着民宅,有破旧砖房,也有漂亮的洋房。沿着公路走,很快就会看到农田、鱼塘和虾池,"阡陌交通,鸡犬相闻"便应是如此吧。这段有一小截很狭窄,两旁都临水,左边的水域与南海相连,右边是水塘,它们把路挤得像一条线,经过时我都不免心惊胆战。

我的家乡四面环海,我自然是海的女儿,但我对这片海缺乏应有的归属感,我甚至有点惧怕它。这里被海洋所封闭,与隔海相望的城市有迥然不同的风味,也许正是这种风味让我对它望而却步吧。

到家后,大人们马上着手准备祭品,紧接着,一组人又浩浩荡荡地出发了。我们先到一座庙拜祭土地公、土地婆。奉上祭品,虔诚地插上香,烧纸钱,跪拜,直到人们跟神灵说的悄悄话最后隐没在长长的鞭炮声中,才算拜祭完毕。其实当中除了跪拜这一项必须人人参与外,其他的步骤就没我们这些小辈什么事了。家长们还在忙碌,我却闲坐在林荫下的石凳上，听着三姑六婆嚼舌根。这是一项蛮有趣的消遣，它可以帮助你了解家乡的众生相。

“你知道吗？老李家的媳妇要怀二胎。”

“真难为她，一把年纪的。”

“无论如何都得生个儿子嘛，不然以后连做清明的资格都没有啦。”

“这生个儿子继承香火很正常，但她也不想想她这年纪，能行吗？回头我给她介绍个……”

她们的对话让我感觉不舒服。我站起来走到一个小山丘上。那里的视野极佳，可以俯瞰大半个村落。

好一派田园风光。无论时代怎样变迁，中国村庄的山水风光依旧维持它的风韵。在这幅图画的一个角落，我望见了奶奶的坟茔。那是一个令人伤心的地方，等会儿我们就该去祭拜了。奶奶去世数年，她的坟还很新，坟的正中央刻着奶奶的姓名、生卒年月和子孙姓名。遗憾的是我的姓名并不在上面。对此，爷爷的说法是根据规定，女孩的名字不需要在上面，为这事我伤心过一段时间，甚至如今还有点介怀，可是传统是不容被打破的。

想起当年奶奶下葬的时候，四岁的堂弟披麻戴孝担当着一个重要角色，走在送葬队伍的前头，而我则默默地跟在队伍后面，小小年纪的我很委屈，觉得自己最后一个尽孝的机会被剥夺了。

我亲眼看着奶奶的坟茔建成，圆形的形状使这座坟像一位张开双臂的母亲拥抱自己的孩子。

“奶奶，我就在这里呢，抱抱我吧。”我在心里想。

乘船离开南三时我特意走上甲板吹海风，船溅起的浪很大，有时会弄湿衣服。我嗅了嗅海水，酸酸的，咸咸的，涩涩的，这边是这片海的味道。可我并不喜欢这种味道，我想我并不以海的女儿为傲，仅仅隔着一片海，两边就是两个世界。

归属感，始终未能在这里找到你。

回去的时候天下起了绵绵的细雨，清明节嘛，总该下一场雨，传统是很难改变的。

早餐的记忆

李乔(2011级基地班)

已经不知道有多少日子没有去吃早餐了,每当看到周围其他同学吃得津津有味的时候,我总能感受到一阵发自胃部的淡淡的忧伤和酸楚。可是真当我站到食堂的早餐窗口的时候,那股忧伤感却越发浓烈了。看到食堂各式各样的面包、包子、面却勾不起我的半点食欲,反而对我的胃酸分泌产生了压制作用,想吃却吃不到想吃的食物的伤痛,更与何人说?

越来越怀念起家乡的早餐。现在想起来,似乎每一种都能勾起我对清晨的无限向往。高中阶段,要求6点半到校,5点多的时候就得起床了。寒冬的日子里,这个时候天空还是一片黑暗,在路上骑着自行车只能借助周围人家微弱的灯光勉强看清前方道路的轮廓。售卖早餐的小贩起来的更早,还不等学校开门便早早地在学校附近摆好了摊位,等待学生们的到来。最方便携带的早餐是土豆卷,切得细长的土豆丝加上调料炒得七分熟,脆嫩可口,再用加蛋煎熟的薄面饼卷起。吃的时候,土豆丝的香味融入柔软的面饼里,面饼又很好地避免了土豆丝的散乱,两者结合在一起,就成了一道方便快速食用又能很好填饱肚子的美味。只要一块钱就能买到。卖土豆卷的是一个热情的小伙子,留着整齐干净的短发。冬天的寒风把他的脸颊吹得通红,但他仍然保持着对每个顾客灿烂的笑容,收钱,拿土豆卷,跟顾客道别,忙而不乱,有条不紊。在他身上能感受到一种年轻人的热情与活力,于是原本昏昏欲睡的我也不由为之一振。

卖土豆卷的摊位旁边是卖北京煎饼的手推车。据说,我还没上这所高中之前这个摊位就有了。摊位十分简单,普通的手推车上用铁皮包了一间方方正正的柜台,柜台的中间是一个小炉子,炉子上是一块用来煎饼的圆形铁板。卖饼的是一位老大爷,由于天气寒冷,他总是穿着厚厚的大衣,把毛绒帽拉得低低的,活像是变了颜色的圣诞老人。做煎饼时,先在铁板上刷上一层油,再用一支大汤勺盛上一勺粟米浆,均匀地画着圈儿浇在铁板上,之后再用小铲抹匀。不到一分钟,粟米浆就变成了薄薄的面饼,这时,再在面饼上抹上一个鸡蛋,待鸡蛋半熟后撒上葱花,放上特制的香脆锅巴,用面饼卷好,煎饼就做好了。由于是刚出炉的,充满热量的感觉让人格外温暖。

最受欢迎的早餐是肉夹馍。把事先调好味的肉片在铁板上煎熟，撒上孜然粉，然后放到已分成两半的馍上，加上一些生菜，把馍夹好便做成了。刚煎好的肉加上孜然粉所产生的香味足够让大清早刚起床，腹中还空空如也的人们流口水。另外，做肉夹馍的铁板也比做煎饼的要大，一次能做七八份，速度也快了不少，所以卖肉夹馍的摊位总是被围得满满的，有时想买都买不到。

除此外，各种热气腾腾的面也是常见的美食，直到现在回想起来都让人食欲大增。据说大三回到本部之后，早餐会很丰富，于是我又不由得对未来充满希望。

秋

梁颖(2011级戏影班)

每分每秒都被拉成失去弹性的线。

一个端点以下,一个端点以上。

很多过于复杂庞大的事物难以用单纯的因果去解释分析。又有等到陌生感成为唯一的度量——行道树和马路、楼房、各种颜色。

要经历许久才会明白我们的虚弱来自何方。

我想还是有人对于花朵的感情远没有口口声声里描述的深,面对那些印着或朦胧或清晰的彩色照片,他们把每朵花形容得那样迂腐而无凭无据。并不是所有的眼睛都有足够的准备去发现美。其实,他们从来只是无暇去发现。学业、工作、家计,职场里谁和谁又再为了评选职称明争暗斗。生活是说不完的东西。

谁会在匆忙的路上停下来去注意湖边绽放的美人树。即便它在初秋里散发着遥远而真切的香气。没有人知道路的尽头,空气里洋洋洒洒的都是细碎的疲倦,来源细小却总能让人忘了自己为什么低头,为什么眼眶会湿润,为什么会觉得痛。

我跟你说过,我只是突然想要糖。

还有一直期待的十月,它不是我想的那个样子。

从小总会在夜里因为腿疼而醒来,腿牵扯向身体各处,逼着人仓促清醒,勉强拱着身子在狭窄的床上站立。伸出手去揉,神经在那儿打上死结,形成一片没有血的伤口。找不到解决的办法,只能愣愣地注视着黑暗,盯得久了,恍惚以为自己从没有睁开过眼。睁眼的黑,闭眼的黑,没有什么区别。

没有区别的是,生成在身体某处的剧痛,和独自承受的静默,都是同一种孤单。

告别或离开,有时连类似的契机也不需要,仅仅由于忙碌,或者其他早就忘却的理由。早就说过,忘却,默许它的存在。

于是理所当然地仗着不同的噩梦,在深夜醒来,有的却是黑暗,尔后缓慢地呼吸。

陪我到世界的终结吧,你愿意吗?

那句话说:“再也回不去了。”

现在明白了吗?

坐车去转转

廖怡(2011级基地班)

想来自己并不是一个多么有情趣的人,人间乐事体会得少而又少,大有"四体不勤,五谷不分"之嫌,大约是性情中没有这样的细腻与耐性,以致在茶道、花艺、烹饪等雅趣面前全然糊涂,不谙门道。而坐车,这个乍听起来索然无味的玩意儿,却像独门秘籍,每每让我将心情拾掇得精致而松弛。

一

大多数人的童年里应该都藏着这么一个大院,院落里一群孩子,或爬大树,或跳皮筋,或打雪仗,或掷沙包,具体光景也许因人而异,但那份带着温度的感觉是相似的,搅拌了纯净水的清甜、细沙的柔软,还有满眼的阳光灿烂。而在我的记忆里,那个大院里最好看的,是绕成个大圈飞跑着的五颜六色的小单车。但我似乎从小就是个怕累的家伙,儿时的小慵懒就像脑后飞扬着的活泼泼的小辫子,在风中翘起一整个童年的笑声。虽是同样会骑车,我却要赖般地依恋着单车后座,骑车的人汗涔涔,我却在后头乐得手舞足蹈逍遥自在。有时雨后遇到坑坑洼洼的小道,骑车人便左摇右摆踉跄迂回,唯恐溅起的泥泞弄脏我的裙子。我低头看着湿湿的车轮拖出一条细长的印记,水墨一般划过片片斑驳树影。皮肤与风摩擦着,痒痒的微热的触感。雨水与阳光天然衔接,也许我曾在车上邂逅了彩虹。

儿时经常载着我兜转城镇的,是父亲。父亲的上衣被欢乐的风吹胀,而我尤爱用手指轻戳那个鼓鼓的囊,在后座晃动两条小腿,咯咯地笑。那时的城镇交通还未如此发达,那时的高楼大厦还未将小山下的芦苇丛埋葬,那时坐着单车能够抵达近郊的好多角落,那时后座的我目睹过"枯藤老树昏鸦,小桥流水人家"。与大自然贴近一点,再贴近一点,除了欢愉,还是欢愉。很久以后我才想明白,年幼时我偏爱的,大约是前进的速度,是周遭景物的千变万化,仿佛穿越时光隧道一般,它们让我嗅到成长的气息,而那时的我恰恰渴望长大;又或许是欣喜于清风的拍抚摩挲,听她哼唱着自由的婉转的童谣。

二

随着年纪的增长,坐车情结始终如影随形,但我必须承认都市生活的快节奏和远距离使新的交通工具开始坐拥一席之地,我亦得以接触真正意义上的“车”。我是不大喜欢坐火车的,如果乘坐时间不够长,不足以从一个气候区跨越到另一个气候区,那么铁轨两侧的风景便千篇一律,无法叫人捕捉到新鲜光亮。飞机更是不用说,若不是有幸分配到临窗的座位,那基本上就是呆望着云和天,惹来呵欠连天,疲乏不堪。我想,若是能从广州乘坐到拉萨,一路看秀色可餐的岭南水乡,峻峭挺拔的高山峡谷,瑰丽圣洁的湖泊河池,突兀嶙峋的冰川,牛羊成群的草原,主角更迭下,定然是有趣得多。

至于公交车,却是叫我又爱又恨。

拂晓,这座城市像美丽少妇揉着惺忪睡眼,伸展曼妙腰身,化好淡妆,嘴角勾起一道略显倦怠的弧度。她沐浴在晨曦中,高贵优雅,她看着东方的鱼肚白慢慢掀起天幕的一角,她的儿女陆续起身,被窝里还残留着仲夏之梦的香气。中学时代总是无可避免地遭遇上下班高峰,我一向是扶不住站不稳的“蔫苗”状态,东倒西歪,胃里翻江倒海,心中不时小骂几句。公交车上充斥着所谓的白领阶层,踩着高跟鞋的女士,挎着公文包的男士,是否有着相似的姓名,相似的蹙眉,相似的叹息?他们在最拥挤的站点下车,站牌后是相似的办公楼,他们鱼贯而入,消融无痕,各自为生计奔忙,在办公桌前焦头烂额,下班后为柴米油盐捆绑。这些角色支撑起这座城市的繁华,无力而充实,单调而规整,匆忙而诱人。这个时候,我便少年老成地思索起关于未来生存的种种命题,最终被一个急刹车惊醒。记得《东霓》里有这样几句话:“车窗外面,黄昏无声无息地来了。一点儿预兆都没有,就把我们这些在夕阳下营营役役的人们变成了舞台上面带着些庄严意味的布景。”我努力站定,克服随时将至的强大惯性,只觉得乱而迷惑,公交车上是一个现实社会,我只占领着脚下一小块地方,危险而拮据。

逃掉这种让人窒息的高潮,择一条稍偏的线路,偷得浮生半日闲,公交车旅行当真是别有一番趣味的。背个小包,塞着耳机,找个不起眼的位置坐下,隔着一扇玻璃,看看城市的喜怒哀乐,倒是惬意舒爽。这个时候,空荡荡的公交车上,线条变得干净利落,遐想满溢出来,儿时对前进速度的喜爱不慌不忙地钻了出来,隐隐渲染出几缕淡淡的冒险心绪。有时上来一对夫妇,臂弯里的孩子不老实,硬是要站在爸爸膝盖上,吐着舌头,伸手去够头顶的拉环,妈妈嗔怪着去扶;有时上来一个穿着校服的小学生,黑脸蛋,眼睛明亮,大约是刚上完周末兴趣班,背着书包拎着饭盒,小小的个子隐没在高高的椅背下;有时上来一位老爷爷,身着练功服,精神矍铄,神采奕奕;有时上来一位正在用方言讲着电话的年轻打工仔,携着大包小包,憨笑着露出一口并不齐整的牙齿,一面用侧脸和肩膀夹着手机,一面摸索着裤袋里投币的零钱,狼狈而可爱,我笑了,因为想起了王宝强。这一隅似乎自得法门,坏的恶的都被不知名的力量抽空,我被赐予一双慧眼,默认了人性的善美、单纯以及慈悲。

这时的天际晕出一片浅霞，窗外的城市华灯初上，他又像一个褪去反串戏服的少年，擦掉了白日里微红的胭脂，在追光灯打不到的地方，剩下不事雕琢的稚嫩脸颊。不过是一个羞涩而灵动的孩子，堤岸的星星点点恰似他调皮闪烁的眼神，他变得乖巧而真实，讨人欢喜。

三

如果说在公交车上尚有“小心扒手”一类的防备，如果说公交车总是走走停停磨人耐心，如果说负重前行的它不时摇身变为龟丞相，如果要追求自由度、舒适度、安全性、私密性、可操控性，那么自家汽车无疑是首选。虽然小汽车一直因为尾气排放被诟病，远不及公交车绿色环保，但车无完车，它让我能够最大程度地放空自己，毫无顾忌。

驾驶座的司机全神贯注于道路交通，副驾驶座的我摇头晃脑优哉游哉。车上放的是自己喜欢的五花八门的CD，听到共鸣处忍不住跟着哼哼，无须刻意关注公共形象，唱到破音也无妨，只为宣泄情绪，痛快而酣畅。

尤其喜欢飞驰在高速路上的感觉，如果能来点雨丝助兴，便是再妙不过。儿时觉得速度让我体味成长，如今依然。有时透过玻璃呆望着前方无限延伸的道路，朦胧中时而笔直时而蜿蜒，似乎是在极远的对岸铺展开来，干净而浪漫。我费力地贴着窗玻璃去看流泪的天空，长滑而下的雨却总是阻隔我的视线。有时会顺着雨流方向划一道透明的痕，有时会惯性地用手指轻叩车窗，有时会在玻璃上哈一口白气然后胡乱涂鸦，我不知道这算是怎样一种无章可循的对话，而我却自得其乐。雨中的世界明明虚无恍惚，心境却愈发地清晰，像结了冰的湖面，澄澈而坚硬。就算坐在车里，也能感觉到雨水从容的凉意，她在冲刷掩藏什么，而我在凭吊悼亡什么，那些年轻的飞逝的一去不返的，在某个瞬间通通倒退回来，静止我在眼前，触痛我的神经，又倏忽远飘。像所有悲春伤秋的文人墨客一般，我满满的心里还是挤出了一丝丝苦涩，从那一刻起，在某个隐秘的空间里，某种程度上，成熟甚至苍老。我怅然若失，却心平气和。

车仍在以高速前行，走的却是一条迂回远路。我对着驾驶座的母亲会心一笑，安享此过程。

闲暇时不妨坐车去转转，作别习以为常的繁琐和尘嚣，做一个暂时的流浪者，随心而已。漂泊是一种很美的写意，我时常希望车就这么一路开下去，不要停下。

记开平采风

廖怡(2011级基地班)

雨

就像我曾在文章里说到的,我喜欢雨天坐在车里的感觉:手指随着雨滑下玻璃窗,看外面的世界被切割成道道沟壑,点、线、面的随机组合,朦胧与明晰交错,别致的灵动与美,心也变得柔软起来。

采风遇上下雨天,其实我心里反倒喜欢。第一天上午我们一群人在立园的一个大看台里避雨,无奈四面漏风。细碎的雨丝飞溅到腿上,凉凉的,带着点花和泥土的香气,与我们作乐。男生们嘻嘻哈哈地去逗鹦鹉,提着鞋,赤着脚,这雨似乎也就下得特别有味道。

中午在车里小憩,醒来后发现雨又下大了。我们下车,前前后后行走在乡间小路上,满目活泼泼的雨伞,与沿路草木的碧绿碰撞着,打闹着。深深浅浅的积水,湿透的鞋和衣衫,痛快的尖叫和欢笑。年轻真好!

这么谈笑着就到了锦江,大雨终于消停了一会儿,但还是有细细的雨丝飘到脸上,痒痒的惬意。印象很深的是,那里有一道长长的石砌台阶,站在下面仰头看着,竟有一种不知这阶梯要长至何处的错觉,走到顶上,仿佛离苍穹近了一点,人站在上面化作一个点,渺小却真实。旁侧的牛优哉游哉,摇着尾巴嚼着草,想来是比凡人更懂得逍遥的。

碉　楼

这种美是历经沧桑的,是战争雕刻出的斑驳和壮丽,是当年冷雨在墙上冲刷出的影子,是时光在小窗上费劲剪出的余晖,是苍翠掩映下残留着的淡淡伤痕。

我们小心翼翼地走在狭长逼仄的楼梯上,抬眼看着天花板上仍旧华丽的吊灯装潢,脑海里勾勒着当时的画面,想来是天伦之乐,满屋安详。老地板,壁炉,锅灶,梳妆台,旧照片,留声机,床梁上繁复的花纹。古画上的泼墨挥毫,以及顶楼里肃穆的神龛。我们在瑞石楼里只能相对静默,唯恐惊扰了这里的古朴与安眠。这座最美的碉楼。

相比这里的宁静，另一处却叫人如此真切地感受到死亡与牺牲的气息。司徒氏的鲜血与脚步，以及荣辱与抗争。炮弹和硝烟给南楼留下的烙印太深刻，它高耸着，一枝独秀。沉重压抑感是弥漫在历史厚重的尘埃里的，是渗透在随处可见的疮痍里的，哪能轻易就散去？

记得最清楚的是，七烈士里，最小的18岁。

人

第一天下午到达马降龙的时候，居然出了太阳。我一面抱怨着蚊虫叮咬，一面跟楠两个人走着走着就脱离了大部队。

这座村落仿佛不食人间烟火，没有背负盛名的碉楼，没有络绎不绝的游客，而像一坛未出窖的老酒，成一面天然雕饰的屏风，隔离了喧嚣与浮华，只淡淡延续着一切，原封不动，与世无争。入目即是挺拔的竹林、乱跑的鸡、纵横交错的巷子、坐在门前拉家常的老人，两个人傻傻地走到了一个荷塘附近，眼见着周围景物都不怎么眼熟，我们面面相觑，终于意识到迷路了。

在好心村民的指引下，我们半听懂半猜测着开平话，兜兜转转终于回到了停车场，着实可喜可贺，可歌可泣。想来以后再也不敢有“私奔”的心了。

在赤坎的时候，大家人手一根麦芽糖，舔着咬着，童年的记忆又乘虚而入了。店铺前热腾腾的煎酿三宝，我们也算小尝了，被烫得热泪盈眶，却也是久违的畅爽。

一整天的折腾后，我很不合时宜地头痛起来，胃里翻江倒海，无奈出行前忘了备药。宾馆一楼已经黑灯瞎火了，楠辗转到二楼找一位老伯拿来了药，又帮我打了水上来。这温暖是要随着沿途美景一直记着的，记在心里。

第二天下午的漂流大战无疑是重头戏。皮艇进行得并不顺利，在一个地方来回打着转转，硬是不顺流而下。大家是怎样一齐制造动力相互牵推，始终鼓舞士气，“不抛弃不放弃”，才终于艰难泅渡出去。全程下来，雨水汗水河水，水分充足，而收获的感动也是满满的，实心的。

我真庆幸，与你们在一起。

突然的感伤

刘国华(2011级基地班)

犹记之前大约是五月份的时候,作为嘉宾参加了珠海市志愿者慰问专场文艺晚会,倒数第二场一群老奶奶的旗袍秀突然让我感动得落泪,原来生命的美好可以不需要青春的装扮,年华虽易逝,却留给了我们另一种庄重的魅力。看着那臃肿却仍风姿绰约的身材包裹着一件件华美的旗袍,我陷入了对美好江南水乡的向往,对或妖艳或素净的旗袍的向往。

对我而言,生命总是太匆匆的,有种不忍心的匆匆。忽然落泪不是触景生情,而是一种内心存在却不曾被发觉的痛,对生命短暂,对韶华易逝的感伤。有时我不禁想象,40年之后,我是否可以如她们一样,用岁月的厚赠给予生命另一种华美的过往。原来,一切都存在于心间,只是近来的烦乱沉淀了以往……

回首往事,记忆于脑海深处断弦,犹如一只古筝,被掩埋在荒墟废野的彼岸,不曾演奏过精美的乐章,只是在不为人知的角落静躺了千年。曾经以为,这就是宿命,这就是于生活中被选择的文人的人生……我总喜欢以半个文人自居,虽然我什么都不曾写过,也可能永远都写不出来,充其量就是个十足的文学混蛋。但是,我喜欢于某些时候,就这么自命清高地标榜自己,不怕亵渎了文艺,不怕亵渎了青年,但是,我怕亵渎了青春,我的来不及抓住的年华。

张爱玲说:"指缝太宽,时间太瘦,让过去过去,让未来到来。"我曾经试图奋不顾身地抓住青春的尾巴,却不知道青春甩了我一个现实的耳光。在清醒之后突然彷徨,是青春背叛了我,还是我辜负了青春……

回想着那晚那些老奶奶穿着华丽的旗袍用一种久经岁月洗礼的姿势走出她们对生命的敬畏与热爱,对生活的执著与热情,我突然莫名地感动了,为生命的灿烂而歌而泣。本来以为,旗袍只是年轻的姑娘们的专利,只有在那江南的烟雨朦胧中方可走出多情。然而,我是多么可笑,离了温婉贤淑的江南的姑娘,别了清澈柔润的苏杭的水,旗袍就褪了色,失了魂吗?

我终于觉得,一个女人最美的时光不是她的二十几岁,不是她可以妖艳的青春年少,而是年过半百、久经岁月洗礼的暮年。此间已没有顾盼流光的眼神,有的只是温柔慈祥;此间亦没有凹凸有致的身材,有的只是臃肿肥胖。但是,暮年的女人,自有一种从容庄重的美丽……

青春确乎是一段美丽且不可多得的风景,所以我每每期待着在青春中不曾远去的季节,爱我想爱的人,做我想做的事,走我想走的路,看我想看的风景……可是,此段风景已过,我却不知道爱谁,不知道想做什么,不知道选择什么样的路。我还在彷徨,为过去,为现在,为未来,会在不经意间恐惧发生了如果怎么办,即使我知道那不是如果,是必须要发生的。

是因为我还青春年少吧?是因为我还在期待着江南的烟雨朦胧中着一身旗袍,留下一串记忆吧?是因为我还在以文人自居吧?是因为我还处在这个多情又彷徨的青春季节吧?

如果此情可待成追忆,那就只是当时已惘然吧……

幸福姹紫嫣红开遍

莫雅仪(2011级戏影班)

90年代,那时网络未曾普及,我也不过是上小学的光景,小姐弟俩于村东振兴街处念小学。母亲天天踏着单车,自家中来回接送我们,风雨不改,回家后,还用湿毛巾一遍遍替我们拭擦脸和手。路不平坦,我的童年便是在后座的颠颠簸簸中度过。

后来我们渐长,二人一同坐在后座很是迫窄,母亲彼时患病,力气不大如前,犹自辛辛苦苦踏着那辆破旧单车一千数百回地来回接送。

成年后,每每在川流不息、车水马龙的街头驻足,都会念及母亲小小旧旧的单车,丁零丁零地响在窄窄的振兴街上。当时的振兴街,虽不像今日繁华喧闹,但每至春日,仍会自顾自地开满姹紫嫣红的野花。从来不曾有人欣赏过这些缤纷颜色,但野花不恼,春光也不恼,用欢喜的姿态,默默地姹紫嫣红开遍。在我的童年中,幸福大抵就是这一路的春色,以及母亲那永恒的不会褪色的脊背。

常常想,以后我若是动辄长嗟短叹,怨天尤人,愤懑怨怼,大抵就对不起母亲这一来一回的接送,就对不起小街上这妙不可言的春光,就对不起这姹紫嫣红开遍人间的幸福了吧。

为这弥足珍贵的幸福,就算世道仍是那么难缠,也要继续过关斩将,神采飞扬地笑着走下去。

幸福是这么喜欢捉迷藏,年幼时,我们念念想想的是长大,以为长大了,幸福随之而来,我们幼稚得甚至"幸福"二字的笔画写法都不甚了了,可我们还是期盼未来,期盼幸福。幸福在前方引诱我们,要我们到前方去寻找它。至年长,我们一路跋涉,杂事缠身,世道艰苦,不知何时把那所谓的"幸福"错过,于是便悻悻然回头,在记忆中寻找它,好慰藉慰藉自己。

幸福何须刻意找寻,何须反复斟酌,何须小心翼翼去掂量,幸福并不只存在于最好最美最宏大最绝伦的事物中,幸福有时只在于一蔬一饭,一椅一凳,在于最轻微最渺小的琐事中。试想,夏日午后,兀自躲在厨房,一杯浓茶,一碟子零食,这不是幸福,那什么才可称为幸福呢?

舒比格在《当世界年纪还小的时候》中写了一个可爱的故事,圣伯纳犬、兔子和母猪各自去寻找幸福，后来再见，圣伯纳犬和兔子都疲惫不堪，费力讲述它们苦不堪言的经历，母猪却笑意盈盈，浑身香气，眼睛闪烁着光芒，它说："我没有去哪里，我只听你们讲故事，就很好了。"故事终了，没有人知道母猪找到了什么幸福，也没有人知道什么才是幸福。

我想，大概，幸福就是她眼中流溢的光亮吧。如此简单。

何必为了找到所谓的幸福而营营役役，马不停蹄。大可如母猪一样，眼睛里常常含着光。

幸福本来就姹紫嫣红地开遍，只是，区别在于，你是否留意到了。

故　乡

莫雅仪(2011级戏影班)

离开故乡五年后,我才开始后知后觉地念起故乡的好,频频回首张望。

忆起故乡时,最先跳出来的是一排一排的红砖红瓦的老屋,笼罩在薄薄的雾中,继而晨曦开始亮起,光是平直的,细工笔似的,勾出房子的轮廓。于是,老屋子在晨雾中显露出精致乖巧的模样,屋披上的红瓦细工细排,矮墙上的黄泥脱落,露出锈红色的砖,晒台上晾着随风摇摆的衣衫,前院的门一响,孩子们推着脚踏车熙熙攘攘地出门上学。这些精致极为日常,不过,在日复一日中缓缓踱着步子,静止着光和影,成为一幅永不褪色的工笔画。

当初父母是经过再三考虑才决定要搬迁。孩童总是贪新弃旧的,我对城市的憧憬每长一寸,对故乡的留恋就减一尺。当我满心期待要搬走的时候,父母忽然宣布因为舍不得所以还是决定不搬了。这一消息犹如晴天霹雳,我哭闹了整整一天,最后父母拗不过我,依了我。

离开故乡,是带着一种解脱与逃离的侥幸,越是临近搬离之期,故乡越是变得面目可憎,我不敢对故乡有一丝丝的留恋,让这成为继续留下来的理由。最终便毫无留恋,头也不回地扬长而去,心安理得奔赴石头森林。

后来发现,石头森林鲜有情味,难得见着石头上会开出花来,而最可悲的是,开不出才是常态。

故乡则不同,总是带着温情脉脉的目光,盈盈地望向你。这目光不是阳刚凛冽的,而是委婉温柔的,是女人家的神色,是母亲打量儿女的神情。故乡是影影绰绰的,不同于城市擅长的高清像素,故乡的影像只是一片模糊的光影印象,譬如夏日午后透过窗帘看到的暖阳,譬如早晨呵欠后泪眼婆娑看到母亲准备的早餐,譬如小学路上捡到的一路细碎光斑,譬如有云的夜里婆娑的月光……

故乡是不喧嚣的,没有高声喇叭,没有尖声汽笛。城市总是虚张声势,而故乡是不动声色的。故乡有麻雀在梁间叽叽喳喳的叫声,有千家万户熄灯后门缝里传出一家人的低语声,有穿插在巷间的鹅毛换火柴的吆喝声。故乡人家里面用的是大摆钟,整点时分,摆钟便一下一下地敲响,数着年华似的。摆钟敲八下的时候,便是一家人准时收看粤语陈片的时候。这种电视剧总是一个套路，坏人一律叫“奸人坚”，最终都没有好下场，而正派的主角每每都是历尽坎坷最终迎来大团圆结局。小孩子都有英雄情结，看电视剧都是认认真真和断章取义的，放学后聚在一起，模仿电视剧主角的神情，正儿八经地念着对白，趣味无穷。年纪稍大点的孩子，自恃年长几年，不屑于玩这类游戏。他们之间时兴的是收音机里的情歌，还有报纸副刊的言情小说，他们听着收音机的歌调，把歌词仔仔细细地抄在本子上，自认为感同身受地哼唱，颇有“为赋新词强说愁”的意味。

故乡是有气味的，当然不是高贵优雅的香水味。故乡的味道甚至带着粗野的气息。有时是衣柜里的樟脑丸气味，有时是砧板上的气味，阁楼和厨房混淆的气味。男人的烟味，女人的皂香，孩子的汗气，故乡弥漫着烟火人间的气息。这气味最是没有野心，也没有什么抱负，它们弥漫在故乡的空中，像不拘形骸的浪人。气味是故乡的浪漫之一。

故乡是流动的。当太阳从连绵的屋瓦上喷薄而出时，故乡便开始一整天的流动。向阳的是光，背阳的是暗，整个故乡像一个海洋，向阳的光是海面上熠熠的波涛，背阳的暗是海底悄无声息的深渊。那么老屋子呢？老屋子就像是海上的浮标。少年们养的白鸽也出巢了，在连绵的红瓦上穿行不止，形成了海的低啸。光影交汇的那一排老屋，是比较锐利的一笔，揭开了帷幕，划开了光与暗。当夕阳西下，所有的金光都平息了，鸽群也回来了。故乡将白天的一切收进眼帘，然后心满意足地闭上眼睛迎接黑暗。

故乡和中国所有的故乡一样，都是有历史的。但她的历史不是气势磅礴的王侯将相史，也不是风花雪月式的唐诗宋词史，她既一无政见，对文化艺术也是一窍不通，她的历史都是寻常老百姓的历史，是一点一滴的柴米油盐堆砌起来的，带着油烟味。翻尽故乡的历史，你也找不到唐明皇和杨贵妃，更勿说楚霸王与虞姬；故乡也吟不出“大江东去”的诗句。故乡的历史就是每一个村民的历史，没有大的动作，细细碎碎的小故事汇成潺潺的江流，讲尽乡间田野的过往，童谣和顺口溜穿插其中，有情有义的，有血有肉的。故乡不是一个治学严谨的老学究，一板一眼地说教。相反的，故乡是一个无拘无束不求章法的街头说书人，不讲什么长篇大论，尽讲些小道细节、趣怪故事，好逗得你欢喜大笑。我们读故乡的历史，就是读我们自己的历史，从不按史学家的逻辑走，读到哪里算哪里，芝麻绿豆的小事也要在邻里讲述一番，遇到好事便嘎嘎大笑一通，遇到坏事便低低叹息一声。故乡那一排排的屋子，阳台上的窗户常常是半开的，有一股愉悦的表情，似乎是酝酿了几代人的愉悦。屋子里有时连个人影也没有，但屋子里满满的都是故事。窗户就这么半开半合，迫不及待要讲故事给你听似的。

故乡是我的故乡，故乡是所有人的故乡。从春到冬，故乡都是一派好景致，妙不可言，一幕接着一幕，永无止境，永不消散。

离开故乡五年后，我才开始后知后觉地想起故乡的好，频频回首张望。

后记:之所以写这篇文章,很大程度上源自王朔《动物凶猛》开篇第一句:“我羡慕那些来自农村的人,在他们的记忆里总有一个回味无穷的故乡,尽管这故乡其实可能是个贫困凋敝毫无诗意的僻壤,但只要他们乐意,便可以尽情地遐想自己丢失殆尽的某些东西仍可靠地寄存在那个一无所知的故乡,从而自我原宥和自我慰藉。”离开故乡多年,看到这句话后,我开始重新打量昔日栖居的地方,那个叫故乡的地方。

秋印象

齐小开(2011级师范班)

南　方

南方,九月的秋风无力地吹向我的发间,不能挑动那撩人的发弦。九月的秋风激荡不起湖水的涟漪,不能幻化成一环一环的晕圈。九月的秋风吹向那丛丛树间,不忍吹散一树夏天的记忆,不忍落下满地的花毯。

南方,九月的秋风是这样脚步轻盈,但是在它与你亲昵之间多了一层薄薄的花衫,渐凉渐冷了。我生活在南方已有三年的时间,我喜欢这片温婉,对于它的喜欢不亚于北方粗犷、爽朗的故土。南方的秋天似乎还留恋这尚未走远的夏,单单是头顶这片艳阳天就足以证明,暖烘烘的爱意让人不觉秋天已至。再瞧瞧眼前的花红叶绿,开的亦是夺目,也是夏恋秋的证明。秋风呢,丝丝轻柔地吹向你,吹向远方,将其毕生的温柔传送给她所到之处。此情此景,让人恍惚,使人怀疑,这是秋天吗?没错,这是南方的秋天,她虽没有春之娇艳,分明却多了季节积淀出来的成熟与大气,这是上天独馈赠于南方的礼物。而北方的秋是霸气的。如果说南方的秋天是小女人情怀,那么北方的秋是大男子主义,秋风更如此,它带点消残,吹过之处无不略显萧条,那呼啸疾驰而过的北风,得意地将眷恋在树枝间的一两片吹散,叶子托附着风的躯体在空中急旋两个圈,之后被甩落在秋风的杰作里,勾勒出秋的画面。

北　方

刘禹锡《秋词》写出了诗人眼中的北方(河南)秋印象:“自古逢秋悲寂寥,我言秋日胜春朝”,他认为:“自古以来每逢秋天都会感到悲凉寂寥,我却认为秋天要胜过春天。”然而像刘禹锡这样赞美秋的应是少数之人,爱秋豪情可谓独树一帜,不肯人云亦云,更难能可贵的是,此时(创作《秋词》之时)作者在官场失意,但他意志并未消沉,以一种积极乐观的心态面对生活,即使在这样使人倍感萧条、败落的秋季。

其实大多数人只看到事物的表象:花草枯萎、树木凋零……而忽略了北方的秋天亦是“收获的季节”。《秋歌吟》:“秋高气爽菊花黄,收获时节心欢畅。最是一年好光景,梨果飘香粮满仓。”吟出了劳动人民在这收获季节五谷丰登、粮仓充裕的喜悦之情。树木酝酿一年的辛苦结出甘甜的硕果,然而我们又何必纠结于树叶的凋零呢?!生活不是黛玉葬花“花谢花飞花满天,红消香断有谁怜?”悲戚婉约的“感花伤己”,生活应怀有“落叶更护花”的大度。

我国疆域辽阔,一个季节有两种风情,这是一种享受。秋,是北方的,亦是南方的。

秋之晨雨

齐小开(2011级师范班)

今天如常一早起身,室内光线暗淡,并没有像往日里生动跳跃的晨阳透过窗帘洒进屋子里使之明亮些。我急于想打破这寂静的沉暗,疾步向前伸手拉开了垂地的帘子,推开那扇透明的大玻璃窗,向外望去——呵,烟雾云绕的清晨,青山的墨绿隐退于白雾茫茫之中,得益于雾霭的装饰,不能明显发现深秋对这一山挺拔树林的摧残,似乎树林也不忍辜负了这翘首观望的人。此景犹如梦境一般虚幻,窗外依旧是一片未散去的雾气构成的白晃晃的明,雾轻透薄如蚕纱,此刻的白无力侵入室内的暗,我以为南方也有北方那伸手不见五指的雾天,供孩子们雾里来雾里去躲猫猫娱乐,于是我迫不及待地下楼奔向那团明探个究竟。

漫步在这雾里,一步、两步、三步……当它打湿了你的秀发,湿润了你的面颊,侵潮了你的外褂,你就明白了,这白茫茫的不是雾,是细丝如牛毛般的秋雨,似烟,轻轻地、不动声色地、铺天盖地地从天而降,从远处葱郁的林间溢出,彰显着深秋的生命力。“山色空蒙雨亦奇”,我站在山脚下这似北方消散了的即将散去的残雾般的秋雨里,深深呼吸着。我喜欢雨,不可名状,像此刻只安静地站在雨里,它便能安抚那颗浮动的心,“浸出沉思”。它虽没倾盆大雨的豪爽,却收敛了几分傲气;它亦没有连绵的深情,但少了几分诉断衷肠的哀怨,这是江南水乡孕育出来特有的秋之画面。

我置身其中,不觉走到了广场,这时的广场没有往日爽朗晴天时候繁杂的人群,却多了几个应景的人,零星分散开来,在丝帛的画卷中轻描淡写着他们的故事——手捧一本书,情思如轻盈洒脱的雨弥漫空中,滋润万物。我被女孩捧书认真阅读的样子迷住了。我是羡慕她的,但我又是担心她的,难道不怕浸湿了衣衫,不怕打湿了书本?但我知道自己的担心是多余的,她此刻的幸福也许只有她和雨知道。继而向前,勤奋的男生诵读朗朗的英文字母跳出生动的音律传到了我的耳朵里,“读得真美”,素来英文学习很差的我此刻也喜欢多听几句了。想必这声音也传到了雨的心里,瞧,丝丝的雨也加快了它玩耍的脚步,前面两个人已经撑开了红艳艳的伞,但她们还停留在那里不愿移开。我却快步折回来时的路,空中的“白色”已经消散尽了,它们化成树叶上的露滴,染绿了整片林子,显得更为苍翠。如果把刚才白茫茫的细雨景比作是丝帛水墨画,那此时此刻应是油画了,各有千秋。

南方的秋是温柔的,没有北方的凋残,我喜欢。这雨也是温柔的,滴落下来清凉但不刺骨。待我回到宿舍照照镜子里的自己,雨已经把我的头发编织成了一缕缕的。片刻,发丝上的雨蒸发形成水汽散去,飘逸到了漫天的雨里,又跟它原来的姐妹们汇合了,幻化成滴滴雨珠,轻轻散落下来浸入每一寸肌肤里。

这个时节的雨是不易疲惫的,就以当下这样的姿态,它会下个五六天不止,颇有故事未完待续的意味,然而我亦有幸多与它亲昵几日了。

也说喝茶

邱梓枞(2011级基地班)

说起喝茶,不同国家的人大概会作截然不同的联想:英国人想起他们红茶配曲奇的午后时光,东南亚人会馋于肉骨茶水的荤素盛宴,日本人则自然要夸耀象征大和文化的茶道和美味的宇治抹茶,总而言之是不尽相同的。就算是在我们中国,不同的地方喝茶的种类和方式也是殊异的。我想要讲的,只是我的家乡——潮汕地区特有的"喝茶"。

但凡论及潮汕地区的饮食文化,必言"工夫茶"。"工夫茶"并非一种茶类,而是一门泡茶品茶的艺术。通俗来说,可以理解为"中国式茶道"之一种。当然,若想论资排辈,中国的茶道历史比起日本可要悠久得多——这是无关紧要的题外话了。不知道最初是哪位高人为潮汕地区这种泡茶方式命名的,总之"工夫"二字用得极为贴切:以我所见的潮州家庭为例,一般的冲泡茶过程要分为"点火煮水""冲灌盖沫""洗杯斟茶"三大步,落实到具体的操作,或者在茶艺人手里,要更加繁复精细。如果有人愿意费心把一个完整的"工夫茶"冲泡过程仔细记录下来,大概是能写满两三页纸的。只泡茶一步费时程度已至此,不难想见一泡茶喝下来工程量之大了吧。《水浒传》等古典侠义小说里多有类似描写:某英雄好汉到一驿站歇脚,饥渴难耐,唤店家盛来一大碗茶水,咕咚咕咚一饮而尽……这种喝茶方式,一般人称之为"豪爽",若被潮汕人看到,怕是要在心里默默鄙夷甚至抱怨几句的——"一饮而尽,还不如喝白开水,哪里品得到茶香?"不过,这门"费功夫"的艺术,恐怕也只能为潮汕本土的民众接受,在外人看来,大概也有许多不可思议之处。资深媒体人杨锦麟先生到访潮州,看过潮州人优哉游哉的喝茶方式之后,就含蓄地批评过潮州人生活方式太过悠闲,工作不够勤劳。这是有一定道理的——一个人若把一天24小时的七八分之一用于泡茶饮茶待客聊天,工作学习的时间必然得缩减不少。但是,不同地域、不同民俗习惯影响下的人本来就有不同的生活方式,勉强改变是完全没有必要的,也不可行的。更何况,每每在电视上看到杨先生难掩疲态地对着电脑屏幕指指画画点评江山时事,我就会想,说不定杨先生是抱着羡慕嫉妒又不可得的心态,才会做一本正经状地说出那样的话来吧。

不少研究潮汕工夫茶的学者都认为工夫茶贵在不分雅俗、不论贵贱,为每一个潮汕人所享有,这话不错。不过,即使是高度平民化的"工夫茶",在权贵富人堂上与在平常百姓檐下,面貌还是迥异的。经济能力允许的人家,会讲究泡茶的工具,会根据不同的茶种选用不同材质的茶壶,或者收藏名家大师手工制作的茶具,总之是把喝茶变成一种文化内涵更加丰富的上品的兴趣。反过来,没有能力在喝茶上过度破费的家庭,煤炉小灶、白瓷小杯,便也足够满足一家老小其乐融融的幸福感了。在我看来,这两种喝茶的方式都是幸福的,没有高下之分。"工夫茶"之道,在于人的气氛是否和谐,主客双方的内心是否盈实。这两条一旦达到,金杯银盏也好,泥灶土杯也罢,都能得"工夫茶"之真意。所以,对于周作人先生说的"喝茶当于瓦屋纸窗之下,清泉绿茶,用素雅的陶瓷茶具,同二三人共饮"云云,我是不大苟同的。这只是一个中年知识分子对生活的态度,视界上太局限而不适用于每一个人。何况,周先生大概没有喝过潮汕的"工夫茶",故而没有领略到喝茶于不同的人、不同的时与地可能具备的不同意义。不过,如果周作人先生是站在反对一味追名逐利的前提下说出这句话来,我却要举双手表示钦佩和尊重。确实,随着社会经济的发展,功利化的气息逐渐渗透到生活的每一道缝隙中,就连"喝茶"这件本来最普通单纯的事也未能幸免。在这种背景下,"喝茶"或者成为谈生意玩政治的幌子,或者染上贪污腐败的恶臭,再没那种空山梅枝、风清月明的气质——但凡这一类,算不上"喝茶",也不值得怀念。

离家在外的潮汕人,大多对工夫茶有割舍不掉的情愫。火车上、候机大厅、办公楼,打开保温壶,喝一口暖热的浓茶,自然不稀奇,更有甚者随身带着纸包的茶叶和轻便的工夫茶具,每到一处新地,即刻呼朋唤友,三五同乡老友围坐一圈,便成就一个茶局。我在广州大学城读书的同学告诉我,但凡哪个寝室一到周末下午就热热闹闹茶香四溢的,必定住着潮汕地区的学生。而我自己——一个19年来不曾真正喜欢过工夫茶的非典型潮州人,居然在离家上学的短短几个月里,高频度地怀念起那一杯清茗的味道。忙碌时,劳累时,短暂的心酸或快乐穿心而过的时分,内心想起的没有其他,只是很想回家陪爸妈泡一壶茶,搁置世事,消磨一个下午的时光。或许,对大多数潮汕人来说,一把茶叶,一盏清茶,已经不仅仅是作解渴提神的功用,更是人和家族、乡土的一种羁绊。

最近微博上流传着一张"潮汕男女半生写照"的趣图:其中象征"潮汕女人"的小女孩儿跪在龛前双手合十做虔诚状(拜佛也是潮汕地区重要的民俗),象征"潮汕男人"的小男孩则是端坐地板,手拿茶壶演示着"韩信点兵"的冲茶方式。不知道发这张图的网友是不是有揶揄娱乐的意味,在我看来,却只感到无比亲切和喜爱——所谓民俗,本就没有好坏之分,只要它得以在一片土地上生存、延续下去,就一定有其自身独有的可爱可贵之处。

我曾经亲眼看过这样的情景:在潮州火车站的月台上,一个头发散乱、大汗淋漓赶来送行的女人,见到她那即将离开的亲友的第一句话竟然是:"哎呀呀,你看看,这趟来都没来得及请你到我家喝杯茶……"喝茶于潮汕人的重要程度,可想而知了。

开一树美丽的四言

谭碧珠(2011级基地班)

如果要我为《诗经》画一幅画,我会描绘一个很大很大的花园,里面生长着各种各样的植物,有些有幸活到现在,有些只存在于千年前的时空,她们有着美丽得令人屏息的名字:

薇、菡萏、蓼、葭、菲、茆、荼、芣苢、苓、栩、杻、柘、杜、舜、薁、绿、蓝……

曾经泛黄纸张上有许多字我并不识得,有时我会深深地看着这些陌生的字,像拿着一本古老的芳名册,虔诚地问过这些姑娘的闺名,仔细猜想她们的容貌,想要看尽她们藤蔓妖娆的前世今生。

如今,我遇见了她们,在树上开出一树的四言,每一片都是古朴虔诚的诗句,散发着悠远的香气,诉说着古老的故事,淡淡欢喜,浅浅哀伤,有美如斯。

桃之夭夭 灼灼其华

一位即将出嫁的女子,当窗理云鬓,对镜贴花黄,一点细朱唇,两颊胭脂红。在她最美好的豆蔻年华,犹如一树桃花正艳,开得极其鲜嫩而繁茂,浓烈得像灼灼燃烧的青春。一身粉黛烟云色,恰似脸红心跳时。那是她一生中最耀眼的时刻,绽放最灿烂的花朵,散发最热烈的光芒,或许此后她会嫁为人妻,夙兴夜寐,操持家务,儿孙满堂,长成一棵枝叶茂密、果实累累的桃树,犹如母亲的乳房丰盛饱满,为家庭开枝散叶,为儿女遮风挡雨。这应该是大多数古代女子的追求,成为一棵夭夭桃树,开花、结果、散叶,"之子于归,宜室宜家"。

最幸福的人生,莫过于在最好的时候绽放,在最成熟的时候结果,在看透的时候落叶,在合适的时候做合适的事——可是,人生总不会有那么多恰逢其时和恰到好处,不是每个人都能做一株幸福的桃树。

也有女子是桑树,"桑之未落,其叶沃若",桑叶肥泽茂密,年轻貌美时与心爱之人耽于浓情蜜意;"桑之落矣,其黄而陨",枯叶坠落,色衰爱弛,再也找不回昔日的山盟海誓。也有女子是梅树,"摽有梅,其实七兮",怀春少女犹如那梅子已经熟透,趁着树上还有七成的果实,盼望有人快来摘取,却总是等不到生命中的另一半。

你看,总有不圆满,总有残缺。如同树经历过春、夏、秋、冬,我们都会走过人间一世的生、老、病、死,只是开的花结的果不尽相同,树叶的飘落也有其独特的轨迹。

如果人的一生是一棵树,你愿成为什么树呢?

有女同车,颜如舜华

夏秋之际,木槿花开,一对青年男女外出游览,贵族公子与心上人,一同乘车,心中爱意无法压抑,歌一曲夸赞她的品德容貌:希望与你一起翱翔,天上快活飞;给你系上最贵重的玉佩,叮叮当当响;你那么美好,如同孟姜,芳华美德永远不尽。对于最喜欢的女子,他将她比作车窗外的木槿花。

舜,一种落叶乔木,又名木槿,开花的时候小小的,颜色也是最普通的粉红,看上去并不美貌多姿,不若牡丹名贵,也不如水仙娇弱。木槿花的花语是“坚韧、质朴、永恒、美丽”,想来这位姑娘也是像木槿花一样,虽不能在第一眼夺去人的目光,但会在流长的岁月里温柔守候,散发悠远香气,于是男子发现万千花丛中木槿花最朴素也最耐看,待他细细回味与她在一起的日子时,惊觉自己脑海中再也抹不去她的身影了。我猜想女子的家世地位高于一般百姓,但也比不上贵族显赫,或许与男子并不门当户对,却用平凡的美丽打动了他,这又是一出古代的“灰姑娘”故事呢。

天下的平凡女孩都愿做一树质朴动人的木槿,缓慢释放自己的美丽,让生命中的那个他不自觉地多看一眼,再多看一眼,慢慢地转不开眼睛,直至深情地唱出“有女同车,颜如舜英。将翱将翔,佩玉将将。彼美孟姜,德音不忘”。

幻

万千(2011级基地班)

“神爱世人,故在造物伊始,便将致幻的光给他们,蒙蔽羔羊的双眼,使其无视虚空的命运,从容走完一生。”

从前我不明白,不明白如此灿烂、耀眼的光,何以致幻。后来才知纯粹的光和暗没有区别,惟影的存在才能显出光,两者如同孪生。当你迎着太阳扑向光明,殊不知,阴影就落在你的身后。一生中,其实有多少事是发生在梦与醒的交界处,光与影的互生处。

那是三月,在别人下扬州的烟花三月,我却和你到北京参加一场学生会议。和你倾谈,一句一句打着机锋。惊觉我们何其相似,又何其相背,彼此亲近,又彼此远离。三万英尺的高空上,拥挤的机舱里,我看到你,其余人与声、光与影都渐渐消失。我已知道就是你了。

“在纯粹光明中就像在纯粹黑暗中一样,看不清什么东西”,黑格尔如是说。就像是雪盲,在那一片茫茫的白中,明晃晃的光遮蔽了我的一切视线,从此没有光也没有影,都是幻灭。

你是光,让我就此盲了目盲了心。我爱你,更爱我罗织幻觉构成的你。

原来,我们爱一个人,不是爱那个人身上缺失的自己,就是爱他身上投射的自己。不是爱其相似,就是爱其相背。光影相间,虚实互生,何尝不是如此。

白马入芦花,银碗里盛雪,据说是佛之高境,是有中无,终是无中有。那么,光后有影,影前有光,是否也是同样的理?

有次我看到新的直木赏作品,里面有段内容说:“我回想起在学生时代,和恋人菜穗子去参观画展时曾经看过这样的画像。两棵各自生长在盆栽里的树木,因为放得太近,导致到中段开始相互纠结,变成像是一棵树般往上延伸。也没有经过修剪,甚至由于过多的枝叶、花朵及果实而失去生气,两棵树木都变得干瘪瘦瘠,看不出是哪方在支撑哪方,互相觉得困扰吗?互相需要彼此吗?那是多么怪诞的姿势。我完全不了解那幅画好在哪里,但是菜穗子很喜欢,站在画前久久不离。”

是的,我们所谓的理解或许反而是一种负担,愈亲密愈疏离。我怎么舍得,你明媚的生命,不怕错过,只怕辜负。一些情缘若太强烈,终于看起来是要变得凉薄,水深静流。

“无论是为人事,若爱到深处,都无法不成为悲观主义者。”你是影,遮蔽的角落都是我心中的怕与不信。我有多渴望光,就该知晓需要承受背后多大的暗影。太相似的我们不过是互相依附的绞杀植物,我如此珍视,于是不再靠近。

我是那只在百鬼夜行中离群的游魂,始终忘不了那些有你没有月亮的晚上。你可怖的温柔是幽明中的磷火,譬如朝露,易折易失。那样的距离,无从把握,美丽得荒唐。就算充满裂缝,又何妨扑空。梦里你的容色极美,仿佛一块温润的玉,含了月的光,是这样难说的美,使我沦亡。你是夜中的灯笼。你不同我一起,你是我的方向,你怎能同我一起,徒然是相好却无言,罢了。

当光和影无从分离,我同你是不是一起,又有何分别。

那天会议结束在机场分别,我一个人在深夜回家,整个小区已陷入昏睡,庞大的寂静中除了路灯只有我行李箱的轮子碌碌作响,想起那首诗“田园将芜胡不归”。一束束灯光投向暗夜,像是巨大的隐喻,我的人生就是在这么多个将明未明的光影间隔中、将了未了的遗憾中度过。

唯有如此,才是人生。

愿生命中常有恋慕与希冀,而光与影生生不息,这句话送给你也送给我,送给那些过往中的吉光片羽。

拥食以读

万千(2011级基地班)

《游褒禅山记》中写道:“余与四人拥火以入”,私将二字改动,作“拥食以读”。生平无大志,读书无高格,唯为趣味二字,且有毫不风雅的癖好,即“不吃东西不读书,读书必在吃东西”。好比清谈佐酒,零嘴下书。所以,书对于我大抵分为两类,可以边看边吃零食的和不吃零食的。当然,可以吃的里面又分成什么。

诸君读到此,怕是要露出鄙夷之色了,读书这么件端庄风雅之事,就算不必正儿八经,也不能想象有人或盘腿而坐或窝在沙发,一边嘴里吧唧吧唧地吃东西,一边用脏兮兮的手指翻书页吧。在这里,我必须澄清的是,小可在看书吃东西这事上还是颇讲个人卫生的,比如:左手吃东西,就绝不会用左手翻书,此准则对右手同样适用。

这个癖好也是由来已久矣。记得很小的时候,应该是某个下大雨的夏天,不能跑出去玩,一个人坐在房间里,读白涅德夫人的《小公子》,一口气把书看完了,三盒雪糕也下肚子了。母亲知道后自然是教训了一番,说小孩子乱吃东西是要闹肚子的。

还有看过的童书《城堡里的月亮公主》,起头就说:人类大概分三种类型,分别是从服饰、阅读、食物获取慰藉。我想自己的癖好大概是兼采后两者,精神上的富足感和嘴巴里的满足感同时获得,像是饥饿的人看到书本,心里的饥渴同时带动味蕾工作。

我想,如果哪天翻动小时候读过的书,页缝还能抖落一些糕饼的残渣,印了一圈的小小油渍,唤起的也是很温馨的回忆吧:那天的我,是抱着怎样的心情吃着什么读这本书的呢?

当然,既然读书有细嚼有慢咽,吃食也是五花八门的,那么,书可以乱读,东西不可以乱吃。读什么和吃什么的搭配上,可是大有讲究的。

读小说,尤指言情武侠类,不管是亦舒还是藤洋、小椴,哪怕是大头春的《城邦暴力团》,佐膨化食品最妙,读得痛快,消耗得也快,一筒薯片不消半日,已尽入腹中。吧咂一下嘴,手上黏着的碎屑像是故事的意犹未尽。

但想想,怎么可以读诗词的时候配着油腻口味重的食品?清浊不可混。读姜白石词:“花满市,月浸衣,少年情事老未悲”,不必特意寻清泉绿茶,一杯白水足矣。百般滋味,都到心头。

春天读各种随笔。明清小品里常有清简逸语,写人记事于日常琐屑中可见志趣和深情,适合各种糕点,最好是糯米的,甜而不腻。便利店里也有各种团子出售,咬一口些许粘牙又带着弹性,像是可长可短可伸可缩的行文,缠绵味甜的馅儿就是飞扬而回甘的一笔。

手边实在没有选择,就抱着《东京梦华录》吃夜宵,书里有:酥蜜食,澄砂团子,荔枝膏,樱桃煎,纯属画饼充饥更加眼馋。看到《影梅庵忆语》写董小宛:“宣瓷大白盂,盛樱珠数斤,共啖之,不辨其为樱为唇也”,恨不得即有樱桃可吞,效牛嚼牡丹状。

夏夜适合看玄夜怪谈。《太平广记》和日本的各种物语,都是相宜的。白日的暑气已经消了几分,就着冷酸奶或一碗家常的冰镇绿豆沙,低眉仰首,只觉清夜嘉美。口里像是新雪初融的滋味,夏虫“寂寂寂寂寂”唱着五言绝句,“日落狐狸眠冢上,夜归儿女笑灯前”,这才是人世间的气味。

秋日是童话的季节。翻出安房直子,兔子做出来三十种美味调料,小狐狸用蓝色桔梗汁染好了手指。就着山楂卷芒果干,格力高的各种饼干,就是秋天的好味道了。

冬天,冬天适合睡觉。咬着巧克力或嘉云糖看大部头,看着看着就要睡过去了。

通常是食物就着书本,先决定读什么,再找吃的。不过也有相反时,像我在家中吃蟹前,一定要翻出丰子恺的《吃蟹》,母亲嗔怪,我对之曰:“酝酿用餐气氛。”那篇《吃蟹》写得真是好,不由得不食指大动。还有吃食也玲珑万分的《红楼梦》。其实,与其说是为吃而读,不如说是在乎一种仪式感。

还有一些书读着我是不吃东西的,这一类比较难描述,只好举几个例子。比如前些时候翻的《解体概要》,一时忙着和作者对抗,一时想要击节而叹,也就顾不上嘴里的吃食了。至于要我读《刘氏女》的时候吃东西,那恐怕是太为难了。

最最歆羡的还是《文学少女》中的远子学姐,一个吃书的“妖怪”,用她细腻的味觉品尝“食材”,顺便摘录一段吧:“Fitzgerald写的文章味道豪华极了。虚饰、荣光,以及热情舞动的华尔兹,就好像在派对中品尝光亮的鱼子酱和香槟酒般。放进嘴里,用牙齿一咬,纤细的薄膜就破掉了,洋溢着香气的液体就在舌头上转动。”唉,如远子学姐这般还不需要考虑吃食和书的搭配,才叫原汁原味。

赵元任先生曾说自己研究语言学是为了“好玩儿”。做学问是一件好玩儿的事,读书是不是也可以为了“好吃”两个字?

传说过去有个尚书,送了朋友名贵的牡丹,还送了一瓶酥油,告诉他花凋了之后可以炸了吃,这是很好的态度。愈是珍贵的物事,愈是要以家常态度待之,不必做清供。读书的乐趣,与寻常百姓以食为天的乐趣同出一辙。

不为无益之事,何以遣有涯之生?区区此生,拥食以读,但愿读到老,吃到老。

风·雅·味

万千(2011级基地班)

嗅觉——记忆的返魂香。轻轻抽动鼻翼,色相缭绕在眼角眉梢,内心某处角落划成一个个小方格,储满了气味,一呼一吸间前尘影事都到心头:

童年时随父母旅游,刚降下纯白初雪,深深地吸一口,冷冽的霜气夹杂着淡淡清甜;

穿着崭新花裙,站在刚下过三月的雨的花园,潮湿、洁净的空气中交织着早春球根、嫩芽、泥土的味道;

大暑天,爬山虎与蔷薇从墙头纷纷披垂,很寂寞的样子。都很美,我想不到什么好形容,只想把眼睛闭起来,静静地浅浅地闻一闻。

…………

可如今,往日的生活和情致失去踪影,连气味都很难闻见。现在的我们闻不到春夏秋冬的差别,闻不到晴阴雨雪的不同,闻不到花落花开,闻不到清风流水。曾经的馥郁都在鼻翼边枯萎,取而代之的是这些人工制造的气味:刺鼻的废气、琳琅的护肤品、人工混合的香氛……

我们的国度曾有过这样细腻纤丽的审美,气味与二十四节气和物候紧密相连。季节与季节的起落之间,一种温度、一种气味,在不经意中更迭,你说不清楚是具体哪一天哪一个时刻,悄悄地有了改变:春夕残暑秋扇雪霁,花明流萤晚蝉围炉,四季流转,光阴似没有尽头。

立春 “春日迟迟,卉木萋萋。仓庚喈喈,采蘩祁祁。”上溯汉代,就有立春日需食生菜的习俗。杜甫《立春》诗中有一句“春日春盘细生菜,忽忆两京梅发时”。裁红晕碧,春光隐隐就从这灶台餐桌上倾泻出来。一朵花初绽的味道,只有你能闻到。

惊蛰 春雷始鸣,万物萌动,天上碎雨重降,地下微微土腥,又是谁唤醒你的沉睡,兜兜转转寻寻觅觅缠缠绵绵陪你唱那出《惊梦》。

清明 是纸鸢天,是柳色新,是踏青路,是怀旧心。无处不飞花的春城啊,今日嗅不到烟火气,梨花自寒食,请君细点眼前人,于是那片青草也有点寂寂。

谷雨　这时的雨,气味清新而恬淡,芳香一点点散了淡了。原来即使惜花系金铃,到底开到荼蘼花事了。

小满　家家榴花照眼,蒲葵生香。小时候外婆怕我这小娃中暑,夏天常采了艾草艾叶洗净煮水为我洗澡,水声哗哗热气氤氲,那缭绕的药香多年后闻到都令人安心。

夏至　那时的天很蓝比现在蓝,那时的天很高比现在高,那时的汗水与泪水都清新如花露,所有的夏天都温柔得叫人心碎,多情终似无情。

小暑　小孩子洗完澡,穿着短褂清清爽爽地在院子里纳凉,婆婆的葵扇一扇一扇,送来的是夏虫呜呜,丰盛蓬勃的草木香让人欲眠,半梦半醒间看那月光洒在地上。

大暑　家里的莲花要一缸一缸地养才有风致,荷叶的清香是荷叶炖鸡的味道,冰糖、雪梨、莲子、百合或者一碗绿豆沙都用甜丝丝的气味诱惑着你,可消长夏。

立秋　《梦粱录》载:"立秋日,太史局委官吏于禁廷内,以梧桐树植于殿下,俟交立秋时,太史官穿秉奏曰:'秋来。'其时梧叶应声飞落一二片,以寓报秋之意。"夏日烈焰逐渐燃尽,空气清透如瓷,想起日本民谣里有一句:"喜爱秋天的人儿,是我的恋人。"

白露　凉风起天末,细雨湿流光,你侧着身子恰凭栏,可知我一生爱好是天然。最长的夜里只取一盏灯,最好的故事只取一句话,最繁复的味道只取一盏白露茶。

秋分　这时木樨初发,金风催蕊,香气滃然,浓郁极了,简直劈头盖脸把行人都笼罩。三秋桂子,最好的桂花在满觉陇,落英如坠,拾掇起来做桂花糕栗子羹都是极好的。此外,秋天的好风味还有:凉风鲈鱼,青梅烫酒,菊花火锅。

霜降　木叶尽凋,簌簌落下,空气反而洁净得带出一丝透明的味道,"秋菊堪餐,春兰可佩",西风起,我真的思念家乡的莼羹鲈脍,胡不归?都因昨夜一场霜,寂寞在秋江上。

小雪　你知道吗,雪也是有香气的。若有若无间,凛冽得不会与其他滋味混淆,那股沁凉的味道转瞬即逝难以捕捉,这样的美,又这样的伤感。

冬至　北风其凉,雨雪其雱。旧时常有人斫来整枝腊梅在市中叫卖,暗香泊来,可以用作清供,或者拿蜜渍一段时间,也是一道花馔。火树银花笙歌宴,酒酿丸子是团圆的滋味。

大寒　寒冷空气,冰白透青。你当垆沽酒,皑如那一冬七八场大雪,酒还未沾唇,我就已经一醉一陶然了。而你不看我,于是寒气成了冷香,压成薄薄的刀锋逼近。《花镜》里说,江南有二十四番花信。大寒,一候瑞香,二候兰花,三候山矾。

我却一直候着你,看来年又一春。

嗅觉,因为它的无形无色莫可名状,甚至更为锐利和准确。

古者,香气秽气皆名之臭。用毛孔去呼吸,用耳朵去谛听,千年前满城的吹花小径,满城的听雨高楼,眼耳口鼻舌身意,都透露出一丝诗的消息。而今,季节正在消失,比季节消失更快的,或许是季节的气味,那些缤纷缱绻,那些散金碎玉,所谓凄清温凉,终归渺茫。

时间为气味所惑,忘记前行,不可磨灭之美永远存在。

朝暮瞬息的流水浮世,记得依赖着嗅觉,从这里重建。

快乐乡秋

王鑫(2011级基地班)

有一个村落,她坐落在连绵的山腰上,起伏的高地流转蔓延。眼前的水稻早已经硕果累累,不是嫩绿也不是葱绿,是一种收获的黄绿。这是一种独特而有魅力的色彩,优秀的画家也不能调试出它的光泽。虽说是深秋的稻田,但是呈现在我眼前的不仅仅有金黄的稻粟,还有在那纤细的叶脉间沁出的绿色叶带,黄与绿柔和得过度。这是时间给我们创造出来的艺术品。此时夕阳的余光让我着迷,不断地吸引着我凝聚的目光。望着最后一刻落下去的太阳,期待着焕发出那最迷人的红光。是呀!这时候的它不绿也不黄,不黄也不绿,是一种能带给我在沉睡的土壤里感受出的一种新生。我家有一亩三分地,小时候经常去田里玩耍。这时候再回想起来总是那么甜丝丝的。每到春天大家就忙着耕耘,来之不易的秋收总是让人觉得那么酸甜,那么多不舍,都夹杂在苦涩汗水里流淌下来。深秋成熟的水稻一束一束的,厚实得很,再茂密的"丛林"也遮不住它们的身影。随着清晨的第一缕阳光,我们一家拿起镰刀,来到稻田中。我操起镰刀,弯下腰一把拽住了水稻。距离地面五厘米的高度就像锯木头一样一下就把稻谷锯倒在地,最后我还是按规矩将它们平放在"道路线"上,一两天的忙活就算是告一段落了。

我们家后山里长了一棵柿子树,而后山的植被除了竹子,恐怕也就只有这棵柿子树了。在这面积不是很小的竹林当中,似乎这些竹子的天空也被这棵硕大的柿子树冠给占据,遮蔽了上升的空间。据说,它已经有一些年头,可能是我爷爷的爸爸或是爷爷的爷爷种下的。小时候的我走在林子里,如果不抬起头望,我连一个树枝也看不见。或许,这棵柿子树不想让我去采摘,一年比一年长得高,但对那时的我来说,爬爬树不算什么难度。只是当时我还小,十岁出头,胳膊不够长,根本抱不住,所以我一般会借粗壮的毛竹爬到它的第一个树杈之间,随后一个树杈一个树杈地往上爬。那些眼前一枝枝的柿子就这样收入囊中。不知道是因为小时候的我还不知道什么危险呢,还是自己的胆量过硬,我站在高高的大树上却没有一丝的恐惧感。有时,运气差,让奶奶看到就会被狠狠骂一顿,奶奶那不断喘气的声音就像哭丧一样哀号,简直受不了!细细想来,当时除了不知天高地厚之外,我是真被那些摘到的青幽幽、红橙橙的柿子给迷住了。

往往一般人说春天，是耕耘的季节，夏天是生长的季节，秋天是收获的季节，冬天是消耗的季节。但就我小时候的记忆来看，一年四季每一季的不同时节都在抢种抢收，不是一个“忙”字就能说尽的。

日月星辰的起落，四季变化，一年又一年，像原野蜿蜒的小路，在离我远去。我的童年是无羁绊的，是随自然天性成长起来的。她又孕育我闲情的意志，埋下宽宏胸怀的种子，熏陶了一种自然的情怀。十几年的城市漂泊，有时候还真想回家看看，可是每当自己真正回去的时候，伴随的是失望、凄凉。环境没有怎么改变，变得只是大家。用时不时激起的童年记忆来滋润我现实枯槁的土地，不也是一件幸福的事吗？城市虽好，过去的回忆依然珍贵，回到早睡早起放羊锄草的生活，也是一种人生。我想，那样的生活虽不是锻炼人磨练人的地方，却是最好的培育、滋养我的土壤。

辗　　转

王星懿(2011级基地班)

不知从什么时候起,开始喜欢这样的短途旅程。珠海到广州的距离,广州到珠海的思念,时针在表盘上走过两个圆圈。这不是归属,而是一种依靠,或者也可以说是一种逃离。

喜欢背后有所依靠的踏实感,喜欢侧着头看风景一点点退后,喜欢闭上眼睛感受巴士轻微的颠簸和风的轰鸣。耳机里流泻出或悲伤或轻盈的音乐,顺着耳腔,流进血液,流过指尖,流到内心。此刻总会感到一种别样的安宁,像唱诗班的童音,像晚安的摇篮曲。

对前方有所期待,一路就不会觉得孤单。

人终其一生都在流浪。辗转于不同的城市,辗转于不同的境遇,辗转于不同的人。生命中,每一段路都是一个故事,人数不多的小剧场,欢闹过后,曲终人散,落幕是一个人的舞台。在座椅上睁眼醒来,演员换了一批,观众换了一批,只有自己,孤独地行在自己的故事中,开始另一场对白。

南方的空气总是湿的,不小心一挤,雨就落下来了。我喜欢看雨水与玻璃车窗的碰撞缠绵,像思维在流淌,轻轻诉说着什么。一遍一遍,顺着车顶缓缓而下,在透明的阻隔上用身体埋下伏线,飞蛾扑火般,凄美而壮丽。

曼妙的水纹,其实是心中想画而未完成的那幅愿景。

车上的时光,仿佛抽了两个小时的空白。有的人闭目休息,有的凝神观看窗外的风景,有的捧着厚厚的练习本或诵读英文,有的戴着耳机在音乐声中入眠。我想静静地放空自己。来路和前方都不重要。

人们常说,当你在一个地方待久了,会把它当作第二故乡。那么,很多年之后,我再次辗转在这条陌生又熟悉的路上,会不会有一种回乡的错觉呢?

烟雨梦，湖南情

吴思敏（2011级师范班）

二月的湖南是多情的。

像是等待了千年一样，在我们一行人抵达湖南后，梅花开得异常妍艳，凤凰古城展现出它最清秀的容貌，张家界也不甘落后，它撒起了多情的雨丝，造出梦一般的仙境，让我们充分体验了腾云驾雾的感觉。

地因人传，人杰而地灵。沈从文用《边城》，将凤凰这片土地描绘得如诗如画、如梦如歌，也将这座静默的小城推向了全世界，凤凰城没有辜负他赐予的美誉，它充分展现出自己最美的容貌，让人无限沉醉于它的怀抱，不愿离去。二月的沱江很温柔，坐在虹桥的小屋里，清风带着沱江的欢笑送进人们的心中。江自然是纯净的，尤其是在这时候的沱江，没有万人攒动的压力，它自由自在地与小城里的古屋相爱，一眼望去，多么和谐的画面。城中是静默的古屋，没有规则地分布着，沱江边是一排排的苗家吊脚楼，青石板组成了无数小巷，连接全城，在细雨中悄悄地透出它们的沧桑。中间流淌着清浅的沱江，雨点打在它身上，一圈圈的水纹荡漾开，小舟在它身上划过，天气有点寒冷，苗族姑娘却热情地在船上高声地唱着山歌，清脆的嗓音让古老的小城增添了几分妩媚。夜晚的凤凰古城是醉人的，静坐沱江边，一杯清酒，一碟小菜，一首小曲，便可以让你坐上一晚。不是说酒有多好喝，菜有多好吃，曲有多好听，只是因为凤凰太迷人。每一座小楼都挂上了灯，发出柔和的灯光，此时的凤凰没有旺季的热闹，它是安静的。人们在城市中的那份压力与紧张得到释放，眼前是这般美景，耳边是清凉的微风，心是平和的，慢慢地随凤凰城带来的这份安宁而进入美好的回忆中。

都说不到张家界，枉到湖南省。此次去张家界，天公不作美，不停地下雨，但连日的烟雨也让整个张家界看起来如仙境般，我们一行人也趁机当了回神仙。张家界虽然没有展现出我们想象中的壮丽雄伟，却展现了它烟雾缭绕的动人一面给我们看。夏天的张家界像个汉子，清晰得让人敬畏，春季的张家界却像个姑娘，神秘又可爱。我们行走在黄石寨公园里，此时山中的大多数树木尚未抽枝发芽，枯老的身子给人以视觉强烈的冲突，路上的猴子充满了野性。它们好像知道我们平时在城市中并不能看到如此自由的它们一样，于是成群结队地出现在我们面前，真可谓是“前有猴子挡路,后有猴子追赶,上有猴子喊叫,下有猴子上树”,把我们团里的女队员吓得哇哇叫。山上云雾缭绕,一座座山峰像要约见自己的情人一样害羞得不肯露脸,我们也奈何不了它们,只能随它们害羞去了。在天下第一桥时,我们看到了一个很独特的景象,由于烟雾厚重,天下第一桥下面的雾气汇聚起来,乍一看,还以为是一个湖泊呢。再认真一看,才知道是雾气幻化出来的景象,这是很奇异的,每座山峰都处在烟雨中,显得神秘又动人,给我们留下了无数的想象空间。

旅行的意义不仅在于让自己的身体和灵魂得到释放,还在于能在轻松的环境中结识真诚的朋友。在旅途中,我们一路打打闹闹,嘻嘻哈哈,一起欣赏美好的景色,一起品尝湖南美食。然而,快乐的时光总是短暂的,夜色渐深,离别即将到来,广州似乎也沾染上了湖南的雾气,也阴沉沉的,快乐不起来。看着朋友们拖着行李慢慢走散,我知道这就是人生的旅行,有人进入你的生命也必然会有他们离去的那一天,但我们不能叹惜离别,相信有离别便有相聚,为了下一次的相逢,好好珍惜这份难得的遇见,呵护这份难得的友情。

一纸情深

吴学岚(2011级戏影班)

很喜欢收集各种或唯美或可爱的便笺纸,也很喜欢用这些漂亮的便笺纸和同学朋友传纸条,或是记录些心情。谁不清楚何为因何为果,我想也不太重要吧。总之,那些小小的便笺纸却给我带来了很大的欢乐。

说起来也算是“不乖”的表现吧。上课或是自修的时候传纸条,这应该是很多中学老师头疼的事。尽管老师们三令五申,但作为还算得上优等生的我,却“屡教不改”,有时想想真对不起老师的“厚爱”。但我的“奇葩”之处在于,我不像很多人是觉得说话不方便“迫不得已”才传纸条,而就是喜欢传纸条。有时明明就是下课休息,我也“懒得”说话,继续兴致勃勃地传纸条。这还有一个小故事。高二一次晚自修和前座用纸条聊得很“high”,下课了,他很兴奋地转过来和我说了一大通,末了,我回他三个字“写下来”,害他愣了好一会儿,旁边同学当场爆笑,气得他第二天一整天没理我。

也说不上是什么原因,就是觉得传纸条有一种奇妙的感觉,让我着迷。每张纸条都会有它的独到之处。每个人都有不同的字形,有的潦草,有的卡通,有的端正;也有不同的书写习惯,有的人喜欢写在中间,有的人习惯把字写得很小巧,还有的会竖着排列文字;每个人还会有一些特殊风格,有的人习惯用一些语气词,有的人不爱用标点,还有的喜欢加一些自创的小图案、小标记。其实,不仅因人而异,每个人还会因时而异。如此一来,仅仅是这些“表面文章”就有“足够学问”了,也足够让我欢喜了,这其中有很多是短信、电邮完全做不到的。尽管我现在也还很习惯发短信,但还是特别怀念那段互相传纸条、看不同笔记的时光。

然而,最让人怀念的还是那些被记录在纸条里的灿烂岁月。那些不染纤尘的梦想,那些经年不衰的情感,那些稍纵即逝的心情,被定格在字里行间,无法言说的美好。

中学时代,有好几件记忆深刻的事都与小小纸条有关。

最温暖的,是高中闺蜜的一张留言。高二分科后我文她理,虽然不在一个班,但每天还是常常在一起,一起吃饭,一起回寝室。那次她去杭州参加竞赛,明明早上之前她还特地来我班上跟我道别,提醒我午饭不能陪我吃了,结果到了中午还是忘了这茬事儿,习惯性坐在教室等她。没想到等了几分钟,两个和我关系不错的女生带着纸条来找我。纸条上只是很简单的几行字:“二货！我就知道你又会忘掉我去杭州了！呐,这两天跟她们一起吃吧。”其实,只是很简单的几句话,很平常的一件事,但我一直很清晰地记着,尽管每次提及她都会说“二货,你记点有营养的事好不好,姐姐我待你不薄”。写到这,突然想到她最爱叫我“二货”,很多纸条上也有这两个字。网络上有一句话我喜欢:“珍惜那个总叫你‘二货’的人,因为他是打心眼里在乎你”,每次看到这句话我脑海里冒出的就是她那张总被我说是“二货标准脸”的笑脸。

最感动的,是高中另一个闺蜜送的十八周岁生日礼物。她把她保存的我俩之间一段时间传的小纸条挑选、整理好后,按时间顺序粘贴在一张张白纸上,标明当时情况,配上一些可爱插图,有的还附有她新添的批注,最后她把一张张白纸装订、包装得很精美。她说“这是她可以想到的、属于我俩的、她觉得最宝贵的东西”,所以她就把这作为给我的“成人礼”。那份礼物,我是当她的面拆开的,我细细地看了好久,看着看着眼眶就湿了,最后抱着她哭了好久。那个礼物让我得意地炫耀了好久,还引得其他几个好友大呼“太抢风头”,“强烈要求”她换个礼物送给我。

说来也巧,最伤心的,也是一张纸条带来的。那是初中曾经好友的“绝交信”。白净的纸上,写着偌大的五个字:“我和你绝交”,后面还加上一个大大的感叹号。尽管现在想起来,已无多少波澜,但那时确实有天崩地裂之感。那张纸条她是在早上上课前递给我的,整整一个上午我一直趴在桌上哭,谁都不理,还嚷嚷着要回家。后来,真是让妈妈带回了家。虽然现在事情都已经过去,和那个“朋友”尽管亲密不再却也保持一般同学关系,但是那个纸条被我很好地保存着。无关仇怨,只觉得是一份独特的记忆,很珍贵。说起来,这是我目前人生唯一一次和人“绝交”呢。

无论,埋藏着怎样的记忆,我都爱它们。这里面,住着我和我的世界。

那些零碎的小纸条,一直被我很好地保存在卧室里的一个抽屉里。那个抽屉除了小纸条,还有各种贺卡、信件、笔记本,被我细致地分类摆放齐整,是我卧室最整齐的地方。

有时一个人闲着,也会把那些纸条、卡片拿出来翻翻看看。那些只言片语里躲藏着我青葱岁月里最美好的小心情,无论是欢快,抑或忧伤,都足够干净。

我需要说说话

吴学岚(2011级戏影班)

不需要特定的场景,不在意时间的长短,不苛求谈论的深度,我只是需要一个人,一个可以让我自在放心的人,陪我说说话。这不是学术报告,也不是政坛演讲,更不是商业推销,这只是再平凡不过的我们,在再普通不过的生活里,进行的再简单不过的对话。

我想,这才是言语存在的最重要的意义,是渗透进血液里的需要。

每个人都生活在社会群体中,都不是孤立的,不应该也做不到将自己封闭在一个异次元里。我们需要与人沟通交流,我们需要和人说说话。诚然,每个人都有自己的秘密空间,都有不愿与他人言说的秘密。可是,更多的时候我们需要将内心的想法与他人分享。我们需要有一个畅所欲言的机会,让那些奔涌的情感恣意宣泄,无论是欢欣,还是落寞,或者是愤怒。我们需要一个人,或参与,或旁观,和我们一起存在于我们的生活之中。他或她也许只是芸芸众生中之一,但却可能是我们某一段生命时光中最好的聆听者。某一份情感,某一次经历,总需要那么几个见证者、分享者,才显得比较真实可感。至少回忆起来不会单薄得像一场梦。否则,你笑或者哭,无人在意,又有几分意义?

我很想享受每一个说话的瞬间。我总以为,每一个愿意一直 陪在我身边听我闲言碎语的人,都是上帝给我的最大恩赐。

我喜欢每天给爸爸妈妈打一个电话,简单汇报我一天的行程,说一说发生的事,哪怕那一天平淡无奇。但每次打电话,总会让我觉得爸爸妈妈仿佛不在千里之外,好像我马上就要放学回家见到他们。我喜欢和朋友们唠叨一些鸡毛蒜皮的小事,哪怕只是讨论中午吃了什么,或是交流在哪里看到了某句话、某张图。每一次一起因为一句话而笑到直不起腰,或者因为一张图而沉默不语,都会觉得彼此的心是那么接近。事后,想起的往往不是那几句话也并非那张图,而是那时我们交谈的样子。也许,每一天,我们的生活都大同小异;也许,那些零碎的话,很轻易就会消散在风里,可是我仍乐此不疲。那些言语最动人的魅力,不在于标新立异、鹤立鸡群,不在于在我们的生命里刻下那么多不可磨灭的印记,而在于,是它们参与了我的生活,陪伴着我成长,见证了我生命的足迹。那些言语里,有我最简单的幸福,也有我最深沉的哀痛,最终都沉淀,化为生命河底的颗颗鹅卵石,温润地存在。那些言语,承载着我的喜怒哀乐,爱恨情仇,将我与我爱的、爱我的一切人、事、物紧密相连,让我结实地在社会这张大网里安然地生活,不疾不徐。

这些零星散落在生活角落里的琐碎言语,构成了生活最真实的模样,必不可缺。就像一杯杯白开水,存在得悄无声息,却举足轻重。

我需要,时不时地,有个人,陪我说说话,让我真切地生活着。

以歌寄情

冼家昌(2011级师范班)

我们无法不长大,就像我们无法不老去,没有一个人能够停下来。长大了,有很多事情都会改变了,但唯独一颗孝顺父母的心永不变!

——题记

从小,我便喜欢听歌,因为有些歌曲不仅能陶冶我的性情,更重要的是,它能唱出我的心声。“最心痛是,爱得太迟,有些心意,不可等某个日子……最可怕是,爱需要及时,只差一秒,心声都已变历史……”这是一首在数年前非常流行的粤语歌曲中的一段歌词,歌名叫作《爱得太迟》。古巨基不但是这首歌的主唱,还是这首歌曲的创作者。他在一次电视访问中,被提问到这首歌曲的创作灵感源自哪里,他叹了一口气说,这首歌创作的灵感是来自他身边的一位朋友,他的这位朋友就是因为忙于工作,经常加班不回家,一直都忽略父母,其实他努力工作,为的不就是想身边的家人可以过舒适一些的生活吗?但如果因为这样而错失与父母相聚的时光,即使到最后他事业有成了,那又如何?他的父母已经不能亲眼看见了,明明是为了家人而去打拼、去努力,但到了最后,一切成云烟……

自古以来就有“百行以孝为先”,孝,乃是中国人的传统美德,但一个“孝”字,又有多少人能够做到?当《爱得太迟》这首歌还在我的耳边萦绕着的时候,我却在问自己,如何才叫“孝”?我带着疑问的心情,打开了电脑,在百度栏上输入一个“孝”字,马上出现一则吸引我视线的文章。《论语》:“子游问孝,子曰:‘今之孝者,是谓能养,至于犬马,皆能有养,不敬,何以别乎?”意思是子游问孔子什么是孝,孔子说如今所谓的孝,只是说能够赡养父母便足够了,然而,就是犬马都能够得到饲养,如果不是存心孝敬父母,那么赡养父母与饲养犬马又有什么区别呢?

现在的人们多有一个误解,误以为只要每个月定期给父母生活费,让父母能够享受生活就足够了。但你知道吗,子女对父母的金钱奉献只是作为子女最基本的行孝,其实父母打从心底最渴求的不是金钱、物质的享受,而是一句真诚的问候、一抹亲切的笑容、一种对待父母诚恳的态度……周杰伦有一首我挺喜欢的歌曲——《外婆》,歌词中亦道出了这样的情况:“大人们以为出门之前桌上放六百就算是孝敬,一天到晚拼了命,赚钱少了关怀有什么意义。外婆她的期待,慢慢变成无奈,大人们始终不明白,她要的是陪伴,而不是六百块,比你给的还简单……”这首歌是以一个小女孩的眼光来诉说着父母对外婆的孝与外婆的感受,直到歌曲中的小女孩跟着外婆“走在淡水河畔,听着她的最爱,把温暖放回口袋”作结,面对此情此景,你认为父母最想得到的还会是什么?默默陪伴,一声亲切的问候或是一个浅浅的微笑,这些都比金钱来得重要,因为这些东西就如阳光温暖大地一样,暖透父母的内心深处,从而使他们的心灵得到慰藉。

一切生活的享受对父母来说都只是一片片浮云,我们用心关怀他们才是他们最想要的,不要把“奉养父母”当作是一种责任、是一种压力,应该把它看作一件乐事,就像当年父母带着你逛街那种幸福的感觉。孝顺父母,不要爱得太迟,一句真诚的关心话比起桌上冰冷冷的六百块来得重要,来得温暖。

不老迷迭香

杨潇月(2011级基地班)

气味的壶里装着记忆。

一直以来,父亲都是不吃羊肉的。

冬天的时候,会有各式各样的羊肉汤、羊肉火锅,但父亲一口都不沾。有一次问起来,父亲说小时候吃太多,闻到那种气味便会恶心。我猜那肯定是不好的记忆。

父亲说小时候家里很穷,做菜没有油水,于是就拿家里的东西跟人家换羊油。羊油是从一些卖羊肉的商人那里换来的。把一根粗绳子浸在羊油缸子里,提出来,羊油就会凝固在上面。等到做菜的时候就把绳子剪一段放到菜里,这样才有了一点油水。羊肉的腥味儿是出名的,于是长久以来,所有的菜都带着一股浓烈的羊肉味儿。也许父亲每次闻到羊肉的气味,就会想起小时候的贫苦日子,想起天寒破冰洗衣的日子。又或许,只是这种过于浓烈的气味打破了某种平衡。就像装在神灯里的妖怪,羊肉气味就是唤醒他的咒语,这气味有时会惊喜有时很恼人,明显,这次不是前者。

若要说说不期而遇的惊喜,那么就有许多。栀子花开,就好像闻见那日一同赏花人;雨后草香,就好似重执多年前的那把微红的伞。不知你有没有过这样的经历,本来的平常日子里,突然闻到一股熟悉的气味,于是忍不住追着凑上前去探个究竟。不论是国王坐拥天下美味,请遍四海名厨只求当初一味,还是民间小吃因为似曾相识的气味在街头红火几十载,食客们抱着吃回过去的情结流连不去,气味就好像一个时光机,寄托着每个人的想念,明明知道回不去,但从表面上得到一点安慰,一点侥幸的试探也足够驱使气味长存。当初冬夜里在院里烤橘子的气味,写信前拿起纸到鼻尖的气味,晒过太阳的毛巾的气味;哪位少年高举一瓶汽水的气味,哪位友人树下淋湿的气味,莫名出现的甜点的气味;甚至是清晨的气味,夜晚的气味。在清晨苏醒或者深夜入睡前混沌的几秒钟内,我把那种一瞬间恍惚不知身在何处的彷徨与期待,归功于那些时刻的气味,或许是那一时刻里,我闻到家乡的气味,便觉得整个人回到了家乡。据说这种怀念的味道叫做古早味,古老的旧时的早期的气味,好像什么东西放在时光机里滚一滚,便绽出光辉了。林夕曾说:“新屋有簇新的味道,旧地有故旧的气味。”人是喜新,更是念旧。

因为一种气味唤起一整块记忆,因为记忆而爱上或者回避一种气味。气味和记忆,就好像月老牵线的一对初识情侣,因果中自有注定,但具体的牵绊和磨合,都管不得说不尽了。气味这种若有似无的东西,由无数个细小的分子组成,然后变成生活中不可或缺的一部分。故事都装在里面。

想象力,气味手中的那支笔。

我想每个人都遇到过一种难忘的气味,就是在街道上,闻见别家炒菜的香味,这种气味勾着你的味蕾,进入一种不可摆脱的构想状态:你开始思考是哪一家,是什么菜,又是什么样子?它是加了牛奶的鱼汤还是加了老窖的鲜虾,你从气味开始,开始想象它的形貌,它的滋味,然后不由自主地咽一下口水,不由自主地加快回家的步伐,期待饭桌上出现那么一道菜,吻合还未散尽的气味。你别说,有几次,白日梦成真了,母亲说是心有灵犀。这种时候,气味就像摆在你面前一盒半掩盖的颜料,你不忍心关上它,它便无所顾忌地要求你勾画那些模样。

气味就这样主导着你的想象力。你试图控制它,但它是远山的游子不听召唤。你只能顺着这一丝丝的线索,去试图破解谜底。你在气味的时空里,独自构建着一个世界。这个世界好像全然不见,但也不能说绝无存在性。你既发挥着主观能动性,像名师的高徒,一步步跟着走,却也偶尔打个岔儿耍个顽皮。

气味对于一个人来讲是重要或者实在的,我想很大程度上取决于他的想象力。想象力越丰富,构建世界的砖瓦就越多,在气味世界基本的“吃住用行”满足之后便有余力描绘一草一木。越是细致入微就越是实际可触,空旷和宏观的想象只能视觉欣赏,气味的温存难以体会。

不要等上帝闭上了你的眼睛,才想起鼻息。

因为在外婆家的经历,我对于气味又有新一层理解。外婆总是喜欢在清晨搬张凳子坐在窗户底下摘菜,把每一根拿起来,闻一下,然后掐掉坏掉或者太老的部分,然后用手指掐成几节放进篮子里。母亲怕外婆太累,长时间低头驼背摘菜会颈骨酸痛,就让外婆用刀快速切成几段,这样又快又齐整。外婆有些生气地说,菜不能沾刀气,自己摘出来的菜比刀切出来的菜好吃。因为摘出来的菜是自然气味,用刀就沾了刀气,就会盖过菜本身的气味。清晨搬凳子坐在窗下,也是为了取自然光。自此之后就觉得气味很脆弱,好像悬在边缘的玻璃杯,点滴之力就可破坏,也明白气味是与生俱来的馈赠,不可随意置放。自然的功力看似轻松,实则选择变迁了许多岁月才来。

我们需要气味,不仅仅因为嗅觉的满足。有一种气味的意蕴寄生活情趣之中。“色恶不食,臭恶不食,失饪不食,不时不食”,这是古时的儒者气味。“渐老渐语闲气味”,这是香山居士的闲情气味。每一种生活方式都有着不同的气味。一直希望住在一所自己建造的房子里,吃的是自己做的食物,穿的是自己设计的衣服。家居是自己的思想所在,书架上有自己的书,身边是永不离去的人。这种生活的气味必然与忙于奔波的脻累气味不同。我们的感官太多,所以欲求太多。狗凭气味生活,于是忠实。忠于生命的人才是最聪明的人。

在写这篇文章的时候，我就在想，什么是气味呢？我并不能实际地描绘出它的样子，也不能准确地告诉你气味像什么。它很厚实，像一个宽而大的箱子，装得进故事，平时安稳不动，一旦开启满是回忆。它很安静，像一棵树，站在那里，不去注意的话，你觉得它理所当然是你生活中的一部分。但是仔细看来，你就发现它按照自己的姿态生长着，为你的生活添彩吐氧。它像手中镜，是记忆途中长街古亭；它像迷迭香，是漫漫人生醉人安宁。

也许有一天，你的容颜老了，你的指尖心头都老了，你还可以闻一闻那抹迷迭香。你或许忘了你是谁，但气味会告诉你。正如迷迭香的花语，留住记忆。勿忘我吧！

气味是不老的，不老的是迷迭香。

常回家看看

张辽艺(2011级师范班)

我还记得电视上那个片段是这样的:一个老人做了一桌子的饭菜等她的儿女们回家吃团圆饭,儿女们却一个个有事回不了家,老人怅然地看着冷掉的饭菜,也渐渐冷掉了那颗寂寞的心。

看到这个情景,我不禁想起《论语》中,子游曾经问孔子何谓孝。子曰:“今之孝者,是谓能养,至于犬马,皆能有养,不敬,何以别乎?”意思是:如今所谓的孝,只是说能够赡养父母足够了,然而,就是犬马都能够得到饲养,倘若没有对父母的一片孝心,又在何处作区别呀?

我静静地思考着,不禁有些困惑起来:孝,乃中国的传统美德,自古以来就有“百姓孝为先”“父母在,不远游”这样的名句。汉朝一直标榜“以孝治天下”,明朝重视“求忠臣于孝子之间”,难道在这科技发达的新时代谈孝已经过时了吗?

不!不同的历史背景下自然会有不同的文化内涵,活在二十一世纪的人们对于孝的定义,或许已经不是传统的那套伦理观念。随着时代巨轮的转动,中国已经走上了国际的舞台。像王祥“卧冰求鲤”、黔娄“尝粪忧心”、老莱子“戏彩娱亲”这些千古流传的行孝故事,不免显得乏味。随着社会发展、人事变迁、文化转换,孝的内涵定义自然要有创新,但孝的本义依旧需要传承,其所体现的儒家思想的核心“仁”,依旧是亘古不变的精神。

有人认为孝就是子女对父母的物质奉养。然而,我们对父母的孝敬不仅仅表现在衣食住行方面,还要注意自己平常对待父母的言谈是否和善,态度是否恭敬,行为是否恰当。因为,精神上的慰藉、心灵上的沟通也是使他们感到宽心的重要原因。

《韩诗外传》中有这样一个故事:春秋时,孔子偕徒外游,忽闻道旁有哭声,停而上前询其故。皋鱼曰:“我少时好学,曾游学各国,归时双亲已故。为人子者,昔日应侍奉父母时而我不在,犹如‘树欲静而风不止’,今我欲供养父母而亲不在。逝者已矣,其情难忘,故感悲而哭。”

皋鱼以“树欲静而风不止”来比喻他失去双亲的哀痛:树老了不喜欢随风摆动,否则枝摇叶落;无奈劲风始终不肯停息,树木只能被风吹得摇头晃脑。风不息,是树的无奈;亲不在,则是孝子的无奈。生命中有太多无法预料的意外,生活中有太多无法计算的情节,谁也不知道未来是咋样的,因此这世界上最不能等待的事情就是孝敬父母啊！别让“太忙了”“没有时间”这些借口给自己留下一辈子的遗憾！

曾经有这样一句话深深地打动了我:春天的阳光给了花儿一季的灿烂,父母的养育却给了我们一辈子的光芒。在这个爱的世界里,我相信我们比花儿幸福得多。你知道吗？父母的一生,大多是为我们付出,为我们在担忧。在我的记忆中,父母总是忙忙碌碌的,岁月流逝,皱纹悄悄爬上他们的额头,白了双鬓,衰了容颜,工作与生活的压力使他们的肩膀越来越沉重,然而他们不顾劳累,依旧给予我们强大的力量。

当我们在生命的海洋中被惊涛骇浪卷走了勇气与希望时,父母是我们背后最坚固的避风港;当我们在生活的道路上迷失了自我时,父母是指引我们前进的明灯。父母能够不求回报,但我们不能不知感恩啊！莎士比亚说过:“丑恶的海怪也比不上忘恩的儿女那样可怕。”羊知跪乳恩,鸦有反哺义。我们也该把滴水之恩,当以涌泉相报。

父母老了,他们需要儿女的关心。任何金钱、荣誉和物质享受往往比不上一句真诚的问候,一个关切的眼神,一声真情的感谢,一抹鼓励的笑容……赡养只能作为孝的基本。我们给予父母更多的应该是尊敬与关怀。归根到底,我认为孝就是在于态度。为人子女者,行孝必须诚笃为先。我们应当把“侍奉父母只是义务”的概念摒除。强调态度问题,是因为我们不仅要养父母之身,还要养父母之心,养父母之志！

作为一个青少年,别以为自己还不到行孝的时候。行孝又岂会界定年龄呢？处于学习阶段的青少年,只要努力读书,不让父母操心,多做点家务,不加重父母的负担,在父母劳累回家后,为他们送上一杯热茶,捶捶酸痛的肩膀,这些已经是给予父母最大的安慰。直至我们长大,在天气转变之时给父母一句增减衣物的提醒;出门在外给父母报平安;事业有成时与父母分享喜悦;娶妻生子后,也多尽子女的一份心意,多花一点时间去关心父母。就像那首唱不衰的歌儿一样:常回家看看,回家看看。哪怕帮爸爸捶捶背,揉揉肩,老人不图儿女为家做多大贡献啊,一辈子总操心,就换个平平安安。

积少成多,聚沙成塔。个人的力量是微小的,但只要我们人人懂孝,便能推及“老吾老以及人之老,幼吾幼以及人之幼”“人不独亲其亲,不独子其子”的境界,让社会上的人老有所为、老有所依。弘扬孝道,不仅是创造和谐社会的前提,也是对现代人道德观的补课。

最后,愿天下为人子女者都能以一颗反哺之心孝顺长辈！愿天下为人父母者都能收到那份最真诚的感恩！

夜空·星光·梦

张辽艺(2011级师范班)

不知何时开始,就爱上了那平和、宁静的夜,爱上了神秘、广阔的夜空。

小时候每当天空拉下夜幕,拉出星星的时候,也就拉出了爷爷口中无尽的故事。这时,我总是坐在爷爷膝上,把头枕在他宽阔的肩上,仰头望着无际的夜空,听那些老掉牙的传说。

村里的夜空原始而古典。它大得使人顿觉渺小;近得像一伸手就可触摸到;美得只要看一眼,便不得不深深爱上它。深蓝色的天空静如水,滑如丝,一条星河在天际默默流淌,偶尔还可以看见一颗流星滑过夜空飞向天边。在那些月儿高挂、星儿稀疏的夜晚,更觉美丽、苍凉。

曾经努力地尝试摘星,爷爷笑曰:"星就在你眼中。"抬头正想问个究竟,仿佛看到爷爷眼里闪烁的星光。小小的心灵得到某些启示,再追问下去,却得不到答案。

村里的宁静温馨。田中蛙鸣声清脆响亮,奶奶的摇篮曲萦绕耳边。躺在靠窗的床上,眼睛还是舍不得窗外可爱的夜空。那牛郎、织女、嫦娥与玉兔不就在眼前吗?视线逐渐模糊,在梦与现实间找不到界线……

鸟笼外的夜空黑沉沉的,站在屋中,终于明白笼中鸟的感受。城市的夜空被大厦切割得支离破碎,很少能看见星星或月亮。整天被埋在测验考试中,夜空渐渐变得遥不可及。在这儿有多少人去注意那寂静的夜空?明月依旧,只是此时此刻,朴素的村庄与摘星的孩子都已是遥远的梦。

正在惆怅时,听到妈妈亲切的呼唤。回头接触到那温暖的目光,耳边忽然想起爷爷温柔的话语:"星就在你眼中。"郁结已久的心结在这一刻解开,心情豁然开朗。只要心中有爱,在最黑暗的长夜里都一定可以看见闪亮的星光。

夜空依然深沉,心中却充满温暖,望着妈妈慈爱的面容,心里不再彷徨。因我深信,在我心深处永远都拥有一片属于自己的夜空。

观　　雨

朱妙芬(2011级基地班)

不知道从什么时候养成了观雨的习惯,只是每逢下雨就喜欢静静地看着它由稀疏变密集、由细变粗、由远变近或由近变远。在此期间,感受着风的变化、空气的变化和天空的变化。仿佛也接受了一次心灵的洗涤,心也由浑浊变得纯净了。

一直觉得我们家是观雨的好地方,只需一张椅子,等雨来时便可以坐在那观雨的变化。我们家门口对面是山,刚好是山的一侧面,像一张揉过的纸摆在面前。山上还种了许多竹子,刚好可以为风雨的到来造势。观雨最痛快的季节是夏天,雨来得快去得也快。

雨来之前,天上的乌云越积越厚,范围也越来越大。大风呼呼地吹,竹竿上的衣服到了这时是挂不住的了,顺风飘起。要是在这时候望一望对面的竹林,竹叶往一个方向飘动,像海中的波浪似的,此起彼伏,一浪盖过一浪,向边缘排去,消失在尽头。比起没看之前你会觉得风力大了许多。这时的风是暖暖的,空气很闷热,人觉得很闷,不是很舒服,盼望着雨快快来到。看来“山雨欲来风满楼”形容得恰到好处。这时的我就会站在门口,看着雨由对面过来。说来也奇怪,每次下雨都是从对面开始,最后才来到我家门前。所以常常对面下着大雨,这边的人在外边抢收衣服、柴火。然后粗粗的雨滴从对面移动过来,滴答在地面,留下一个大印。然后变密集、变大。渐渐就会看见空中的雨有了形状,平铺在竹林上,然后雨也织成了波浪,一浪一浪地排过去,消失之际后面的已接上来排过去了。你可以清晰地看清一排又一排往前进。视线渐渐模糊了,眼前变成了白茫茫一片,然后越来越接近自己,那边的山早已不见了。雨下得很起劲,感觉特别畅快。

这时回过头来发现屋顶的水早已倾泻下来,路边水沟早已汇集了各处的水而涨起来了。雨下着下着就开始变小了,慢慢地从这边往山的那边退去。天上的乌云变成了白茫茫的云气,感觉还是有些模糊。空气中弥漫着清新的气味让你觉得很舒服,雨后的一切都经过了清洗,变得精神了。仿佛心也清洗了一番,变得轻松了,透亮了。

观雨之后,心里会觉得好受多了,可是我之前也不难过些什么,就是觉得眼前一片清新,有种释放过了的感觉。当然观雨的时候有伴也是挺好玩的。

记得小时候我、弟弟和外婆上山去摘荔枝,天说变就变,雨一下子就来了,我、弟弟和外婆赶紧跑到山边的屋檐下躲雨。那时雨也很大,一下子对面山上的雨就形成横排,一排又一排地往前进,这时我和弟弟就会讨论雨的形状及其速度的快慢。按照外婆的说法就叫雨像竹竿一样排着往前翻,但我和弟弟觉得没有形容出雨的气势。在微湿的空气中,我们望着竹排雨,多想也像它们一样飘来飘去。

越长大就越少停下来好好看看雨,觉得观雨也是很美的一件事。爸妈总是说你傻啊,雨有什么好看的,还不就是一滴滴连成线落下来,万一淋湿了小心感冒。现在只能在宿舍里看看雨,但总觉得感觉没那么好,没那么美了。

枫桥暮色

陈丹亭(2012级基地班)

前往枫桥的路,是一条暗暗的小道,若是不知,实难发现。暮色将临,斜阳低低地压着小道,小道上覆了不知多少枯黄的落叶;而抬头时,头顶也是厚重的、墨绿的叶子,只看见叶边的轮廓,偶尔有几枝触得了阳光,便泛着一点青绿,闪一闪,转瞬又消逝了。

有风拂过,树影在道上轻轻地晃着,暗纹荡开了去,直撞上右侧杏黄色的砖墙。墙内,是寒山寺——相传唐朝高僧寒山、拾得曾经挂锡于此——寺内不被树影所蔽,仍是明朗的。透过两树间的空隙,可以看见寺里小楼上映着夕影的绿瓦。

眼前忽而亮了起来,树影的阴暗抛在了身后,似武陵渔人通过山洞见到桃花源时的豁然开朗。在我面前的,正是枫桥,是高启心目中"画桥三百映江城,诗里枫桥独有名"的枫桥,是张继长夜难眠中"月落乌啼霜满天,江枫渔火对愁眠"的枫桥。今日,我终可一睹其芳容。

看过了千年风月的枫桥弯腰临于小河之上,砖石砌成的桥身也是暗暗的,桥下的小河也是窄窄的,似乎容不下小船通过,但它仍执著地蜿蜒前去,流向不知何方。忽然醒悟方才的树林便是一片江枫,然而仍难以想象,若没有了张继一首诗,这儿是否只是一处普通的枫下小桥?

然而,枫桥的暮色是美的,是醉人的。黄昏中夕影斜斜侵来,泻了一地金黄。河水似乎从阳光中流出,琥珀色的波光在静谧中轻响。太阳毫不吝惜自己的钱财,在一天的结束曲中,洒下一河碎金。那又如跃动的金线,织就价值连城的天衣。河水在桥下优雅流过,金色的光便是一首欢快的歌,歌者的声音清脆可人。

桥洞里的黑影截断余晖。桥的轮廓像极了一柄展开的镶了金边的檀香扇。影子越来越长,夕阳渐渐斜了下去。金乌坠落带走了金缕玉衣,带走了金色的光。于是那清脆的歌声也渐渐地远了。暗蓝的色泽向河的两岸侵袭,另一种喑哑而渺远的歌声从世界的外头漏入,诵起了暮色的深沉与静谧。寒山寺里一声钟响,穿过多少重轻云摇曳入我的双耳。

一切都已朦胧,只余微风在耳畔哼起远古的歌谣。我走上桥头,手扶桥栏,看那遥远的天边淡出一弯苍白的缺月。月下,仿古的房屋静默着。桥还是那座桥,河还是那条河,虽然江枫未红,乌啼难再,但这房屋不属于那辉煌的时代。经济为重还是文物为重,从无定论。也许这仿古的房屋破坏了枫桥的历史感;又或许,若无这些新的旅游开发点,过不了几年,这座小小的桥,这座小小的寺,都将湮灭在人们的记忆中。

雾气不知从何处飘来,肆虐在河水之上。雾里,大红的灯笼亮了,映着薄雾,一盏连着一盏,红红的一片直连到天上。枫桥下,影影绰绰的,是红灯笼的倒影。再没有了渔火,但是这雾里的灯火,总也有另一番诗情画意。不禁又想起了张继,想起了那首《枫桥夜泊》。那时落第的他,见着的定不是这样的景;即便是这般的景,在他的眼中也是一片落寞萧索。

千年风霜,几世轮回。毕竟我不是客舟夜泊的落魄才子,毕竟我没有那份情愫。立于桥上我只为美景与诗境感叹,千年前他却在桥下辗转难眠。相隔千年的两个人,冲突的两种思绪,竟都维系在这暮色里的小小枫桥上。

寒山寺的钟声再度划破长空的静谧,我一惊,恍如隔世。回首,日落月升处,暮色又阴沉了几分。

落叶归根

陈丹亭(2012级基地班)

汨罗江水静静东流,数千年的冲刷,磨圆了顽石,而对你的记忆,却从未被擦洗——啊,屈原!

你是“帝高阳之苗裔兮”,是楚国的贵族。你在寅年寅月寅日呱呱坠地,这个偶然却是一种观念上的好兆头。于是,你成为了楚怀王的三闾大夫、左徒。你把香草挂在身上,要为美人施展伟大的政治抱负。

然而,若是一切顺利,你怎能成为后人口中的屈原?

张仪来了,挟着阴谋与寒意而来。你目中的美人听信了他的言语,断了与友国的往来,陷入一场战争。楚国败了,你的眼在流泪,你的心在滴血!你想要“乘骐骥以驰骋兮,来吾道夫先路”,但楚怀王再次听信旁人,放走张仪。你也被流放了,在河边太息掩泣,束手无策。流放,多少爱国志士们的坟墓呵!

屈原啊!你为何不离开?你有才华,你有胆识,天下之大,何愁没有你的容身之处?你感叹着“何灵魂之信直兮,人之心不与吾心同”,然而,你留在了楚地,因为这是你的故乡吗?是的,这是你的故乡,是故乡!

你也曾想离开,去追寻那个美好的世界,不是吗?你本应“乘龙兮辚辚,高驰兮冲天”,乘着那金车玉马,佩着兰芷,让神龙伴在你的左右为你开路,直破云霄,向着那美丽无邪的世界奔去!但是,你的思绪猛然止住,如断线的珍珠落回苍茫大地。你勒马回首,俯视那生你养你的荆楚大地,望向迟暮的美人,“目极千里兮,伤心悲”。英雄走了多远终须返航。于是你调转马头,穿云破月,回归荆楚大地。这是叶子对根的依恋,无论生死都要归于根下,“根固难徙,更壹志兮”。

然而,我们多苦多悲的屈原啊,现实终不比理想!公元前278年,郢都被破,楚国亡!风雨雷电也无法表达你的悲愤绝望!你心中空荡荡的——连心也不知在何处——蹒跚在汨罗江畔。你道“举世皆浊我独清,众人皆醉我独醒”,然而,对面的渔父不懂,世人也不懂。这不是郭沫若笔下的剧本,哪里能寻得一个贴心的婵娟!一切黑白,都在你的眸中。你如一个孤独的舞者,用整个真心演绎《离骚》。你舞得精美绝伦,却无观众,只有你一人,独立于天地苍茫的舞台。幕落,天地一片混沌。

汨罗江水泛起剧烈的涟漪,那是你的谢幕。人道是曲终人散,在你,却是曲终人逝。英雄,用悲壮为自己的生命描上最后一笔——啊,屈原,你这是何苦!

你如一片落叶,在萧瑟秋风中被树抛落枝丫,却仍落在根上,不愿随风而去。

光阴轮回,多少粽子在江边投下,多少五色丝绳在风中飘动,多少香蒲在门前挂起——啊,屈原,你纵身一跃里千万落叶归于其根的舞曲,留在我们心中永生不灭!

“魂兮归来”,然而你的魂魄从未散去,你犹立在汨罗江水中,演绎着绝代风华。

芙 蓉 锦

——歌词《蜀绣》白话文版

杜格格(2012级基地班)

晓看红湿处,花重锦官城。这是个美丽的城市。

城市再美丽,没有我心上的那个他,也还是少了一抹色彩。“清明时节雨纷纷,路上行人欲断魂”,三四月淅淅沥沥的小雨亲吻着窗棂,敲打出阴郁的节拍。雨丝同我手中的绣线一样,绵延着对远方征人的思念。前方战事吃紧,儿女情长终究敌不过千军之阵的召唤,他在战场上厮杀,而我却只能在遥远的锦官城为他裁锦绣裳。夜阑卧听风吹雨,丝线缠绕绣韶华。静默的夜里,每盏摇曳的灯都跳动着一个故事,而属于我故事的男主角又在哪里呢?风雪千万夜,故园无此声。

日子在一针一线中已经穿梭到了五六月份。闺房里的红烛枕都还是他离去时的样子,庭院里我们一起种下的花绽放出沁人的香气,可是他的味道却早已消失殆尽。红酥手,点点烛泪为君流;黄縢酒,一生有君复何求。倚门远望,残阳照孤影,牡丹染思心。笛声在万物落幕时从远方蔓延起,我多么希望这笛声是你凯旋的号角,为我送来你已踏上归程的喜讯。

君可见,刺绣里的一针一线,都绣着你的温存,我的思念;

君可见,园子里的一花一叶,都开着我的永远,你的瞬间。

想起纳兰的叹惋:“一生一代一双人,争教两处销魂。相思相望不相亲,天为谁春。”相思相望,却不能相亲,我本想将这种离恨寄予明月,可是她不谙红尘,只能让月光穿过朱户,凭着一丝反射来的光亮让我感到些许温暖。

我没有涂山氏那么坚贞,为了等待禹的归来而等成了望夫石,但是我可以无论夏雨秋风都为你准备一个迎接你的温暖的家;我没有女英湘夫人那么至死不渝,将泪洒满斑竹然后殉情,但是我会把泪珠串成等待的坚定,陪我熬过没有你的日子。“客从远方来,遗我一书札。上言长相思,下言久离别。”我也曾想像她那样为心爱的人寄去锦书,可是战火硝烟摧毁了我所有的期望。我只有每日用情针意线,拼凑出一幅绝美的蜀绣,等着你回来,我们改写崔莺莺与张生的故事,共享鸳鸯枕。

笑傲岁月冷如刀,青丝白发催人老。转眼间,斑竹已被岁月染黄,蜀绣也失去了原有的华光。等待已失去它最初的意义,我现在只剩下祈祷。如果今生你不幸葬身战场,我希望来世还能与你共诉衷肠。

你的百炼钢化作的绕指柔,我已无福消受。我的千万针织就的锦绣,也让杜鹃啼破了喉。蜀国的芙蓉落英缤纷,再美的花瓣最终还是尘归尘,回归大地泥土的怀抱。再浓情蜜意的誓言,最终还是被车辚辚马萧萧的咆哮声压过。

锦官一别散天下,蜀绣此生尽芳华。

附《蜀绣》歌词

芙蓉城三月雨纷纷 四月绣花针
羽毛扇遥指千军阵 锦缎裁几寸
看铁马踏冰河 丝线缝韶华 红尘千帐灯
山水一程风雪再一程

红烛枕五月花叶深 六月杏花村
红酥手青丝万千根 姻缘多一分
等残阳照孤影 牡丹染铜樽 满城牧笛声
伊人倚门望君踏归程

君可见刺绣每一针 有人为你疼
君可见牡丹开一生 有人为你等
江河入海奔 万物为谁春
明月照不尽离别人

君可见刺绣又一针 有人为你疼
君可见夏雨秋风 有人为你等
翠竹泣墨痕 锦书画不成
情针意线绣不尽 鸳鸯枕

此生笑傲风月瘦如刀 催人老
来世与君暮暮又朝朝 多逍遥

…………

绕指柔破锦千万针 杜鹃啼血声

芙蓉花蜀国尽缤纷 转眼尘归尘
战歌送离人 行人欲断魂
浓情蜜意此话当真

君可见刺绣每一针 有人为你疼
君可见牡丹开一生 有人为你等
江河入海奔 万物为谁春
明月照不尽离别人

君可见刺绣又一针 有人为你疼
君可见夏雨秋风 有人为你等
翠竹泣墨痕 锦书画不成
情针意线绣不尽 鸳鸯枕

四季宁波

韩玮(2012级戏影班)

当天一阁门前的石狮座下露出一抹青苔,春已降临。宁波是文化古城,而千百年文化又深深积淀于这座古老的图书馆——天一阁之中,因而春往往更偏爱于此。如油春雨缠绵,阁内的青石板路面在春季总是润润的,油亮油亮的。偶尔也能邂逅石板缝隙间露出的嫩芽。那种鲜绿嫩得让人心碎。春雨融入天一阁的一石一木,总会散发些陈旧的气味,让人以为那便是文化的味道。天色总是阴阴的,应和着阴天,阁中几棵高树的叶也是墨绿的,看似不经意,实则也蕴含着生命的活力。阁中少有鲜花,偶尔也会有那么几朵。不经世的,它们不懂。花朵再美也难及这阁中万卷藏书所述的璀璨文化。

月湖的水位降了,露出岸堤和浮萍,湖边杨柳似乎被夏日的热气击晕,无力拂动,树上的蝉却越叫越欢,引来小童捕捉。宁波的夏日太炎热,湿气又是那样重。站在街头不出几分钟,顿感口干舌燥,眼前之景似也扭曲,不知是空气融化还是自己的眼球融化。此刻宁波的老人们便爱往湖边跑,这里绿意葱茏,绿荫处处,摇一摇手中蒲扇,咂一口湖中龙井,听一曲民间小曲,下一盘棋,也是晚年乐事。也有勇者,脱了衣服,扎进湖中徜徉,虽是明令禁止的,但畅游之快意怎是那标牌所能阻止的。

仿佛一入秋,天一广场也绚丽起来了。这座亚洲最大的广场是甬城现代化的风向标。历史上红帮裁缝的光辉造就了当代宁波人对衣的追求。秋高气爽,恰是各类服装搭配的最好季节,广场上穿梭着各种摩登男女,他们举手投足都展示着这座城市的时尚气质。

一入十二月,气温降得总是特别快,直到0℃左右。人们开始期待一场雪。虽说宁波四季分明,冬天寒冷,但雪总归是不常见的。记忆里直到八九岁才见到第一场雪,早晨醒来望望窗外,一片白色,那种惊奇的心情至今不忘。甬城的雪很湿很凝,有着不同于北方雪的触感。而待冰雪消融,暖阳渐露,春意也就近了。

我开始想念家乡宁波了。

上川,行走

李成英(2012级基地班)

一次旅行,当它过去,记忆里就只剩一些连不成片段的词语。所以我从不奢望一次短暂的旅行能为我的生活带来多大的不一样,但我却实实在在享受每一次旅行的过程,享受那种把思绪抛在风里,再一点一点拾回来的感觉。

已经不是第一次去海岛了,所以没有发现新大陆般的新奇和惊喜。

没有蓝色深邃的海洋,没有古老神秘的礁石,没有出海归来的渔人,但是绵长的海岸以及沙滩上遍地的贝壳、柔软的细沙、短暂的马蹄印陡然带给人另一种欣喜……我想,上川不是最美的海岛,但会轻易让人在看到它的第一眼时喜欢上它。腥咸的海水味弥漫在空气里,一如印象里其他海岛带给我的感觉。这样的味道里有海藻味,有沙子味,还有各种海生物的腐尸味。事实上这种味道并不那么恶心,因为这是广阔的海洋所独有的,它或许从遥远的海上被风吹来,或许就沾染在我们脚下的每一寸沙子里,每一片贝壳里。如果你不喜欢这种味道,你是没办法喜欢上大海的。

下午的阳光并不那么强烈,光着脚走在海浪里是十分惬意的,这里的沙子特别细,一脚踩下去像重物压在海绵上,挤出了些水,但移开脚,它立马恢复原样,只剩一个不能称之为脚印的浅浅痕迹,浪花冲上来瞬间将它抚平。突然想到那个"把仇恨刻在沙子上,把恩德刻在石头上"的故事,听多少次也没看这一次感受深刻。生命里很多不好的记忆其实也可以像这样被海浪抚平的,只是我们总要固执地把它刻在石头上,用一辈子的时间去等待它风化。

我小心拾起脚下的贝壳,手心大小,纯白质地,弯出恰到好处的弧形。在被我拾起之前,它应该是一个漫长故事的主角,有过一次遥远的旅行……那些,我都无从想象。只是这一刻,它躺在我的手心里,很安静。小时候,在西南部遥远的小城里,我日日夜夜渴望见到大海,渴望像书中的小女孩一样,光着脚丫,在海滩上留下一串长长的足迹,然后把各种五颜六色的贝壳带回家。现在突然觉得曾经的梦想离我好近,但事实上又很远。因为我不再是留着两个羊角辫,一脸天真烂漫的小姑娘了。海离我近了,却也不是我所渴望的有着天蓝背景和多彩贝壳的海了。时空错落,曾经只定格在记忆里,只有在对的时间做对的事才会显得更加有意义吧。不过,我还是循着海岸,一个人在浪花里,在细沙里,捡起童年里没有机会捡的贝壳。

夜里,我们再次来到海边。不同于白天,这时候的海真正显现出了它的神秘和深邃,尽管在夜的帷幕下,只能远远地听到它不断翻涌奔腾的声音,但每一声都像是生命的奏乐,没有彷徨,没有懈怠,反而是铿锵有力,循着某种特有的节奏!一进一退。海也是有生命的吧?不然它不会孕育出那么多的生物,也不会日复一日重复这单调的独奏。这时候月亮拨开浓重的乌云跳到了海面上,一切显得自然协调,真有"海上生明月"的意境,大家纷纷拿出相机,闪光灯划破了黑暗却没法帮相机记录着绝美的画面,把大家失望的叹息声扩大了。看来在这样的美面前,现代的高科技也逊色。

铁皮桶里撒上汽油的木材一遇到火星便呼啦地燃起来,蹿起的火苗被海风勾勒成各种形状。一场海边的篝火晚会在大家的笑声里开始了,仿佛回到最原始的年代。人类的祖先围着篝火狂欢,孕育了最初的娱乐文化。现在我们也在这样一种氛围里以歌舞的方式延续着这种单纯的快乐。什么也不用顾忌,什么也不去担忧。如果可以,我愿意葬在海里,或者埋进细沙里,就这样安静地听着海浪有节奏地撞击在心底坚硬的岩石上……

深秋的异木棉

李成英(2012级基地班)

已经十一月了,当北方的城市披上厚雪时,南方也已开始降温。一直以为珠海只有夏天,原来不是。几次大风过后,空气里开始有了些凉意。走在校园里,偶尔会闻到淡淡的桂花香。换作是重庆,这个时节,桂花味早已席卷了整个校园。但在珠海,桂花难得,异木棉倒是常见。

不知从什么时候起,日月湖边几棵有着灰白树干的乔木上缀满了手掌大的紫红色花朵,像是被风突然吹来的,一时间让原本单调的湖景变得柔媚动人。是有人偷偷转换了时空吧,让我又回到了久违的故乡的春景里,那种熟悉又陌生的感觉让人顿时生出许多莫名的感动。这是我第一次看到异木棉的花朵,在秋日阳光灿烂的午后,天空一如既往纯澈透明,那种淡蓝里似乎要渗出气泡来,露出童话里才有的浪漫,真有“威尼斯人”(澳门景点)永不暗淡的感觉。而那几株美人树,恰如其分地嵌在淡蓝的背景里,花朵粉嫩的颜色像少女羞涩的脸蛋,脂粉微露,含蓄得格外动人。花朵间夹杂的绿叶反射着阳光,若隐若现,让人不小心忽略了它们的存在。此时,异木棉的灰白枝杆也在阳光里变得更加白皙,像精美细腻的瓷器,光是远看就能体会出光滑的触感。

眼前的景象让我想起了宗璞的《紫藤萝瀑布》,中学课本里的那篇文章,像过去的时间一样模糊不清,我没法想起一个完整的句子,却依然记得当时读那篇文章的感受:原来美是那样真实可感。紫藤萝沉沉甸甸的形态,由浅入深渐变得颇有层次感的颜色以及那像蜜酿一样甜美甘醇的味道都定格在我脑海里。从此往后,没有一种花能带给我如此美好的感受。眼前的异木棉虽有与紫藤萝相仿的颜色,却给人另一种深刻的美感。那种高贵,无可亵渎;那种柔美,无法抗拒。只可惜旁边没有一株高大的橡树,与这样的美人儿一同演绎舒婷《致橡树》里唯美的爱情故事。

风,日复一日地紧起来,似乎在催促大家准备过冬了。异木棉不会畏惧风的欺凌,只是花瓣还是无可奈何地洒了一地,草地因为落花无意的点缀又多了几分诗意,像在等待新人踏过的花毯,满是祝福的写意。有时也会有成朵的花儿落下来,这让我有了亲近她的机会。拾起一朵残花,看它静静地躺在手心,竟感觉不到它的分量。淡紫的花冠自然地向外卷曲,露出里面乳白的花蕊。它看上去那般平静而恬然,身子却已经冰凉。托在阳光里,似乎要发出光来。只可惜,我不是黛玉,不会用纤细的手指去抚它身上的寒意,更不会流着眼泪为它举行一场葬礼。一花凋零,荒芜不了整个春天。那是因为春花开得太绚烂。而在深秋里,本来有勇气开的花就不多,物以稀为贵,这木棉显然成了校园里的"名角",看到一地残花,不禁心生感慨。冬天始终是要来的,只是这里的冬会晚一点。而冬也必然扮演着让事物毁灭与重生的双重角色。

担心是不必的,等异木棉都凋谢的时候必然又会有另一种花开放,如此接力下去才会让整个四季都不单调。况且异木棉的花期会一直延续到冬季,这是其生命的必然。没有开尽,它又怎么舍得隐退。生命其实就是这般简单:到花期时大可肆无忌惮地绽放,让全世界都成为你的配角;当花期过去了,也就淡然释怀,不畏惧,不悔恨,默默隐退。

父　　亲

董雅(2012级戏影班)

偶然看到了刘心武《高处的药匣》,语句不是那么精炼,细节也不够生动,但读完后却让我想起了家乡的父亲,莫名的感动和温暖。

同样都是寡言的,我的父亲比文中的父亲多了一点点冷淡。小时候的记忆里,父亲的一言一行都带着军人的严谨。吃饭时会拿着钟在我面前计时,撒谎时会让我面对墙壁站上好几个小时,偷懒不写日记时更是不许吃晚饭……这样的事情太多太多,以致我小时候只要见父亲瞪眼就会哗哗地哭,因为害怕父亲又要惩罚我。听上去是挺可笑的。

这样的日子一直持续到小学毕业。伴随着年龄的增长,我开始懂得反抗。那或许就叫所谓的"青春期叛逆心理"吧。还记得每次考完试骄傲地拿着成绩单回家时,父亲总会冷冷地说:"这没什么,笑到最后的才是赢家。"那时候倔强的我一定要听到父亲的夸奖,还因此闹出了"绝食"等不少笑话,但不变的是,父亲依旧没有夸过我。可能是出于反抗吧,我竟然开始谈恋爱了。那时的我看来,那个男生比父亲好多了,他体贴、温柔。可终究是凡人,一心不能二用,随之而来的就是成绩下滑。还记得老师找到父亲时,两个大男人竟然都无奈地抽烟摇头。从来没看过有军人傲气的父亲露出这么无奈的表情,再加上对我有厚望的班主任,本来就敏感的我感到了无比的内疚。一圈圈的烟圈,成功地把我"感动"了。

生活还在继续。自从亲眼目睹过父亲无奈抽烟的场景后,我和父亲的距离慢慢拉近了。我开始愿意主动去接近父亲,尝试着和他讨论学校里每天发生的事情。虽然父亲每次只是简单地应和几句,但我分明能够看到什么东西在一点点融化。高中的学习真比初中要紧张许多,为了节省时间,我请求父亲像其他家长一样每天接送我。那样的话,我就可以在车上读书或者小眯一会。可父亲很坚决地拒绝了,理由是:只要有一个人是骑车去上学的,你就可以!虽然早就知道父亲的性格,可就这样被拒绝,我真不能理解。冬天的风总是刺骨寒冷,打开家门,低于零度的空气就会紧紧地环抱我,有一种窒息的痛。十字路口的等待往往是苦闷的源头,冰冷的双手冻得无法动弹,眼角的余光却看见一个个孩子坐在家长车后温馨的场面,刺得我睁不开眼。绿灯跳动的刹那,冲出等待,冲出不属于我的温暖。我在无奈与压抑中学会了压抑,学会了独立,学会了坚持,学会……

还记得高三的那个下大雨的夜晚,云层好像蓄势待发,要把积蓄了很久的力量一下子倾泻下来。天边暗紫色的云笼罩着大地,酝酿了一片压抑与烦躁。走出教室,看着眼前丝毫没有懈怠之意的倾盆大雨,想象着过会儿在雨中挣扎的场景,不禁产生了凄凉的伤感。目送着其他家长护送着孩子回家,我开始暗自嘲笑自己:不就是一场大雨?连回家的勇气都没有了?在心中默数“一、二、三”,大步冲向雨中,本来就已入冬的天气在疯狂的大雨的点缀下,有一股强烈的、锥心的冷,可就在这种激烈的冲击下,我竟然感到一种前所未有的释然、舒坦。在路上狂奔,洒脱的感觉抵御着寒冷的侵袭,在夜色里穿行,大雨里行进,别有一种情趣。前方昏黄的灯光指引着我回家的方向,家门口那一个站立的身影在雨帘后愈显模糊。有那么一瞬间,我分明感觉到了那抹苍老的身影。越来越靠近,心却一点点被提起。是啊,还怀疑什么呢。确实是父亲。满满的酸涩感蔓延,好像是雨打进了眼睛,怎么湿润了?

又是一个雨夜,只不过这次我已身在珠海,一座海滨城市。海总是能勾起思念的,现在的我脑子里想的都是父亲为了我苦练已久的厨艺,父亲拍着我肩膀时的语重心长,父亲难得露出的欣慰,父亲明显苍老的雨夜身影,父亲……此时,我想起了一句话:父亲是用来叙事的,不是用来抒情的。或许吧。

电话亮了,屏幕闪着“父亲”,嘴角微微上扬。

三鲜伊面

王若辞(2012级戏影班)

记得儿时的晚上,常常搬一张小凳子坐在厨房,看着奶奶在暖黄色的灯光下煮三鲜伊面给我做夜宵。于是,华丰三鲜伊面对我来说不仅仅是一包好吃的方便面,更是一段美好的童年回忆。

十几年来,华丰三鲜伊面黄黄的外包装都没有变。正面是一大碗热气腾腾的面条,上面是半个切开的鸡蛋,那鸡蛋黄很大,还十分细腻,可以看见鸡蛋黄被刀切过的地方泛起的层层“细沙”。鸡蛋的下面是两块摆得整齐的肌肉,可以清楚地看到鸡肉酥皮上的油光。肌肉的旁边还有2只鲜红的大虾。

华丰三鲜伊面的量很少,一包仅72克,调料也不像其他方便面那样五花八门,只有两包。粉包和菜包是合在一起的,免去了倒两次的麻烦;油包是清爽的乳白色,没有其他方便面的油腻之感。煮好后,碧绿的葱花、鲜红的胡萝卜丁与金黄的面条在浅橙黄色的汤汁中相得益彰,淡淡的香气扑面而来,令人食指大动。

如果说,滋味浓厚的康师傅方便面是王勃文辞华美的《滕王阁序》,那么华丰三鲜伊面便是汪曾祺的《葡萄月令》,清新、平淡、朴实无华却意味隽永、回味无穷。

也许是童年记忆的原因,在方便面种类繁多的今天,我仍偏爱三鲜伊面,总觉得在里面可以尝出时光的味道,可以尝出家的味道。如今孤身一人在外,更是喜欢在想家时吃上一碗三鲜伊面,透过那热腾腾的蒸气,仿佛可以看见奶奶为我煮面的背影。

嚼一口,有童年的乐趣。煮一碗,有温馨的记忆。华丰三鲜伊面,你值得拥有。

雨

闫家成(2012级戏影班)

在雨中触碰到美丽的乡愁。

这里秋天的雨像我们那里春天的雨。来珠海2个月了,雨没有真正下过,倒也是挺失望的:大地几个月不喝水真没事儿吗?树啊草啊的没事吗?雨一下,这些担忧便没有了。我庆幸自己生存的地方是没有苦难的,但还是不由地惊了一下:家乡是否也下了雨,地干吗?农活累吗?我关注家乡人的生存,我便称这为乡愁。

异地求学,并未真正地想过家。电话常联系。甚至外公也买了手机,这样便不再向妈妈问外公外婆的身体状况了。其实在这里真正能关心到的便是家乡的天气,手机上的天气预报我总设为两个:一个是珠海,另一个便是苏北的老家,随手切换总能看到家乡的天气,气温多低了,是否下雪了,等等。

说这儿的秋雨像老家的春雨,是因为雨下得不动声色,温度很高。我们那里的春天空气中总会弥漫雪融化的水气,总会带来一种特别的感觉。记得有一次看一位骑行中国的旅行者拍的照片时,突然看到一张:一片空阔的土地上,冬天刚刚离去的样子,麦子很矮很油,树也是灰灰的。我一下子惊叹了:这不是我的家乡吗?再往下看简介——我骑行在苏北的平原上。我惊喜地看了又看,明明就像我家乡前面的那片地,甚至就是。这是一个外乡人带给我的乡愁。我想我要好好保管它。

我痴迷于这里的秋雨和家乡的春雨,因为它会让我想到过去的种种。我是贪恋安全感的人,我喜欢将窗户关得紧紧的听雨,我会以为我的生存是安全的。不论外面多大风雨,家是安全的,但人总是要长大,离乡也成了必然,贪恋于家的温暖而不长大成人是不符合人的生存规律。

直到离乡才会发现,在家乡外面的世界还有一个地方:秋雨和春雨相仿。而此时的我,已经不需要再关上窗子听雨了,甚至,即使手中的伞很小,被雨淋到了,也不再是一种尴尬的事情。

或许,我还需要做的事是成为一名骑行者走遍中国的地方,在更多地方与乡愁不期而遇。同样,也触碰到生存于各地人的乡愁。

当有一天,我敢于勇敢地承认,这片大地需要一些苦难,我连雨的哀愁都不再需要,我会勇敢地走向每一个地方,记着,我的家乡,始终在那里。我可以随时回去寻找乡愁。

还好有你

邓晓涓(2013级师范班)

一

天空挂着春日的暖阳,满山的橘子树结出一朵朵白若茉莉的小花,小河边的柳絮抽出了新芽,远处波光粼粼的湖面上飘着一叶小船,拨动的船桨好似画出这一景象的画笔,而那手持船桨的,大概就是这大好春色的画家吧。

小妮在船上发呆,肆意观赏着这般美景,做着各种美好的白日梦,还不忘时而挑拨水里荇草;爷爷在后面划着船,慈爱地看着小妮,爷孙俩没有交流,只有爷爷手中的船桨在波动水面时发出"吱呀""噗噗"的声音,仿佛是在表演水面二重奏,又仿佛孩子尖细的童声和老人家沧桑的语音在交流着什么,就像爷爷和小妮。小妮喜欢这种天气,喜欢这种日子,喜欢这样安静地和爷爷待在一起。一切都是那么和谐,一切都是那么宁静安详,一切都可以变得那么美好。可以忘掉欺凌,忘掉抛弃,忘掉所有的不愉快!

每逢春天里,是爷爷最忙碌、最忧虑的时候,也是一年之中最关键的时候,因为爷爷要忙着撒鱼苗,要常常跑去看鱼苗的成活率,所以爷爷很焦虑,常常不在家,小妮也很少见到他。但是每次爷爷归来都会给小妮讲好玩的事情,然后小妮都会跑上爷爷的小船,边听爷爷讲故事,边享受这难得的相聚与惬意;所以那段时间,在河边的柳荫下,常常会看到小妮一个人坐着或者站着发着呆望着河面,盼望着爷爷的归来!春天便在这执着稚嫩的等待中悄悄离去,转眼夏至!

二

当满山娇小雪白的橘子花落幕时,便是夏天来了。小妮最喜欢夏天。因为春种秋收,春天和秋天都是忙碌的季节,而冬天是个团圆的季节,又是一个让小妮从身到心都寒冷的季节,所以小妮喜欢夏天,喜欢不忙碌、不寒冷的夏天!爷爷是很和蔼可亲的人,所以有很多朋友,每逢夏天闲时便常常会有三五知己来家里找爷爷聊天,每次有客人来找爷爷,小妮就会搬着小板凳跑到爷爷旁边,听他们说话,经常都是伴随着爷爷和客人的说话声沉沉睡去,睡醒爷爷便已经出去了! 虽然年幼的小妮听不懂爷爷他们说的话,或许是听过之后就忘了,但是小妮还是喜欢这种安详,爷爷的声音仿佛就是一首最富有安全感、最沁人心脾的催眠曲,在小妮模糊的记忆中,那段时光最让她难以割舍、难以忘记,在记忆里挥之不去。哪怕是在很久以后的岁月里爷爷的音容、爷爷的笑貌、爷爷的腔调、爷爷的话语,仍然在小妮的脑海里……

小山村里的夏天并不炎热,没有风扇,更没有空调。盛夏的夜里婶婶、伯伯都会在家看电视,那时候还没有液晶,都是那种笨重的大彩电,而小妮是个不受欢迎的孩子,她也想看电视,但总是会被轰出来,每回小妮被灰头土脸轰出来之后,迎接她的都是坐在堂屋外面拿着蒲扇的爷爷奶奶,爷爷总是心疼地看着小妮说:“妮子过来,搬个凳子过来坐,爷爷跟你赶蚊子,不看他们的破电视。”小妮心里憋着委屈,强忍着眼泪,搬着凳子跑到爷爷身边,爷爷用他手里的蒲扇一下一下给小妮扇风,赶走夏日里无所不在的蚊子,然后小妮便在爷爷的安慰声中安然睡去。

爷爷那一下一下的蒲扇扇走了整个夏天小妮心中的委屈与阴霾,也扇走了闲暇的夏季,扇来了又一个忙碌的季节——秋季!

三

秋天是个全民忙碌的季节,家家户户的橘子树都结满了大大小小的橘子,树枝压弯了等待人们采摘。那时候全家人都是忙碌的,大家都忙着采摘,然后小妮喜欢坐在堂屋里,看着大家把采摘的橘子一箱箱往堂屋里摆,直到采摘完,直到满堂屋都堆满了橘子。那时候每个人脸上都挂着既疲惫又幸福的笑容,因为那是丰收的季节,一年到头就盼着这橘子能大丰收,卖个好价钱。那是家家户户春天一剪子一剪子修芽,夏天背着药桶一桶一桶打药(除虫),冬天一把一把施肥而得来的成果,能不能过个丰盛的团圆年也全仰仗着秋天的收成了! 那个时候通常都没人有空管小妮,小妮就会跟在大人后面跑到橘子地里“撒野”,自娱自乐地寻找最漂亮的果实,自导自演地扮演女王和公主,没有小伙伴,小妮自己依然玩得不亦乐乎。

待到堆满堂屋的一筐筐橘子被收购商一车拉走后,人们才能消停下来,接踵而来的便又是一番忙碌,因为冬天来了!

四

卖橘子得来的钱,人们通常都会风风火火一家人进城去办年货,待到第一场大雪来临之前把过年的东西都置办齐了。在这人人春风满面的时刻,小妮是孤独的,是寂寞的,看着叔叔、伯伯他们一家家兴高采烈地搬着各种年货回家,小妮只有看的份。小妮穿着堂姐不要的破旧棉衣站在风里,任风吹打着她的脸、她的心。她没有爸爸抱,没有妈妈亲,没有人带她去置办年货,即使她站在最显眼的地方,也只是一棵没有生机的树苗,没有人会看到她,没有人会注意到她。而冬天,爷爷奶奶还要忙着收网、捕鱼,快过年的时候每天都会有人来买爷爷捕到的大鱼！在这种时候也很少会看见小妮的身影,她会独自背着箩筐去山坡上拾柴火,躲在无人的地方默默哭泣,内心呼喊着“爸爸”“妈妈”,她多希望她也能像堂姐、堂弟一样可以蹦蹦跳跳跟着爸爸妈妈上街办年货,买新衣,过大年,可是这样的日子在她的记忆中是从未有过的!

还好,在寒夜里有爷爷奶奶和她一起坐在火堆旁边,温暖着她小小的心灵;还好,在大年初一的早上爷爷总是全村里最早一个放鞭炮的人;还好,小妮心目中的美好愿望从来不曾消失不见;还好,至少是有爷爷真正疼爱着小妮。还好。

秋深霜初降

冯靖娴(2013级基地班)

枯草霜花白,寒窗月新影。霜降晴朗的夜晚正如陆游诗中所描述的那样,大地铺满了流星熠熠和皎皎月光的银色光辉,明显有了衰败气息的花草都低垂了头,连风儿都带着清冷的凉意。

霜降,是秋天的最后一个节气,也意味着冬天的开始。在深秋初冬的时节里,就连身处低纬度的广东天气也渐渐变冷,晨起夜寐时分,身子也不由自主地瑟缩在一起。10月又称为阳月,这时的木芙蓉开得最盛,木芙蓉为芙蓉的一种,最早芙蓉为莲的别称。今又繁衍出了许多的别称,熟悉的有菡萏、木莲、红蕖等等。芙蓉的种类有很多,其中有一种名唤醉芙蓉的品种最为特别也最吸引人。醉芙蓉的花色朝白暮红,因其花色一日三变,也称为“三醉花”。花冠颜色从冰明玉润的天然,渐渐转变为艳丽夺目的华美,大自然的神奇变化让人惊叹。

芙蓉临水,波光花影,相映成趣。芙蓉一般开在霜降之后,在水边便很容易看到她如美人初醉般的花容与潇洒脱俗的仙姿。“千林扫作一番黄,只有芙蓉独自芳。”苏轼曾这样称赞十月份的芙蓉。

变的不仅是花色,还有时间。在烟雨氤氲的江南,10月底11月初是芙蓉和山茶花相继盛放的时节。提到江南,便很容易让人联想到茶乡。初春的嫩芽吐露着芬芳,淡淡的茶香味萦绕在整个茶庄,迎着晨曦,无数的绿色的希望正迎日升起。

晨光拨碎了梦乡,谷雨前的最后一场霜过后,江南茶乡方刚刚苏醒。这以后的茶叶才真正进入生长期,再不会被突如其来的风霜冻坏。渐渐地,柳树飞絮绕过池塘,院里的樱桃熟了似点点红妆,装饰着绿意盎然的春,堂前檐下衔泥的燕儿又飞过几双,茶园里的叶芽儿便初露头角。嫩绿的叶蕊儿还蜷缩着,恍若初生的婴儿般脆弱,需要人们去爱护。

自古以来文人墨客都欣赏它们优美的身姿和独特的个性,但木芙蓉、山茶花、茶叶不仅仅被用来观赏把玩,它们还都有一定的药用或食用价值。茶叶自不用说,中国的茶文化源远流长,举世闻名;至于木芙蓉和山茶花,虽然平常人家少用,但在古方和古医书中确实记载了它们的药用和食用价值。

“霜降水返壑,风落木归山。冉冉岁将宴,物皆复本源。”白居易寥寥数语道尽了霜降这一深秋初冬时节的特点。一个略显衰败、芙蓉花和山茶花盛开的时节,也是一个万物休养生息、回归本源的时节。

同里真安静

傅锐华(2013级基地班)

江南,在我的梦里,是一幅画在黛青色丝绸上的水墨画。她有画的淡雅,有丝绸的灵动,就这么一直滑进我的脑海里。

去年的暑假,再也禁不住召唤,去赶赴一场与水乡的约。

我放弃了大名鼎鼎的周庄和乌镇,选择了同里,把第一次接近梦里江南的机会,让给了她。

来到同里古镇,安顿好之后,已是傍晚时分,暮色浓郁。说实话,当我第一步踏上同里镇的青石板路时,我是有些失望的。因为这里没有来往穿梭的乌篷船,没有从船上升起的缕缕炊烟,也没有在河边浣洗的女人,更没有嬉嬉钓叟莲娃。有的,只是小桥流水人家,还有一艘艘静静停在河边的小木船。虽已至晚饭时分,家家却几乎感觉不到一点晚饭的气息。

“爷爷,这儿是一直都这么安静吗?”我问一个穿着白汗衫,悠闲地摇着蒲扇的老人家。“差不多吧,可能周末要热闹点。”他笑呵呵地说道,“沿着这河往前多走走,可好啦,夜里凉快着呢!”热情和蔼的老人家说完后,就牵着还在蹒跚学步的孙儿走了。我们便只好带着期许的心情往前走着。

从青瓦屋檐上斜插进来的夕阳光已完全在青石板上了无踪影。天色渐暗。令我们惊奇的是,作为江南六大名镇的同里古镇,竟是如此祥和安静。在暮色中,在一道道阡陌纵横的青石板道上,在一条条里弄里,环顾四周,游客几乎就只有我们四人。偶尔闪现的人影,都是优哉游哉摇着扇子或背着手踱步的老人。小镇很安静,没有河水淙淙,也没有狗吠鸟鸣,有的只是我们“啪啪”的走路声和“咔咔”的相机快门声。它们伴着不停歇的蝉鸣,怕是传遍了整个小镇。

此刻同里安静得与梦中活泼又灵动的水乡相差甚远,不免有些令我失望。但这失望的情绪,在漫步这座小镇时,却慢慢消退。她的安静和谐,正渐渐地俘获我的心。

月已升起来了!今晚是个弯月,月光不亮,但小镇亮了!商店的门口点亮了悬在门口的红灯笼。喜庆祥和的颜色,把青石板路照得格外温馨。桥上的灯也亮了,虽说不太喜欢把古朴的桥点缀得流光溢彩,但那光,却把穿桥而过的流水映得犹如少女灵动清纯的眸子般波光潋滟。

或许是大家都吃过晚饭了吧,在街上散步的人渐渐多了起来。但即使走在小镇上的人多了,小镇依旧是安静的。这儿的夜行,不会熙熙攘攘,也没有店家的大声叫卖。经过一家店时,店主只是友好地默默地望着你,并不吆喝。店家是和善的,连揽客都不敢大声,生怕搅了这一方的宁静。即使你表现出了一点兴趣,店主也只是用平常的语调和你说:"来这儿看看吧!"亲切地询问,而不是要求,更不是恳求,即使看起来大家的生意都不算太好。我们路过一个相声馆,演出场地在宅子的庭院里。本想进去,但觉得价钱不太理想,便和他讨价还价,最后还是没有谈拢,只好放弃。但没想到,店家却笑笑,说:"没关系!"一刹那,既惊奇,又感动。我们都没想到,现在的旅游景点,竟然还有如此淳朴友善的店家。而在镇上,这并不是个例。

古镇虽不大,但夜里好多景色都看不清,只能慢慢欣赏路边的一家家小店,一幢幢古宅。小店,是前店后屋:有卖糖水的,有卖小玩意儿的,还有唱着越剧的餐馆,有相声表演的庭院,甚至还有文艺范儿的概念书店、咖啡屋和乐器店。古宅,有的是屋门大开,老人和小孩在门口河畔坐着乘凉;有的是屋门紧锁,斑驳的大门上方悬挂着模糊不清的匾额;还有的早已经荒废,在夜色笼罩下,黑魆魆的窗口让人不寒而栗。

散步结束后,我们回到了客栈。这完全是一所宅子改造成的客栈。推开窗,是里弄的深处。从别家窗子透出的光亮中瞅瞅这里弄的深处,古朴,安静而又肃穆。

第二天清晨,我们起了个大早。终于可以好好地、清晰地欣赏这宁静水乡了。而此时,我已喜欢上了同里古镇。

走出客栈,水腥味混着清晨空气里特有的清爽气息扑鼻而来。这独特而浓厚的风味,一下子把我们拉入了这清晨版的江南水乡画中。再一次漫步小镇,感受却大为不同,更多的是似乎云开见月明的欣喜。鸟鸣啁啾,呼啦呼啦三两只飞过屋檐的鸟儿,为安宁的小镇清晨带来了无尽的活力,不知是否飞进了旧时的王谢堂。河边早起洗菜的阿婆们,和悦地和我们打招呼。船依旧静靠,水依旧悄悄地淌过,宛似清秀的闺秀,虽羞涩腼腆,却丝毫遮掩不了她脱俗秀丽的美。河岸上,几乎立满了苍翠的大树。树的绿影,投射到了一座座古桥上。这同里的古桥,是小镇的主角。

古桥大多有几百年甚至是近千年的历史。缓缓漫步,看,这是有名的"三桥",桥身上有楹联一对:"浅渚波光云影,小桥流水江村。"品小镇风味,此语已足矣。看,那是历史最为悠久的思本桥,饮水思源,荣不忘本,承载的是小镇人民踏实感恩的美好品质。看,那是同里的标志之一——招牌桥。竹架子搭出的桥,屹立在石墩上,犹如寨门一样宏伟。站在招牌桥上,小镇尽收眼底。

清晨的小镇,薄雾缠绕;交错的小桥,坚质而苍老。放眼眺望,这一切就像是个青灰色的斑驳的梦,虽然色彩不那么明丽,但在烟雨朦胧中,水墨丹青,最是和谐。

中午就要离开小镇了,甚是不舍,颇感在同里的时光太短,留下诸多遗憾。从一开始的失望,到后来的恋恋不舍,不知是自己的孩子气,还是古镇的魅力使然。

我庆幸选择了同里。的确,同里的水系没有周庄那么发达,同里的乌篷船没有乌镇那样忙碌。但我爱上这里，是因为她的安静。是的，在水乡如此受欢迎的今天，同里，还能保持如此恬静，实属不易。在同里，水是静静的，青石板上是静静的，小店是静静的，连镇上的人都是静静地生活着。这儿——同里，没有周庄青石板路上的熙熙攘攘，摩肩接踵；没有乌镇里河岸边商家的大声吆喝；更没有夜晚热闹的烟火、令人亢奋的酒吧。有的，只是静静地日复一日淌过的河水，静静地一立便是千年的古桥，静静地踏实过日子的淳朴百姓。毫不喧闹，恬静安然。

堂皇转眼凋零，宁静足以致远。自古，江南小镇，便是淡泊安定的生活表征。而如今周庄和乌镇渐渐褪去了往日小镇的安宁清丽，庆幸同里把这种静与安很好地延续了下来。这儿有我碰见过的最和善安静的商家。他们，包括镇上的其他居民，为什么过日子总是这么不紧不慢，毫不聒噪呢？我想，是因为——他们的内心很安静。就像这小镇的水，小镇的桥。是小镇恬静的灵气滋润着他们，使得他们的心，是那样安稳，温润如玉。

我爱同里小镇的安静。静水流深，躲一片喧嚣，守一方静土，护一片本心。

再去一次同里吧，因为，那是我的水乡梦第一次诠释的地方。

那里真安静。

风月无边

黄楚旋(2013级基地班)

近来总觉得自己深陷一种苦闷之中,苦于心境的消极,闷于复习的无聊。

心里只念着快点熬完这时间罢,我想回家,我想看文学作品,我想写些什么,我想去其他地方转转,我想飞。奈何要背书、要复习。放不下对成绩的执著,空有学霸的心却生了一副学渣的骨,最后乱步走入了既没复习也没看书的死胡同。不复习是因为排斥,不看书却是因为惦记着复习。

心中很烦,浑浑噩噩地在半小时内敷衍完了作业,嘲笑自己难得写作,写的居然是这些毫无意义的假大空话。打印后漫无目的地晃荡到另一栋宿舍,交给同学,走出来时,招呼都没心思同宿管阿姨打。

却不想,阿姨问了一句:“你的脚好了吗?”

我愣住了,木然回答:“好了,现在没问题了。”

记忆涌上心头。我忽然想起拄着拐杖在寝室里收拾东西的时候,想起姨妈背我下楼时颤颤巍巍的步伐,想起坐在轮椅上看到那怒放的紫薇花和来来往往健步如飞的学生,想起学走路时的艰难、无法行动的困闷、病床上痛醒的每个夜晚,想起最后一次飞速奔跑。

走路是多么幸福的一件事情,而现在的我一步步地踩实着,心里想的却是鸡毛蒜皮的小事,并以此作为生活的不公而感到愤愤不平,完全忘记了,我正在“走路”——这是多么宝贵的一个恩赐。

我走在渐暗的苍穹之下,自由自在,想走去哪,皆可到达。

抬头望天,东方是一轮皎洁明亮的圆月,既不炽热,也不凛冽,只是较之温润却多几分光芒,不徐不缓地照着彩云归。西方是渐变的蓝,深蓝,明蓝,浅蓝,水蓝,天空广阔,毫不吝惜且无比自然地折射着不同层次的色彩,没有分界,没有噪点。风算不上舒服,时有时无地吹过黏在额头上的头发,夹着尚未消散的几丝暑气,不至于给我一个冷颤。

左手月光,右手风。我要飞,我想。于是,我扬手抓住一束与一缕,便腾空而起了。

渐渐离开地面，盘虬卧龙的树根变成一条黑线，“唰啦”一声，是我突破了林荫大道上大叶榕茂密的树盖，我看到树叶渐渐融进黑影，模糊了轮廓。我看到游泳池的粼粼白光和黑色人点，看到在强光灯照射下的绿色网球场，看到日月湖倒映着的白色冷光，看到这座城市橘黄灯光的溪流，看到澳门的三座大桥，看到亚欧大陆东南沿海星星点点的光芒。

我看着这个星球逐渐缩小，孤独地缩小，直至成为不久前站在地面上看到的远方的一颗星。

摊开手掌，月光盈满了每一道纹路；攥紧拳头，月光溜到了手指上，小心翼翼地打开拳头一点儿缝隙，里面只有黑。我抓不住风，也抓不住月，而此刻我沐浴在月光下，不知源于何处的凉风恒久地吹拂着我，取之不尽，用之不竭，真是造物者之无尽藏也。

珍贵的东西既是无价的，也是无穷的；是随手可得的，是常被忽视的，也是无法挽留的。我抓不住氧气，抓不住温暖，抓不住时间，抓不住行走的能力，抓不住此时此刻亲近的人的音容笑貌。所有的这一切，美丽而甜蜜，泛滥得以至于让人产生廉价的错觉，但无论如何都无法保留凝固的。

我绞尽脑汁想到的唯一出路，也只能是幸福地活在当下了。

不必太急切地期盼着别处，因为自己的周身早已丰盈着这个世界赠与的宝贵。也不必忧虑此刻幸福的转瞬即逝，妄图留下只言片语，因为它们在出现的瞬间就成了留不住的历史，不如摊开掌心，会有下一秒的照拂，也许风会熄，月会藏进云后。

可紧握的拳头里，却是什么都没有的。

风月无边，风月无边。现在的我可以自由自在地漫步，可以享受无尽的微风与不竭的月光，可以飞，可以看到这浩渺的宇宙，心自由。此时此刻，我有风，我有光，我有时间，我有开阔的心境，还有什么事情能困得住我呢？

故城之春

廖楠(2013级基地班)

风紧一阵疏一阵带起雨丝,淅淅沥沥地打在窗上。看着窗外的雨,突然发觉现在已经是春季,这里的春潮湿、闷热,阴晴不定。这不禁让我想起了故城昆明的春季,虽然不是土生土长的昆明人,但是在那里生活了十年也应该可以称其为故城了。

在昆明,春天的雨是温暖的。这里的雨是和花事连在一起的,下一次雨,开的花就比上一次多许多,繁盛许多。如果你在雨中走一走,你大可把舌头伸出来,去尝一尝舔一舔。那略带花香的甜味,是你在别的城市无法体会到的。

昆明的春,应该是从圆通山上的樱花潮里开始的,形成一种无法抗拒的力量,在几天之间,就开得满山满坡,满园都是。于是全城的人纷至沓来,郊县和远方的人慕名而来,整个圆通山小路上人头攒动,脚尖接着脚跟,完全是一副万人相约而聚的景象。除了樱花还有海棠,白里透红,满树的花儿就像散在夜空里的星星,看着总觉得那么娇美,像极了灵秀而轻盈的女孩。在翠湖公园、大观楼、西山、金殿,这些地方都可以看到游人在那长长的海棠花的长廊与那一丛丛的樱花树下的聚会。男的、女的、老的、少的,都在这花的世界里,摆出各自的姿势和表情,与春天约会,与群花留影。

春天在昆明是可以吃进嘴里的,只要想吃,你就能吃出属于春天的味道。金雀花加上鸡蛋调成糊,入油锅一炸,出锅时金黄中透出春天的青意,咬一口,满嘴的鲜嫩。还有赤色的炭火上翻烤的四角豆腐,四四方方,润而饱满,烤到它外焦里酥。再沾上黄豆油配小米辣的料。入口,下喉,落肚,豆腐朴实的香气在炉火上变得愈发缠绵而妖娆,火辣的味料更是在你的舌尖燃起一场盛大的烟火,让你为它的香痴醉不已。再来尝尝罐罐米线。厚实的土罐将米线、葱花、瘦肉、香菇、腐皮一起包容,以文火慢煮,待白汽蒸,水分收,起锅上桌。你会惊讶于这些素淡的食材在土陶的熏染下,竟有了山林的气息。

偶有白发的大娘推车而出,将白白胖胖的饵块放在烤架上,待到它慢慢膨胀,香气四溢,大娘娴熟地将饵块腾手抄起,将以芝麻、黑糖、花生熬成的深棕色甜沙酱抹在饵块上。你会毫不犹豫地咬它一口,任凭那种又软又糯、缠绵、浓甜的滋味在你口中冲撞,直引得你高呼:“爽!”若是吃倦了,来喝一碗清凉甘香的米凉虾,米条在甜白酒里，像是游弋在你心湖的小鱼，盛在精巧的蓝底瓷碗里，浅饮一口，那清凉甘甜，便像风儿一样带走了你所有困乏。

我听过白马踏过落花的声音，我见过叶梢飞过蝴蝶的场景，我嗅过浓荫处檀香绽然的幻境，可是却从未识过一座城如此淡然而淑静。

对，就是昆明。她就这样，合上眼任凭眼睫里飘散着栀子。她就这样，闲撑一只玉手与香腮，任凭翡绿的藤蔓缠上手腕。她就这样……

如果我爱你

——to Sunkist

蒋文頔(2013级基地班)

如果我爱你,我会把风铃挂在紫藤花下。风铃声响起的时候,世间就再没有让我马不停蹄的地方了。

清晨,我会听着风铃声醒来,就着一件薄薄的衫子。我抱着微凉的胳膊,推开了屋门。在所有忙碌的事情开始之前,我只想听你说一说话。或者你笑我太傻,或者你骂我两句。梦话都好。

然而不像北面吹来的风往返不定,你的笑声已经离我越来越远,怨恨都是。我甚至不敢再将手机调成震动,只有静音。岁月静好。这样我等待你就像等待一封随时可能到来的信,就像百无聊赖中期盼一只飞至我窗台的鸟,虽然险象环生,苦闷中却饱含着意外与惊喜。

如果我顺着山路走到了秋天,手中的水仙仍未凋谢,你可不可以听我多说几句?因为回头看的时候春天只会越来越完整,即便它越来越难触摸。可是只要一朵水仙未谢,春日就不远。我求我自己别吝啬最后一句,指不定你愿意听,指不定打动了你。我也乞求你听完任何一次下一句,无论它多笨,或者多自作聪明,因为它指不定就成了最后一句。胆战心惊。我曾告诉你我又看了一次《后会无期》,却未敢告知你我看到了什么,现在我坦诚:任何一次告别都要用力一点。

如果我爱你,我跟自己说,任何一次的告别都要再用力一点。

如果我把风铃挂在紫藤花下,我的确是在纪念。我应该明白过去的都已经过去,我会在我们的回忆边挂满花圈。然而认识到过去并非不懂得珍重,就像风不会将所有的叶子都扫离树的身边。在时间这一相爱所需的不可逆的生命记忆中,我已经烙印过了你,你也烙印了我。我们与相遇之前的我们,已经是截然不同的生命形式。

在上帝的安排下,钟摆的幅度总是惊人的一致,所以任何突如其来的一秒,都跟我与你牵手那一瞬相似。这些日子,我会难以抵抗地随时随地突然想起了你,又会竭尽全力一分一秒将思念压制了下去。你知道的,我爱看动物世界,看那些初生的候鸟一个季度便懂得了迁徙。如果我还爱你,我就得强迫自己去懂得没有你的昼夜晨昏。

风铃声响起的时候,未来离我很远,因为那些加冕的日子,没有人分享,又有什么意义。

如果我爱你,我会在风铃中听见你,我会把它在风中的响声当做是你的回应。如果我爱你,我不会懂的,我不会懂爱情不是生活的全部。如果我爱你,我知道,我是笨的,是傻的,是愚蠢的,是无可救药的,我会像是一个疯子。可是如果我爱你,我还知道,我要是机敏的,是幽默的,是彬彬有礼的,像是一个迷人的绅士,我得假装懂得那一切。

可如果我爱你,在你面前,我不懂文学,不懂诗,也不懂哲学,甚至不会说话,连走路都不会走了。我就像一个孩子,而你手中握着一颗大白兔奶糖,我只会眼巴巴地望着你,克制自己,或者恳求你。你说这些我都懂的,而且很擅长。不,我真不懂,我懂得它们唯一的原因只是因为我试图亲近你,试图让你变成一个孩子,一个对我充满好奇的孩子。

孩子的好奇心总是渐渐消失了,但是我难以远去。

我曾告诉你我是你的沈从文,然而我想我错了,我不能做你最卑微的仆人,因为他除了懂得如何亲吻你的脚尖,一无是处。如果我爱你,我就要是你最贴心的侍卫,是最忠诚的骑士。

即便你不爱我,你仍旧是我最高贵的女王。我会在你的身边守护,日夜不歇。若是你嫌我不够体贴,那就罚我去宫墙之外,我为你监视往来的人流;若是你出入之时觉得我碍眼,那请将我发配边疆,我愿意战死于你深爱的这片土地;若是你始终不放心有这么一个觊觎你智慧与美貌的居心叵测之人存在,那就将我流放出去。在异国他乡,我也会始终朝着你生活的那个方向跪拜,礼敬,直至终老。你不会将我处死的。何等仁慈。

若是你还能爱我,你就是我最天真善良的公主。我愿为了你与任何人去决斗。我可以为你拍死一只色胆包天的蚊子,帮你踩死一只满地乱走的蟑螂。至于一只老鼠,我不会去对付它,不如将它留给一只猫。其实我也怕它咬我。

我陪我的公主去捉一只蝴蝶,去放一只风筝。我听公主说她那些孩童时的故事,也把我外出游历所见所听的告诉她。我们的生活不需要有什么目的,也许只是捏破几个泡泡,或者去远方的海边留下一串脚印。谈到远方,何必去搜罗远方的美食,我愿去领悟所有远方的厨艺。我在案板上安抚一条活蹦乱跳的鱼,在田野里和一只打了鸡血似的鸡赛跑,或者用一根牙签和一只螃蟹的钳子拼斗……

如果你是我的公主,我就带你去一个梦境一般的地方。在那里,时间已经被我击败,它臣服在我的脚下。在那里,你永远是我初见的样子。在那样一个地方,分不清前后左右,我们悬浮在世界的中央。我们的脚下皓月当空之时,可能正有一轮太阳在西方升起。我们的正前方是一条宝蓝色的河流,它坠下山崖,坠成一幕浩浩汤汤的瀑布,而我们的后方是一望无际的沙漠,迷幻的橙色像巧克力芝士蛋糕一样诱人。

突然,我们之间裂开了一道巨大的峡谷,我轻轻一迈,就又能迈了过去回到你的身边。那里有九个太阳,九个月亮。它们连起来的时候就像一串珍珠,每一个都美得像你的眼睛。远方传来隐隐约约的乐声。我们朝它走去,居然是一把会自己弹奏的手风琴。我在同一个键上重复按了两次,居然是不同的声音。可无论怎么乱按,音符都同样有序,同样动听。

如果你是我的公主,我多想承诺你一个这样的世界。它永远新奇,永远丰富,每一天都像是全新的一天,每一件有趣的事,都像是第一次尝试。

然而你知道,那只是一个梦境。

但我不是一个骗子。

如果我爱你,就会用尽一个诗人所有的想象力来爱你;如果我爱你,就会用尽一个歌者所有的嗓音来爱你;如果我爱你,就会用尽人类所有的语言来爱你。

爱情不是生活的全部。

但是有一个刹那,我悟到了生活的真谛,就是,如果我爱你,我就用我全部的生命去爱你!

致毛毛虫的小情书

谭凯雯(2013级基地班)

致毛毛虫:

毛毛虫,你还好吗?我是你的凯雯姐姐。翻开我的白路日记,每一天都有和你待在一起愉快的时光。你那句奶声奶气的“姐姐,我还没亲你”依然在我耳边萦绕。

每一次相见,你都会让我惊讶。

第一次见面,你嘟嘟的小圆脸上有几道灰黑的污痕,长长的睫毛上还黏着不少分泌物。周围的小姐姐都在学校进门处的课桌边玩,但你只能呆呆地望着高高的课桌,然后默默转身出门。犹豫片刻,我还是追了出去,问你是否一个人回家。你扁着嘴,点点头。那么小的孩子,却要走那么蜿蜒山路,实在令人担心。我说,那姐姐带你回去玩,和其他小朋友一起玩,等会儿再一起回家好吗?你高兴地点头。于是我们俩就牵着手一起回去玩耍。我只是简单地抱你、背你上下课桌,但你的眼神里满是欢喜。

第二天,你在一志愿者身侧,默默地看着我走近,却对我热情的招呼毫无反应。我碎碎念着昨天的片段,问你是否还记得我。你摇摇头,也不太愿意跟我玩。场面有点尴尬,那位志愿者便安慰我,孩子最诚实……我坐在木质的梯级,只能在小小的失落中感慨人生如初见。但不久,你却主动走到我身边,摇我的大腿,水汪汪的眼睛扑闪着。我很惊讶,问:“你不是不认得我吗?嗯?”“骗你的,你真笨。”你捂嘴“咯咯”笑着,眼睛眯成弯弯的弧线。

走去你家的路上,你拉着我的手,伫步,仰头看着山壁中长出的小花,惊叹道:“姐姐你看,真漂亮!”又叨念着:“我的名字叫花花。”声音稚嫩糯软,笑容灿烂。

我们越来越熟悉、亲近,但你也会耍小性子。因为我无法满足你想吃糖的愿望,你会站在几步之遥的地方,定定地看着我,默不作声。家访时,嚷嚷肚子饿的你拿着妈妈给的钱去买零食,吃完零食,咬了几口黄瓜,才想起刚刚忘记买糖。你想拉我走,我不肯,跟你讲道理,你便后退挪步,耷拉着头。我说,你去买零食姐姐就走了,你回来姐姐就抱你。你扁嘴气呼呼地看了我几眼,然后委屈地走回我身边。我心里十分清楚,对一个年仅四岁的孩子来说,糖有多么大的吸引力。我也知道,这是一个艰难的抉择。但我希望,亲爱的毛毛虫,你能慢慢懂得承诺的意义,不要轻易反悔。

但亲爱的毛毛虫,当你穿上妈妈为你精心制作的苗族服饰,羞涩地庄重地攥着裙角;当你回答“我想读书,但老师说我太小了”;当你吃着饼干,然后突然跑进房间给弟弟吃,又掰了一小块饼干要留给哥哥的时候……我就知道,毛毛虫一直很乖很懂事。我知道,你一定会比我的期许更出色。

临行前两天,我告诉你我将要离开了。你低下头,一句“为什么你要离开我?”让我眼角湿润。同伴多次提醒我,作为短暂的逗留者,我们不能寄给你们太多的情感和希望。但我依然忍不住抱住你。

临行前,我去你家告别。同伴在催促,我匆匆走下楼梯,你在后面糯糯地说:“姐姐,我还没有亲你。”然后在我脸上吧嗒了一口。

亲爱的毛毛虫,这个夏天,在白路,我们一起跳绳、折纸、讲故事、做手工、上茅坑……分别两个多月了,但记忆如甘甜的陈酿,如风干的果实,越发深刻:操场见证我们的欢乐,山路回荡有趣的对话,课桌印染手绘的缤纷。

亲爱的毛毛虫,哥哥姐姐并没有离开,我们在远方,如亮亮的繁星,默默思念、相伴;像象征着希望的雏菊,带着一份深藏于心底的爱与祝福,努力为你们筑造一个温暖的白路新校舍。我憧憬着,将来的白路小学能为你们撑起一片安全的童年天空,有一个又大又安全的操场,学龄前的你们也能尽情玩耍,不必躲在窄窄的屋檐下,羡慕地看着姐姐跳绳,又或者被飞来的篮球砸伤,委屈地抽噎。

亲爱的毛毛虫,大家都说你不喜欢自己“江来”这个名字。你妈妈说,毛毛虫这个名字是你自己起的。其实这两个名字我都很喜欢。江来,将来,多么有希望的名字,而毛毛虫也会化茧为蝶,翩翩起舞。

亲爱的毛毛虫,姐姐会在远方,祝福你:在成长中蜕变长大,将来会越来越好!

爱你的凯雯姐姐

2014年10月5日

离家六千里

王丹(2013级基地班)

2776里,是我与家的距离。

2776里可以折算成29个小时的火车车程,3小时40分钟的飞机里程,也可以折算成十几分钟的通话时间。

近六千里的距离,在时间的蒸发下让一些东西都慢慢地变得不同。

每一次回到家的时候,都会像发现新大陆一般地对比着这个从小长大的地方与自己的记忆中的模样有了哪些不同。又新开了哪家店,哪些曾经常去的地方又不见了踪影,自己不在这里的时间,哪怕只有半年,也抓不住它的流逝。

六千里的距离也许有些长,长到我穿越这数千里距离赶回去的时候,会发觉到已经来不及。外公出殡的队伍不会等我,同样晨光熹微中,我在这片疆土最南边的机场中等待着起飞的飞机。距离太长,时间太快,还没来得及反应就已经无法再握紧那双手,冷冰冰硬邦邦的牌位下,我磕的那三个响头,是我童年真正的句号。

在距离的烹调下,心也慢慢长大了吧。

曾经让自己心烦的爸妈的唠叨声,现在是最温暖亲切的话语。每天拿起手机拨通那组倒背如流的数字,在音波的另一端连通的是这个世界上最爱我的两个人。

在学校里,曾有人问我,你每天都给你爸妈打电话,都聊什么啊。

是啊,聊什么呢?也许从内容上来讲,什么都没聊吧。每一天,每一次的通话,无非是今天吃什么了,天气怎么样,注意身体,生活费够不够,家里有什么事,学校有什么事,等等,琐碎到极致的聊天内容,可是就是这些反反复复、平凡到无聊的谈话内容,始终让你明白着,无论你在外面的风雨如何,只要你转过身,你总会发现仍有两个人为你构建了一个温暖的春天,自始而终。

“喂,妈,那个XX考试的报名系统怎么登都等不进去,找了好几个同学帮忙试过也不行啊,我这次就先不报了吧,等下次。”

“你那个是什么系统,给我发过来,妈帮你再试试。”

报名截止的最后一天,早8:40分到下午3点半左右,她在电脑前6小时40分,给我打了15个电话,终于报上名了。

其实那是一个无关紧要的资格证考试,但对于我妈来说却不然。她对于我的一切有着近乎执念的执著感。有些时候,自己也许会选择放弃,但这个人永远不会放弃你,只因为你是她的孩子。那天在我妈给我打来第15个电话,充满成就感地告诉我成功了的时候,我忽然觉得,即使千里之外,他们都试图为你撑起一片万里晴空。

还记得曾经抱怨过爸妈怎么不理解自己,现在才明白这种说辞是一个伪命题。为什么要爸妈完完全全地明白你的思维方式与想法呢,真正的了解其实自己都很难做得到吧,他们是你的父母,而不是你寻找的志同道合的知己好友,父母为知己是为妙事,如若不是又为何强求,这两个人的大半生都在做着这件事——关心你,光这一点其实已经足够了。

曾这样问过我爸:“风花雪月是什么?”

“是成语啊。”这是他的回答。

也许我们都不是为青山点墨的诗人,只是披风戴雨的俗人;也许我们都不是披甲上阵的英雄,只是落座于洪荒的观众。哭了或笑了,散场过后,原来除了梦还有活着。其实他们也曾年轻过,只不过在岁月里消磨了。玫瑰的浪漫在柴米油盐的浸泡下如蚊子吸血般平庸,天空的皎月白变成了粘在衣服上的一颗米粒,他曾经金梁古温快意江湖最后也消融在环环相扣的机器部件运转中,我无法知道自己中年以后是否也会如此,但肯定的是,正是这两个人把自己泡在生活的染缸,让我现下的青春时光里,风花雪月不仅仅是个成语,心里的梦依旧比诗句动人。

六千里的南北跨度,手机气温提示栏中零下与零下二十多度的温差,只因为有充满热血的心。

曾有飞蛾想拥抱太阳,拥抱最明亮的温暖;曾有蝼蚁想穿越汪洋,去看看更远的地方。每个人心中都有一只鸟,试图飞往自己最想到达的方向。

偌大的广州城,变化无常,灯红酒绿车水马龙流淌着宽容而冷漠,与熙熙攘攘的人群擦身而过,喧闹的尽头是否存在心尖上的国度,宁静而安逸,盛大而富饶。此处的幽深森林中,每一棵幼苗淋雨成长,惊雷照亮成果,是他们拼尽全力追求的最美的景色。卑微中能微笑,渺小中能燃烧,即使一无所有也能不忘骄傲,孤勇而坚强。这是孤身一人奔往前方的态度。

然而,最不喜欢在夜晚的天桥下面听到有人唱起《流浪》这首歌。它太容易触碰到已经强制地塞到心底的情感,留恋而不能回头。这时会想起,支持我离家远走读书的父母,送我来学校的那天,眼神里的光,不舍却坚定。

远眺与回望的心境是六千里的矛盾,不知道一生要攀越多少座高山,才能凝结出一处安心之所,纯粹而美好;要跨越多少条河,才能遇见一个更好的自己,善良而坚强。盼着难以预测的未来,爱着叫做家乡的城,这样的情绪太缱绻难懂,太难以名状。只希望在时光蜿蜒过后,红尘里回望之时,能挺起胸膛道一句不后悔。

由南到北,跨距5776里。

璀璨星河中,月光常常,常常到故里。

在 路 上

王毅桐(2013级基地班)

对于我来说,一段旅行中最吸引人的并不是那个目的地,而是在去它的路上。

2012年夏天,我在从西藏回北京的火车上遇到了几个男孩子。他们皮肤黝黑,身材精瘦,是用了28天骑行了318国道来到拉萨的年轻勇士。人们兴奋地向他们打听这一路上的奇闻趣事,痴迷地听着那些帮人放羊来换取一晚住宿机会和在黄昏里被凶狠的藏獒追得骑到脱力的故事。但是,当我们问到这些人在拉萨都转了哪些地方的时候,他们反而陷入了沉默。

原来到了西藏之后,他们只去了羌塘草原和纳木错,之后就坐上了回家的火车。我们很不解,花了28天来到西藏,什么都不看就回去了,岂不太亏了。有一个男孩告诉我说,这一路上更美的风光他们都看尽了,到了目的地反而没什么新鲜感了。

也是,西藏是很美,但是,哪有一个旅游景区能比追着朝阳在破开草原的公路上驰骋更美?

在路上的时光是最好的时光。

特别喜欢看公路片。不论是开着一辆壮硕的吉普车在尘土飞扬的美国西部张狂地飞驰,还是难兄难弟在墨西哥毒辣的太阳下没有尽头地走着,或者是混蛋大叔带着胖胖的小孩子在日本的村庄里随着明快的音乐辗转前行,一切在路上的风光都令人心驰神往。

这也许就是一种自由的快感。

在某些多愁善感的下午会在脑海中重放自己的旅行,经常不太惊讶地发现留在记忆中的自己要不就是正在疾行的汽车上浏览一行行的苍山翠水,要不就是行走在一条古旧的小巷里,铁皮做的街道名牌还清晰得仿佛触手可及,但是穿过这条巷子所到的那个大明湖,却只剩下荷花飘红的残影。

似乎我将旅行中所有的期待向往、欢乐幸福都挥霍在去的路上。流动的旅途的意义正在超过那个固定的目的地。最近开始计划这样的旅行,沿着辽宁的环海大道骑行,参加车友会自驾横扫贡格尔草原或者乘坐邮轮在西太平洋上飘荡。终点是什么早已不在考虑范围之内,目的也要模糊不清,只是单纯地享受在路上的纯粹疯狂。

当然，在路上有的时候偶遇的不仅仅是奇秀的景色，还有新奇的人。

在火车拥挤的硬座车厢内或者三等船舱中经常会遇见身负传奇的家伙。一次我和一个狂热的酒瓶收集者挤在一起，听他唾沫横飞地讲各种收集酒瓶的惊险经历，说得高兴的时候，他居然从行李箱中掏出了四个酒瓶！还有一次一个准备骑行新藏线的健身教练告诉我他的好友是怎样在沙漠中绝望死去。印象最深刻的是一个很老的华侨，他用蹩脚的汉语说他在中国一年的旅行经历并且大肆抱怨祖国的物价，他轻描淡写地说为了出来走走他卖掉了他的车和房子，我惊讶于他的选择，但他只是严肃地告诉我，如果只以什么会使生活变得更值得为标准，做选择就会容易很多。这些可爱的人让我每次找座位时都心情激动，因为一不小心，就会和一段离奇的人生相遇。

在旅行的路上则会碰到无数心地善良的人，每次走投无路都会发现有人准备着伸出援手。一个拥挤的十一黄金周，有一个摩的大哥带着我深夜转遍了整个阳朔，最终在十里画廊里为我找到了一个便宜的旅店，凌晨一点，他和我分别，没收一分钱，只跟我说："你怎么这么信我。"还有一对从四川自驾来的夫妇，因为同住一家酒店相逢，最后在我们没买到车票的时候，把我们从延安送回了西安。

我慢慢开始相信是前世修炼的几千次的擦肩换来这世的一次回头，因为同行在路上的人总会给我惊喜。

以前看过一则公益广告，说，这一生，我们都走在回家的路上。没错，人生其实不过也就是奔波在路上，只不过终点不是某个名山胜水，而是名为成功、财富、名声等东西。但是，我们往往就像《飞屋环游记》里的老爷爷一样，不顾一切地来到了"天堂瀑布"，却早没了那种实现梦想的喜悦，回头想想，原来人生中最幸福的时光，是在追寻梦想的途中。

想看到一处风景的方法有很多，但是只有在路上的经历是无可取代的。同样，生命的终点有什么从来都不重要，重要的，是懂得珍惜和欣赏这人生路上的每一处风景，每一个人。

花事(扩写顾城诗歌《梦》)

王毅桐(2013级基地班)

三月半的时候,木棉开了。

从一个老旧办公楼的九层看下去,远远的有两颗异常高大的木棉。火红的花朵挤满枝丫,在每一个角落大肆盛开着,看上去就是两片红色的蘑菇云,爆炸在周围芒果树鲜绿的树冠之上。我绕过三条弯弯曲曲的小巷终于找到了它们,酒杯一样的花朵在头顶上摇摇欲坠,一阵风过,它们就带着自己鲜红而凝固的汁液劈头盖脸地洒下来。地上的木棉花完整保持着它们飞翔时的姿态,一个老奶奶拿着红色的口袋将它们捡回家去,准备熬上一锅沸腾的紫红汤水。

三月半的时候,桃花也该开了。

那是我家乡春天能见到的第一种花。和木棉不同,桃花似乎总是成片的。我们喜欢花上几个小时来到一个掩藏在山涧中的小村子里,这个时候连绵不绝的小山一片绯红。很少见桃花仰面朝天的样子,他们永远在枝条的一侧温婉地缀着,一群一群地抱成粉嫩的团子。满山的桃花其实并不像想象中那样艳丽,生在东北的他们似乎总沾着些风沙的颜色,好像被大漠浸染的昭君的脸,与脚下的泥土模糊。而北方春天的大风总会在这个时候现形,带着细碎花瓣滑溜溜地向前跃动,最后消亡在一个浅浅的洼地里。我的奶奶喜欢到处去捧一把浮在最上面的花瓣,带回家去,晒开,泡进洗脚水里,皱皱的花瓣围着她皱皱的脚温柔地打转儿。

六月的时候,我头一次看见了凤凰花。

同舍的同学对凤凰花有一种奇妙的情节,经常看到凤凰花就会走不动路。她停下来看一会,然后感叹一句,诸如,今年的凤凰花开得不好啊,或者,这一支花开的真多啊。我不大明白凤凰花开得繁茂还是寡淡有什么可值得长吁短叹的,但是对于舍友来说,这似乎是关于命运的神秘预告。原来他们学校每年都会有偷偷用凤凰花占卜的"邪说":若是今年花开得好,就考得好;反之,就是人和花都不好。因为每年的高考都有一树又一树的或盛大或凄凉的凤凰花开,也有一届又一届学生或欢呼或悲叹的宣泄。所以每次看到凤凰花,都会对自己的未来有一点忐忑。

六月,在我的记忆里,开放的总是硕大的芍药和牡丹。

高中的时候对花坛里肥头大耳的芍药垂涎许久,那些丰厚且层层叠叠的花瓣对我来说有非凡的诱惑力,像是店里做工华丽的蕾丝裙摆,又仿佛是奶香浓郁的蛋糕,总之,一看到它,就会想起美好的事情。以前总是一边偷瞄教导主任的秃头一边眼疾手快地摘下一片早就看中了的最大的花瓣。高三最后的六月我终于鼓起了勇气,在午休的时候拿走了一个红色的大花球,但是又不敢到处炫耀,最后悄悄地拿到天台上用“我能考上,我不能考上”这种方式抚摸遍了它的每一片精致的花瓣。用了十几分钟才分解完一个花球,而落红满地的样子,我没舍得看。

去年九月,我第一次来到广州。那时家乡的金菊正开,红叶满地。而广东仍然开遍了不知名的小野花,板障山上还是蜂飞蝶舞,热闹非凡,芒果树的绿叶子像是打了蜡涂了油,在炽烈的阳光下泛着甜蜜的光辉。我就像是从一个世界来到了另一个世界。

若说最像是梦的东西,莫过于花,转瞬即逝,肆意疯狂,超乎想象的美和瑰丽的身影。但是梦不分时空,花却最是各不相同。一山有四季,十里不同天。我常常看着这里一片繁花似锦,就不由自主地想起北国这时候迥然不同的花事。想起去年的今日,我沐浴在不同的温度里,呼吸着干燥的空气,看着不同的风景。

一切就像是昨天的事情,而我在南国,一切又都恍然如梦。

每一次花开都是爱花人的乡愁,因为那一朵花前世是祖辈的种子,昨天是父辈的水壶和剪刀,现在是我的风景。花朵与土地的关系太过密切,以至于我可以透过它的面庞,看到黏重的红壤,或是疏松的黄土,从而在乡愁和憧憬中甜蜜地撕扯自己的情绪。

看花,本就是一件略带多愁善感的事情,欣喜着花朵今日娇嫩的面庞,也感慨她明日归附身下土的境遇。就像看见微缩的一生,从故土中走出来,盛放,然后施施然再回到老地方。

花事就像心事,盛衰不绝,起伏不休,轮回不灭。

观　　雨

徐嘉欣(2013级师范班)

午后,雨纷纷扬扬地洒下。

带上一把透明的伞,我轻快地下楼观雨。

小区绿化很好,经过几株不知名的小树,被细密的雨丝浸润后,叶子更碧翠了,冲走了灰尘,冲走了浊气,仿佛看见美丽的小姑娘打扮一新喜上眉梢的样子。

在南方生活的人们眼中总也离不了绿意,处处是钢铁浇筑的树木与真正的树木混居一起,各自舒展着自己的身姿。于我,自然是这透着与大地脉动一致的绿更惹人爱些。呼吸间,草木的香气,花朵的芬芳,泥土间特有的腥气,构筑了一个一派闲适的小天地。这里生机盎然舒适惬意,让我不愿挪步。内心的烦躁喧嚣,也被这清凌凌的雨洗干净了。

地上是被顽皮雨丝打落的残花,瞧着那惹人怜爱的模样,忍不住拾起了仍透着几分鲜嫩的花儿。看着静静卧在手心中的花儿,再看看雨中仍坚持枝头上曼妙姿态的同族们,我不自觉地笑了。雨犹如细针般直入人心,带来灰蒙蒙的色调,这粉色的花呀,仿佛是天地里仅有的色彩。

四月的细雨,润泽了大地,又润泽了人日渐干涸的心。看着三三两两挤在一把伞下,身体距离近了,心的距离也跟着近了。同行风雨路,细味在人间。这临时隔出的小小世界,让呼吸都交织起来,此时此刻,让我更贴近你,更贴近你的心。

我踱步到小区门口,雨渐渐密起来了,打湿了行人们的肩头,树梢,落在土里,路上,慢慢形成一个个可爱的小小的水洼。

时值傍晚,披着雨衣撑着伞的家长们或搂着或抱着或载着小人儿们回家,小心翼翼闪过小水洼,脸上的神情显然对这场突如其来的春雨并不是那么欣赏。但小人儿们可欢快了,一个个小脸上满是笑容,有几个淘气的小男孩看着小水洼,眼神闪烁,他们的父母无奈地只好把小手攥得紧紧的,不让他们冲出去。

小人儿们回到家免不得喝上一大碗姜汤!

洁白的瓷碗,汤中透着黄亮,漫着甜丝丝的香气,嘬一口,呵,一股暖从喉头窜到脚底板,从头到脚地舒坦。仿佛呀能看到热气从头顶冒出来,哪里还看见一丝寒气?

我喜爱雨,观雨、听雨都那么惬意。

乱中杂记

闫锦(2013级基地班)

看着宿舍里自己乱乱的桌面的时候,总是会想起姥姥家梳妆台的抽屉。里边那么乱,那么脏,却也那么新鲜,那么有趣。

一个上世纪80年代常见风格的梳妆台,桌上立着一面欧式的大镜子,外加大小三个抽屉,两个角柜,没什么特别的装饰。我最喜欢的是最右面的一只抽屉,它的肚子里,极为随意地存放着许多钉子,大大小小的梳子、指甲刀、剪刀、铁丝、纽扣、锁头、钥匙……

我在姥姥家长大,小时候的自己,刚比梳妆台高一点的时候,总是动不动就打开那只抽屉,踮着脚,双手在里面胡乱地翻,随手抓一个,先不拿出来,用手摸着形状,在脑海里想象它的样子,最后再看它的真实面目和我的想象有多大差别,对那时候的我来说,一个抽屉也许就是一个小世界。

后来我不必再踮起脚了,我开始数抽屉里到底有多少颗钉子,多少把木梳,多少把塑料梳,把抽屉里的钥匙和锁头一一配对,如果刚好一次就能配成一对,我就会特别开心。

那些可爱的日子,一去不复返了,如今的我,一年中只有寒暑假能回姥姥家待几天,每次回去都还不忘打开那只抽屉,看看那个世界有没有什么变化。长大的我,是希望姥姥家能变得更加干净整洁的,但当我拉开抽屉时,竟然有种侥幸的心理:好在这里面还是那么凌乱,老物件似乎都用原来的面孔跟我打着招呼,好在当年那种无由的乐趣至今也没有归于平淡。

我一直没有问过姥姥,为什么明明总是找不到东西,还要把这些风马牛不相及的物件都混在一起放置,但我想谢谢她,在我小时候总是“指使”我替她寻找散落在房间各处的工具,想谢谢她,给了我这种至今仍觉得美好的感觉。

我绝对不是一个整洁的人,桌子乱乱的,东西永远放在只有自己能找到的地方,思维也乱乱的,写出来的东西常常不知道在表达什么。或许这是受了长辈的影响,但重要的还是我自己享受着那种杂乱中带着亲切的感觉,它让我觉得这是一个家,一个有人气儿,有人味儿,有人留下过痕迹的地方。而当我在这个空间中寻找一件特定的东西时，我的手也穿过、拂过其他的东西，它们看似是我达成目标过程中的障碍，但它们也确实给了我一定的乐趣。

我不知道那些很整洁的人，实际上是不是太严肃呆板，而那些不修边幅的人内心更有趣更繁复斑斓呢？他们的外在，就好像那些我摸到的却并不需要的东西，是为你探寻一个人内心的过程中设下的障碍。就像是带着傲慢与偏见走近一个人的时候，如果在不经意间发现了其内心深处的闪光点，会觉得无比美好，有种类似于相逢一笑泯恩仇的快意。

然而在探寻的路上，要心平气和，过于急躁，是找不到想要的东西的。

雨中漫笔

张子旭(2013级基地班)

清晨,听雨而醒。天色灰暗,混沌中不知时间,只有一点很清晰,即昨日的种种疲倦已经卸下,今日又该以新的面孔相待了。

有时会突然喜欢上雨天,就像现在这样,自己平静地坐在房间里,大雨仿佛将我与一切烦恼喧嚣隔绝。这一席雨帘,朦胧了世界和我。从这道雨帘向外望去,世界与我似乎都被净化,在对方的眼里都显得那么可爱。我禁不住要在这份可爱里陶醉、发呆了。

我并不是一个十分念旧的人,但还是喜欢回忆。回忆是一种很奇妙的东西。它生活在过去,存在于现在,却能影响着未来。这就是岁月的童话吧!回忆不同于记忆,在回忆里,只有欢乐,而没有痛苦,回忆已经将那些不快的经历屏蔽或改造。每当我沉浸于回忆,首先想到的是幼年那些充满稚气而又富有童趣的经历。

说实话,我几乎忘了当年斗胆爬上猪圈却下不来时有怎样的恐惧心理,只记得站在猪圈上那一幕充满孩子气的画面带给我的快乐;我也差不多忘了作为一个小女孩而爬树划破衣服的尴尬,只记得那时摘到青杏的喜悦。不得不说,回忆让我看到了当年那个活泼好动的我。虽然今天几乎消失不见,但还是令我欣慰并且依然能在我对自己快要失去信心时给我鼓舞与勇气——曾经的我是那样地敢作敢为,想到了就去做,一点儿都不拖沓,所以现在的我也可以。

如果说记忆如走珠,散落一地,杂乱无章,那么回忆则如丝线,将挑选过的珠子穿起,有形、有序地排列组合,给人以美的享受。

回忆中,我也会看到年少懵懂的我因为自己倔强地不肯认错而怪怨他人,会看到失落伤心时朋友在身边对我的劝解与安慰,看到犯错时他人对自己的宽容,看到做活动时大家的支持与配合……那许许多多的真情与付出,悄悄地就溶解了我与他人之间不经意而生出的隔阂。每个人都是独立个体,都有独特的性格,怎么能把对自己的要求强加于他人?回忆正让我想起那句话——给我一个解释,我就可以再相信一次人生,我就可以接纳历史,我就可以义无反顾地拥抱这荒凉的城市。

我们很容易把正在遭遇的每一件事都看得十分重要。然而,时过境迁,当我们回头看走过的路时便会发现，人生中真正重要的事情是不多的。它们奠定了我们人生之路的基本走向，而其余的事情不过是路边的一些令人愉快或不愉快的小事情罢了。所以我时常会从回忆中汲取力量，告诉自己，当我们在回忆时，总能发现，那些我们曾经为之痛苦的事，竟然已经丝毫记不起来了，就好像它们从未发生一样。

窗外的雨渐渐地停了，然而天还未晴，层层阴云中不时地传来几声雷响。思绪还在蔓延着。我又想到了多年来一直困扰着自己的那些问题。

一直以来都对三毛有无法割舍的情愫。欣赏她17岁独自出国读书的气魄，喜欢她在撒哈拉那荒芜之地精力四溢地创造生活情趣的浪漫。只是我不明白，这样一个对生活如此执著的人，怎么会无法坚强地活下去？我更不明白，一个可以写出“在这珍贵的世间，水波温柔，阳光强烈”的人，何以用卧轨的方式过早地结束生命？

人生在世，不过百年消磨，何必为一朝一夕的忧虑而情深？回归生活的细节，不管际遇与心情如何，我们有责任先吃好一顿饭，睡好一个觉，打点自己，收拾自己。活好每一天、每一刻，在生活的细节里。每天对着镜子、对着自己微笑三次，睡前感谢自己今天的一切。要记得，无论发生什么，先善待自己。

依　旧

黄嘉露(2014级师范班)

一个奶白色的陶瓷杯子,干净剔透;一杯褐黄色的茶,香味扑鼻。一张泛黄色的四脚木桌,一张暗红色的红木长椅和一个衣着厚棉衣的老人。梦中的我来到了这个熟悉的地方:外面哄闹的聊天声依旧;电视机里红红绿绿的广告依旧;杯子里竖直漂浮在水里的茶叶依旧;那个强睁着眼睛打着瞌睡的老人依旧……

依旧让人亲切,依旧让人熟悉,依旧让人兴奋,依旧让人想念。来到了这个属于童年的我的世界。那个我,伸直了胖嘟嘟的小手咿咿呀呀地要糖吃。那个我,战战兢兢地爬上长椅去抢她嘴里的茶叶。那个我,躲在了门后不顾那端着碗拿着勺子在后面追赶的老人。那个顽皮的我,不顾她心疼的目光而每天耍得黑兮兮的回家。

时光一闪,待我已长发及腰。她的脸上布满了岁月留下的痕迹,粗糙的双手,软软的皮肤。这样的一双手,曾抱着我多少个夜晚入睡;这样的一张脸,曾多少次为我挂上开心、伤心、感动或心疼的泪水。直到我可以低头看见她那黑白参差的发丝,她激动地摸摸我的手说一句:“长高了!”

这一句话包含着她多少的辛酸、泪水与感动,甚至是如释重负。是呀,长高了,也意味着她老了。我扶着不服输的她练习着走路,就像她曾经扶着我一样;我牵着她过了一条又一条马路,就像她曾经抱着我一样;我往她的碗里夹着菜,就像她曾经在后面追着喂我一样。她依旧喜欢坐在那张长椅上,颤抖地喝着醇香的茶,半眯着眼睛“钓鱼”,这一切依旧持续着。

我忘了我许许多多童年,只凌乱地记得有她常坐的长椅,她喜欢看的电视,她最爱的茶叶和那个我叫“外婆”的老人。这些似乎是我梦中的幻象。梦醒了,依旧是那么凌乱,但也依旧那么真实。

花漾青春

李丽晶(2014级基地班)

张晓声曾经说过:“青春美好到,无论你怎样过,都是一种浪费。”是啊,在每一次回忆过后,心湖还是会荡起美丽的涟漪。我感觉,我的青春总是与自然厮闹在一起的,流连往返于一花一叶一草间。

记得小时候,我最爱的花是玉兰花。玉兰花总是绽放在高高的枝头上,淡白中带有些许蛋黄,并不是十分显眼。但是,顽皮的孩子总是特别眼尖,而且是爱冒险的。于是,我们这群野孩子就爱爬上幼稚园的那棵玉兰花树上,摘几朵玉兰花。几朵便足矣,小孩子是奇怪的,既贪心,又容易心满意足。凑在鼻前猛吸几口,就乐开了花;擦破了皮又怎样,用玉兰花尖尖的部位捅捅熟睡的小伙伴的鼻子,什么痛楚都烟消云散了,只剩下两人“咯咯”的笑声飘荡在空中。如今,我也爱玉兰花,爱她的素雅,爱她的清幽。挽一髻,配一玉兰簪子,该是多么动人。但是,我更爱她如今飘落在纸上,伴着那幽幽的花香,重拾过去清脆的笑声,狡黠可爱的脸庞,初生牛犊不怕虎的勇敢,不强求的欣然自足,不顺心之事甩头便忘的乐观自在。

还有一种花,特别让我印象深刻。那花,是火红火红的,耀眼夺目。她不仅满足了爱美的我们,更满足了嘴馋的我们。我想,蜜蜂肯定恨透了我们夺走了它们的口边食——我们常常采花蜜去吃,不是蜂蜜却胜是蜂蜜。我们先用手慢慢地提出花蕊,伸出舌头去舔底部,一点也不敢浪费,视其为心头宝。接着,把花蜜倒在事先准备好了的杯子里,收集起来。每一朵花里的蜜汁其实并不是很多,因此要格外小心翼翼。每逢收集了一点,大家都如获至宝一样,叽叽喳喳地炫耀。花蜜的味道,我至今仍然记得——那是一种浓郁的甜,带着一丝丝花的馨香。花的甜与香久久游走齿颊之间,令人回味无穷。在我看来,再醇再香的酒也不如它醉人,不如它让人喜上眉梢,红粉菲菲。但是,我至今仍然不知道那花的名字,我想这真正是青春啊。我们从中享受着她的稚趣、快乐、美好,我们却无法下一个准确的定义,只得用较之黯淡的“青春”二字来草草解释。

如是贪玩的我们,幼时的玩乐还有很多。我们会摘些细叶榕的叶子,卷成小笛子状,吹着不成调的曲子,自卖自夸。也不是随便什么叶子都是制作笛子的好材料——

我们通常会挑一些较软的、深绿色的叶子。有些叶子一开始就是卷着的,里面会有很多微小的飞虫,要把它们给掸走。淘气的小伙伴有时候会偷偷拿掉好友做好的,换上还有虫子的绿叶。尚未察觉的伙伴拼命地吹也不能吹出半点声音,飞虫还缠上了自己,乐得旁人哈哈大笑。虽然自己被捉弄了,有点愠怒,但是出其不意地挠上可恶的伙伴几下胳肢窝,一下子就解气了不少。

我们虽然经常打打闹闹的,但是也有安静的时候。我们有时候会坐在足球场的草地上,拔那些半青不黄的小草的根茎,或是编一手镯子,或是环一皇冠,静静地,不说话,沉浸在自己的世界。亦是另一种快乐。偶然找到很久以前编的一个手镯子,已然变得枯黄干燥,但是,我感觉它依然闪烁着青春的光芒。

青春,是那美丽动人的玉兰花,无名花,芬芳了我的岁月;是那浓绿柔软的细叶榕,点缀了我的时光;是那纤柔青青的小草,编织了我的韶华。

小　　巷

卢绮雯(2014级基地班)

“小巷又弯又长,没有门,没有窗,我拿着把旧钥匙,敲着厚厚的墙。”顾城描述的小巷,曲折而绝望。我记忆中的小巷,却总是带着温暖而熟悉的感觉。

我家所在的小巷不像广州大多数的小巷一样,弯弯曲曲又四通八达,它就是直直的一条小巷,没有遮掩,一眼就能到底。也没有和其他的小路联通,就只有一个巷口可以出入,虽然出入都不得不兜一个大圈,没有捷径可走,但这也给了这条小巷一片安静的天地,没有闲杂的人会因为要走捷径而在小巷里穿来穿去,出现的都是熟悉的带着笑脸的面孔。与外面车水马龙的大马路相比,小巷俨然就是烦嚣之外的独立的小世界。

用“鸡犬之声相闻”来形容住在小巷中的人家是最好不过的。巷头老奶奶的小孙女在练钢琴,对面的王奶奶在家学唱粤剧,隔壁的阿姨播着摇篮曲在哄着哇哇大哭的小宝宝。各种声音在小巷里面传播着、交融着,是一首动听的协奏曲。除了声音,各种各样的香味也在小巷里飘散着。特别是在傍晚的时候,各家各户都开始做饭,炒菜的香味就从各户的厨房里面传出来,勾动着在小巷里玩耍的孩子的胃。几年前有一家湖南的人家搬到了小巷来住,每天做菜都炒辣椒,那味道就好像有小草在轻轻地搔着鼻子,痒痒的惹得人想打喷嚏。记得小时候最喜欢和隔壁屋的小孩一起在小巷玩,但从来就不需要妈妈喊回家吃饭,因为只要炒菜的香味一在小巷中蔓延,小孩子就都知道是时候回家吃饭了,当然有一段时间是为了躲避那呛人的辣椒味。

小巷少人经过,离家又近,自然就成了一众小孩子玩耍的最佳场所。捉迷藏在小巷里是玩不了的,直直的小巷一眼就望到头了,即使有些花草也只是老人家闲来无事种的,藏只小猫也只是勉强。所以我们最常玩的还是老鹰抓小鸡,找一个小朋友当鸡妈妈,一个当老鹰,其他的就当小鸡,老鹰要负责抓在鸡妈妈保护下的小鸡。但在玩这个游戏之前,大家总要先你争我夺一番,鸡妈妈是最抢手的角色,老鹰却经常没有人肯做,大概是不愿意扮演欺负人的角色。所以,我们就立了一个规定,每人都要轮流当老鹰,还郑重其事地拿来了一张纸,依靠着刚学不久的汉语拼音,在字典上一个一个字地找,把规定完完整整地在纸上写了下来,最后还每个人都在上面签了歪歪扭扭的名字。后来这纸规定去了哪里已经不得而知,但大家都老老实实地按着规定说的轮流当着老鹰,很少再因此而争吵。对小朋友来说,小巷是游乐园。而对老人来说,小巷也是打发时间的休闲场所。每到下午,等老人家午觉都睡醒了,牌局也在小巷打开了。周末我们不用上学,就常常出来看老人家打牌,一是对那些花花绿绿有各式图案的麻将感到好奇,二是对放在旁边的小吃水果感兴趣。经常一圈围在麻将桌旁边,手和嘴都没有闲着,抓起一把零食就在旁边吃,跟吃自己家里的东西一样自在。打牌的爷爷奶奶也从不计较,几乎都是看着我们长大的长辈。有时还会叫我们帮他们摸牌,说是童子手可以摸到好牌,到底有没有摸到好牌就不知道,但每次摸完牌都可以得到一块糖果或者巧克力,所以我们总是争着去帮忙摸牌。

后来大家都长大了,各家也开始买得起电脑了,渐渐没有人再在小巷里面玩耍。再后来,我家也搬离了小巷,小巷似乎成了一个遥远的记忆。有时回去,还是可以看到老人家在打麻将,只是旁边再没有小孩子围绕,怎么看都觉得有些冷清。他们看到我,也总是会叫住我说:"你不是阿雯吗?现在都长那么大了,都快不认得了。现在在哪里读书?……"还会跟我说起很多我小时候的趣事。尽管很多时候我已经不记得他们是谁了,但他们每一个人又是那么熟悉,那么热情,常常把我带回童年那段无忧无虑的回忆当中。

冷了几个冬

王炜炜(2014级基地班)

头顶是浓郁的树荫,阳光被挤得只剩下斑斑点点,虽然湿度略有下降,但四周依旧被潮湿的空气缠绕着,大脑像是一团糨糊,昏昏沉沉间我的眼前竟变了景象。北方的花谢了,树枯了,彻耳袭来的已是寒意凛冽的风,擦过皮,削过骨,吹过心。晚秋薄暮,冬雪已开始试探。

在北方的18年,若论起季节来,对于冬天,最是没有多少好感,我是极怕冷的人,冬季对于我印象最多的恐怕就是一碗接一碗冒着白气、泛着苦味的中药。早先五六年前吧,家里的暖气不是很好的时候,一到冬日,即是半个冰窟。父母裹着厚大衣坐在客厅看书,而我裹着小毯子坐在桌边,对手呵着气,哆哆嗦嗦地握着笔。这样半死不活的暖气直接导致的结果就是所有人在收暖气费的时候露出比天气还要寒的脸色。无论如何给物业反映,最终只是一切如故。很多时候,全家一起喝着感冒药。在这冷透了的日子里,温暖已经无法由外界求得,能做的就只能是彼此紧紧依偎。母亲从来都是个小“火炉”,每次我带着一身的寒气冲进家门的时候,母亲一定会从厨房里走出来,握住我冻僵的手放进她衣服里最暖的地方,我通红的脸贴着母亲在锅边被热气烤红的脸,好暖。到12月末会是最冷的时候,不知道是从什么时候开始,无论穿多厚的鞋,脚都一定会被冻伤,冻伤的脚在冷的时候尚没什么难受的,但一旦遇到稍暖的环境,就会像被无数只小虫在咬,极痒还渗着痛,用什么药膏都不见效果。夜里学到很晚,爬上床的时候,脚冰得像石头。母亲总喜欢打趣我说,长了一双死人的脚,她这样说的时候,脚被她放在自己的腿上揉搓,我总是痒,要笑的,却也不见她放开。

科学无法解决我的冻伤的时候,就只能找民间土方法了。我们当地的农村通行一种方法,是用冻牛粪烤得发烫,放在脚上,凉了再烤,再放,几个来回之后,据说可以去病根。虽则无奈,也只能死马当活马医。去乡下之前母亲打电话给外婆做好了准备工作,即使自己百般不情愿,那冻牛粪已经滋滋冒着气等在炉子上了,放在脚上的时候相当烫,虽然不好意思发出惨叫,但亦不免咧着嘴抱怨一下,脚亦不安分地动弹,趁外婆转身拨动炭火的片刻,偷偷把它抬起,挪动几下,外婆倒也不回头看我,只是忙着拨炉子上的火,唠唠叨叨地说:“烫点好,可以去根!”我当她是烦了我,声音就渐渐小了下去,她转身再回来时拿着母亲为她买的新毛巾,第二轮时,她先将毛巾铺在我的脚面上,再放上灼热的牛粪,虽则痛感减轻了些,但其实还是痛的,我盯着那洗脸盆边已经看不出颜色的旧毛巾,静下去,一句话也不想说了。

其实若是父亲在这儿,我是半点也不敢吱声的,他向来讨厌娇滴滴的女孩,力求把我打造成他心目中坚韧的姑娘。许是那次的不安分,我的脚没有起色,而巧的是,那一年父亲也冻伤了脚,于是父亲生了炉子拿到客厅,烤着从乡下带来的冻牛粪,脚烤得红红的,脸也烤得红红的,但是好像有父亲陪着,脚上的伤也变得熨帖起来。

冷了几个冬天之后,家里暖气改装了,那些披着被子写作业、看电视的岁月逐渐远得看不见了,而电视前的三个人也变成了两个人,我的脚依旧冰凉,却再也没有冻伤过。那几个弥漫着苦涩药草味与冻牛粪烧灼而袅袅升起热气的冬季只是在回忆里偶尔闪过。

偶尔翻看一部韩国电影《熔炉》,电影最后的画面定格在一幅白雪皑皑的冬季广告牌前,女主角的旁白响起:“我们一路奋战,不是为了改变世界,而是为了不让世界改变我们,冬天那么冷,是为了告诉大家身边人的温暖有多么重要。世界上最美丽、最珍贵的,反而是听不见、看不清的,只有用心才感觉得到。”蓦然,生命中最冷的那几个冬天在记忆里蹦出来,那苦涩的药草味,伴着炭火青烟的牛粪味,瞬间在身边炸开。寒风吹彻,我和他们曾经最近的距离是没有距离,我的脸贴着他们的脸,用最古老的方式,温暖着彼此的心。

前世情人

吴晓玲(2014级基地班)

站在昏暗阴冷的仓库门口,帮着把一包和我差不多重的货搭上他肩膀,我小跑着跟在咬牙阔步的他身后。负重的他,每走一步都伴着沉闷的脚步声。塑料拖鞋与地板的剧烈摩擦,每一声都像是铁锤重敲在我的心头。贵阳23℃的宜人天气,他却大汗淋漓。前方巷口的风,混着汗水和他身上飘散的跌打止痛膏的味道……

我家在贵阳做小型批发生意,父亲既是老板又是送货工。今年暑假结束返校那天,他答应开电动摩托车送我去火车站,坐下午四点半开往广州的火车。然而,快三点的时候,他还在仓库忙着打包、送货。三点半时,在母亲的催促与叮嘱之下,我穿上外套,背起书包,坐在全身汗湿的他身后,出发。

初秋的贵阳下着细雨——不必打伞的毛毛雨,但和着高原的风,也就应了"贵阳下雨似过冬"的说法。随着电车的前进,我呆看着这座每年暑假必来的城。

"戴上你外套的帽子,开车风很大。"迎面而来的风带来父亲命令般的叮嘱。

"爸,你不冷吗?"我顺从地一手整理着帽子,一手拽着父亲被汗水湿透的衬衣问。

"刚才干活热着呢,现在正好凉快凉快。本来你妈叫我陪你打车去的,你又不肯……"马路上叫嚣不绝的喇叭声淹没了父亲的嗔怪。

"怕堵车啊,你看现在的马路,堵了吧。我们电动车小,灵活方便,半个小时准能到站。"

我朝着他的后脑勺大声解释,毫不掩饰小孩子先知般的得意。但我喜欢的,却是这种少有的被护在身后看车水马龙的感觉。

他没有回应,但我似乎听见秋风从前方送来的笑声。

"自己坐火车不要搭理陌生人的问话,现在社会上什么样的坏人都有……在车上不要睡太熟,隔两个钟头左右就用微信发个定位给我……到了记得打电话给你妈……"他突然像按了开关一样自顾自地说,似乎不需要我的回应。我只能在他身后不停回答着"好",心情却被他的唠叨弄得跟这天气一般潮湿。

前方"贵阳站"三个大红字逐渐变大——

"你妈刚刚有给你现金坐车吗?"父亲把车靠在人行路边,递给我行李。

我点头,接过行李:“行了,爸你回去吧。”

“回学校不要省着花钱,你老爸还是有能力供你读书的。”他轻松地笑了笑。

我却鼻子一酸:“好,知道了。都四点十分啦,我要赶紧进站了。”

我从来就不会乖巧自在地道别,每次都假装笑嘻嘻地转身大步朝前,把要落下的眼泪逼回去。

“快进去吧,你妈叫我看着你进站了才能回去呢。”父亲在身后大声说。

我举起空出的左手,比了个OK的手势,不敢再回头。

十多年的留守童年记忆中,有关父亲这一块是空白的。甚至小学时,老师要求我们轮流站起来说说自己的父亲,我也只能结巴着泛泛而谈。与其他同学口中的父亲相比,我描述的父亲只是个模糊的影子,并且从不曾是我的英雄。

那时候,父亲对我而言,就是个寒暑假会生气揍人、中秋不回家、周末打电话却只询问我们一日三餐、寡言又暴躁的存在。

当这一天,我用心注意到他的时候,他已是个年过半百、爱大笑、爱不自觉地唠叨并开始戒烟戒酒的和蔼大叔。

突然想起他学用微信时,最快学会的就是定位,以为这样就可以为我保驾护航。这时,他终于成了我的英雄。

只是英雄在守护我们的路上,也开始腰疼、驼背和变矮,他的黑发和胡子也开始掺杂点点白雪……

他正在老去,且比我成长的速度要快。

诗人余秀华在《一包麦子》里写自己的父亲:

父亲九十岁也不会长白发/因为他有残疾的女儿/要高考的孙子/他有白发/也不敢生出来啊

我那位30岁才当爹的前世情人,三个小孩的父亲,大概也在追赶着岁月,不敢老去吧。

泰山的三种看法

赵颖超(2014级基地班)

作为土生土长的山东人,泰山,是我们不可不去的文化圣山。蜿蜒雄壮、秀美通灵的泰山,如同一位温润如玉的谦谦君子,静静端坐于泰安一隅,见证着齐鲁大地波澜壮阔的今与昔,自有大美而不言。

游山的最佳方式,从来都不是缆车上下。越过深山密林到达山顶,看似符合高效率游览的原则,实则是因小失大、欲速不达。因此,我决定徒步上山:从一天门到中天门,再到十八盘、南天门、天街,最终抵达玉皇顶。一路走来,移步换景而景景妙绝,对泰山的仰视、平视和俯视,更带给我无限思索。

在中华民族的集体意识里,山是天道与力量的象征,被认为充满神性与灵气。站在山脚下仰望通天达地的泰山,来自灵魂深处的敬畏感油然而生。不禁思忖,历朝历代的朝圣者于此仰视泰山的心境,大概都是如此吧。这种仰视,是迎接甘霖的姿态,让人认识到自我的渺小,从而常怀敬畏与谦虚。

当我们抬头仰望古往今来的文化巨人,体会到的何尝不是同样的心灵冲击?他们璀璨的星光照亮我们的眼睛,让眼睛里的光芒照亮自己的选择。卑微的人生,因加入人类高贵而纯粹的精神合唱,就此沐浴圣光。

行至中天门,登山的旅程约莫过了一半。当身体与泰山融为一体,眼中景色又大不相同:远山近树错落有致,草木花鸟扑面而来。古道旁的参天古木,每一棵都有桀骜的个性和风骨;远处山坡林海浩瀚,苍翠欲滴。平视泰山,添了一份坦然与真切:无需远望,我之所在,即为泰山。

人生中,平视是立足此岸,面向此处的一种姿态:平凡的人生面对平凡的日子,是一种默默的承担和坚忍的耕耘。平视,意味着参与和深入生活,有所担当和作为。

拄着登山杖到达玉皇顶时,双腿已酸软得不能前进半步。然而,豁然开朗的壮阔景观让我无法抑制内心的狂喜,放声高呼。一路的艰辛与疲劳,在登临泰山之巅的一刻烟消云散。团团白云在脚下悠然飘游,交融又分开。绵延的山头,仿佛可以坐拥入怀。俯视泰山,登山之路清晰可辨:蜿蜒曲折却始终向上延伸,每一个节点上的风景历历在目。放眼整个齐鲁大地,一幅历史画卷正缓缓展开,过往的朝代逆流而来。眼前,刀光剑影同太平盛世交织;耳边,军鼓号角与古琴箫笛齐鸣。一次次的改朝换代,也是百姓的一次次浩劫,千古兴亡多少事,到底谁是真正的赢家?

俯视泰山,更多的是对逝去光阴的追忆、感慨和反思。历史如此,人生亦然:粗浅的生命因为躬身自省而获得智慧的启迪。岁月带走泥沙也带走金粒,唯有俯下身子去淘洗,披沙拣金,才能给予仰视时足够的力量,也能给予平视时足够的勇气。

仰视、平视、俯视,是泰山的3种看法,也是生命的3种姿态。3个视角,看的是景,也是人生。

河　　滩

赵颖超(2014级基地班)

说来你也许不信,我们全家,也算上那些七拐八弯的亲戚,老家都挨着同一条河。这条河发源于小镇最高的山,蜿蜒流淌过镇上所有的村子。

小时候,牵着姥爷的手站在河滩边,我问:是不是顺着河岸一直走,就可以拜访咱家所有的亲戚?——这在当时真是一个令我无限神往的计划。

那天,我和表妹凌晨五点就爬了起来,匆匆留了一张去水边的字条,就飞奔向河滩。妹妹问:姐,大路小路?我想,还是走小路保险,她爹追起来比较费劲儿。于是我俩一猫身子就钻进了通往河滩的杨树林。

春夏之交,正是河流丰水期,林子里坍圮的砖墙上被喷涂了醒目的防洪标语。清晨的林子水汽弥漫,轻雾氤氲,温润而干净。表妹边走边往嘴里塞着路边摘的"吃梨子"(一种酸甜可口的小山果),偶尔被酸得龇牙咧嘴,哈喇子流了三尺长。

沿着一条不知名的小溪,顺水一直走,河滩豁然出现了。河面上没有一丝雾气,水流平静安然,轻轻舔舐着河滩上细碎的小砾石,荡出一条又一条鱼尾纹状的细腻水波。如同小石子倒流进河里一般,宛如静止,不动声色。晨光是从背后的杨树林透过来的,丝丝缕缕的光线巧妙避开酣睡的树木,漾进小河清纯的眼波里。

我俩坐在河滩上,冲洗钻进塑料凉鞋里的小沙粒。一阵吱吱呀呀的声响,表妹她爹果然骑着他那辆只有铃铛不响的自行车从林子里钻出来了。"哎呀!水凉,快把脚拿出来!走,我带你们回去!"

小河不大,河滩却不小。捡贝壳、寻河蚌、捕鱼捞虾、养蝌蚪……小河连同它宽阔细软的河滩,是村里小孩子游乐的天堂。对于在河边生长的孩子,河水仿佛早把一股子韧性甚至近乎执拗的劲儿灌注进身体里了。在河滩上玩吊床,一定要荡到两棵树也跟着晃;比赛爬树,就算白花花的肚皮磨得泛红也决不肯"着陆"。夏天,姑娘小子们在河滩上打排球赛,清一色的运动头和麦色皮肤。在沙土里跑跳的感觉,像极了"七点半开花"(黄时钟花),积累很久用力很大,最后却只是蜻蜓点水般轻描淡写。不过当肢体不再受精神的束缚时,也不失为一种纯粹的享受。

村子坐落在群山之间,村子里有一群热爱生活的乡民,以及一片值得他们热爱的景色。村里老人浓得化不开的乡音,是历史最好的回声。他们的额上布满岁月的刻痕,他们的言语承载了一段未被记载的时光。每当仲夏的夜色逼退余晖,灌入村子,这些老人家便会端一壶槐米茶,在河滩边惬意地谈天说地,他们聊天的内容从坊间奇闻,到家庭琐事,是一部浓缩的乡村风情录。圆月初生,月华随水波蔓延,似跃动的灯火,细密地织满河面。岸上的人们与天边的圆月相互点缀,画儿一般美。

尘世之中,越来越少的人舍得静下心来坐在水边,去欣赏一段晚霞夕照,或仅仅将目光投到天际。许多人抱怨生活中的各种不快时,或许他们所追求的,恰恰在视线不及的地方。如果能用河滩的小砾石或温柔的月光制成一枚书签,记录当年的慢时光,该有多好!

后来,和发小们一样,我被父母接回了城里,踏入教室和各类辅导班。河滩就这样被永远封存在了记忆深处,成为只有梦里才有幸窥见的景致。

"我要一座木屋,面朝大海,春暖花开",这是海子式的幸福。而我,已不再像童年那样,渴望有座面朝小河的木房子。要我说,倒不如沿着河滩一直走下去,边走边看。左手是水流,娓娓喧响;右手或是一片树林、一个山村、一抹朝霞或夕阳,一段值得拥有的回忆。

谁解活之味

陈玉丹(2015级基地班)

仅仅活着是不够的,还需要有阳光、自由,和一点花的芬芳。——安徒生

夜落月悬,孤对独灯,我静静地撕开信封,摊平。

我总爱写信给外婆,总不忍失去决然独存的自我,今夜,不妨谈谈活着吧。

一

最喜欢早上五点,黎明的曙色渐渐增强,红日慢慢涌现,无尽的阳光挥洒至人间。好美,也无怪乎诗人巴尔蒙特深情地说:“为了看看阳光,我来到这世上。”这阳光,是一个人活着最美的礼物了。一个人越是长大,他遭受的事情也越多,无论好坏,而要想让活着变成一件很棒的事,就不能太不在乎阳光。诚如哥伦比亚的那位马尔克斯所言:“如果上帝赏我一段生命,我会简单装束,伏在阳光下,袒露的不仅是身体,还有我的魂灵。”当你让活着的自己在阳光下肆意地开花,像一团燃烧的永恒活火,源源不断地发光发热,你会发现,那些可怕的悲哀和委屈就像一片片雪花,那苍白到忘记自己颜色的雪花,在阳光照耀下融化。

一个人,要在阳光下活着,去战斗,去探索,去燃烧,去照亮,否则就会冰冷如一座轻似雪花的白色孤岛,在翻腾喧闹的生命长河中飘摇湮灭。

二

为什么那么多的人说自己“不自由”? 我的脑海中无数次浮现这个问题。

“心灵建造了天国,也建造了地狱。”曾无比痴迷的弥尔顿这样告诉我。哦,原来是心捆绑了自由。可是我们都非天上仙人,“凡尘俗事,皆抛九天”的境界如此之难,追寻自由何等之不易啊。于我等而言,身的自由与否尚且不论,心的自由与否才是重要的命题。在轮回的悲剧中,是活得自由让人永远拥有春天,让生命的暖意在活着中盛放,让岁月的艰难不再如斯晦涩。金圣叹在临死之前留下的最后一封家书:“字付大儿看,盐菜与黄豆同吃,大有胡桃滋味。此法一传,吾无遗恨矣。”才子金圣叹潇洒

如此,死前亦不忘开个玩笑,大有给那些想看他泣诉的小人留下末了最睿智的讽刺之意。恰是心灵的自由令他虽困于苦狱之中却仍不改那颗高贵的灵魂。

三

记忆中有无数个星光闪烁的夏夜,在躺椅上抱着我的外婆跟我细细说着一个个故事,闭着眼陶醉在自己营造的小小世界里,繁星也为之沉醉。至今仍难以忘记的,是外婆最爱的那几株海棠。花开时节,胭脂那样红的花瓣,开得密密匝匝,衬着鹅黄色的花蕊,娇艳而惹人心生怜爱。然而唯一令人可叹的,便是海棠无香这一点。但凡爱她,都觉得这是一大遗憾,仿似应了张小姐那三大憾事之一。那时外婆跟我说起奥尔诃德的《小妇人》,她正教我"眼因多留泪水而愈益清明,心因饱经忧患而愈益温厚"。当问及海棠为何无香这种无厘头的事情时,她只浅浅一笑解释说这正是她深爱海棠的原因——海棠并非无香,只是她的香是一种灵魂的香味。现在想来,只觉得外婆说得精妙。这世间,难得的,是那些人儿在艰辛生活里仍虔诚守护自己内心花的芬芳。遗憾的是,恰如《勇敢的心》里感慨的那样,"每个人都会死去,但不是每个人都真正活过"。我很悲哀地发现,这个世界上的人不少,但能够高擎自己灵魂活着的人不多,很多人常常因为一些很可怜的利益就丢掉自己最可珍视的东西,从而使缺失了精神之钙的身体虚弱到在这个世界猝然跌倒。

海棠又开了,窗外多情的月亮,怀着浓酽酽的情怀,熠熠生辉。外婆头七的夜里,如水的朗月,绽放的海棠,我依稀闻到了一丝幽幽浮动的暗香,和着外婆在时叫我要做一个时时挺直胸背、俯仰之间无愧于天地的人的教导,这些,我所难忘的,以活着的名义存活在我的记忆中,并还将以屹立不倒的姿态长久地存活在我无法看到的更遥远的将来。

寻求活着的意义,所贵者不在意义本身,而在于寻求,意义就寓于寻求的过程中。不单为了单纯活着而活着,活着是为了更好地存在。

最是温情潮汕粥

林树宜(2015级基地班)

俗话说,“北面南稻”,北方人爱面食,南方人喜米食。谈到米食,自然少不了粥。尤其在潮汕地区,粥在日常饮食里扮演着不可或缺的角色。无论是田间劳作的农夫、挑灯夜战的学子,抑或筋疲力尽的归客,适时就着几样小菜,喝上一碗潮汕白粥,不仅开胃解渴,更能活筋骨,增气力,难怪放翁诗云“我得宛丘平易法,只将食粥致神仙”!

想要吃上这碗可口的白粥,在熬煮上可是大有讲究。不同于广府水米分离的清粥,也不是江浙粥的熟饭加水,潮汕白粥讲究水与米的交融,据说这是古代吃“糜”的遗存。为此,煮粥所用须是新米,一次性下足水,中途不可翻盖增损水量,分寸之间全凭为厨者的经验。煮粥的过程很漫长,若是用玻璃皿盛煮,便可看到一番别致的景象:随着炉火渐旺,米和水慢慢陷入纠缠,米粒渐胀渐轻,不由自主地浮动起来,像是初感水的温暖而害羞得有意躲闪。水温不断上升,米粒开始回馈式地泌出一缕缕烟一样的浆汁,这浆汁像极了宫廷里名伶的纱袖,依韵而舞,绰约多姿,不一会儿便在水里交织起似纱棉一样的图景。待米粒快要“开花”时,就要迅速收火,用余热去温养,让它慢慢软化直至熟透,最后粥面浮起一层粥油,如胶似脂,即成地道的“潮汕粥”。

听长辈说,潮汕白粥之所以香糯甘润,秘诀全在一个“养”字。切不可费尽气力煮到尽头,否则过犹不及,米水没了相互吸引的势头,前面的火候就都浪费了。好一个“养”字!正所谓“七分熬煮三分养”,这粥里养着的,不也是一种温情么?

潮汕人不仅熬粥有讲究,吃粥也要吃得精致:我们吃粥少不了“粥配”。所谓“粥配”,就是吃粥时用来下粥的各种小菜。曾听闻外地游客戏言:“一碗潮汕白粥,后宫佳丽三千!”这话一点儿也不假。在潮汕人的巧手烹调下,天上飞的,地上跑的,水里游的,统统都能入列潮汕白粥的配菜。前几年美食家蔡澜先生造访潮汕,早餐吃的是白粥,厨师们展示出来的配菜就有一百多种,摆了满满一大桌。据说这桌粥宴在古代有个好听的名字叫“百鸟朝凤”,细细玩味,这真是贴切的比喻——

你若端一碗热腾腾的白粥,拾半只腌得出油的咸鸭蛋,慢慢地、轻轻地舀了放进嘴里,那是满嘴的喷香;你若盛一碟分好的蒸鱼干,点蘸些豆酿酱油,和着口中的热粥咀嚼,那鱼肉的鲜甜和酱汁的甘醇随着热力氤氲而上,在唇齿间翻滚,升腾,而后布满整个口腔,这无与伦比的滋味,怎能不让人陶醉!又或许,你可以盛一勺白粥,捏起一瓣乌橄榄,放在米粒之间,让果肉随着粥油淌到舌面上来,淡淡的咸香和果肉独有的青涩气瞬间唤醒了味蕾,几大碗粥不一会儿就下了肚,看着手里光亮的碗底,便不禁要感叹这"粥配"的魔力来。这各式各样的配菜随食者依喜好挑选,以粥作引,就像翻飞欢唱的鸟儿,百变、灵活。它和那香浓的白粥一起,化作一份依恋,悄悄地栖息在每一位食者的心头。

一碗白粥,从择米、熬煮,到佐以"粥配",最后滑过唇齿,流淌于肠胃,仔细揣摩,都给人以一种温暖的关怀。先是粥的甜润、菜的爽口,而后是那从身体里每一道筋脉输送来的暖意和熨帖,每一步都实实在在、真真切切。这小火慢熬而成的关怀,如细水长流,不激烈,却总能在人的心间涓涓淌着。在这急匆匆的时代里,我愿捧一碗白粥,静静思索,守望这粥一样的温情。

种花留与后来人

邹逸轩(2015级基地班)

白驹过隙,忽然而已。逝者如斯夫,不舍昼夜。然那东边旧时月,夜半悠悠,仍过山头。似曾识,月下山前,花如海。那是前行者精魄存留着的芳馨,灼灼其华,虽无言语,已为长蹊。

蹊路漫漫,道阻且长。道路,又是一股潜流,在花月下沉默地贯通,在近处隐隐,而在远处,便可以大概领略,蜿蜒曲折而上的,便如一道天际线,划开了天地之限,也造就天地之大。

花,满了路旁。路,潜在花傍。

便如文脉,花开不败,蜿蜒潜行。每一次起风的时候,每一步文化的脚步,都会那样真实地存在。

寻梦难忘,是前度事。先秦的风雨,不已鸡鸣。曾游风陵古渡上,大河横断,泽里芦苇摇荡,秋霜方过,蒙蒙冷雨,仿若一足迈入文脉之路,恍惚里,似曾相识一景闪过。

"蒹葭苍苍,白露为霜。所谓伊人,在水一方。"

是《诗》,如诗。想来,文脉是从这个渡口缓缓出发,老渡口,到今天还依旧平静。

两千年,终究还是听见了,是《诗经》的声音。

硕鼠于田,桃李于园。伐檀河上,葛覃谷中。文脉初生的时候,就让中华文明,充满了农耕气息,是稻麦虫鸣,鸟语花香。河涛拍岸,有种湿润而有些许陈腐的味道,相信那也是两千年前散布至今的。

日月不淹,春秋代序。前人种下的第一朵花,承载伟大与绮丽于平实的麦香之中,悠悠光转,一代一代的后来者走在早已芬芳的路上,吟咏着三百《诗》篇,欣赏着古老鸿蒙的芳华。那是这个伟大古老的民族最初的诗意,思无邪,凝为经典。

"凤凰鸣矣,于彼高岗。梧桐生兮,于彼朝阳。"

阳生东矣,遥望去,古道西风,仍是西风古道。氤氲紫气,缓缓东来。我记得,几千年前,老子骑着青牛徐徐而去,留下五千道德言,莫如其所终。便是如道,无名而玄同之于自然。留下的是若有而无的道,是给予后来者隐隐漫花问道之径。

在那更早之前,从曲阜到洛阳,也是一条漫漫长路。仲尼师徒二人,一仆一车,走过这长路来去寻找礼仪之源。问礼,向自然无为的老子问礼。坚信着“天之未丧斯文也,匡人其如予何”,文王既殁,道未废绝,便是道法自然,亦当以礼匡之!虽抱着完全相反的理念,但也未能拘禁住两个精神圣哲的会谈。长揖作别之后,道从西去,礼向东行,各自种下了一朵朵瑰妙之花。后来人偶访之中,撷其一朵,别于胸前,又将其传种播遍八方。

物换星移,几度春秋。背影已去,不可追寻。而贤圣既为贤圣,他们都会把自己的学说化作凝魂的花朵,或作为长长的脚印,逮及有人沿着先行者的路径走入文脉花海之中。默默芳华,向后来者陈述着经典的记忆。

宋代张横渠有言传世,道:“为天地立心,为生民立命,为往圣继绝学,为万世开太平。”每当读及此句,心中总是有凛凛生风之意。少时干干地读着一句句“子曰”,只知道一字一句地干咽着之乎者也,还嘲笑着古儒圣之迂腐,便似在漫山花丛中胡乱走过,徒知其形,追逐着花影,却不曾采撷品赏那花上精魄。浑浑噩噩,前人之花,默默无言。

及至稍长,偶然读及文天祥遗书,恍若惊起,继而长嗟喟叹。

“孔曰成仁,孟曰取义。唯其义尽,所以仁至。读圣贤书,所为何事?而今而后,庶几无愧。”

读圣贤书,所为何事?从今而后,何以无愧?

一次又一次扪心叩问,一次又一次为之动容。

“天地有正气,杂然赋流形。下则为河岳,上则为日星。”日夜反复北望,我似乎看见了一片丹心悬于天中。这也是蒙古铁骑所不能理解的。仁德,道义,礼信,既无形又难琢磨,不如酒肉烟花来得痛痛快快。但它确确实实就在我们文化的路旁,凝聚在一朵朵前人手植之花上。哪怕是铁骑蹂躏之后,零落成泥,碎碾作尘,香依旧如故。这种文化之魂,不仅属于每一个人,也属于他们的民族,属于他们的国家!

国虽破,山河在。梁漱溟于《中国文化要义》中阐述道:“中国实为一文化体,而非国家。”历代薪火相传,生生不息。外族蛮火一燎,烧尽了表上的朵朵,而焚不尽早已播至深厚沃土的花种。经典相传,文化不绝。一句一句地颂咏着经典,一朵一朵地采撷着瑰丽,走在满开山野的花香蹊径上,我似乎明白了前人为何如此不倦,盖全为道传,盖所谓“朝闻道夕死可矣”,盖是“虽千万人吾往矣”!

而今社会,仿佛沾染了病症,用作于媒体之上,他们更喜欢称这宗病症为“道德危机”。或许,我们应当重拾深埋于我们民族文化之中的经典传统,推陈出新,革故鼎新,凝魂于核心价值观上。要从历史里探求本源,要在时代的变迁中肩负起维护中国历史文化的责任。将先贤的所种之花,继而种在面向朝阳的山坡。

寻梦前度,难以忘怀,愿漫步馨馨芳华之中,偶能携其二三,种花留与后来人。

小　说

石滚滚在路上

陈亦茹(2010级戏影班)

石滚滚是一块在路上不断滚动的小石头。

在他的眼里,整个世界也如同他一样,一刻不停地翻滚着,跳跃着。他从来不会为谁停留,也从来没有谁为他停留。他就这么一刻不停地滚啊滚啊,看着那高高的绿树铺天盖地地倒向头顶又转瞬消失,看着那鲜花野藤伸出柔软的枝蔓捕捉他的影子,却又融化在土壤里,看着广阔蔚蓝的天穹递给他朵朵棉花糖似的白云,却又一转眼吞进了自己的肚子里……

石滚滚一个人在路上,没有目标,没有方向,但是他很快乐、很满足,因为每一刻每一秒他看到的都是新鲜的东西,每一刻每一秒他都觉得自己被千变万化的世界紧紧拥抱着。

"谁也不如我快乐,不如我富有。"石滚滚这么想着。

终于有一天,石滚滚停了下来,因为他撞到了一块大岩石。

"哎哟,疼死我了!"石滚滚被撞得头晕眼花,禁不住大声喊了起来。

"是哪个小家伙这么捣蛋,打搅我的午睡?"大岩石伸了个懒腰,一边揉着眼一边问道。

这是石滚滚有生以来第一次停下来,能够好好看看眼前的庞然大物。

"你是谁,为什么阻挡我的路?为什么万物都在滚动,你却岿然不动?"

"哼,小东西,你没回答我的问题,反倒来盘问我了。让我来告诉你吧。我生来就在这里,没移动过半步。这里有清澈可口的泉水,美妙婉转的莺啼,芳香四溢的花丛,还有无尽的蓝天白云、绿树红花。这一切都让我感到满足和幸福,为何我还要跋山涉水?再说,我的肚子已经装满了泥沙,我的肩上都是石砾,我已经笨重得走不动啦。"

说着,大岩石闭上眼睛,摸了摸圆滚滚的肚子,又睡着了。

听了大岩石的话,石滚滚第一次感到了困惑。

"是啊,为什么我要不停地翻滚,不停地跋山涉水?"

"因为你要找你的家啊。"一只大雁扇动着巨大的翅膀,轻盈地降落在石滚滚身边。

"家?"

“是啊，就像我们一样，秋天向南，春天向北，我翻山越岭，长途跋涉，为的就是要找到属于自己的家，因为家永远是最适合我们生存的温暖港湾。”

“小家伙，你的家在哪里呢?”

“我的家在哪里? 我不知道。从我有记忆开始，我就一直在滚动，不停地翻滚，不停地翻滚，不为谁停留，也没谁为我停留，我似乎一直在路上，没有目标，没有终点。”

“这么说你是个无家可归的孤儿咯? 可怜的小东西，让风儿吹着你、伴着你，送你继续上路吧。”说着，大雁挺起身子，高高地扬起脖颈，似乎在虔诚地对着天际默念着神圣的祷告。忽然，他用力地扇起那对巨大宽阔的翅膀，一股猛烈的狂风似乎从羽翼间凭空涌现，一下子将石滚滚吹得老远。

这一下，石滚滚又上路了。

他一边滚一边想，一边想一边滚，越想越困惑，越滚越悲伤。

“我究竟从何而来，又将到哪儿去?”

这时，一场春雨淅淅沥沥地落下来，绵绵的，软软的，落在身上，就像毛茸茸的小猫轻轻地舔着脸颊，用柔软的尾巴懒懒地搔着痒。石滚滚在湿漉漉的路上翻滚着，翻滚得比以前更快了。这一路上同样也有树有花，只是不同的是还有石滚滚留下的一条浅浅的泪痕。

不知什么时候起，石滚滚的身边多了一个同样圆滚滚的小泥团。

“你好啊，你要到哪里去?”

“我……我不知道，我甚至不知道我为什么在路上。”

“傻瓜，是为了让自己更强大啊。我也在不停地滚动，每滚过一个地方，我的身上就会多一分泥土。滚过的地方越多，我身上的泥土就越多，我的身体就会越强健越坚硬，我就越不容易被打败。”生性活泼的小泥团还在不停地与石滚滚说着一路上的见闻，似乎他们之间的话题永远也说不完，说不尽。可是，雨越下越大了，雨声也越来越大了，小泥团只能勉强扯着嗓子跟石滚滚说话，于是石滚滚就转了转身体，好离她近些，更近些。

“谢谢你陪我聊天，我觉得心情好多了。”其实石滚滚还是不知道为什么不停翻滚就能使自己变强大。只不过，现在，他的身边有了一个一起翻滚的小伙伴，他再也不是一个人在路上了。

“小泥团，我怎么觉得你越变越小，越来越瘦弱了?”

小泥团抬头看了看依然在汹涌地流泪的天空，勾起嘴角苦涩地笑了笑，有些虚弱地说:“因为天空在流泪啊……”

石滚滚不太明白，可是他看到雨水不停地砸在她身上，她好像疼得在流泪。

“天空的眼泪砸得我很疼，你去帮我摘一片叶子遮一遮好吗? 我有点累了，滚不动了。”

“嗯。”可是，当石滚滚辛苦地驮着一大片叶子回来的时候，小泥团已经不见了，眼前只有一摊浑浊的泥水，被雨水砸得眼泪汪汪。

雨停了,太阳打了个盹又从云后面探出头来。石滚滚又一个人上路了。

他一边想,一边滚,一边滚,一边想,越滚越快,越滚越悲伤:

“我究竟从何而来,又将到哪儿去呢?”

“噗通”一声,石滚滚不小心滚进了一条浅浅的小溪里。在这里,他枕着溪底软软的细沙,感受着凉沁沁的溪水的拥抱,沐着从水面折射过来的细碎阳光,在这安谧的世界里,有潺潺的流水和鱼虾作伴。

他突然感到前所未有的舒心。

他满足地摸摸自己圆滚滚的肚皮,却惊讶地发现自己完全变了模样,不再有棱角,不再粗糙,每一处都变得光滑圆润。

他看了看自己,又看了看身边与自己颇为相似的圆润石头,长长地叹了一口气。

他决定不再滚动了。

破 小 孩

黄盘弟(2010级戏影班)

我是一个破小孩。其实我一开始不叫破小孩,但是,每次别人问我名字的时候,我都吞吞吐吐地说不出来,后来他们看到我身上总是穿得破破烂烂的,慢慢就开始叫我破小孩。

第一次听到这个名字的时候,我傻傻地笑了。然后,我觉得自己接收到了他们投来的或鄙夷或同情的目光,有几个小孩子甚至拿起了小石子来扔我,石子落在我身上,有点疼,但是我又觉得有点痛快。

我还是每天游走在这个小村落,还是穿得破破烂烂的,还是会时不时被人嘲笑辱骂。但是,我一如既往地坚持每天绕着村子不停地走,傍晚回到我的用茅草搭成的小窝,开始我的夜生活。我喜欢坐在外面,一个人自言自语。有时候,我会很想念我的爹娘,还有我的奶奶。然后,我会低下头,对着地面,跟奶奶和娘说说话,再抬头望着村口的方向,跟爹爹聊一下天,最后回到茅草屋,带着微笑沉沉睡去。

其实我不会说话,因此,我有很多的小秘密,别人都无法窥探。但是,其实我又在说话,我的嘴唇经常是动着的,在回答别人的时候,或者是跟爹娘聊天的时候。他们为什么不懂呢,爹娘都是能懂我的。很小的时候,娘亲说过,我有着最动听的声线。是他们太笨了吗?我兀自想着,渐渐我变成了只是跟爹娘还有奶奶说话,只有他们能懂我的意思,他们也不会骂我,我喜欢这个感觉。

其实,我也有名字,我叫张怀民,爹娘总是带着宠溺地叫我小民。我的爹爹是一名铁匠,奶奶死后,他去参军了。但是,我没有见过他穿军装,因为他去参军以后,到现在也没回来。不过我看过一些军官路过我们村子,我想象那一身军装穿在爹爹身上,突然觉得好好笑,我觉得那一身衣服,会被他五大三粗的身子撑破。

你应该会问我的娘亲在哪里吧,是啊,她在哪里呢?我只记得爹爹走后的某一天,有一支军队经过我家,娘亲就被抓去了,一直没有回来。隔壁的张阿嫂说,娘亲死了,我觉得张阿嫂的病一定又发作了,又在胡言乱语。但是,慢慢地,身边聚拢越来越多的村民,他们同情的眼光让我觉得很害怕,那天开始,我发起了高烧,烧了几天,醒来后,发现很多人都带着家什逃到别的地方去了。

张阿嫂问我要不要一起走,我看着她家的老人和小孩,对她摇了摇头,说我要等着爹爹回来。但他们走的第二天,我也走了,我不喜欢这个荒凉的地方。

再后来,我来到了这个村子,没有人认识我。爹爹应该会来找我,我这样想着,我每天都到村口等他,也在沿途留下记号,一个个的月亮标志,跟我草房外面的月亮一样,如微弯的笑眼。

春天末梢

江小妹(2010级基地班)

春天的下午,安永幼儿园的小朋友们躺在长长的木板床上排排睡。

天花板上一只小蜘蛛敏捷地拉着银色的丝线爬来爬去,阿宝睁着大眼睛全神贯注地盯着它。嗖地在屋角拉下长长的一根线,阿宝一眨眼,不见了。阿宝想,它可能到外面去了,阿宝也想出去。阿宝不喜欢午睡。午睡太无聊。阿宝向左翻了个身,又向右翻回来。小明用手肘撞了撞他,小声说:“阿宝,你还没睡对吧?喂,你新买的遥控车借我好不好?我拿积木跟你换,一晚上,明早就换回来。”“我借给佳音了。”小明有点失望:“你什么新玩具都借给佳音……”阿宝又翻了个身。他盖着一床颜色灰蒙蒙点缀着白色小花的薄被子。阿宝觉得好像湿答答的,很难受。这不是阿宝的被子。阿宝的被子是蓝白色的,像八九点钟的晴空,薄云翻飞,阳光暖暖的,很舒服。

阿宝叹了口气。这个幼儿园的被子都是学生自带的,今天迷糊的老师又给他盖错了被子。“小明,几点啦?起床时间到了吗?”小明迷迷糊糊地看了一眼手表,“我们刚睡了十分钟哎。”“哦。”阿宝换了个姿势,望向休息室的窗户。窗外有一根树,肥厚鲜绿的树叶在太阳下闪闪发光,一群黑褐色的大蝴蝶绕着它一圈一圈袅袅娜娜地飞。阿宝仿佛看到树上流出的乳白色的树脂被太阳蒸成一缕缕香气浓郁的轻烟。好像一个蒸腾的梦境。从前怎么没发现这棵树的神奇之处呢?

阿宝动了动,轻轻掀开被子,套上衣服,然后跳下床,把双脚塞进鞋子里。“阿宝,你去哪里?”阿宝回头对小明“嘘”了一声,蹑手蹑脚地溜了出去。在休息室门被重新关上的时候,阿宝和小明都没有意识到,他们将从此离开彼此的生活并且永远失去联系。

春天的下午阳光很好,门廊边上的蔷薇花被晒得醉醺醺的,一朵一朵,脸庞红彤彤。阿宝走到那棵蝴蝶纷飞的树下,站了会儿,并没有闻到什么特殊的香味。到底是什么把蝴蝶吸引过来呢?阿宝想了想,觉得这棵树的位置太显眼了,还是快点离开得好。他绕到休息室后面,沿着一条杂树丛生牵牛花蔓延的秘密小径往外走。此时阿宝并不知道,由于他仓促离开,他将永远失去解开蝴蝶树之谜的机会。

小径很长,九曲十八弯。今天树上的鸟儿好像特别亢奋,叽叽喳喳,叫得阿宝有点烦。此时此刻,在一公里外阿宝的家里,爸爸妈妈和爷爷奶奶正像鸟群吵得不可开交。当然,阿宝并不知道这一点,他像敏捷的松鼠般穿过杂树丛,跑到大路上。

去哪里好呢?阿宝昨天晚上做了一个梦,在梦中,细水长流的安永溪变成了浩浩荡荡的安永河。一个小孩在河边擦洗一具长满嫩绿青苔的陶俑。阿宝走近了,发现那具陶俑是一位身披铠甲容颜端丽的女武神,她那被清洗干净的脸庞容光焕发。阿宝惊呆了,他觉得下一个瞬间女武神就会复活过来。小孩告诉阿宝,这是从河上漂流过来的,他哥哥捡到了另外一具,比这具还要威武呢。

嗯,就去溪边好了。阿宝正打算从大路折回小径,一辆大卡车突然冒冒失失地从阿宝身边擦过,把他吓了一跳。真讨厌!阿宝冲着大卡车的背影扔了一把碎石子。阿宝不知道,明天这辆卡车将会出现在他家门口,把他们的一些家具和日常用品运到小城的另一头去。他和爸爸妈妈将坐上一辆小轿车在前面带路。他将有好长好长一段时间见不到爷爷奶奶。

溪边的草已经长得很高,阿宝随手扯了一根尾巴长长的草拖着往前走。阿宝想,要是我也找到一具陶俑就好了,可惜记不大清楚梦中的具体位置了。不过没关系,反正不着急,还有一个下午的时间。阿宝把闲着的那只手插进口袋,口袋里有一张纸条。阿宝拿出来看了看,是早上上课时佳音传给他的:“下午我去莉莉家里玩,你跟我妈妈说一声。”

佳音住在阿宝家隔壁。阿宝想,说不定我来不及在放学前找到陶俑呢,那可怎么办。不过迟一点也没关系吧。如果找到了两个,还可以送一个给佳音。阿宝又看了看纸条,佳音的字写得真好看。佳音永远一副伶俐的样子,做起事来干净利落。阿宝却笨手笨脚的,阿宝在幼儿园表现不佳,他的作业本皱巴巴,他的玩具坏得最快,他的衣服经常弄得脏兮兮的,所以老师不喜欢他。尽管他的作业做得又快又准确,尽管他经常把自己的玩具借给别的孩子。但对于幼儿园老师来说,干净整洁永远比聪明善良重要。她们对不爱干净的孩子怀有偏见。有一次,老师看到满屋子流淌的缤纷颜色就认定是阿宝打翻了颜料桶,证据是阿宝衣服上五颜六色。那天下课后,佳音问阿宝被老师打的手心疼不疼。阿宝点了点头又摇了摇头:“不是我,我是收拾地板才被颜料弄脏衣服的。”佳音掷地有声地说:“我知道!我当然知道!”阿宝心里的颜料桶瞬间翻了过来,五颜六色哗啦啦地洒了一地。从那时起,阿宝就把佳音当成了最重要的朋友。

阿宝把纸条塞回口袋,踢着碎石子继续走。阿宝的鞋子脏脏的,因为走路老爱踢着东西,鞋头都快被磨穿了。这双鞋还是外婆给买的,阿宝不喜欢外婆。外婆臃肿的身躯老是散发出一种浓重的奇怪的味道,像是某种长久浸泡在雨水中的植物,腐败而芬芳。阿宝不知道,明天他们就要搬到外婆家暂住了。在接下来的一个月里,他必须终日与这种气息为伍。

春天的安永溪水流潺潺,一点都没有梦中汹涌澎湃的气势。阿宝走了老半天都没有发现陶俑,也没有看到梦中的那个小孩。阿宝觉得有点累,他在草地上躺下来,仰脸看天上云。云朵变成了奔马，变成老虎，又变成蒲公英，要是佳音也在就好了。佳音最喜欢蒲公英了，阿宝不知道，在他将就读的新学校边有成片的蒲公英。此时此刻，他那些未来的同学正在那片金黄的花地上嬉闹。

春天的风温柔地抚过溪流、野草和寻找梦境遗址的孩子。阿宝觉得很舒服，天空好像他那床蓝白色的被子，又轻又软，阿宝沉沉地睡着了。被子上的云朵忽然变作天马狂奔起来，大地暗暗颤抖，家中的碗碟哗哗摔落，杂树林里的鸟儿疯狂地尖叫，大卡车轰隆隆地驶向小城的另一头，大雨倾盆，哗啦啦地淹没了一整座城镇，雨中的枯枝败叶发出腐朽的芬芳……阿宝不耐烦地挥了挥手，像是要驱走这个不快的梦境，他烦躁地翻了个身，续上了前一天晚上的梦。梦中小孩对他说："你知道溪流前那个破木头屋子吗？前两天屋子垮了，好多木板掉到溪水里。说不定有的陶俑被木板拦在那边呢。""哦，原来陶俑在更前面的地方啊，那我去看看好了。"

小岛奇遇记

刘伟菁(2010级基地班)

一、勇士的到来

贝莎是个机智勇敢的女飞行员,虽然还是个年轻的女孩子,但是她能够一个人驾驶直升机去执行任务,所以大家都很佩服她呢!

在一次完成任务的返回途中,贝莎遇到了很严重的大雾天气,这让她迷失了方向,也失去了与总部的联系。贝莎凭着自己的经验和直觉,一直飞呀飞呀,渐渐地,燃料快耗光了,食物也早已吃完,正想不出办法的时候,贝莎发现下面有一个小岛,于是她决定先在那里降落再想想办法。

贝莎的飞机刷着彩虹一样的颜色,她就像拿着一支七彩画笔在空中画了一道彩虹一样,安全地落在了小岛临海的沙滩上。贝莎下了飞机,伸了一个大大的懒腰,说:“开了这么久的飞机好累啊!终于能休息休息了。”她望了望周围,这是一个普通的小岛,和别的小岛一样有着一片金色的沙滩和一片茂密的森林。贝莎想,这个岛上有没有人呢?她又仔细地看了看,惊喜地发现森林入口处有一座小房子,看起来不像荒废了的小屋,肯定有人!贝莎一边想着一边跑过去,在身后留下了一串金色的脚印。

离小房子越来越近的时候,贝莎吃了一惊,放慢了脚步,她不敢相信自己的眼睛,这小屋子竟然是用她最喜欢吃的甜品做成的:屋顶和门是黑巧克力,墙是厚实的面包,窗上的玻璃是糖,窗沿是可爱的奶油蛋糕,墙上还有糖果、饼干、巧克力棒等等的装饰。整个屋子被一个巨大的泡泡保护着,像是随时都要飘起来飞走一样。贝莎用手指轻轻碰了一下泡泡,竟然没有破,于是她大着胆子慢慢把手伸进了泡泡里,从面包墙上摘了根巧克力棒下来。贝莎发现当她的手抽出泡泡时,泡泡慢慢地,像被小船划开了一条痕的湖水那样,自己愈合了。

贝莎开了那么长时间的飞机,又累又饿,看到那么多好吃的,她实在忍不住了,就干脆试着穿过泡泡。没想到很轻松地,贝莎就进入了泡泡,但是她也顾不得泡泡的神奇了,随手从那散发着面包香味的墙上摘下了几个甜甜圈和饼干就吃起来,没有发现身后来了一个人。

“只能吃这么多哦,不然我的房子都要被你吃光了。”贝莎吓了一跳,转过身,看到了一个可爱的小女孩,她嘟着小嘴,一双漂亮的大眼睛正上下打量着贝莎。

“这是你的房子?……对不起啊!”贝莎有些慌乱,用手抹了抹自己嘴上的面包屑,心中一下冒出许多疑问,却不知道说什么好。

“没关系,跟你开玩笑呢。我叫佩姬,你呢?你也是从天上掉下来的吗?”

贝莎镇定了许多,“我叫贝莎,是个女飞行员,因为出了点事故,所以只好降落在这里了。”她蹲下来,看着小女孩大大的眼睛,笑着说,“你好,小佩姬。”

“你好,”佩姬也笑了笑,露出了两个小酒窝,“我带你去见族人们吧。”

“族人?”没等贝莎反应过来,佩姬已经跑出好几步了,她只好赶紧站起来跟了上去。

她跟着佩姬,顺着一条小路走进了森林,一边走一边观察着这个陌生的地方。这里的树干奇形怪状,有的笔直,有的很像打了个结,还有很多贝莎从来没见过的植物。树上、草丛中,有许多昆虫叽叽喳喳地叫着,像一场演奏会,让贝莎渐渐忘记了疲劳。

“到了。”佩姬停了下来。贝莎站在佩姬的身后,看着眼前的景象。这是个原始的部落,人们穿着画有鱼图腾的衣服,戴着鱼骨状的头饰,周围搭建着一个个画有奇怪图案的帐篷。部落里十分热闹,有的人在削木头,有的人来回地搬着一筐筐鱼,有的人围在一起讨论着什么,还有孩子们在互相追逐……看来没有人注意贝莎的到来。

“走吧,我带你去见族长爷爷。”佩姬转过身来说。贝莎点了点头,跟着她走进了一个看起来较大的帐篷。

族长爷爷很慈祥,看见佩姬进来就热情地拥抱了她。佩姬和族长说了些话,贝莎听不懂,这应该是这个部落的语言。突然,族长走过来,激动地拉起贝莎的手握了握,说了些什么,贝莎吓了一跳,不知道怎么回事,只好看着佩姬。

“族长爷爷说,‘你终于来了,勇士’。”佩姬告诉贝莎。

“什么?勇士?到底怎么回事啊?”贝莎一头雾水。

“是这样的,这个部落的祖先留下了一个预言,说部落会有一场大灾难,可能会导致部落的灭亡,但有两个从天而降的勇士能够拯救部落。所以族长爷爷和族人们一直在等待勇士的到来。”佩姬解释道。

“可是,我并不知道怎么拯救啊……而且,还有一个勇士呢?”

“就是我啊!”

“你?”贝莎瞪大了眼睛,“你还是个孩子啊。”

“没错,就是我!预言中的日子将要到了,我们要承担起拯救部落的使命。”

贝莎觉得佩姬简直不像个小女孩,说话的语气像个大人,真不可思议,但她也总算弄明白了之前佩姬说的那句“你也是从天上掉下来的吗”是什么意思。“那怎么拯救?”想起海边那座奇特的屋子,她有点相信这是真的了。

“去山上寻找梦之石,它能实现所有愿望,但只有一次机会。据说只有勇士才能打开山洞的门。”佩姬认真地说着,那双漂亮的大眼睛扑闪扑闪地看着贝莎。

看着族长期盼的眼神,贝莎决定暂时放弃寻找回家的办法,她坚定地看着族长和佩姬,说:“好,我们一起去寻找梦之石。”

于是族长召集了族人们来开会,大家商议后决定后天就出发。

第二天,族里举办了盛宴来招待贝莎和佩姬。佩姬给贝莎吃了一个神奇的红色果子,贝莎就能听懂族人们的语言了,而且也能很流利地和他们交流。大家载歌载舞,将美好的祝福送给她们,祈祷她们能成功。

一个小男孩走过来,送了朵蓝色的花给贝莎,认真地说:“勇士姐姐,这个给你,它代表着我对你的祝福。”

贝莎接过花,笑着说:“谢谢。对了,”贝莎想起一件事,“你知道小佩姬的房子是怎么回事吗?还有那个泡泡。”

“这个我们也不知道,每次问她她也总是神秘地笑笑。我只知道有一天族人们看到一个大泡泡正飘下来,以为是勇士来了,等泡泡落地我们才发现是一座小房子,然后佩姬就走了出来,大家虽然惊奇但也有点失望,因为勇士不应该是个小女孩。可是她好聪明,大家有什么难题她总有办法解决,后来大家也就渐渐相信她是勇士之一了。”

“好的,谢谢你。”贝莎好奇地看着正在跳舞的小佩姬,猜测着她的真实身份。

二、拯救部落

出发的日子到了,贝莎和佩姬收拾好行囊在族人们的欢送声中离开了部落,走向那座神秘的山,开始了她们寻找梦之石的旅程。贝莎从来不知道一座小岛上的山竟也可这么大,她们找了好几天也没找到放有梦之石的那个山洞,食物吃完了,只能去摘树上的果子。这山上能吃的果子不多,贝莎每次都只能找到几个,可是佩姬能带回来许多,装满了她的小背包。贝莎对于佩姬越来越好奇,她决定等拯救部落的行动完成后就好好问问她。

终于,在第五天,她们找到了那个传说中的山洞。山洞的大石门上刻着一些符号,中间是两个陷进去的掌印,一大一小,就像早已准备好等待佩姬和贝莎的到来。贝莎和佩姬对视了一眼,同时把手放到了掌印上。石门突然颤动起来,缓缓打开。

山洞黑漆漆的,她们牵着手一起走了进去,山洞里的火把忽然就一把一把地亮了起来,一直通到了山洞深处。她们看到尽头有一束比火光还要明亮还要吸引人的光芒。“那一定是梦之石,我们过去吧。”佩姬说。她们小心翼翼地走了过去,佩姬走在前面,贝莎跟在后面。贝莎觉得,佩姬虽然是个小女孩,但这些天来,她却表现得像个队长,真是一个很勇敢的小女孩。

火光把山洞照得金黄金黄的。梦之石就放在一个土砌成的台上,它的颜色由蓝转紫,又由紫转蓝,很漂亮,贝莎和佩姬都看呆了。

贝莎正想伸手去拿,佩姬说:“你看,这儿有字。”她指着放置梦之石的土台,贝莎看不懂这种文字,佩姬仔细瞧了瞧,念了出来,“只有意图单纯的人能带走梦之石。”

贝莎笑了笑，说："我们就是为了拯救族人们才来寻找梦之石的，放心，不会有事的。"接着她就轻轻地拿起了梦之石，它的光愈发地亮了，贝莎将它放进了族长在出发前交给她的罐子里。

"成功了！"佩姬大大地呼了口气。

下山后，她们看见海水已经快要蔓延到了部落，原来这就是预言中的灾难，贝莎和佩姬很庆幸她们及时地找到了梦之石，否则后果不堪设想。族人们对她们的归来都感到十分高兴，大家簇拥着她们走向族长的帐篷。贝莎和佩姬将梦之石交到了族长手中，族长决定马上举行仪式，用梦之石消除灾难。在族长的指示下，所有人都虔心地向梦之石许愿、祈祷，等大家睁开眼睛的时候，梦之石已经失去了光芒，看起来就像一块普通的石头。族人们看见海水已经慢慢退去。

大家高兴地互相拥抱、欢呼，族长已经在吩咐着准备晚上的祭祀以感谢神明和勇士。这时，贝莎发现佩姬不见了，而自己的背包上放着一封信，族长让贝莎打开信念念。

"其实我是有着初级魔法的小魔法师，这次协助勇士完成拯救部落的任务是爷爷给我的一个考验。现在，我的任务完成了，部落恢复了安定幸福的生活，我也该回去了。贝莎姐姐，我有个礼物送给你——一架小飞机，它可以帮助你回家。佩姬。"

大家不约而同地走向海边，望向天空，一个泡泡正在不断上升，在阳光的照耀下闪烁着七彩的光芒，越升越高……

谢谢你，勇敢的小佩姬。贝莎望着天空在心里默默地说道。

我的朋友死了

潘萌(2010级基地班)

20年前的夏天,我曾和我儿时的一个玩伴爬上了村口那棵苍老的梧桐。那时的我们对那棵树的苍老没有丝毫的时间概念,我们将模糊的时间转变成罕见的围度,我们很清楚要五个小孩才能团抱住那棵树。然而使我记得20年前的那个夏天的不是我曾爬上那棵树,而是我似乎看到了命运某种神秘的暗示。

我们是在晚霞同乌云纠缠不清的傍晚爬上那棵树的,当我们坐在树杈上看着四周的稻田上空纷飞的蜻蜓的时候,夕阳以一种诡异的方式降临到我身边的玩伴脸上。我看见他的脸上被夕阳覆盖了一层厚厚的鲜血。夕阳将他的影子以一种尖利的方式,刺向黑沉沉的土地。我看着他的影子毫无征兆地消失在一片被阴云笼罩的稻田里,就像十年后我看着他的背影消失在稻浪翻滚的田野里一样。

得到他死去的消息时我正懒懒地躺在床上,占据我视野的是一堵已经略微发黄的白墙。几条梅雨天回潮留下的水渍将墙割裂开来,使它呈现若干毫无关联却又不可分割的部分。我突然想起我和我朋友一起走过以及各自走过的时间。它们相互交错纠缠不清,然而现在我朋友的生命之河流到了终点,它最终汇入我的生命河流中,成了我的一部分。早晨的阳光打在墙上后折进我的眼睛,雪亮的墙壁被无限放大,盛气凌人地夺取了我所有的空间,我变成了贴在墙根的一只鼠。我突然感到莫名的孤独和烦躁。我的朋友死了,我不知道临死之前有没有想起20年前的那个夏天的黄昏。但我知道他的死是必然的,这些年我时时想起那个黄昏,它时刻提醒着我留意我朋友死亡的消息。然而就在今天,命运跟我开了个不大不小的玩笑。就在我快要遗忘这件事情的时候,我的朋友不可阻挡地踏上了他的死亡之路。

朋友的死亡使我的记忆再次触及20年前夏天的黄昏,并将被置于一个旁观者的身份。往日的场景清晰地呈现在我的眼前,仿佛是在阅读纸页发黄的日记。我看见两个小孩在灰暗和绚丽混合的天空下,坐在一棵苍老不堪的梧桐的树杈上,奇怪的是我竟然在他们的脸上看见了生命的沧桑,他们弱小的身影在空阔的天地间如同两根干枯的树枝飘浮在空气里。狂风最终使灰暗铺满了整个天空,同时也使他们投在地上的影子渐渐模糊。我似乎闻到了空气散发出的潮湿味道,狂风的野蛮使衰老的梧桐摇摇晃晃吱呀作响。那两个小孩最终没能战胜强大的狂风,他们哆嗦着从树上艰难地爬下,歪歪斜斜地跑向远处。当狂风灌进那棵梧桐空洞的树干里时,我听见了呜呜的哭喊,响声使我感到一种隔世的陌生。它低沉哀怨,在空旷的田野里游荡,像是一个绝望迷路的孩子。最终他将自己的绝望转化为满腔的愤怒,摄人心魄,从他弱小的躯体里崩裂开。声音刺进我和我朋友的身体里。我看见我微笑着转过头对着我朋友说了什么,然而狂风把我的声音挤到一个偏僻的角落,使我没能听清我自己的声音。在那之后,我看见我朋友的双脚被声音死死地拖住了,他回过头惊恐地看着身后的梧桐,狂风试图将他的衣裳剥离他的身体。而我却看见我的朋友正逐渐变得模糊,他被狂风扯碎,消散在空气中了。

阳光开始转到我的床头,它毫无顾忌地刺向我的眼睛,我的眼睛像是被石子硌得生疼。于是,我把手搭在眉上,尽可能让阳光显得温和些。窗帘已经被女友扯向两边,我听见狭小卫生间传来哗哗的水声,声音被空间束缚显得残破不堪。女友在洗漱也可能在洗澡。我百无聊赖地点燃一根烟,很快烟雾就在屋子里自由地奔跑了。阳光和烟雾默契的合作使整个屋子呈现出颗粒般模糊的不真实感。我突然想起,我就是在这样的天空下看着我的朋友离开我现在所在的城市的。

我的朋友离开我的时候刚满20岁。他是在一个雾气浓重的初秋的早晨离开的。他离开的时候只有我一个人去村口送他,我曾恳求他留下和我再复读一年。尽管我知道我的朋友不是那种喜欢学习的人,但我还是恳求他了。结果和我的预想一样,我的朋友毫不犹豫地拒绝最终把我推向孤独痛苦的复读之路。我的朋友离开我的时候并没有丝毫激动或者不安,他只是很平静地看了一眼那具在十年前的夏天的黄昏被狂风夺取生命的梧桐留下的残破尸体,然后指着它面带微笑地对我说,是它迫使我离开的。我的朋友离开的时候阳光慷慨地将它的温暖同光明迎面赐予他,当他披着金色的光辉离我远去时,他阴暗疲软的影子如同一块崩裂的巨石劈头盖脸地朝我砸来。

事实上我的朋友不是离开了我而是抛弃了我。在离开我以后我的朋友始终没有再回到村里,也没有回到我身边。我的朋友被这座城市彻底地淹没了,就像它现在彻底地淹没我一样。在他离开我5年之后,我也遵循命运的安排离开了村子来到了这座埋葬了他的城市。在这5年里我时常想起几年前那个诡异的夏日黄昏,他经常使我坐立不安,无端担心我朋友的安危。

混过了在一所三流大学的4年时光,我踏入了这座城市,漫无目的地游荡了3个多月以后,最终只能选择到一处漫天尘土喧闹不休的建筑工地拎起了泥桶。工地上有很多我的老乡,我向他们打听我朋友的消息,其中一个肌肤黝黑驼背歪头的中年人曾和我的朋友一起搬过砖头。那个沉闷的下午他的讲述平淡无奇,但是讲完了他掐灭了烟头看着灰蒙蒙的天空叹了口气说,他以前听那伢子提过他小时候遇上过一个特别诡异的夏日黄昏,那会儿他的脸跟死人脸一样。当天晚上我一个人到工地旁的大排档喝成了烂泥,第二天早上我像鬼魂一样飘离了那里。

我的朋友终于死了,当我躺在床上偏过头看着窗外盛开的玫瑰色的朝霞的时候,记忆的交错让我再次回到20年前那个乌云与晚霞纠缠不清的黄昏。事实上我的朋友在那个黄昏里就过早地死去了,只是他的躯体并没有感受到死亡的力量。时间在欺骗了我的朋友20年后再也无法继续欺骗对生活日渐麻木的他,于是他终于在20年后彻底死亡了。

命运对我的戏耍最终迫使我求助于一位令人厌恶的大学同学,我便开始了自己开出租车的乏味生活。我漫游于城市的各个街道,载过各式各样的人,我在载他们的时候始终能够感觉到时间在他们身上流动的痕迹,他们不知道自己的匆忙其实是在催眠自己更快地走向死亡。在一个阳光微醺令人迷醉的冬日下午,我和我的女友相遇了。命运安排我们以一种惊心动魄的方式相遇,同时撮合了同病相怜的我们。我说了,阳光微醺,于是我在阳光的催眠下气势汹汹地将女友小心守护的柜台撞得粉碎,我在震荡中看见漫天飞舞的化妆品和一张令人心醉的惊恐的脸。

我失去工作的同时得到了爱情,我和女友不同凡响的相遇使我坚信,她将是我一生的伴侣。那天下午我们一起极为高效地丢掉了工作。

于是,我苦笑着对她说,咱们一起找工作吧。

她什么都没说只是看着我默默地低下头点了点。

我又说,我他妈来这里4年了还是什么都没有。

她还是什么都没说。

但我能看懂她空洞的眼睛。

和我一样。

最后我说,操,做我女朋友吧!

我的女友眼睛亮了一下,这次她说话了,她说,好。

我曾跟我的女友提到过我朋友。我记得那时她脸上惊诧的表情。在她平静下来后,她说,她见过他,两年前他和他表舅在火车站做黄牛。这是我的朋友离开我以后第一次离我如此之近。我甚至觉得我快要走进他的生活里了。

现在我和我的女友在同一家商场工作。我主外她主内,我们控制了整个商场的命运。我们一起租了一间狭窄的平房。女友还是柜台售货员,我则成了保安。

我的朋友最后一次出现在我的视野里是半年前的晚上,他上电视了,因为嫖娼,我看得出他很紧张,拼命地想用手遮住自己的脸。

现在躺在床上的我终于知道我朋友的状况了,他死了。虽然我明白他或早或晚都会死去,但是他死了的消息还是波及了我的心情,20年前的夏日黄昏又一次浮现在我的脑海里,这次它只是如同一只扔进水里的破旧的陶罐,咕咚几声,冒几个泡,就彻底地沉下去再也浮不起来了。

卫生间的水声停了,我的女友赤身裸体地走到床头,我看着她在阳光下发光的身体,如同看着商场里同样赤裸的塑料模特。

突然悲伤像洪流一样把我淹没,我大哭着像个孩子一样扑进女友的怀里。我说,我们回去吧,回去种田。

女友惊愕地看着我说,怎么了。

我说,我的朋友死了。

一通电话

钱君玚(2010级基地班)

从今天早上街道那个电话开始就很不顺利。

他始终觉得有双眼睛在背后盯着他,像鹰爪般要从背后划开他的身体直击脊髓,然后一把揪出他的五脏六腑。这种感觉一直跟随着他,就如同围绕着一桌有些腐败气味的事物的苍蝇一样。

按照他的人生定律——早上吵醒人的电话一定没什么好事——果然,早知道就不去接这个电话了。

从床上爬起来穿衣服时发现老婆昨天因为下班晚了,没有来得及给自己熨烫今天要穿的衬衫。没有办法,只能将就将就,用手扯扯,然后用西装外套将那些细小的褶皱藏起来。仔细地照了照镜子,还算凑合,应该不会被人笑话。

刷牙的时候不知怎么地,刷出来的牙膏泡沫多了一丝丝红色的痕迹。对着镜子使劲地想要看清自己脸上的胡子是不是长了,却发现离得越近越看不清。刚开始还以为自己没睡好,眼睛睁不开,最后往后退了几步才发现,原来是老花眼了!

在得出了这个结论之后他就更加坐立不安了,心里直犯嘀咕:我都这么大年纪了,怎么还会找上我?

突然,他觉得自己在镜中看到了第二双眼睛,不过当他想再次看清楚时却怎么样也找不到了。一定是幻觉,一定是。可他读懂了那一闪即逝的眼睛——嘲笑,慢慢地嘲笑,像一根针直插瞳仁,挥之不去。

想到要从镜子前走开还是因为听到了老婆催促吃早餐的声音。“糟糕!快要迟到了。”走出浴室,饭厅墙上的时钟已经快要指向数字九了。随便扒了两口便和老婆匆匆道别离开。

幸好及时赶上了开往公司的公车,虽然挤了点,但也比迟到好。

上了公车站稳后,那双眼睛似乎又出现了,盯着自己的脊梁。虽然是三伏天的公交车车厢里,但他却有一种瑟瑟的寒意从脚底窜上来。“难道是自己年纪大了,连空调都吹不得了?”那么早上那个电话里的人怎么就溜进了他的大脑。“想当初是为了在领导面前求个好印象,几乎所有的同事在体检后都参加了这一项,怎么就偏偏是我被抽中了呢？我都这把年纪了，还不吃个大方！都怪老天偏偏给了自己这样一种与众不同之处。”

“XX站到了，请需要下车的乘客从后门下车。”公车上的广播声打断了他的思路。

进了公司，他顿时觉得很怪，似乎每个人都在盯着他看。那一双双眼睛好像都在询问自己对于早上那通电话的回应。上司给他布置工作任务的时候，那低沉的声音好像是早上电话里的那个声音，不断地挠着他的心，像要挠出血来。上司的眼睛就像一个聚光灯，他快要看不清这个世界了。

混混沌沌地度过了一天，回到了家。

一整日他都在饱受着那双奇怪的眼睛的折磨。在快要下班的时候，他又接到了一个电话。

听到那个声音，他一个机灵，是早上的那一个。

“您好！早上我们通过电话。我们现在想通知您，献血中心不需要您过来了。我们这边刚刚找到了最新的配对血源。您既然住得那么远就不用过来了。下次如果有需要您的RH阴型血的话我们会再联系您的。也希望您可以前来无偿献血。谢谢您对我们工作的支持，也谢谢您的一份爱心……”

“哦，哦……再见!”

他不知道他是怎么结束这个电话的。反正当他放下电话的那一刻，那双眼睛似乎消失了。他早上发现的老花眼似乎也好了，手里的文件字迹显得那么清晰。

不用去抽血了，也不用丢面子了。不用担心什么其他乱七八糟的问题了。血怎么可以随便给一个不认识的人呢！还是无偿的，这不是吃亏了么！上一次体检问是否愿意参加无偿献血计划就不应该答应的，要不是看那护士是那么漂亮，声音那么温柔，自己的同事和领导都参加了，自己才不会鬼迷心窍呢！

沉　潭

邵玲霞(2010级基地班)

"凌晨两点的夜晚果然很冷清,连月亮也分外寒些。"她轻手轻脚地从那破旧矮小的瓦房里走出来,望着西斜的月亮,不觉双手抱紧那只剩骨架的身子。花白的头发出卖了她的年纪,她不过六十出头。一张灰暗色的脸没有血色,只剩下褶皱的脸皮松松垮垮。细小的眼睛浑浊而布满血丝,眼角堆积着黄白色的眼屎。

她朝村口走去,那里有一口潭,因为很深而显得水发黑。从家里走到黑潭,只要10分钟,但她却在这途中不时用手捂住肚子,胃疼越来越严重,已经是晚期了,疼痛会更剧烈。她好几次痛到蹲在地上,出了一身汗,将手中的布袋和绳子都捏得叫起来,"这该死的胃癌,偏要这时候折磨我,难道不能让我死前舒服点?"她哼哼地强忍着疼痛猫着腰向村口挪动。

来到村口,那黑色的潭,反射着月光,是那么平静,没有一丝波纹。"待会儿就不会这么平静了,它底下埋葬了多少孩子的灵魂,这回可要多了个老太婆的灵魂了。"她站在黑潭岸上的大石块上,放下布袋和绳子,走向一块20多斤的小石头,想要将它搬到那块大石块上。"该死,年轻的时候挑一担谷子都毫不费力,150来斤,现在连这么小的石头都搬不起,人老了就成了废物,难怪他们都嫌弃我了!"眼睛流露出一丝惨笑,她艰难地翻动石头,挪到了布袋旁,用尽余力将石头装进袋子里。她累坏了,坐下来喘息,她瞅着那恐怖阴森的水,"那底下一定很冷,我知道肯定很冷,它有好几十米深呢!"她不禁哆嗦了一下,就像是被水冰到了一样。

"真要跳下去了,跳下去就结束了。"她望着水深思,脸上一副看透一切的表情,冷漠,没有了悲伤,没有怨恨,没有不舍。"活着有啥好,反正也没多久活,何必招他们怨恨。"她想到,想到自己以前,把自己又当男人又当女人,省吃俭用养活了六个孩子。"现在老了,他们都不需要我了,何况还得了这病。"她叹了口气,她不怪儿女们,他们也不容易,父亲早亡,撇下了孩子,他们确实从小受苦了。

她又想起了那几个媳妇,当她还健康的时候经常"妈呀妈"地叫,叫得可顺心了。"她们还以为我有什么藏着。早被她们吸光了,只剩下这把骨头。如今病了,看我没钱治病,个个都晓得了,所以才那样的。”她想到了大媳妇的话,“你都得了这病了,治也治不好的,还不如早点死,你也不用痛苦,也不用拖累我们。”她想起二媳妇那张以前和气的脸突然变得对她阴沉沉的。“好像我是她几百年的仇人。”她又想起三媳妇来。三媳妇很早就离开了这个家,离婚了!“这个不争气的三小子,干什么不行却干出这种事,这可好,撇下一双儿子,坐十年牢,媳妇当然会走了。一个妇道人家,又年轻,哪能守他这么个活寡。唉,还有几年出来。3年吧!是见不到他了,儿呀,出来后好好做人。”她有点伤感了,她觉得是自己没教好,才导致三儿去犯罪的。想到四媳妇,她摇摇头。四媳妇明明知道她胃不好,偏偏在菜里放很多辣椒,从不弄清淡些的菜。她经常只吃白米饭,但四媳妇还不停地说:“干啥子不吃菜呢?吃吧吃吧!”五媳妇虽然年纪最轻,可心最坏了,她总是指使老人家干活:“我也不容易啊,你看你生的一个好儿子,什么德行,什么都不会,赚不到钱就去抢啊,要有他三哥一半厉害我也就认了,我那两个儿女都瘦成什么样子,我可不能饿死他们,你就体谅我,光吃不干我可没多余的粮。”五媳妇经常不在家,也不做饭。她经常挨饿,但心里虽然觉得她的话刺耳,她还是觉得五媳妇确实不容易,五儿子老实,两个儿女又要吃要穿,她确实不容易,她安慰自己。最后,她想起了自己唯一的女儿,也是她最疼爱的女儿,可是她很久都没来看她了,就是那天查出病来过一次就匆匆走了。“也是,她很忙,她孩子要读书,每天都得给孩子煮饭,哪能抽身陪我,只是没能见到最后一面。也罢,她不会太伤心的,她的精力很快就会被她孩子占据了!”她想起当年她失去丈夫时,就是这群孩子挽留住了她。

她用绳子一头绑好布袋口,另一头紧紧绑住双脚,她怕自己会挣脱出来了。

她又叹了口气,感觉没什么可牵挂的了,只有三儿子的两个孩子,这几年来,尽管身体已经出现毛病,她依然坚持早出晚归,省吃俭用,她想方设法挣钱,就是因为这两个孩子。她知道,如果她不管这两个孙子,他们肯定饿死了。一个14岁,一个才7岁。“父母又不在身边,那几个媳妇容不得他们。”她脸上终于出现悲伤的表情,一直冷漠的脸正抽搐着。那个大孙子没人管,已经学坏了,被学校开除,他会偷,把她身边的钱一分不剩都偷走了,他抽烟喝酒打游戏戏弄女朋友。“简直是个小流氓了,要走他爸的老路了。我又管不了,他只会骂我老不死。唉,不是孩子的错,做爸的没当好,没人管。”她最寄希望也是最割舍不下的是那个7岁的孙子。“这孩子听话、老实,那几个媳妇总是指挥他干这干那,还天天骂他,以后我不在了,他可怎么过,他才7岁,没一件像样的衣服,瘦成那样,裤子那么大,我应该给他改小的,唉,我这个当奶奶的没让他过上一天像样的生活。”“嘀嗒”一声,一滴眼泪沿着眼角皱纹滑落在石头上,她感觉脸上冰凉的。“我也活不长了,终究还是要抛下他。”有一滴泪水落在石头上。

她仿佛听到了沉重的叹息声,是她丈夫的声音。“你受苦了,该放下了!”她环顾了四周,没有。她平静了下来,是该放下了,她轻声说道,她最后看了月亮一眼,用尽力气抱起装在袋子里的石头跳进黑气的潭里。“扑通”一声响,平静的水面,一圈圈波纹荡开去了,久久地不能平静,直到她沉入潭底,水面才恢复了凌晨两点的平静。

3天后，黑潭里浮起了一具胀得很大的尸体。尸体脸部已经浮肿到看不清表情，但她的手，胀得肥胖的手却是向上抓的动作。或许她下沉的那刻，感到了死亡的恐惧，想要拼命挣扎却无济于事，直到手僵硬了。或许是，她下沉的时候看到了她丈夫向她伸手，她想要抓住他，但她却一直在下沉，她拼命向上伸手想要抓住丈夫的手，抓住曾经的幸福。

发现尸体的第二天，就要下葬，因为尸体早已发出恶臭，出殡的时候，一群人的干嚎传得很远，但没有一点穿透力和感染力，没有人哭泣。

办回丧饭的时候，几个媳妇笑嘻嘻地说："这老婆子还真有良心……"回丧饭结束后，晚上，她的房间，一群人，一道微弱的灯光。"她什么值钱的都没有，找遍了！"一个声音尖叫道。"那我们花了这么大成本给她办丧事！"另一个声音叫道。于是尖叫又变成了吵架声。"我们办的回丧饭，我累坏了，你们干什么了？""是我们去买的东西，还垫了自己一些，钱都没和你们算。""这房子归我，你们都有房子了。""这房平分，怎就你的，你不也有吗？""那孩子怎么办，反正我不会养。""送到他妈那去，他有妈我们为什么养？"……

深夜了，房间里的吵闹声越来越激烈。7岁的小男孩抱着双脚在角落里睡着了。这几天他都没睡好，到处找奶奶，他累坏了，睡得可香了，嘴里喃喃叫着"奶奶"。

我是一只被落在乡间的城市狗

王士浩(2010级基地班)

我是一只被落在乡间的城市狗,乡下的遭遇、乡下的生活环境迫使我异常怀恋城市的生活。

那天,我随着女主人来到乡下看望她故乡的亲戚们。亲戚们自然是热情欢迎我的女主人。初到乡下的第一天,我也是乐得拢不住嘴,乐得掩不住笑容,乐得禁不住狂叫。亲戚家养了两条狗——肥壮壮的,膀大腰粗,威武雄壮,孔武有力,我一到它们家,它们乐呵呵的,双双围着我转了两三圈,尔后两条前腿纷纷搭在我的后背上。明智点的狗自然懂得,我一只城市来的、整日养尊处优,缺乏锻炼的狗,哪能承受得住它俩肥肥的重量。我瞬间被压趴下,它们倒也知趣,马上跳开。哦,这算是它们欢迎我的礼节吧。

第二天中午饭后,它俩带我去村里的湖边散步。湖呈长方形。听它们讲,湖是前几年人工开凿的。村里遇大雨天,雨水无处排泄,于是村里人在原有河道的基础上合力开凿出这么一块人工蓄水湖。湖大致长1700米,宽500米。既然是人工蓄水湖,不饮用,村人就在里边放养些鸭、鹅……我和它们就这样在闲聊中围着湖转悠了两圈。抬头一看,太阳已距西山半步之遥,冬天的白天黑得快。

第三天,天公不作美,雨雪飘飘。我和它们趴在屋檐下亲戚们平日里布置好的窝棚里。它们问起了我——城市里的生活是个什么样子。城市里的环境很好,干净整洁。城市里的狗生活得也好一些,吃的喝的简直可以跟某些人类的相媲美。那你呢?我的女主人待我也不薄——鸡鸭鱼肉都有。哇,日子不错啊,羡慕你啊,哪像我俩有时饿得不行,无奈吃些脏兮兮的青菜叶来充饥。城市里的生活真是好!真羡慕你!哦,当然啦,城市里也有不少的流浪狗无家可归,整日在街头流浪,吃些街头垃圾筒里的剩菜残羹啊什么的。哦,原来不是城市里所有的够都能生活得那么安逸啊。

第四天,女主人原本想再留两天,但计划赶不上变化,总经理要主人火速回城准备与重要客户的会面。这下,主人坐不住了,公司的效益一般般,老板在电话中也详细说明了此次谈判的重要性。谈得成,公司以后年净收益将增加500万;而谈不成,那只能相让于同行业其他公司。

主人听到这个消息后,急得顾不上亲戚们给她的土特产,便急匆匆地搭上了回城的车。城乡两地相距五百里,主人急匆匆回去,难免仓促又辛苦。而我,本来也是要跟着主人回去的,可那天一大早,我便跟着它俩奔向田野玩耍去了。直到傍晚返回亲戚家,我才得知主人上车已急匆匆回城了。唉,我的老天,主人还能想得起我吗?主人会马上接我回家吗?可惜,我不知道返城的路,仅凭我一己之力是回不去的。

夜幕沉沉地拉了下来,我吃不下晚饭,焦急的我颤巍巍地围着一个亲戚转圈,我不了解他的脾性,和他很陌生,围着他转圈求助,生怕他踢开我。我若是会说人话,那就马上说话求助他求助他们了。可惜我不会,所以我只好蓄积往日的聪明才智低声哀叫,以求他们明白我的诉求。哎呀,红霞走得急,确是忘了带上她的狗回去啦。其中一个亲戚如是说。不用管,她忙完应该会想起这只狗来的,不用咱们替她着急。另一个亲戚如是回应。我的心半凉半暖,他们没有要帮助我的意思,不过好在他们没有打我骂我,话语里也多少带点安慰我的意思。是啊,相隔五百里,他们哪里愿意为一只狗而舍得花些路费呢?纵使把我送了回去,他们也不好意思接住我主人给他们的路费钱,毕竟这几年我主人给了他们不少急需的钱。

求助亲戚不成,我独身踱步到屋檐下,抬眼望苍穹。夜空挂廖星,月牙儿蜷缩在西南方,凉意时不时地拂过我的身躯。低下头往左望去,它俩已酣睡有声。它们多幸福啊,它们哪里会出现我这样的遭际啊。

日子一天天地过去了,女主人的身影没有出现在乡下亲戚的家里。屈身在亲戚家的这些时日,我有说不出的苦痛,我被嫌弃,而念在亲戚狗的份儿上,我有幸逃过一次痛打,可这于我而言,已是重重地打了我,打在了我的心上。乡下的冬天,晚上冷得刺骨,寒风阵阵吹打在两屋之间,吹打在光秃秃的树干树枝上,那原始的风声音频发生了变异,变成了他们称谓的鬼风。这样的气候,这样的天气,这样的夜晚(夜黑风高),恰恰是盗贼们大显身手的时候。那一夜,我和它们没有看住亲戚家的粮食,结果被那些贼偷走两袋。当夜三更天,亲戚们穿衣起来出来追打那些贼。不料,贼们已是精心策划,有备而来,等亲戚们出去追打时,他们已消失得无影无踪。亲戚们气急败坏,它俩也就难逃此厄。唉,来了五六个彪形大汉,它俩纵然奋起抗争,狂嚎乱嚷,使尽浑身之力咬那些盗窃者,毕竟他们穿的衣服厚,咬不透,他们不会觉得有痛感。尽管它俩死拼,哪里是高智商人类的对手啊。在残月的映照下,我模糊地看到其中两个汉子各拿一根棒子分别朝它俩的头部轻轻一触,只见它俩旋即倒下。天啊,那玩意究竟是啥?竟然有那么大的功用,一瞬间,它俩便乖乖地倒下。我本来是要协助它俩抗争一番的,我已准备好足够的勇气准备大干一场的,可那一瞬间,我呆住了,我被吓怕了,趴在窝棚里,四腿旋即僵了起来。我的勇气,我的勇气,我的勇气……

粮食被偷,心情一片沉痛。它俩也进入了比往年更悲催的冬季,伤痕累累又遭减少供应的食物量,这哪里供得起我们仨填饱肚皮呐。我看不下去了,决定离开亲戚家。它俩与贼人奋力抗争时,我袖手旁观;它俩被亲戚痛打一顿,我爱莫能助。所以我愧疚我失落我心痛,所以我要离开。可离开又能去哪儿呢?不管了,到哪儿是哪儿,四海为家,说不定我还能摸回城市家里呢。那一天中午,天气暖暖的,小小吃过午饭,我向它俩打过招呼,以散步为由离开了亲戚家。

走在冬日乡间的小路上,纵有凉风许许,心也颇为畅快。哎,肚子这些天饿得实在不行啦,哪里有吃的,哪里有吃的？四野望去空空,望脚下,垄垄小麦长得甚盛！众位麦苗朋友们,不好意思,我饿得差不多已到力不能支的地步,求你们饶恕我饥饿的嘴巴。好,现在我开始啦。涩涩的味道,水汁夹杂其中,既饱又解渴,畅快、舒服。

饱畅之余,又要寻思晚上的宿寝之处。好在前些天,跟着那俩伙伴把乡村逛了一逛,村东边有个破寺庙,索性就去那里住下吧。所幸,前些天,我们仨还在破庙的某个角落里堆置了一些杂草,这也够现在的我独自就用了。

冬日寺庙的晚上,许是有神灵的居住,暖暖的,偶有几声躁动,许是过路鬼怪遇见神灵在此,慌不择路,许是庙中老鼠夜里作欢吧。不管它们是些什么,我,有的,只把觉来睡——高枕无忧,不用顾忌什么盗贼横冲直入。

冬去春来,万物复苏,一切显得是那么新鲜。花香扑鼻而来,鸟语舒然入耳,可我没了安享它们的命。一个月前,饥肠辘辘的我想要改变此前伙伴对我的评价——胆小鬼,于是借着饥饿的勇气,对湖中的哪些鸭、鹅企图美餐一顿,然后逃之夭夭。可孰料,那些鸭、鹅聪明机警,似乎对我早有防备,我以柔弱的身躯使出超常发挥的雷鸣电闪之势对它们,本以为胜券在握,但结果是啃住几片羽毛。然而,比这更悲催的是,湖边主人家的孩子闻声跑出家门,远远地看到了我的犯罪证据,我也望着他几秒钟,觉得他的表情、眼神不对劲儿,我反应及时,撒腿就跑。只听他高声一喊——大黄,追！哇,我的同类应声追来。唉,我哪里是膘肥体壮、强劲有力者的对手。不到三分钟,我娇弱的身躯被它盘倒在地,随后它那钢牙嵌扣在我的背上,呜呜呜地带着怒斥——我看你是否还要对我家的鸭、鹅图谋不轨。我狂嚎不止,我站不起身,我哀求,但呼天天不应呼地地不灵。我的后左腿被随后赶来的小孩一棍棒打了下去,一刹那,我比直接死去还难受！那一刻,我的眼蒙了,似乎有什么东西伏在我的眼球上;那一刻后,我的眼看什么东西都觉得模糊……

唉,看我这狗命,先被主人无意抛弃,到如今伤痕累累！冬去春来,它俩曾告诉我——乡下的春天很美！是啊,乡下的春天很美,可是我更留恋城市的美！主人,主人！我想回到你的身边,你还要我吗？

一只猫与人的故事

严杰(2010级戏影班)

我是一只很忧郁的猫,流浪在某个学校的各个角落。

人们都很讨厌老鼠,我也是。可我现在不得不和老鼠过着一样的生活,甚至连老鼠都不如,它们成群结队,我离群索居。

以前我也有一个家,有一个不错的主人,我负责为他们的屋子清理老鼠,他们给我吃剩饭剩菜,日子过得还不错。我离家只因为我不愿意主人为我寻找的配偶。他找来那只猫虽然身强力壮,可是我不想嫁给他,没有理由,就是不喜欢。于是,我就离家出走了。

我在街头露宿过无数个夜晚,学会了在垃圾堆里寻找到一天的食物,迫不得已还会跑进别人家里偷走一条鱼,当然品尝美味的同时也冒着极大的生命危险。

后来我通过围墙的铁栅栏来到了这里。我觉得这里的人都很善良,起码他们不会像外面的人那样打我骂我,他们还不时地为我带来一些肉。我后来知道,这种人叫学生,也有一种叫法是孩子,我现在还搞不懂这两种称谓有什么区别。

我是能听懂人的语言的。人类到现在还以为语言是他们特有的交流工具,其实他们错了,我们猫的语言比人类语言更为精巧复杂。人们以为我们只会喵喵叫,其实这些发音包含非常丰富的内容,只是人的耳朵分辨不出来而已。我们和人类不同,我们是用最简单的发音表达最深邃的思想,人类则喜欢用长篇大论装潢最浅薄的内容。

我每天中午和傍晚都会在饭堂与宿舍间等着学生们为我带来饭菜,其中有一个男生每天都会来。我不知道他的名字,因为我没听见过别人叫过他,每次他都是一个人出现。他长得不错,可是有点忧郁,我看到他就觉得在他身上找到了自己的影子。他每次都看我吃完才离开,虽然我在低头,其实我也在一直看他,他看我吃饭的样子很专注,也很迷人,渐渐地,我喜欢上他了。

这不是一个童话,而是一个悲剧。我是猫,他是人,我怎么会喜欢上人呢?我们过着不一样的生活,尽管我能听懂他的话,他却永远不知道我喜欢他。他每天都看着我吃饭,尽管我有时已经吃饱了,但是为了让他满意,我强忍着把饭菜咽下去。我很希望他能像我以前的主人一样抱抱我,哪怕摸摸我也行,可是他从来不碰我。

有一天他对我说:“小猫猫,明天我有事不能陪你啦。你如果没饭吃就自己去找吃的吧。”我一听顿了一下,但还是回答了一句:“没什么,你尽管去吧。”翻译成人类语言就是:“喵……”

那天中午我没什么胃口,当饭菜只吃了一半的时候,突然听到他的声音。我兴奋地抬起头,发现他在校道上一边走一边聊电话,电话那头是女声。现在我只能记住他说的话,他说:“今天晚上我们不就见面了吗?”“别那么急,你让我准备一下吧。”“好啦好啦,我现在要吃饭了,今晚再聊吧。”

毫无疑问,他已经有女朋友了,而且听他的语气他很看重她。我听到他的话,眼泪再也忍不住了,猫是有眼泪的,不是留在眼角的那些液体,猫的眼泪流进体内,流进血液内,跟随一生。我希望他只属于我,任何女人都不许占有他,可是我只是一只猫啊。我还能奢求像童话里的猫咪一样被神仙变成一个公主吗?

又过了一天,他和他的女朋友出现在校道上,像往常一样,他为我带来了午餐。他的女朋友见到我,竟然伸出手要抱我。他连忙制止说:“不要碰它,很脏的。”

以后的故事还有什么好说的呢?从此以后,我离开了这个校园,再也没有见到我爱和我恨的人。

我是一个很忧郁的学生,每天孤零零地行走在校道上。虽然我认识很多人,但几乎没有什么真正的朋友。在最热闹的地方孤独,在最孤独的地方哭泣。表面上看起来我是一个非常能言善谈、乐观开朗的人,可我从来不知道,自己什么时候是在说真话,什么时候是在说假话。

人人都很虚伪,所以我不得不以虚伪的面具掩饰自己。

但也有例外。当我看到小动物时我会脱下面具。饭堂到宿舍的草坪上就有这样一只猫,雪白可爱。每顿饭我都会剩出一点饭菜给它。童年的我很喜欢养猫,这样做也许能找回童年的感觉。

看猫吃东西的时候很享受。它们吃就是吃,睡就是睡,无论温饱如何,纯真的它们每一秒都在享受生命。心无旁骛,不像人类,把饭桌作为开会讨论的地方。

我很孤独,有一些女生追求过我,但我觉得她们不够漂亮,至于漂亮女生,我又觉得她们很虚伪。不过我很能说,所以别人都觉得我是很优秀的男生。

我不会爱人,也不值得人爱,如果有下辈子,我想做一只猫。不用开会,不用演戏,不用谈恋爱,无需复杂的情感,只要有动物的本能,吃,睡,交配,生存就是生活。

不知道为什么,那只小猫好像也不喜欢我了。也不记得是哪天,它消失了,可能,被车撞死了吧。

奔　月

张帆(2010级基地班)

在城市的边缘地带,一大片参差不齐的砖瓦房紧紧挨着,分散在街道两侧。大街上,小贩们占据着街道两侧的“黄金地带”,大声吆喝着。街上人潮拥挤,吆喝声、嘈杂声,声声不息。地上到处可见菜叶、破鸡蛋以及水果的残骸。嘈杂、拥挤、脏乱,这就是清平区的清平街。

在清平街的清平巷里,一位年轻的少妇,提着满满的水桶,小心地穿越头顶上的竹棍防线,摇摇晃晃地走到低矮的平房门前,重重地放下水桶,擦了擦头上的汗,推开门,吃力地把水提了进去。

那是个美丽的女子。一双凤眸清澈明亮,眉毛弯弯似柳叶。皮肤细腻如温玉,樱桃小嘴不点而朱。体态修长,腰身纤盈仿若不堪一握。尽管只是裙布钗荆,那份美好依旧令人难以移目。

她进屋后,看着狭窄矮小的房子,不禁悲从中来,这样的日子何时能结束?

她想起年前与丈夫在城里富贵区富贵街看中的那栋房子。虽然还只是间毛坯房,可是那巨大的院子,宽敞的卧室,方便的自来水系统,还是给她留下了深刻的印象。那一刻,她下定决心,一定要住进这样的房子。

“羿,你回来了。今天收获如何?”

看着妻子关切的眼神,后羿得意地举起手上的钱袋:“今天打了一头大野猪,卖了好多钱。咱们终于存够钱买城里的那栋大房子了!”

“什么?这是真的吗?我们可以离开这了?”

“对,嫦儿,我说过,我一定会让住进大房子的!”

“我好高兴。”她紧紧地抱着丈夫,点点泪光在眼里闪烁,脸上洋溢着幸福的微笑。

第二日,富贵街。

“什么?”她的脸上写满了错愕。“你半年前不是说只要三百两的吗?为何现在要三百五十两了?”

“姑娘啊,你也会说那是半年前了。现在什么都在涨价,连喝个花酒给的打赏都涨了,房价当然也要涨啦!那你还买不买?不买我就卖给别人了。”

“不,不,不！麻烦你帮我们留着吧！我们一定回来买的。”她乞求着。

“好吧。那就再给你点时间。”大叔转了转眼珠,调笑道:“小娘子你生得如此花容月貌,若是肯……呵呵,什么房子没有?”

“呸,你休想!”她捂紧胸口后退了两步。“钱我会尽快筹的。”

“三百五十两,三百五十两……”她一路走回去,一边嘀咕着。出了城,看着依旧混乱嘈杂的清平街,她嫌弃地皱了皱眉,下定决心:我一定要离开这里!

俗话说,夫妻同心,其利断金。二人省吃俭用,辛勤工作,终于在四个月后存够了买房子的钱。

“你们又来啦!”卖房子的大叔依旧热情。

“我们要买那栋房子。”她递过银票。

“太晚啦,现在要四百两了。”大叔瞄了眼银票,摇着头转身走了。

她沮丧地走回家,但很快又重新燃起了斗志,满怀热情投入存钱买房的战斗中。

然而,想象很丰满,现实很骨感。每当她存够指定的数目,房价又涨了。在与房价的追逐中,她是弱者,永远只能够随着它的脚步。房子于她仿若永远无法达到的明天。虽然近在眼前,却永远无法到达。然而,正是这永远只差一步的房价使她欲罢不能。她突然想死,丈夫当年射下九日后,王母所赐的仙药,据说吃了那药即可飞升登月。那月亮上,可是有间大大的广寒宫呀。于是,她幽幽地叹了口气:“我宁肯在侮辱人的广寒宫里哭,也不愿在拥挤的清平巷中笑。”

说罢,她吞下仙药,飞向月亮,去寻找她梦寐以求的大房子。临行前,给丈夫留下书信一封:“房价如此升高,引无数美女竞折腰。昔观音佛祖,闻听无奈;玉帝王母,紧捏钱袋;一代勇将,杨戬二郎,只能睡在天门外。俱往矣,数世间房奴,还看今朝。”

咫尺,天涯

官舒虹(2011级戏影班)

一大清早就下起了鹅毛大雪,纷纷扬扬,安静无声地覆盖了刚刚苏醒的世界。这是入冬以来的第一场雪。老张没有因为这场雪而改变几十年来养成的步行上班的习惯,一路踏雪而来,竟比平时慢了许多。“这鬼天气!”老张使劲地跺了跺冻僵的双脚,一边抖落身上的雪水,一边与公司门口值班的老李头打招呼。可是老李头不像平时一样笑眯眯地点头回应,而是诧异地望他一眼,略带急切地说:“你平时都是第一个来的,怎么偏偏今天晚了?快进去吧,就差你一个了!”老张闻言,这才想起科长在办公室的再三叮嘱,心下一惊,又急又悔,不顾自己50多岁的年纪,大步走向办公室。

气喘吁吁地推开那扇油漆剥落、颜色不甚分明的木门,顾不得抹把额头上的汗水,老张赶紧环视办公室四周,心中暗暗祈祷。然而一看之下,他不由得暗暗叫苦。平时来的稀稀拉拉的同事们今日竟一个不少地出现在办公室里,此刻更是像一群勤劳的蚂蚁般忙得不亦乐乎。有的在整理自己常年积灰的办公桌,端端正正地摆上几叠簇新的文件资料;有的在烧水沏茶,屋里弥漫中着温暖的水汽,氤氲着龙井的悠长茶香;还有几个人正站在椅子上,踮着脚往墙上挂一条大横幅,横幅上是一排醒目的烫金大字:“热烈欢迎高处长莅临视察!”没想到自己竟然真成了来得最晚的一个。他苦笑一声,抬起头来,正对上科长投向自己的欲待发作的冷冷目光,心知不妙,正想开口,却听得门外笑声喧哗,有人跑进来对科长耳语几句。科长眼前一亮,回头朝众人喊道:“大家别忙了,准备迎接高处长!”

话音刚落,只见一群西装革履的人簇拥一个偏胖身材的中年男子走进办公室。科长搓搓手,带领屋内一干人迎上前去,笑容满面地向处长问好,又请他随意参观。老张在人群中偷眼打量这个把单位闹得人仰马翻的高处长,他看上去比自己年轻一些,头发乌黑光亮,只有鬓角那淡淡的灰白泄露出他的真实年龄应该与自己相差无几;鼻梁上架一副金丝眼镜,给人儒家学者般的错觉;镜片后那微眯的眼睛虽带着笑意,仍掩不住几十年官场练就的干练与威严。奇怪,这个处长好像在哪里见过?老张心下疑惑,又暗笑自己痴傻:自己只是一个穷乡僻壤出来的小职员,怎可能见过这个从省里来的大处长?正发愣时,科长斥道:“老张你发什么呆,还不快给处长倒茶!老张回过神来，诺诺连声，忙斟了一杯热气腾腾的香茗。慌乱间滚烫的茶水泼了几点在手上，少不得忍了痛稳稳地端着，只笑说：“小心烫！”把茶盏双手捧上。高处长也笑着点头道声谢，接过来搁在桌上，并不喝。老张站在他咫尺之距，忍不住又看了高处长两眼，心中又惊又疑。那笑容，竟有些像一个故人……高处长，姓氏也对得上。可是怎么可能是他？小时候一起上学放学一起打架的同桌，感情好得恨不得穿一条开裆裤的发小，怎么可能认不出自己呢？嗨，也不是没可能，几十年没见了，谁不得变样啊，如今这个苍老消瘦的自己，又哪里还有当年儿时的飞扬跳脱？老张就这么呆呆地望着这个高处长，心里有多少问题就要脱口而出，又一一忍下。

高处长全然没有觉察到眼前这个小职员的异样，背着手在屋内踱了一圈，略问了几个问题，把头点了点，说：“不错，大家今后继续努力吧。”听得此言，众人都如释重负，暗暗舒了口气。科长连说“多谢处长关心”等语，又趁机道：“高处长能否与我们科室合个影当作纪念？”处长笑着说：“应该的。”随着快门声响，处长与众人的笑容定格在大红横幅下，只有老张的表情不太合群。他站在最不起眼的角落里，若有所思地皱着眉，眼神茫然而空洞。

第二天早晨，老张推开办公室的门，发现自己又是第一个到的人了。他像往常一样拉开暗淡的窗帘，让光线照进阴暗逼仄的室内，这才发现桌上放着一张照片，正是昨天的合影。缓缓抚摸着散发出油墨清香的照片，老张的脸上泛起一丝似喜似悲的笑。

“30年没见，你果然认不出我了……不过，我可还记得你耳后的那个疤呢，昨天照相时我就认出来了。那时候你淘气，跟他们打架，被弹弓打伤流了好多血，还好是我出头帮你讨回公道的啊，你都忘了么？不过，忘了也好，我们……早就不是当年的我们了。”他凄然一笑，眷恋地看了最后一眼，把相片锁进抽屉中，开始又一天为衣食生计的忙碌。

海的声音

何凯琦(2011级戏影班)

海天相接的那一条线开始染成了红血,慢慢地向天空的其他地方蔓延。偶尔一两只海燕伴着清凉得让人有些发抖的海风低空飞过,带着倦容飞向自己用几根树枝堆叠而成的窝。海浪似乎跟谁有很大的仇恨,拼了命地往岸上使劲,一次又一次地抽打,海岸的脸上也出现了"泪痕";海沙被海浪带走,离开自己的家园,在另一个地方流浪……不知何年何月才能被人或者海浪重新带回自己原来的地方……

浪不停地嘶叫,海风呼呼地吹,海鸥发出嗷嗷的声音,那是海的声音……

一、柱子没了音信

冬梅,扎着一条到腰的辫子,长着椭圆的脸蛋,脸蛋上面点缀着两颗黑珍珠般的眼睛。冬梅不算漂亮,但是这两只眼睛散发出幸福的光芒,足以让人觉得实为"惊艳",小小的嘴巴每天念叨着日子,计算着丈夫的归期。冬梅是柱子的媳妇,他们两个刚结婚一个月,柱子就离开了村子,到城里赚钱去了。尽管每个月柱子都会寄钱回来给冬梅,但对于一对新婚夫妻来说,别离总是最痛苦的。

不久,冬梅就发现自己怀孕了。于是,这位小娇妻除了每天计算日子外,又多了一个期盼——等待他们宝宝的到来。

八个月以来,柱子每个月都会准时寄钱回来,冬梅的肚子也渐渐地大了。天气渐渐转冷,这天是柱子跟冬梅约定的时间。冬梅穿着厚厚的棉衣,生怕冻坏了孩子。脸蛋露出来,红红的,顶着肚子来到门口。路旁的一众小树都光秃秃的,最后一片叶子也在早些日子的那场大风中被刮走,飘落不知到哪去了,就连那一棵久经沧桑的大树,也在透骨的寒风中颤抖、摇曳。干燥的天气使冬梅脸上的皮肤有一丝开裂,小小的嘴巴在寒风中也有一点点干裂。冬梅的长发会被风不时吹进嘴巴里,她从口袋中掏出手把头发慢慢地往耳朵后面拨去,但是眼睛还是一转不转地看着村口,等待着她的夫君,满脸是遮掩不住的喜悦。月亮渐渐地爬上了高坡,发出幽静的光,似乎为新婚燕尔的离别表示伤感。

时间一分一秒地过去了,冬梅由早上等到了晚上,一点东西都没有吃进肚子里,就是想跟柱子分享所有的一切。跟柱子一同去城里打工的大东早就回来了，但是她的柱子并没有出现在村口。

冬梅开始着急了，不停地沿着村口的小路张望，在干裂的脸上渗出了点点焦急的汗水，脸上的喜悦被满心的忧愁给替代了。冬梅挺着肚子，忽然向某处走去，步子的频率明显提高了。

"大东，你告诉我，我们家柱子这么晚还没回来，他出什么事情了是不是？你告诉我，你告诉我。"冬梅走到大东的门前，看见大东就拼命地拽住大东的衣袖。

大东深呼吸了一下，脸上不经意地流露出一种心疼，然后很无奈地告诉冬梅："你……你别胡思乱想，柱子就是因为有些事情要忙才迟些回来，可能就会回来的了，你先回家休息下，不要胡思乱想。"

"但是，柱子已经好久没有寄信回来了。为什么会这样？他是不是发生了什么事？你告诉我啊。"冬梅被大东的话说得心里更加着急。

"你干吗呢？拽住我老公不放，你想干吗呢？"红英猛地拉开冬梅的双手，把老公拉到自己身边，昭示着大东是她红英的男人。但这个动作让大东不禁生起气来，大声地朝红英吼道："你干吗呢？人家冬梅还有孩子，你小心点！"转过身去，用明显温柔许多的口吻对冬梅说："你还是先回去吧，好好休息，别乱想了。"

冬梅听罢，只好先回去了。

"哎，哎，哎，干吗呢，魂让那狐狸精给勾走了是吧！自打人家冬梅结婚后，你就没有一天笑过，还想着人家是吧你！"红英指着大东大声地叫着。

"说什么呢你，你什么都不知道，乱猜什么呢！神经病！"然后便转身回屋里去了。

二、城里找柱子

两个月过去了，大东也回城里一个多月了，但是柱子还是没有回来。冬梅的心更加担忧了。于是她决定还是去城里找柱子。

她到村旁的小卖部买了一瓶矿泉水和几块光酥饼，准备在路上吃。路途的颠簸使她感到有一点不舒服，毕竟她还大着肚子，但是所有的不舒服，她都强忍下来了，只为见上柱子一面，解除她心里的疑惑和担心。

她孤身一人，挺着肚子，好不容易来到柱子以前在信上说过的工地。

"终于到了，柱子，我来找你了！我们很快就可以见面了！"冬梅心里暗暗高兴。

冬梅的身体因为怀孕的原因，有些微肿，而现在穿的衣服也比较多，再加上她圆圆的肚子，感觉就像一个球。她的整个身体需要向后倾才能维持身体的平衡，所以，她不得不用一只手撑起她整个人的重心。她迈开步子的时候，身体像是向后走，而步子却是向前走。她踉跄地走到一个工人的旁边，问道："您好，请问您有没有听过一个叫张柱子的人啊？"冬梅小心翼翼却一个字一个字地问着，生怕那位工人大哥没听清。

"张柱子？没听过，没听过！走开，走开！"工人大哥好像听到这个名字就有一点失措，连忙挥手让冬梅走人。

冬梅只好再去其他地方问问,但是大家都说没有听过。

大东看到冬梅居然找到工地上来了,工地是多么危险的地方啊,怎么能让一个孕妇来呢?更何况还是孤身一人,伤到了该怎么办呢?大东赶紧把她带到自己的宿舍,所谓的宿舍就是用几块夹板简单围起来的较为封闭的狭小空间,屋顶上还是各种钢材,感觉就像是危房。但无论怎样,“宿舍”总比工地安全多了。

“冬梅,你来这干什么呢!这里危险,你一个孕妇单独跑到这儿是很危险的,你还是赶紧回去吧!”大东跟冬梅说道,脸上浮现了莫名的担忧。冬梅的到来,令大东不知所措。

“大东,柱子之前寄的信里就是说在这里工作,但是我刚刚问了好些人,怎么他们都说没有听过柱子的名字,怎么会这样呢?大东,你老实告诉我,我们家柱子到底上哪儿去了!”冬梅更加害怕了,柱子一直以来和大东都是好兄弟,无论上哪儿总会一起的。如今大东却不能说出柱子在哪儿,这不是很奇怪吗?

“冬梅,我,我,我真不知道。你还是先回去吧!”大东明显有些心虚,脸部肌肉拧到一块儿,感觉像是五官在抽搐。

“我先出去一下,刚刚你来之前我正要去办点事。你先坐会儿。”说完,大东快步走出了房间,赶忙关上房门,转身便碰到了工地上的工头。

“你干吗呢,急急忙忙的,要干什么去啊你!还有,那个女人是谁,你怎么把女人带到工地上来了?”工头拦住了大东的去路问道。这个工头约40来岁,穿着泥色的大衣,跟工地完全融为一体。脸上是一个个小坑,长年累月的风霜让毛孔变得粗大,仿佛一个沙子都可以塞进去。他举起手拍了拍大东的肩膀,这布满了茧的手让他的手摸起来是那么粗糙,而这些也正是他曾经努力工作的“成果”。但是厚厚的棉衣仍盖不住他鼓起来的肚子,就像和冬梅一样怀上孩子般的感觉,这便是他最近发了一笔横财和暴吃暴喝的“成果”。

“工头,屋里就是柱子的媳妇,她从乡下来找柱子了,怎么办?”大东小心地靠到工头的耳旁说道。

工头不禁颤抖了一下,但是很快恢复了原来的那副嘴脸:“有什么好怕的,就告诉她,她老公在外面有女人了,不要她了!让她赶紧走,这么简单的事,你自己解决!明天不要让我再看到她了!”

三、柱子外面有别的女人

“什么?不可能!柱子根本就不是这样的人,他不会的,他不是这样的人,你骗我,你骗我,你骗我……”冬梅跌坐在床上,摇了几下头,双手握住床单,嘴里不停地说着:“不会的,柱子不是这样的人,不会的,不会的,一定是你在骗我,一定是,一定是……不会这样的,柱子不会这样的……”

“冬梅,你,你不要这样,你还是回去吧。柱子也许不会再回来了,你回家好好休养身子,把孩子生下来,好好过日子吧。不要再想柱子了。”大东尽量使自己用平常的声音去告诉冬梅柱子在外面有另一个女人了，并且尽量说服冬梅回乡下去。他看到冬梅的样子，有了那么一丝后悔和痛心。但是，谁也不知道，这一抹痛心是为了谁，是冬梅？还是柱子？或者，是他自己？

冬梅瘫在床上，呆呆的，她的脑子里一片空白，她不知道是大东欺骗了她还是柱子已经忘记了他们之间的梦，他们之间的约定。她想知道真相，没错！她要知道这件事的真相！不然，怎么对得起自己，又怎么对得起孩子！

"冬梅，冬梅，冬梅——"大东看到冬梅一动不动，心里急得不得了。毕竟她和孩子是柱子在这个世界上的唯一牵挂，而我是，是他最好的，兄弟。

"冬梅，你不要这样子。柱子说了，他会给你和孩子一个好的交代的，要你先回家等他。他过些日子就回去，你先回去吧，冬梅……"

"不，我要等他，我要等他，我要他亲自跟我说我才相信，我才死心。不然，我是绝对不会相信柱子是这样的人！"冬梅擦干了眼泪，下定决心在城里等柱子。

大东见冬梅如此倔强，也就不好再多说什么了，留下冬梅，叹了一口气，就离开了宿舍。

今日的夕阳如此柔和，像是在安抚某些失落的心灵。大东的影子在夕阳中拉长，拉长，看起来是那么落寞、悲伤。

四、老伯，你听过柱子？

冬梅不相信柱子是那样的人，第二天，还是一个人在工地上四处询问关于柱子的消息。

小卖部里聚集了几个人，看样子他们也是这个工地上的工人，兴许他们会知道柱子。冬梅便走过去，刚刚靠近就听到他们在议论什么，像是有人从工地上摔下来死了。冬梅吓坏了，立即走上前，拽住刚才说话的那个人问："你再说一遍，你再说一遍，是有人摔死了是吗？是什么时候，那个人叫什么名字，那个人叫什么名字，求求你，我求求你告诉我，告诉我……"冬梅的声音和双手颤抖着，生怕那个人的口中说出柱子的名字。

"我不知道，我什么都不知道，你别瞎说啊，我们快走吧。"

"大哥，我求求你，我求求你，你告诉我吧。大哥，大哥——"冬梅看着那帮工人快速消失的背影，急切地大声说着。

"姑娘，你是谁啊？怎么会在工地里？工地危险，看你又怀着孩子，你还是回去吧。"沙沙的声音从冬梅的背后传来。冬梅转过身去，看到一位老伯，头发已经花白，胡子也有点像掉色的样子，穿着墨绿色的但很陈旧的军衣，看上去是那么颓败。

"老伯，你是一直在这里吗？那刚才几位大哥说的话是真的吗？那，那个人叫什么名字啊，您知道吗？"

老伯的声音有些慵懒，慢慢地说出每一个字："好像有那么回事，那天我正准备关门，看到几个人抬着一个什么东西往医院的方向走去。应该是死了人吧，不然，他们不会那么慌张的,还一个劲地说'小声点,不然我们都要惹祸上身了',应该说的就是他们刚刚说的那件事吧。"

"老伯,那个人叫什么名字,您知道吗?"冬梅颤抖着问。

"哎哟,这个老头子我还真不知道,你再去问问其他人吧。"

听了老伯的话,冬梅像是丢了魂似的,自己也不知道自己是怎么走出小卖部的。忽然,她的速度加快了,一口气来到工头的办公室,抓住工头,"你告诉我,工地是不是死过人,那个人叫什么名字,是不是柱子,你说,你说啊!"

工头用力地拨开冬梅的受,说道:"你说什么呢,我们工地什么时候出过人命！你从哪里听到的瞎话,你别乱说啊!"工头乍听到有点心慌,转过身去,想了一下,对冬梅说:"好吧,好吧,告诉你了。我们是有一个人死了,但不是你的什么柱子。你看,这是我们的保单,受保人叫吴铁。喏,你看。"工头把保单拿出来给冬梅看,冬梅看了半晌才把保单还给工头,松了一口气,走出了办公室往宿舍走去。

五、吴铁没有死

在回去的路上,冬梅看着周围的工地,心想:"柱子,你到底去哪儿了啊！我来找你了,我们回去吧,我们一起回去看海,听听海的声音。你不是一直很喜欢海的声音吗？找到你以后,我们就回去,不要再到城里来了。我们种田养鸡就行,我们不要再分开了。柱子,你到底在哪里啊?"冬梅想象着找到柱子后在海边生活的幸福日子,也许,只有这样她才有勇气继续找下去。

迎面走来一个人,那人后面还追着一个人,后面的人大声地喊道:"吴铁,你吃饭了吗？一起去吧!"

吴铁？吴铁？这个姓名如同晴天霹雳。

冬梅跑上去拽住那人问:"你叫吴铁？你不是死了吗?"

"你才死了呢！好端端的,我怎么会死呢!"

"那,你们工地还有没有同名同姓的吴铁呢?"

"就我一个吴铁,神经病!"说完就拉着另一个工人走了。

"吴铁没死,那保单为什么会说死的那个人是吴铁呢?"冬梅迅速跑到大东那,问道:"大东,你实话告诉我,柱子是不是死了！你说啊,你说啊!"冬梅内心隐隐觉得,可能,可能柱子已经出事了,不安感瞬间笼罩了她。

"你,你说什么呢,冬梅。"大东转过脸去,不敢看冬梅那双祈求的眼睛,心底划过阵阵的痛。

"你说啊,大东！你说啊——"

"冬梅,柱子他,他……"

"柱子他,他死了。"

"什么？你说什么？柱子他,他死了……不会的,你骗我,你骗我,不会的,不会的……柱子不会死的,不会不要我的。"冬梅捂住耳朵,希望自己没有听到过这个消息。

双眼紧紧闭着，牙齿把嘴唇咬到出了血，手指拼命地揪住自己的头发，想把自己心中的痛苦转移一部分。

“啊，啊，啊……大东，我，我肚子好痛啊，大东，我好痛啊！我好像快，快要生了！我好痛啊……”

“要生了？冬梅，你忍住！我马上送你去医院，冬梅，你忍住啊！”大东立刻抱起冬梅往医院方向跑去。

六、大东说出了真话

“冬梅，你看看这孩子，长得真像柱子。他长大以后一定会好好孝顺你的，你不要难过了。你不要这样，你说说话吧。”大东恳求道。此时的大东心里充满了愧疚，决定要把所有的事情都说出来，这样才能对得起柱子在天之灵啊。

冬梅还是一句话也不说，眼睛就只是直愣愣地盯着孩子看，想要在孩子的身上看出柱子的影子，好像这样就是看到了柱子。

“冬梅，我都跟你说了吧。”大东说道，“那天晚上，我们宿舍几个正在打扑克牌，工头突然走进来让我们晚上加班，但是我们都不愿意，毕竟晚上比较危险。后来，那工头说给平时工资的3倍，所以我们都答应了。一开始的时候，大家都干得很顺利，也没发生什么事，然后我们几个人就休息了一下。柱子特别努力，在我们休息时还在干活，忽然我们就听到有什么东西摔下楼的声音。我们转头一看，柱子不见了。我们马上就往楼下跑去，发现柱子从上面摔下来了。后来，我们就马上送他去医院，但是医生说柱子头部受到重创已经救不了了。第二天，我就跑到工头的办公室，跟他要保险金，好让你以后日子也好过点。但是，工头用钱收买了我们几个在场的人，让我们不要把这件事讲出去，不然就开除我们。大家都是有家室的人，为了家里人，大家也只好忍着。拿了钱，以为事情就这样过去了。”大东把事情的经过都告诉了冬梅，希望可以减轻自己心中的负罪感。

“冬梅，我陪你去投诉工头，为柱子找回公道。”大东对柱子和冬梅的愧疚转化为消灭罪恶的动力，咬着牙说道。

七、海的声音

冬梅在大东的陪伴下，找到了劳动委员会为柱子索要应有的赔偿。带着柱子的骨灰和孩子，冬梅回到了家乡。

冬梅带着柱子的骨灰来到了海边。

海天相接的那条线已经染成了血红，蔓延至其他的地方。偶尔一两只海燕伴着清凉得有些让人发抖的海风低空飞过，带着倦容飞向自己用几根树枝堆叠而成的窝。海浪似乎跟谁有仇，拼了命地往岸上使劲，一次又一次地抽打，海岸的脸上也出现了“泪痕”；海沙被海浪带走，离开自己的家园，在另一个地方流浪……不知何年何月才能被人或者海浪重新带回自己原来的地方……

“柱子,你听到我说话吗?我知道,你一直在我身边。我带你回家了,你看,这是我们的海,我们还约好在这里定居,我们要在这里养很多的鸡鸭,在这里我们要幸福快乐地生活,在这里我们看日出日落,听海的声音。”冬梅双手紧紧抱着骨灰盒,脸紧贴在盒子的表面,轻声说着,像是在和柱子说悄悄话。

冬梅又举起手中的盒子,朝着海的方向举起:“柱子,你听到了吗?这是我们海的声音,你听到了吗?这是你对我的承诺的声音,你的承诺你遵守了吗?我们可以永远在这里听海的声音了!”

浪不停地嘶叫,海风呼呼地吹,海鸥发出噘噘的声音,那是海的声音……

蝶 恋 花

江映帆(2011级戏影班)

狗不懂猫,猫也不懂狗。

很久以后,当狗垂垂老矣,颤巍巍地走到猫的坟前时。他终于说:“你说得对,总要先去的,就平静地目送他离去吧。”

那真是很久以后的事情了。在最初,猫可能还没有来到这个世界,少年就驯养了狗。狗的品种算不上好,但他从小身姿矫健,反应敏捷,长得也快,才几个月,就出落得丰神俊朗。“丰神俊朗”这个词是少年爱用的,他爱狗,去哪里都带着他。

后来少年在乱草堆里发现了猫。猫还很小,很瘦,柔若无骨,一声声地无力哀吟,好比一声声无力的叹息。猫从此被少年驯养。她依赖他,长得稍大,就学会了天天屁颠屁颠地跟在少年的身后。少年和狗的主仆组合,从此多了一只小猫,成了三人行。

狗是不喜欢猫的。狗能守门,陪少年打猎,猫只是撒娇耍赖,游手好闲。猫很怕狗。高大的怪哥哥,整天绷着脸,不说话。抓老鼠的是狗,猫还小,闲着也是闲着,就到处抓抓,练练爪,有时追逐蜻蜓和蝴蝶,苍蝇是不理的,她嫌他们丑,狗很少和猫玩,闲时只和狗友们聊聊天,做做游戏。猫心里想,这个脾气怪异的家伙。

猫长大以后,就把抓老鼠的活接了来。狗见猫有了活儿干,也就没过去那么看不起她了,有时候会找她讨论抓老鼠的技巧。猫哈哈大笑,那有什么技巧不技巧的,抓就是了。她只关心河里的小鱼,和花丛中来回穿梭的蝴蝶。

猫问狗:“为什么蝴蝶会在一朵花上停留?”

狗回答:“那是蝴蝶的职责,她天生是为花服务的。”

猫一点都不喜欢这个答复。猫说:“才不是!蝴蝶恋上了这朵花,就赖着不走了。”

狗鄙夷:“你看她每天都停留在无数朵花的上头,轻佻的家伙!”

猫气得脸蛋通红,扭过头不理他了。

猫和狗也打过架,狗有力,但猫个子小,更敏捷。有次狗把猫给抓伤了,猫痛得噼里啪啦掉眼泪,找少年诉苦。少年看着孩子气的猫和狗,想笑,又看到猫泪水汪汪的可怜样子,只好训了狗几句,狗用舌头轻轻地舔了舔被猫抓伤的皮肉,不说话。

猫喜欢旅行,常常一走数天。第一次旅行的时候,少年以为丢了她,闷闷不乐,一个下雨的夜晚,猫回来了,浑身脏兮兮,湿漉漉的。少年心疼她,她却哼着歌儿,似乎很快乐。少年把鱼盛给她,她扑上去狂吃一顿。

狗不高兴:"你哪去疯了?"

猫滔滔不绝地给狗讲述旅行路上看到的风景和碰上的趣事,坏笑着说:"要不要贿赂我,下次把你带上?"

狗不理她。

狗越长大越孤僻。除了陪同少年外出,他整天闷在屋子里,白天睡觉,晚上举头痴望着星斗。一看就是数小时,他觉得自己不如以前爱动,难道是老了么?其实他正值盛年。

狗在小镇里素有威望,是众家狗之王。时时威风凛凛地带领群狗到处扫荡,流浪狗闻风丧胆,真是春风得意。后来他厌倦了众星捧月的生活,觉得还不如独自一狗来得清静。

少年见他日渐丧失雄心,虽觉可惜,却不干涉他,随他好了。猫倒很喜欢。"独来独往多么自由。可惜你活了半辈子才懂。"她老说这一句。

狗外出少了,平日里无聊,就趴在门前的草地上听猫谈玄理。其实猫更爱活色生香的日常世界,但狗不这样看,猫从外头摘回来的花花草草,他总不以为意。

猫的生活一点没变,单独行动,四处拈花惹蝶,饿时吃少年准备的鲜鱼,高兴时与三两猫友海侃,孤独时在墙头上一趴就是一整天,看着日头东升,沉沉睡去,醒来换个方向观赏日落。

直到远方的姑娘闯进了他们宁静的世界。

姑娘不喜欢猫和狗,她说:"我和我父母最受不了这些小动物了。我们搬到大城市去的时候,千万不要带上它们。"

少年轻抚着狗的头顶,手变得僵直而沉重,狗怪不舒服地挪了挪身体。少年蹲在地上呆呆地仰望着他的姑娘,她像是一尊高高在上的女神雕塑,不容置疑地看着他。他说,好。

狗对猫说,少年已经不再爱他们了。

猫早就嗅到了事情的动向了,她想,没什么大不了的,只不过重新变回一只流浪猫。然而她也知道,旅行尽管路途险恶,毕竟有个温暖的家在等待自己回去。而流浪呢?像一片无根的蒲公英,永远地飘走。

狗却想,宁死也要跟着主人走。

猫不再吃鱼,很快就要自力更生了,垃圾堆和乱草堆里可没有新鲜的鱼。狗问她真愿意离开少年么,猫怔住了,叹息道:"就好比去旅行,你遇上了一个知音伴侣,旅程结束后各奔西东,要离开的,你留不住。"

少年搬家的前一天,猫不见了。少年遍寻不着,跌坐在狗的身旁,无限温柔地抚摸着他头上的短毛。狗想,你一直宠猫胜于宠我,却爱那姑娘胜于爱猫,我还有什么可说呢?

第二天，少年随姑娘上了汽车，狗默默地跟在后面，待关上了车门，他焦急地朝着少年狂吼。车开动后，他怔怔地望着渐渐远去的汽车，突然醒悟，发疯似的跟跑，但汽车愈行愈快，愈行愈远，狗慢慢地停下来了，看载着少年的怪物不可阻挡地奔向地平线，朝空气中飞扬的尘土哀嚎了几声。

猫呢？她趴在小镇的某一处花丛中，出神地望着蝴蝶飞来飞去。

蝴　蝶

刘淑怡(2011级基地班)

一个人的旅途,好像总是阴天。

他刚把行李放上架子,回身就看见旁边坐了一位漂亮女人。其实从他的角度并没有看到女人的脸,他看见的只是她头发上一只蝴蝶样式的发卡——随着火车启动的一瞬间颤动了一下,那只蝴蝶就那么翩翩地飞入他眼中,停在了他心尖。说起来,发卡有些过时,但并不破旧,在窗外开始已懂得光影映衬下有一种恰到好处的美。

咕咚咕咚。

她听见声响,稍稍转头看旁边刚刚坐下的男人,此时喉咙上下翻滚,正痛快而优雅地喝着水,水也优雅地流出几条曲线,染湿了衣领。

多冷啊,水流下来。她想。

"Hi,一个人吗?"

他显然没有料到她会和自己打招呼,一时被水呛着。好不容易平复下来,他擦擦嘴边的水,脸有些涨红。

"啊,是啊。你也是?"

"嗯。"

"不怕危险吗,一个人。"

"又不是小孩了,怕什么。"她闻言笑道,"而且也不远,两个小时的路程而已。"他没有搭话,一时车厢里有些安静。乘务员推着小车经过,火车压轨的节奏混合着对座婴儿若有若无的呢喃。他这时才仔细打量起她来。脸有些消瘦了,淡淡的妆容修饰着本来就很漂亮的五官,只有眼周几不可见的细纹透露了她经过的岁月。

"你去X市?"

他自然地收回目光,见她向他放在桌子上的车票努嘴示意。

"对,这时候那里滑雪正好。"

她微微的笑容有些淡了下去,叹了口气:"外面真那么好,过年也不回去?"

他怔了一下。"我……反正家里也没人。"

见她不解的眼光,他又道,老人家去年走了。她非常惊讶:"对不起……我……"

“没关系。”他笑了笑，说他以前的女朋友也很不喜欢他在外面乱跑。

他抬眼望向他。

他说，他们经常为这件事吵架。

她问他为什么不听听她的话。

“那时候年少气盛，哪里停得下脚步来。而且……她是那么重感情的一个人，怎么知道她真狠得下心抛弃我。”他自嘲地笑着朝她眨眼。

他说他到现在都不明白这为什么是不能解决的矛盾。“我希望她可以和我一起旅行，但她从来没有答应过。尽管如此，我还是每到一个地方就给她寄当地的花”，他摸摸鼻子，有些不好意思，“告诉她我遇见了什么人，什么事，那里的气息有什么不同。”

拉萨的天空蓝得无法想象，你一定会喜欢。

她仿佛也陷入他的回忆，替他接着说。她说挺感人的。听起来很让人心动，如果能亲自去那些地方，该有多好。

他张张嘴正想说什么，对面的婴儿突然哭起来，“咿咿呀呀”地闹别扭。母亲从睡梦中惊醒，手忙脚乱中把东西打翻一桌，油腻的汁水、汽水四处流淌，顿时一片狼藉。

她的反应很快，用在车厢饮水处找来的抹布熟练地清理起来。母亲很不好意思地连连道谢。

一顿忙碌后她坐下来，看见他眼里闪烁着意味不明的惊讶和赞许。她笑着说，习惯了。

他想了想，说：“没有在工作？”

她摇摇头，“以前读大学的时候在饭店做兼职，这些活做得多了。”

他惊讶地看着她。

她说，说起来那时真是要强又要面子，她男朋友家里条件好，自己打了很久的工都没有告诉他。

“他不会介意的。”

“更怕他不介意。那么一个喜欢浪漫的人，如果有一天捧着花来找后巷满手油污的我，应该拿他怎么办才好。”她笑了起来。

他叹了口气：“原来她和他一样傻。”

她转头望他。

火车里响起到站的广播。她收回目光，站起身来，微笑着说，不过至少，感情是没有对错的。

走到车厢门口，门已经打开，风从外面灌进来吹乱了她的头发。她停了停，说：“对了，其实我对花粉过敏。”

她理了理头发，笑容里有一种释然。那只蝴蝶又轻轻颤动了。

他这才发现，原来外面不知什么时候下起了小雨，窗上起了一层薄薄雾水。他稍稍擦拭了一下玻璃。窗外一个高大的男人一手撑着伞，一手牵着一个可爱的女孩正在迎着她走来。

他想起很久以前,从唯一一次忘记寄花的旅途归来的那个夜晚,也是下着这样的小雨。趁她还没有来,他匆匆忙忙在准备收摊的路边小贩那儿买了一只发卡。

那只蝴蝶一下子又被雾气模糊了。

再嫁前夜

彭国泰(2011级基地班)

已经深夜了,屋外黑漆漆的,一片静谧,只有一轮弯月孤独地悬在半空。

屋里,一盏油灯依然亮着,虽然很昏暗了,却好像始终不肯熄灭。灯旁坐着一位三十多岁的妇人,脸色有些疲惫,但看起来似乎没有一丝睡意。她一直望着昏暗的灯火,望得出神。自从丈夫郑辰没有回信也没消息后,这是第几夜这样度过了?她不知道,也不想知道。

"今晚,怕是最后一夜了吧?"她喃喃自语。因为明天,她将再嫁给另一个人——林伦了。嫁给郑辰那么多年,又等了他那么多年,最终还是无果而终!

作为一起从小玩到大的朋友,林伦一直喜欢着她,但她只把他当成哥哥来看待。即便如此,在她出嫁之后,他还是痴痴地等着她,非她不娶。郑辰下南洋失去消息之后,她独自一人撑着家,充满艰辛。这时,他默默地帮着她,就像小时候一样。没有他的帮助,她很难撑起这个上有久卧病床的婆婆、下有儿女的单薄的家。虽然她多次劝他娶妻成家,不要因她而浪费自己的年华,但他总是沉默、推辞,继续帮她。虽然一开始乡邻们议论纷纷,但最后都被他的真情感动,就连婆婆在临终前也要她答应再嫁给他,别因为杳无音讯的不孝子而辜负人家的真情。她也不愿辜负林伦的心意,但心里始终放不下郑辰,便一直推辞着。林伦没说什么,还像以前一样帮着她、等着她。这样又过了两个年头,郑辰还是杳无音讯。她禁不住父母和乡邻们的劝说,也不想再辜负林伦的真情,便答应再嫁给林伦了。日子,就定在了明天。

望着昏暗的灯光,她感觉又回到八年前嫁给郑辰的那一天。她看到,那一天晚上,婚房的桌子上也摆着一对喜烛,红艳艳、亮堂堂。那一天,她穿着红彤彤的新嫁衣,盖着红盖头,坐在房间里等着他来掀盖头,心里充满欢喜和期待,但又有一丝不安。她感觉脸上热热的,眼睛不住地透过薄薄的盖头望着门外。过了一会儿,郑辰终于来了。看着他一步一步地走了过来,她心里既高兴又紧张,一直放在怀里的手也不知道往哪儿放才好,不住地动着。当郑辰掀开她的盖头时,她闭着眼睛,气都不敢出一声,身体也微微地颤抖着,两只手紧紧地攥着裙子。掀开后,她才睁开了眼睛,看到他微笑着站在她面前。他也穿着一身崭新的、深红的衣服,脸上红扑扑的,眼里满含着欢喜与爱意,嘴角还是挂着那一丝迷人的微笑,显得比平时更加英俊了。他坐到她旁边,紧紧抱着她。那一刻,她觉得是一生中最幸福的时刻,她情愿时间永远停留在那一刻,他们俩永远都不要分开!

“不要分开,不要分开……”她喃喃地说着,又陷入回忆中。婚后的那两年里,他和她相依相偎、如胶似漆,还有了一对儿女。不想,分离的时间还是来了。他觉得在这里难以把生意做大,决定下南洋经商。他笑着安慰她说,去一年就回来。她知道劝不动他,含着泪,默默地替他收拾着行李。离别那天的情景,至今还历历在目。那一天好冷,码头上,海风呼呼地吹着,海浪阵阵地拍打着岸边的礁石,发出巨大的响声,红头船在海面上不住地摇晃着、摇晃着。她眼眶红红的,帮他提着一些行李,跟在他后面。他边走边说了什么,她不记得了,好像都随海风飘走了。她只记得,他登上的那一艘红头船。那艘船已经很旧了,船头的红漆有些掉落。他扶着船帮,向她不住地挥手。她点着头,流着泪,不住地挥着手。红头船在海风中摇晃着,渐渐远去。她的心,好像也随着船,随着海风,飘走了……

她睁开了双眼,海不见了,船不见了,人也消失了。四周一片静谧,只有油灯还继续亮着。她站了起来,走到一个抽屉前。一推开,里面整整齐齐地摆放着几封信,一尘不染。她把这些发黄的信拿出来,细细地看着,又想起收到这几封信的情景。在分别半年后,他终于寄了一封信回来。当时她的心情,就好像是久旱逢甘霖一样高兴。她把信反复读了好几遍,心里充满了幸福。他在信里说他一切安好,想念着家人,并随信附上一些钱补贴家用。看着那熟悉的笔迹,半年来的思念仿佛在一瞬间得到了补偿,她心里充满了欢喜。后来,他基本每隔半年就寄一封信回来。每次收到信她都像过节一样高兴。她把这些信都认真地保存起来,闲暇时、想念他时,她就把它们拿出来,看一看,读一读。就这样,又过了两年。但是,不知为何,两年过后,他再也没有寄过一封信回来,更没有回来。她多次问了那些从南洋回来的乡邻,他们都没有他的消息。就这样,一直到现在。又是两年过去了,还是没有消息,她也不想再辜负林伦的心意了,便答应了再嫁。

窗外,东方已经开始有些光亮了,远远传来鸡鸣声和狗叫声。油灯里的灯油也快要燃尽了,灯光越来越暗。她站起来,把信收好,将油灯吹熄,缓缓地走到床边躺下休息。沉重的眼皮很快便合上,一滴泪却从眼角流出。再过不久,新的一天就要开始了,新的生活也将开始!

一 小 时

邱梓枞(2011级基地班)

她已经准备好了。

黑暗中,落地大钟有规律地响了起来,她把紧靠床沿瘫坐在地的身体支了起来,侧了侧脸,试图听清大钟响了多少次。“凌晨六点钟,”她想,“可以出门了。”

她摸黑起身,一步一步靠近衣橱,就着从窗外射进屋子的一小缕亮光,拿出一件黑色风衣。但她没有马上穿上衣服,而是径直进了卫生间,像往常一样刷牙、洗脸、化淡淡的妆,有序地完成,仿佛在进行一项仪式。最后,她对着卫生间的大镜子,把凌乱的头发梳顺,绑起来。她对自己说:“出发吧。”

穿上外套,抓起手机,她打开大门,走进一片灰暗。

天空还没大亮。在这种深秋时节,就算到了早上七点天色还是夹着淡淡的灰,没有阳光没有生气。她走在空无一人的大街上,双手紧紧攥紧风衣襟子,防止冷风从衣领钻进去。四周什么声音也没有,她只听到自己鼻子用力呼吸的声音和“啪嗒啪嗒”的脚步声。如果是平时她大概会害怕的,可是今天她一点也不。她瞥了一眼路旁的树,这个时候的树已经落光了叶子,毫无生命力了。它们像是不甘冤死的囚徒,把自己枯槁皱缩的手伸向上空,姿态僵硬,仿佛要倾诉什么,也仿佛在催促她加快步伐。

她打了个冷颤,继续往前走。

再往前,就是那条河了。尽管眼前的一切都被薄薄的晨雾罩着,她还是轻而易举地辨认出来。不仅因为这条路她已经走了几千几万遍,更因为那一如既往的潺潺的水流声。她记得,每次从幼儿园回来,她和儿子总会在河堤附近逗留一阵。夏天时儿子玩水,她就坐在河滩上看,一边笑一边让他小心;冬天她不让儿子碰水,就把儿子紧紧抱在怀里,坐在阳光晒到的地方,她听儿子讲幼儿园里发生的事,看儿子讲话时粉红小嘴里呼出的白色的暖暖的雾气。

一声鸟鸣从河对岸的小树林里传了出来。她吓了一跳,吸了吸鼻子,因为回忆而缓下来的步伐又快了起来。她注意到天色已经亮了一些,远处的天空已经从病态的灰蓝色变成了浅蓝色。“我得快点儿。”她对自己说。

石板路、刚上漆的老路牌、红绿灯转换时的“滴滴“声、去年被台风拦腰截断的法国梧桐……她沿着最熟悉的路线,看着这些平日里司空见惯的事物,原本有规律的呼吸突然有点紊乱。她觉得自己的喉咙里好像压着什么东西,越来越重,她感到快要窒息了。可是她没有放慢脚步,仍然像赶路的马匹一样步伐坚定。她在心里大声叫出看到的事物的名字,报数一般。“石板,路牌,红绿灯,树桩……”她想让这些名词塞满自己的脑袋,占据大脑的所有空间,这样她才不会胡思乱想,才不会又想到儿子,不会又想到接下来要去做的事。

可是,这个方法显然比她想象的要愚蠢和无力。她的脑海里还是浮现出儿子的脸。她的眼前还是浮现出儿子圆圆的小脸。冬天的早晨,给儿子搽润肤霜的时候,她总是喜欢多摸几下儿子红通通的圆脸颊,心里是雕刻家抚摸代表作时的得意和自豪。她又想起儿子大大的眼睛,虽然是和她一样的单眼皮,可是儿子的双眼有着她永远也不会有的清澈和明亮,看着那双黑亮的眸子,她能清楚地看到镜像的自己。对了,还有小家伙塌塌的鼻子,她想到每次孩子奶奶捏着儿子的小鼻子说“咱们宝贝的鼻子要是高一点就更好看了”的时候,她总是有点不以为意,并在心里暗暗地嘲笑老人没有丝毫鉴赏的眼光。还有,还有儿子薄薄的小小的嘴唇、密密的柔柔的头发和温暖的小手。她甚至能记起儿子身上每一颗痣的位置。以前她觉得孩子身上长痣不漂亮,可是自从她的医生朋友告诉她痣越多的人身体越健康之后,她就再也不忧心了,反而不厌其烦地数着儿子身上小小的黑痣,因为那些象征健康的标志而安心、宽慰……

她的视线有些模糊了。

那些事仿佛都是刚刚发生不久的样子。

如果,如果不是因为那个孩子爽约的话,如果那个孩子拜托老师把自己生病的事告诉儿子的话,如果那个孩子没有约儿子一起去给幼儿园园舍后的金鱼换水的话,如果一开始就不存在那个孩子的话,儿子也不会等到天黑才一个人回家,也就不会在那个街角被转弯的货车撞倒,如果这些如果都是真的,什么事都不发生,自己也就不会在从黄昏找到天黑之后等来儿子冰冷的身体。

可是,没有如果。而她,现在确确实实在这里,在走路,在去完成一件她认为比自己的生命都重要的事的路上。她准备好了。

“那个孩子,他怎么可以这样若无其事、懵懵懂懂、自由自在地活在这个世界上?他有什么资格心安理得?他有什么资格在害死别人之后快活无忧地过完一辈子?”其实,她也是知道的,这一切真不是那个孩子的错。那个孩子,并没有拿着刀枪攻击儿子,他也没有红着双眼掐住儿子的脖颈,更没有在儿子的水杯里倒入毒药……他真没有做她能想到的这个世界上所有与“谋杀”这个词眼有关的行为。可是她就是无法忍受,她说服不了自己,她把出事那一天从早晨到夜晚发生的事在脑海里模拟、重演了一万遍,她只能推导出那样的结果:“如果不是那个孩子,儿子不会出事。”这个追根溯源之后的结论像钢铸的钉子一样钉在她的脑海里,她因为这个钉子的存在而痛苦,头痛欲裂,同时无比需要这个钉子,就像干渴的旅人渴望水——她必须为儿子的死找到一个诱因，为不幸的发生找到一个源头，然后解决它、铲除它，让那个源头为这一切负责。否则，她会疯癫痛苦至死，她会永远活在阴影中，她会在死后羞对儿子，不敢直视儿子忧伤的悲哀的眼神。

对的，她必须做点什么。

每一件悲剧都必须有人负责。

天空又亮了一点，身边的树看得更加清楚了，远处蓝色的天幕上，看得到稀稀疏疏的飞鸟的影子，她感到身体热了起来，长时间的疾行让她出汗出得厉害，贴身的衣服因为汗水被紧紧粘在皮肤上，风从外衣缝隙钻入，冷飕飕的，她觉得不太舒服。不过她没有太把这些当一回事，她知道自己有更重要的事要做。

快到了，快了。她知道，那个孩子，那个让她的生活陷入黑暗的恶魔，每天早上都会在家门前那个大邮箱旁边等幼儿园的校车。她甚至已经能看到他了，一个月来，她来这里看过多少次啊。她闭上眼睛都能看到他，清清楚楚：鲜黄色的儿童针织帽，深蓝的园服，黑色的小书包、锃亮的绑带小皮鞋……她也不知道自己将要做什么，她只知道她必须让那个孩子、让那个孩子的家人感受和她一样的痛苦，他们必须经历她那样漫长得仿佛千百年的黑夜，他们必须亲身感受那种不论醒着还是睡着都在不断流泪的痛苦的情绪。那种持续的痛苦。对的，她一定要这么做。对的。

她又吸了吸鼻子，继续往前走。这条路，这条平常只要15分钟脚程的路，她好像走了一辈子那样长。也许就是一辈子的长度吧——到达的时候，也就是生命的尽头了。可是她知道，不会很远，快到了，她在靠近那个她假想了无数遍的场景，一步一步，她会解脱，罪恶会被偿还，一切会结束，她没有犹豫的理由了。她已经看到那棵大树，红色的砖墙，看到那个邮箱。

然后，她看到了，看到那顶黄色的小帽子。

她停了下来。风把她大衣的下摆吹了起来，扑啦扑啦地响。这一次，她没有伸手去拉，她的眼神她的心思都落在那抹小小的黄色。就在前面，不到50步的地方，那顶黄色的小帽子。她想，那顶帽子，如果戴在儿子头上会不会好看呢；那张小小的脸，可没有儿子的脸那么圆，可是，脸颊上的小红晕，怎么那么像呢？那么像儿子快活大笑时那两块红红的苹果色……对了，那件深蓝色的小园服，儿子穿起来可没有他好看，这是实话。可能是当初填尺码的时候填大了的缘故。她有点后悔，当时要是不那么贪心就好了，太过宽松的外衣，儿子总抱怨说不暖和。

风又大了一点，天亮了。远处的街道传来摩托车引擎发动的声音，更远一点的市场，早就人声鼎沸了吧。不过这个街区还是安静的，没有讨价还价的老妇人和菜贩，没有骑着机动摩托车上班的年轻人，没有早起遛狗的老头。只有她和那个孩子。那男孩低着头，盯着自己的鞋尖，不知道在想些什么，当然，也没有注意到她，那个死盯着他的女人。

“他知道不知道呢？”她想，“有一个那么痛恨他的人，在几十米开外的地方，伺机而动，想要把他毁灭。应该不知道吧。不然，他会跑、会哭、会喊，会飞奔回家擂着门找妈妈吧？就像那次，被邻居家的大狗追赶的儿子那样，一边哭着，一边紧紧抱住自己，哭得那样用力。”

她没有动，不知道为什么，她在等待，在等待那个孩子的眼神捕捉到自己。她突然觉得，只有在他看到自己后，她才可能有进一步行动——不管那行动是什么——否则，她就动弹不了。她自己也不知道为什么，她只能等，等待那个孩子发现自己，等待他疑惑不明的视点落到自己身上。

可是，那孩子没有看过来，他只是时而盯住自己的鞋尖，时而望向校车驶来的方向。是那种没有情绪的黯淡的眼神，沉浸在他自己小小的神秘的情绪中，停留在他自己世界中的任何一个角落，就是不肯望向她。那双眼睛，清澈、明亮，很像儿子的双眼，如果望进去应该也能倒映镜像的眼眸。可是，那双眼睛，映着淡蓝色的天空，映着路旁张牙舞爪的大树枝丫，映着渐渐消散不见的雾气，映着她自己，映着她哭得红肿的眼和黑色的风衣，始终没有对焦。

他在看哪里呢？在想什么啊？

她终于忍不住蹲下身子，哭出声来。

多 脚 猫

司晨阳(2011级基地班)

一

她,皓齿红唇,肤肌似雪,披一件火红的连帽斗篷,在这天降大雪的时刻十分瞩目。我眼看着她从枯老的树洞里掏出那只已经冻僵的小鸟,怜爱地放进自己的怀里,匆匆返回宫殿,好像生怕自己的体温不能把它救活。那只小鸟长得并不好看——像我当年遇见它一样——个头儿像麻雀,颜色也像麻雀(只多了几根黑色的羽),只是脸长得像猫头鹰,我想,愿意救这么一只丑小鸟回家的人,必是有一颗金子般的心。

幻镜里的火红色斗篷越去越远,我收起魔法,镜子连同镜里的人便一同消失了。我说不清自己的心是什么感受,有一丝安心,却又丝毫不减惆怅。我踱到窗前,永夏国的合欢依旧开了粉红一片,即使地上已落成粉红,依然吓不住朵朵小花儿绽放自己纤细的花丝。窗没变,花没变,观景的人也没变,但画面之中已没有"跳跳"在枝干上蹦跳的模样,也没有"跳跳"用自己那12对脚贪婪地收集落在地上的纤纤合欢的笨拙模样了。我叹了一口气,跳跳是曾属于我的一只魔法猫,他有12对脚,他幼时是一只麻雀样大小的猫头鹰。

二、无 花

我是永夏国唯一的魔法师,我叫无花。魔法师一职由魔法家族世袭,每三千年,魔法树将结一颗人形果,并在上届魔法师幻灭的时刻吸尽她体内的魔力幻化成新一代魔法师。我已经1400岁了。我存在的价值是对抗远夏国的魔法长老。魔法长老500年一换,新长老继位时,旧长老将不再拥有魔力。今年11月,远夏国将产生新的长老。

在我刚刚200岁的时候,永夏国与远夏国发生了一场极大的战役,因魔法和非魔法死亡的人,血流成河,尸积如山。也是在这场战役中,我的小主差点因为我的疏忽而被魔法长老的斩阳剑所杀。幸好一只小鸟用自己的身体挡在了小主前面,我才得以多出半秒时间分身用流月盘击下斩阳剑,救下小主。

那场战役使双方都受到重创,导致这1200年来,两国都相安无事。

战争结束不久,小主登上王位成为新一代女王。我请求女王赐招魂合魄丸给那只挡剑的小鸟,女王笑了笑,却让我回放当时的场景出来。她说,你看他挡剑时的眼神,看的是你。女王的话像夜晚的星辰在我身边环绕不绝:他要救的,不是我,而是你;他担心的,是我死了之后,你也活不成了。

之后我想了一晚,清晨去见了魔法树,用我1500年的下半生,为他求来了800年的生命。他在100年后从一只灰色的小鸟长成了一只有12对脚的猫。在我1000岁、他800岁的时候,他变成了一朵合欢——像我将死时那样。此后,我独自生活了400年,我还有100年的时间。而在我还有100年的时候,我又看到了他,他是一只灰色的冻僵的小鸟。

三、远夏国的小主

我是远夏国的小主。

很久以前,世上还没有永夏国和远夏国之分,这个地方只有一个凉夏国。历经几代,仲夏女王在未指定小主人选的情况下英年早逝,她的4个女儿3个儿子展开了激烈的夺位战争。300年的混战中,大女儿永夏公主和二女儿远夏公主压制吞并了其他5个兄妹的势力,自分地盘,成立了永夏国和远夏国。永夏国与远夏国实力相当,整个历史中都是打打杀杀,无止无休。作为远夏国小主,我未来的目标很明确,就是统一凉夏。

不久前我救了一只冻僵的猫头鹰。我知道,他不知道我是谁,但我知道他是谁。

远夏国律令规定,小主与魔法长老不能是同一个人。皇族与魔法族其实是分掌国家权力。可是,这条律令在11月15日的月圆之夜,被打破了。魔法族族内的点星棒在那晚选择了坐在小主位置上的我。律令不可违,天意更加不可违。一个不懂魔法的皇族小主,成了魔法长老。月镜之中,月光织就的白色魔法长袍披在了我的身上。同时,那天晚上,我觉得我的猫头鹰长大了一些,我发现他不只会说话,他还真有法力。

上届的魔法长老告诉我,远夏国的魔法族本身没有任何修炼魔法的天赋,偌大天下,真正有习练魔法天赋的只是永夏国魔法家族每三千年一再生的魔法师。但是长老却在我的周围感受到了强大的魔力召唤,它要每个懂魔法的人臣服在它的脚下。

长老不知道其中的原因,但我知道,正如我知道远夏国大雪不止的原因。

四、七　月

7月,跳跳,不,跳跳的今世,被远夏小主收留了近100年了。等100年满的时候,我就该幻化成合欢,跳跳也该长成真正的魔法多脚猫了。在这个7月,远夏国发动了战争。

我没想到继位80余年的远夏国魔法长老竟有如此强大的魔力。魔法蚕丝在远夏的编织下竟密如水帘，像钱塘大潮一般涌向永夏国。我的流月盘也只是勉强挡住了魔法蚕丝步步紧逼。这样下去，不是对方完胜，就是两败俱伤。我宁愿推动魔力对抗的只是远夏小主，我希望多脚猫与此无关。我必须捍卫保护自己的国家。

合欢针雨。万马奔腾。

两国交战，不能吝惜生命，必须滥杀无辜。

粉色的合欢花丝，硬如针，刺向蚕丝水帘。水帘后必定只有远夏小主一人，我想。然而，水帘撕开，我先看见的却是我最不愿见到的"跳跳"。我相信那是和我一起生活了800年的"跳跳"，我确信那是我用一半的生命换回的"跳跳"，所以我撤回了合欢针雨。

预言鼎上说，我是亡国者，我将死在合欢针雨下。合欢针雨一旦发出，便没有撤回之说，强硬撤回，撤回者便死在针雨之下。这是常识，我知道。

在合欢花丝穿过我的身体的时候，我看见跳跳变成了12双脚的猫。他护卫他的小主，他用尽自己的法力，推动合欢针雨回流。双倍法力，夺去我幻成合欢花的资格。合欢雨穿过，我听不到一丝声响。我看见"跳跳"，他在用尽法力耗尽生命——杀我。

五、多脚猫

每个人都有前世今生，只是不记得，我也不记得。

我醒来的时候，是远夏的小主在照顾我。我跟她在一起，生活了近百年。我知道她有多么善良，我知道她的目标。所以，推回合欢针雨的那刻，我没有犹豫。

永夏国魔法师被合欢针雨刺穿的那刻，我看见她空空的眼睛，里面却有我明白不了的东西。我忽然心疼了一下，不知道原因。

真没想到，我的生命在我长大变成多脚猫时也行将消逝。我很怕我的怪模样会吓坏我的小主。我变得这么大，身体从小主身上滑落，只剩一颗软软的脑袋，被她抱在怀里。但愿她没有被我吓到。

我闭上了眼睛，在小主的抚摸下。我听见人们的嘶喊，我听见兵刃相接，我听见死人的声音……

六

那棵魔法树再没长出人形果。

我统一了凉夏，却再也没有魔法家族，也没有魔法猫了。我自己拥有了魔法，魔力强大到点星棒也要听从我的命令——母后说得不错，这只猫杀死魔法师后确实拥有庞大无穷的力量，正是每日饮它的血，才成就了我现在的一切。

他被冻在冰窟里，供我化血食用。曾经我也想过，如果当初我没用银针封住他的回忆道,他是否还会为我推回合欢针雨……我没有答案,也不想知道。

原永夏国所在的这片地区从不下雪,终年开满合欢,落满合欢。不知从哪年开始,这些合欢再不是嫩嫩的粉红,而是血一般的猩红……

绿　衣

万千(2011级基地班)

我得知她自尽的消息。

靖康之难,金人的铁骑踏我河山,掳我家人,那里面,还有她。

部分身份低微的宫人在路上趁乱逃回,她们低诉,一路被金人押送颠沛,都借烟尘故意掩饰自己面容,唯有她,容不得自己有一丝污垢,仍以清水洁面,维持着王妃的高华气度。驻扎的一晚,厄运不可避免,金军将领命人将她带来。金兵朝她走来的时候,她便明白了对方的意图,在对方粗鲁地挟住自己之前高声喝止,毫无惧色抬首出门。行至半路忽然疾步朝院中一角的古井奔去,纵身而入。

天那么冷,金兵哪肯费力救她。倒是有人拿了竹竿绳索想拉她上来,但她又怎会借此求生?

待到水波涟漪散尽,也就无声无息了。

我想问问她,水冷吗,是否一如她平素的罗衣微凉。

我是郓王赵楷,父皇赵佶的第三子。她是我的妃,莲若。

初见,她的眼睛追魂摄魄,盛着的都是"虽千万人,吾往矣"的孤意。我暗自心惊:谁,谁会是临水照花人?谁解其中意?

少年夫妻,罗带结同心时,琴瑟和鸣、泼墨赌茶,也是寻常。

一日泛舟同游,划入藕花深处,她的罗裙如荷叶一色裁,眉眼含笑间掩不住的是倾尽千江明月的风华。荷风送爽,我陶陶然中想起这一路溯洄从之,道阻且跻。这一次佳人终于不在水中央,而在我之侧。情意如藕丝,丝丝缠绕丝丝连。在我眼中,她的神态,又何处不可怜?

"远而望之,皎若太阳升朝霞;迫而察之,灼若芙蕖出绿波。"她是我的莲,既冷且热。

我与父皇意气相投,趣尚一同,赋诗作画、声技音乐更是无一不精,曾赴集英殿殿试,结果唱名第一。渐渐,父王对我的青睐,以至太子的地位岌岌可危。皇子间的钩心斗角,在所难免,权力巅峰的诱惑,也叫我心猿意马。

我终归是让她失望了。我早该知道,起初叫我感到惊才绝艳的原不只是她亭亭玉立的身姿,更是她凛然风骨赤子心性,怎堪染尘?只是,黑与白之间尚有十几层深浅不同的灰,我给不了她一个纤尘不染。莲若,更像是一个我少年时干净的梦想。合该我只能在宫墙内做一个逍游山水有关浪子的梦了。在她芝兰扶风的举止前,我总无端自惭形秽,像是靠得近些,或许就让她素衣染尘了。我对她,越在乎,越害怕,便越疏离。

而这世上多的是颜料堆积的热闹牡丹,又有谁能一生只枯守一幅风烟俱净的菡萏?父皇建“艮岳八芳”,金蛾、玉羞、虎耳、凤尾、素馨、渠那、茉莉、含笑也揽下华美风致,又岂须四季长赏莲池?姹紫嫣红那么多,千娇百媚那么多,于是我渐渐冷淡了莲若。

她自然不会含嗔薄怨,依旧神色淡然,依旧罗衣如碧。我亦曾想,若她肯长门哭诉、秋扇饮恨,哪怕只是蹙一蹙眉,我又会不会遣散了满室歌姬?可是,莲若,从来是丝丝在骨地孤傲。

薄衣凉风里,我望着台榭外残荷一片,只觉一池无言落寞。呵,惆怅旧欢如梦。

是了,如今菡萏香销翠叶残,她的光风霁月也一并散了。她是那个弦歌的人,也是那个知雅意的人。爱莲,如叶公好龙者众,耐得独清者,寡。

醉抚危栏听雨声,省浮生,只见青砖绿井中开出一朵莲花。

我曾是那个涉江采芙蓉的人,却忘了采之欲遗谁。

酸 枣 树

王艺萌(2011级基地班)

弟弟要结婚了。

“现在才说是太急了,我也说不知道你有没有时间回来。就是你弟,希望让你见见他媳妇。二妞啊,你……你看看吧,能回来就回来,你爸爸也想你了。”

挂掉电话后,采芹按着电话筒愣了半天。一晃眼这么长时间过去了。那个撒起泼来整条街没人敢惹的老妈刚刚竟会那么小心翼翼,那个跟在自己后面一把鼻涕一把泪的小屁孩也要娶媳妇了,还剩不到一个月就到婚期了,到底要不要回去呢?

9月13日　晴

下了班,采芹和同事小艾去了公司旁边新开的私房菜尝鲜。

无意识地戳着自己盘里的西兰花,采芹迟疑地开口:“哎,昨天我妈来电话说我弟要结婚了,时间还挺赶的。要不要回去呢?”“什么时候啊?”“10月5日,找人算的,说是个好日子。”“回啊!也不算很赶。”小艾终于把注意力从汤盅移到对面的人。“你平时那么拼,年假都不怎么休,这点面子Amy一定会给的。哎,不是我说,平时你不回也就算了,你弟都要结婚了,有多大的矛盾都得放一边啊。总归是一家人嘛!”

采芹低下头,喃喃道:“才不一样,你不懂……”“什么?”“没什么,我说汤煲得很地道。”“真是,唉!听说街角又要新开一家甜品店哎,要不要下次……”

9月15日　雨

输入机票查询,时值“十一”黄金周,回老家的空余航班已经很紧张了。航班时间很不好,还只有9.2折,更别提下飞机后还要坐5个小时的汽车才能到村口。采芹又犹豫了。

“我正不想回去,刚刚好。”采芹冷哼,关掉网页。

采芹根本就不是小艾他们以为的在跟家里闹别扭的娇娇女,她原来也不叫庄采芹。这是能独立以后自己改的,曾经的户口本上是庄二妞。村里没那么大讲究,更何况是自己这么个爹不疼娘不要的丫头。她也没有和家里小打小闹地赌气——从上大学起,她就已经不回家了。

就算只靠自己,这么多年也过得很好。采芹看了看自己布置得温馨又精致的小公寓,这样的生活以前连想都不敢想,现在却没有人会想到她是从一个小村子里出来的女孩子。这么多年来自己只往家里寄钱,从没回去过,就是不想给家里人所谓的面子。以前你们嫌弃我是个女娃,不会有什么出息,那我又何必巴巴赶回去让你们炫耀?

越想越烦,把日历本摔回床头柜,采芹关掉台灯倒头睡下。

9月16日　雨

Amy敲着桌上的请假条,看看眼前顶着熊猫眼的女子:“我还以为永远都看不到你主动休个假呢! 也别急着赶回来,多待两天。你一个姑娘家在外打拼也不容易,就当公司的小福利了。”

走出经理办公室,采芹烦躁地扒了扒头发。昨晚根本就没睡着,半夜从床上爬起来订机票,自己都觉得很奇怪。一会儿下班后还是去买点结婚的礼物吧,可不能让家里小瞧了,空手回去简直丢死人了。可是,买点什么好呢?

10月1日　阴

坐上回村大巴的时候,采芹还是晕乎乎的——昨晚直到凌晨才睡着,又一大早就开始折腾,弄得现在黑着一张脸。旁边的姑娘几次想搭话都憋了回去。

其实自己真是个不讨喜的人,从小时候起。采芹把头靠在玻璃窗上,闷闷地想。

家里一共有3个孩子:上面有个勤劳又能干的大姐,一早就开始帮母亲持家;下面是小自己4岁的弟弟,淘气又爱撒娇,疼爱都给了这宝贝疙瘩。所以只有自己,小二妞,从懂事起就没怎么被待见过,最主要的还是自己那个牛脾气,又臭又硬,错了都不肯低头,跟爹娘的关系一直不冷不热。

这种情况一直持续到初二那年,爹娘因为钱紧张,非要她退学,好让家里唯一的男孩继续读书。

那件事的具体过程采芹已经忘了,只记得她开始不肯回家,每天放学后去拾荒积攒学费。母亲的怒骂、巴掌,父亲的叹息和扫帚,统统没能使自己让步,最后还是班主任和姑姑出面说情,姑姑甚至补贴了一部分学费,才得以解决。但紧接着,她和家里人的关系也陷入了僵局。从县里的重点寄宿高中考到外省的重点大学之后,采芹就连家里摆的开学宴都没参加,直接收拾东西走了,靠着奖学金和几份兼职,不仅把家里寄的钱都还了回去,甚至还能多寄一点。

那时候她只是想从这个小村子里逃出去,再也不回来。可是谁又想到有一天又会这样赶回来? 这又算是什么呢?

10月3日 阴

这几天过得很平静,这不太正常。采芹坐在树下的小凳子上,一边择豆角一边想。家里人都很默契地不提以前的事,就连老妈那个火爆脾气,这几天居然也都小心翼翼的。不讲更好,谁想讲啊！采芹想想后又有点莫名失落。

正想着,就看到弟弟走过来,有点紧张地搓了搓手说:“姐,你觉得那姑娘怎么样?”采芹含笑看着弟弟:“我看着挺好的,这姑娘长得讨喜,招人疼呢!”记忆中的少年已经长成一个大人了,也要有属于自己的家了。弟弟显得局促起来:“你喜欢就好!姐,你这几年怎么样？有没有吃苦？我知道你有本事,我,我就是有点担心。你就别气了,都是我不好！爸妈不是有心的,他们……”“打住!”采芹出口打断,“你别操心这些事了,还是老老实实地去准备婚礼吧,这可是一辈子的大事。姐很好,一看就知道了,傻小子!”弟弟乐了:“那你再想想,我进去帮忙啦?”“去吧,在这还碍手碍脚。”

望着弟弟的背影,采芹不禁叹了口气,这些年想了很多,自己也不是不愧疚的,本来家里困难让弟弟上学也无可厚非,只是自己的成绩一向优异,不甘心就一定要因此退学,再加上爸妈不闻不问的态度……也不知道弟弟是不是多少被自己刺激到了,功课一直不好。之前自己打算出钱送他去念专科他也不肯,只好让他在镇上开家小吃店。现在开得挺红火的,规模越来越大,总算能好受一点。

“啪嗒”,一颗酸枣掉了下来。

“二妞,妈寻了点酸枣,你吃点不?”

10月4日 晴

明天弟弟就要结婚了,想想就觉得感慨万分。正翻着行李箱琢磨着参加婚礼的衣服到底合不合适,就看到妈妈端着碗走进来。

“妈”,采芹叫了一声,看着她挨着自己坐下,把碗接过去。

“这是新打下来的枣子,特意给你留的最大最晚的。你打小就爱吃,没想到现在成了城里的白领,还能爱吃这个。”

“真没想到这棵树还在,都好多年了吧,结的枣子又酸,以为你们已经砍了呢!”

庄妈捋了捋鬓角,局促道:“哪能砍了？家里都惦记着给你留着。从小也没给你什么好东西,就这棵树还不能留着？妞啊,这些年受苦了吗？你爸和我都对不起你,妈知道当年让你伤心了,是妈做得不对,妞啊,你……”

采芹始终低着头拨弄碗里的枣子,默不作声。庄妈有些急了,“妞啊,你是不是还气妈不让你念初中,高中又不管你啊？你也知道妈的脾气,就看不得你跟我拧着来。妈也不是故意的,只是,就是一直缓不过劲来,不然你是我亲生的妞啊,我怎么能不管你?”

采芹抬头擦掉眼角的泪,笑道:“我能没受过苦吗？学习那么苦,你和爸谁都不怎么管,别人都有人关心,我呢？我最大的动力就是为了不回来！我不回来,你和爸也不来找我……妈,妈……我,我想死你们了!"

"是妈的错,妈的错……回来就好!"庄妈也开始哽咽,搂过采芹,"妈妈疼你,乖……"

采芹紧紧搂着妈妈,上大学找工作那些破事就别讲了吧,感觉妈也老了好多。

微暖的阳光投进小窗,细微的啜泣声中,母女俩紧紧相偎。

10月5日　晴

来参加婚礼的宾客们都说今天是个好日子,连着阴沉了好几天,只有今天是个艳阳天。

看着拉着弟媳笑得憨憨的弟弟,满面春风正在应酬的爹和姑姑,忙前忙后张罗的妈妈和大姐,采芹觉得,在外面无依无靠,孤独无助的时候连个电话都不知道打给谁的日子,怎么都不如回家团圆。

阳光透过酸枣树照在身上,心中多年的阴霾突然都散了。小二妞回来了,再也不走了!

雨

郑路(2011级基地班)

2012.7.23台风过境,妄想

哗哗,哗哗,好大的雨。

这么淋漓尽致而又盛大的雨声,很好听,不过,好吵。谁把窗户打开了,桌上的仙人掌没关系吗?

这盆仙人掌是今年第三盆了吧。至今在我手上已经养死了多少植物呢?以前从花店搬回的带着青嫩花苞的百合一天天萎靡直至死亡时,想大概是不懂养殖方式的缘故吧。于是开始从生命力最顽强的仙人掌养起,一点点积累经验。可是我名下的仙人掌还是一盆接一盆地以各种理由死去,绝非谋杀,毫无破绽。

看情况,这一盆是死于过量的雨水。不行,虽然一次都没成功过,我还是要尽力而为吧。

强打起精神,我费力地睁开沉重的眼皮。灰白的光,不是夜晚啊。视角好低,眼前的是歪斜的野草、黑黝黝的树根,向上是狂野舞动的树冠,视野开阔,但因为雨很大,看清的东西并不多。

这不是我的房间。看来,我今年的第三次培养的小生命可能要淹死了。尽管无能为力,不过好歹这次知道死因了,不是吗?稍微有点安慰呢。

仔细看看眼前的风景,和以往看到的角度不同,但的确是熟悉的地方。从上个星期开始,去医院时总会经过这片生机盎然的树林呢。为什么现在会在这里呢?果然还是要从头说起吧。

今年春天,妈妈和爸爸结婚了,说起来,那时我刚好搬回今年的第一盆仙人掌,不过,这好像无关紧要。紧要的是,事情的突然,哥哥在婚礼后一直在和妈妈争吵,内容当然是关于爸爸和爸爸。爸爸和爸爸的区分对于哥哥非常重要,对于我来说却没什么区别。前一个我还没意识到他的存在,他就去了永远不能返回的地方;后一个我还没记下他的样子,他就在我的面前与我永远告别了。在我的生命里,他们就像流星,转瞬即逝,带着罕有人见的短暂光芒。

婚礼后的第一个星期,我的第一盆仙人掌死了,我有点伤心,因此拒绝了哥哥让我照顾妹妹的要求。那天也是爸爸帮我们搬家的日子。关于爸爸的争吵有一次爆发,规模空前,除了二楼的爸爸和妹妹,所有人都听到了。

吵完,我们几个人上了二楼。妹妹看到哥哥,高兴地要扑过来玩游戏。爸爸笑着站在栏杆边看着他们。我看着那些生锈瘦弱的栏杆。二楼的栏杆腐朽、薄脆,早就不能发挥保护的功能了。可是,妈妈没有钱加强防护。一年前,哥哥不小心靠在栏杆上摔了下去,小腿骨折。除了爸爸和妹妹,所有人都知道不能信赖我家的栏杆。

哥哥阴沉着脸瞅着爸爸,嘟囔了一句,找爸爸玩去。声音很小,但除了爸爸,二楼的所有人都听见了。妹妹听话地朝栏杆边的爸爸冲过去,满是笑容的爸爸猝不及防,连表情都来不及转换就坠下楼去。哥哥惊讶了一瞬又面无表情地把妹妹拉了过去,爸爸的女儿尖叫着冲下楼,我走到断掉的栏杆旁朝下看。突然一阵大风经过,又一小段栏杆晃悠悠地掉下去,又一声尖叫涌起。二楼真的不高,可是有一段栏杆偶然插进了爸爸的身体,爸爸和我的第一盆仙人掌一样不见了。

警察来问话。哥哥说栏杆掉了。爸爸的女儿说,哥哥让妹妹把爸爸推下去。我说有一阵大风。妈妈说现在开始喝酒。警察说,意外。

葬礼在我们搬家后盛大地举行了。爸爸的女儿说,现在二楼的栏杆绝对不会断了。我说还会有大风的。当然,除了我,谁也没有听到。后来,在给妈妈偷偷买酒的同时,我顺便搬回了我的仙人掌。

5月的一天,哥哥仍然待在学校,爸爸的女儿仍然没有回家,我仍然在妈妈不在的时候照看家里。新家的院子很大,可是,妹妹和爸爸的儿子却固执地待在同一地盘上争抢。激烈之下,失去控制的玩具飞机撞上了我顽强的仙人掌,机毁仙人掌亡。

同一天晚上,妈妈死了,机没毁人却亡了。同在一辆车上的是被找回的爸爸的女儿,她只受了轻伤。妈妈的致命伤不是车的撞击,而是爸爸的女儿的手机上那把装饰用的小刀。警察问:“车为什么在路上东冲西撞?你为什么没系安全带?你的手机挂饰为什么不在手机上?你为什么没有立刻报警叫救护车?”警察都怀疑了,哥哥怎么能不怀疑。最后,警察说,妈妈喝了酒,事故。

又一次葬礼过后,我们家多了爸爸的妈妈。她说我们都是些可怜的孩子。她为我这可怜的孩子买回了第三盆仙人掌。我仍将它置于二楼我房间的窗台上,即使死亡不可避免,可死因不会相同了吧。我敏锐地感觉到,必然也是偶然,偶然何尝不是必然。

爸爸的妈妈患有各种慢性病,早晚要吃不同的药。如果吃错了肯定会很糟糕,我看到哥哥在看药瓶的时候,在想。但显然,结果没有哥哥想得那么糟。爸爸的妈妈脱离了生命危险,在病房里慢慢康复。哥哥要寄宿,他让我常去看看爸爸的妈妈。临走前,他意味深长地说,不要勉强。不要勉强什么呢?是让我不要勉强去看她,还是让我不要勉强拔掉她的氧气罩。

不过,既然我去了病房,为什么没有拔掉氧气罩呢?还是我已经拔了。现在睁眼听着好听却嘈杂的雨声，我有点意识不清。今天也去了病房，然后经过这片树林回家，因为喜欢这场雨，所以在树下站了片刻。然后，树倒了，我看到爸爸的女儿在我眼前站了好久才离开，接着我睡着了。这便是事情的全部经过。

每次我去病房，爸爸的女儿总是跟在我的身边。我明白的。我都怀疑哥哥了，她为什么不怀疑哥哥调换了药，怀疑我要取下氧气罩呢。

我现在躺在泥泞的树林里，天还没黑，离家也不远。闻着周围浓烈的泥土和雨水的气味，我在想，我有没有取下氧气罩呢？我要不要爬起来回家呢？这是两个问题？不，好像是一个问题，对于我来说。

站在病房时，我一直在观察心电图的曲线。第一次去时，我目睹了那生命曲线的最低点。刺耳短促的直线过后，那具老迈的生命居然抽搐着跳出了起伏。很不可思议吧。生命竟可顽强到这种地步。事后，我才发现，对这一现象，我久违地感到愉悦兴奋。我耐心地等待，等待下一个最低点，然后再取下氧气罩，看看生命是否会重新抖动呢。可是，一天天，低峰一个个出现，却没有一个符合我的期望。这大概是我最后没有取下氧气罩的原因吧。

生命，真不易显示它的脆弱呢。

哥哥，你生气了吗？听我说，这个世界上本没有什么最低或最高的值。一旦出现一个点，必定会有比它高或低的点出现，无论多久。所以，等着瞧吧，那心电图的曲线必会出现比我见过的最低点更低的点。那时将是无限的直线，生命再也泛不起半点波澜。无需我给予最后一击，生命仍会迎来终结。你们不是早就明白这个道理吗？你没有拉住下坠的爸爸，爸爸的女儿没有立刻报警叫救护车，你没有提醒药可能吃错了，爸爸的女儿没有扶起我，而我没有向他人请教仙人掌的养护方法。我们看着他人的生命到达最低点，然后想见证一下生命有多顽强。可是生与死本就此消彼长，循环往复，我觉得我们稍稍有点无聊呢。

哗哗，哗哗。短暂的低潮后，雨势又高涨起来。腥味真浓。可是喧闹的雨声驱逐了我头脑中的一切妄想，很舒服哟。

没错，我在等待，等待一个可以让我满意的雨势的最低值，到那时再爬起来回家。既然雨停过，它就一会儿再停吧。毕竟，这是自然规律，不是吗？

哗哗，哗哗，哗哗。真大的雨。不错的雨。身下的鲜血已经淡得快看不出来了，我没有起来的打算。对于生命，或顽强或脆弱，我想看到什么呢？

我摇摇头，带着这个世界盛大的雨声，安然入眠。

一 百 天

韩玮(2012级戏影班)

一

我是阿威,我很喜欢一个女孩。2012年7月9日,我向她表白。她侧过头去,想了想,跟着说:“能不能让我考虑下。”可能我太喜欢她,于是我冲口而出地说:“那样,你给我一百天的时间,如果不能打动到你,就算我输。”

就是因为这一句话,我尝试了人生的好多第一次。这一百天,我几乎用尽了我一生的创意,我全身一分一毫的艺术天分,为的就是能见到她的笑容。我很用心地做卡片,折玫瑰花,做摩天轮,再偷偷送到她家门口放下,因为我太爱她的笑容了。

20多年来,我一直很内向,不敢同陌生人说话,没谈过恋爱,没牵过女孩的手。而这一百天里,可以天天和同一个女孩逛街,是我生命里的一种突破。这一百天里,我尽量表现出一个君子的样子,即使看电影时她的手离我一两公分,我都会克制住自己,告诉自己,只要100天之后,这双手就会属于我。

但每个女孩身边都会有几个所谓的“男闺蜜”,她也不例外。阿九是她的同事,整日与她出双入对。长得帅,有钱,又和她有共同话题。我有时会觉得,自己同他的分别,就像国产的普桑和欧洲产的玛莎拉蒂跑车一样。

不过没关系啦,我始终相信“精诚所至,金石为开”这句话,只要我有诚心就一定能打动到她。

听到她病了,我立刻去买碗粥给她吃。我听别人说,能够满足一个人的所有需求,就是浪漫。我相信自己一定能做个浪漫的人。我捧着粥按响她家的门铃,开门的却是阿九。他穿着围裙,手里拿着煮粥的勺子。这一刻,我觉得自己似乎不够他浪漫了……

二

我叫阿花,2012年7月9日,一个叫阿威的男孩向我表白。其实我也挺喜欢他,但你知道,女生总要扭捏下的,于是我说:“能不能让我考虑下。”谁知道他竟然说给他

100天来打动我，否则便算他输。我当时心里嘀咕：一百天，行不行啊，那么有耐心？

不过，我想不到的是，他竟然真有耐心。虽然平时看他呆呆的，原来也是个挺浪漫的男生。他会送我纸玫瑰，会送我各种卡片。每天工作完回家，总能看到他的小礼物，因而每天上班也多了份期待。

我是个编剧，整天为了好的故事和自己的生活绞尽脑汁。记得有一次在家写剧本，阿威无缘无故地叫我望窗外，我望出去，发现他竟然在楼下铺上一大块写着"工作加油"的纸，手里握着气球，替我打气。我曾经以为，这种情节只会在电影故事里发生，没想到竟真能发生在我身上，也没想到，原来这个世界上，真会有人为我准备这么多，花这么多的心思。

于是，我用录音机录下他送的礼物——今日是八月一日，阿威送我一个摩天轮，虽然转得不顺，又有好多胶水渍，不过我还是好喜欢。

我有个好兄弟叫阿九，虽然整日同他出双入对，不过他喜欢的是男生，因此也就不会有那么多顾虑了。

明天就是一百天了，但我有一些工作一定要在今天完成，所以我找了阿九来我家帮我，因为不想明天被工作拖住而不能见阿威。但我又有些感冒，只好把工作也留给阿九，自己到卧房睡下了。我要以最好的状态来迎接第一百天，我准备好了。

三

阿威和阿花见了面，沉默着走了好久，但两人的沉默却是因为不同的原因。阿威终于开了口："我认输了。"阿花有点惊讶："为什么啊？"阿威依旧是那副呆呆的样子："这一百天来，你开不开心？""开心啊！"阿花有点着急。"那就够了。感谢你一百天来一直肯接受我送的礼物。""你没事吧？"阿花有点无措。阿威却转身想走了："那你早点回家吧，生着病呢。但如果下次生病没人给你煲粥，我愿意效劳。"阿威转过身，大镜框里一片黯淡。阿花却笑了，又不知从何解释，便拿出来录音笔放录音给阿威听。阿威笑着回过头："怎么，会这样？"阿花笑着说："我想你是误会了。""那他？……""其实他喜欢的是你……你这种性别的人啊。""哦，这样。那我这一百天的大作战，成功了吗？"

"你说呢？"

烛　光

罗晶莹(2012级戏影班)

黄昏时刻。

那一个村庄,隐在山水之间,隔着层层茂密的树木,淌着潺潺溪流。舞动的炊烟,袅娜地萦绕在瓦梁之间;天籁的鸟鸣,悠扬地回荡在山谷之间。一群群鸡在那间泥砖房院前打转,一会儿拍拍翅膀,一会儿啄啄草地,一会儿耸耸羽毛。院前还有一只毛茸茸的狗温顺地躺在狗窝里,哈着气。

她就在这样的一个黄昏时刻降生了。微微发黑的皮肤,炯炯有神的眼睛,红润的嘴巴,脸上还有胖胖的肉,看起来挺可爱的。

她父亲是个山村教师,母亲在家务农,偶尔会把自己种的蔬菜拿去卖。家里收入实在微薄。

她出生后,天渐渐暗了下来。

"咳咳……"她父亲沙哑的声音,"我想给孩子取名,叫,小熠。熠,是光亮的意思,希望这小女孩能给咱家带来光亮吧。不过,要是男孩就更好了,唉……"父亲意味深长地叹息了一声。

母亲没说话,只是虚弱地喘息着。一点点失望而忧伤,双眼无神地望着小婴儿。也许是她的降生加重了这个家庭的负担,她并不怎么受欢迎。其实,她已经有3个姐姐了,大姐叫小雪,8岁,二姐叫小露,6岁,三姐叫小霜,5岁,所以,她叫小熠,这个名字或许更像男孩的名字多一点吧,还是,这个名字本来就是打算给男孩取的吧。

可惜的是,这个家并不属于她。过了不久的一天早晨,天迷蒙蒙的,一个彪形大汉匆匆忙忙来坐了一会,跟父亲说了几句,就哈哈大笑离开了。这天晚上,父亲憔悴而疲惫地拖着身子走进母亲的房间,对躺在床上的母亲说:"倩,她表叔同意了,今晚就把她送走吧。"此时的婴儿小熠正眨巴着眼睛看着母亲,嘴巴嘟嘟的,母亲看看小婴儿,无奈地点点头,眼泪已经流了下来。

这个夜很漆黑,但是隐隐约约眺望过河对面,一户人家的一个窗子跳动着蜡烛的光芒。她已经被卖到河对岸的表叔家作表叔的女儿。因为表叔瘸腿,没老婆,所以也没有孩子。家中只赡养着一个老太婆,相对来说,作为屠户的表叔,收入比父亲高,负担比父亲小，自然是养得起一个老人和一个小孩的。老太婆见到这个小婴儿，如获至宝，很是喜欢，喜欢她眯眯的小眼睛，嘟嘟的小脸蛋。对于老太婆来说，这个孩子就像小天使一样给她带来了希望。尽管老太婆已是瘦骨嶙峋，风烛残年，她仍尽心尽力地照顾这个小孩子。每天抱着她在门口庭院说说话，捏捏她的小脸蛋，一口一口喂她吃饭，一把屎一把尿地把她照顾长大。

转眼5年过去了，虽是隔着一条河，但由于表叔的苛刻，只许小熠的父母每年来看一次她，只是以走亲戚的名义。其他的也没人敢多说多问。

欣慰的是，小熠是个好孩子，会走会蹦会跳的她并不像其他孩子一样调皮，她每天都安安静静地跟在老太婆身边，陪她干农活，有时种种菜，有时上山打打柴，有时到河边洗洗衣服，日复一日，小熠成了家里的好帮手。她喜欢叫老太婆“奶奶”，因为她觉得很亲切。

6岁那年，村里发了猪瘟，肥肥胖胖的猪全都死光光了，表叔没了生意做，就整天饮酒赌牌。每天晚上喝了酒回来，表叔很爱发酒疯，把桌子、凳子推倒了一地，小熠自觉地把桌凳扶起来，却被表叔说多管闲事，抄起一个扫把就往小熠身上打，小熠也没做错什么事，就是特别爱学习，刚上学的她，对学习很感兴趣，常常因为只顾着看书而忘记了做家务活。平时小打，表叔发酒疯时，就被表叔当成借口一顿大打。奶奶看不过去，想上去护护，但是年纪大了，护不过来，常常也跟着小熠一起挨打，于是，那一棍棍的伤痕，深深浅浅地印在小熠的手上、身上、腿上……

8岁那年，小熠是个优秀的小学生了，奖状把家里的墙贴得满满的，她还当选为班里的班长，学习很不错，老师们都很喜欢她，只是她的表叔从来都不看好她。只有奶奶一个人一直支持着她。

一天，因为班干部开会，小熠晚了点回家，天阴沉沉的，像泼了墨似的，怕是要下雨了。小熠却还在回家的路上，雨滴就噼里啪啦下了下来，没带伞，她只好跑了起来，把背上的书包抱在胸前，生怕弄湿了，跑着跑着，不小心滑了一跤，满身的泥水，她还乐呵呵地笑了，起来继续跑，因为她怕晚了，回到家，表叔又该不高兴了。

果然，不出她所料，一进门放下书包，一棍子就下来了。

“你这臭丫头，这么晚才回来，是不是偷偷溜出去玩了？饭也不做，看我怎么收拾你！”恶狠狠的眼神，青筋暴出，满脸横肉抽搐着，脸上难看的红色酒糟鼻分明是喝了酒来，小熠疼得小声地哭了，很小声，她不能大声哭，越是大声，表叔的棍子会越狠。只是，那一滴滴晶莹的泪珠，是人看了都心疼，表叔也不管满身湿透的她，只顾自己大吼大叫。

一条河啊，下过雨后，河水更是汹涌，哗啦啦，哗啦啦，阻挡了对面的一切声音。

“我没有……真的没有，老师开会……”那委屈的眼神，颤抖的小嘴唇。她终于鼓起勇气挤出了为自己辩解的话。

“还顶嘴，是吧？偷懒的臭丫头！我打死你！！”表叔暴跳如雷，声音震天，黄黄的龅牙，喷着肮脏的唾沫。

于是小熠不敢再出声,而是默默哭泣,任由那一棍子一棍子打在身上。

第二天早上,小熠早早就蹑手蹑脚地起床了,尽管感觉不舒服,她还是坚持着去河边洗衣服,她可不想上课迟到了。

洗着洗着,她看见河对面的阿姨挑着菜往这边走来,在河边码头停了下来,看到正在洗衣服的小熠,迟疑了一会,放下菜,双手紧紧捏着衣袂。她就是小熠的亲生母亲,见着小熠,不由自主想上去问候几句。但是一想到表叔凶狠的样子,她就进退维谷了,站在那里一动不动。

小熠发现了她,很有礼貌地叫了声阿姨。小熠母亲缓缓走到小熠身边,应了声:"嗳,小熠乖,洗衣服呢?"

"嗯嗯。"小熠点点头,冲阿姨笑了笑,明眸皓齿,在她母亲心里掀起阵阵荡漾。

她母亲蹲了下来,仔细打量着小熠,小熠只是专心洗衣服,她得赶紧,不然上学就要迟到了。

蓬松但却柔顺的长发,暗黄的脸色,黑黝黝的皮肤,一身朴素的校服,却是洗得干干净净的。

手……她母亲顺着目光打量下去时,却发现她的手臂青一块紫一块,吓了一跳,一条条的伤痕……

"小熠,你手是怎么……"心疼再也掩饰不住了。

"哦,没什么……"小熠赶紧将袖子撸了下来遮住那些伤痕,"那个……前几天不小心摔了。"扔下这一句话,她匆匆忙忙收好已经洗好的衣服,踉踉跄跄离开了,"阿姨,我得赶去上学,再见!"

她母亲呆呆愣在那,阵阵叹息……

晚上,躺在床上即将入睡,她母亲想起白天的一切,眼泪再也忍不住了,呜呜地哭了起来。

"怎么了,倩?"她父亲丁时担心地问道。

"老丁,我们的孩子受苦了。"她母亲失声痛哭。

"你是说……小熠?"她父亲的声音有点颤抖。

"不然还有谁?! 都怪你,当初要把她卖给表叔。我说我们辛苦点也要养她的,我可怜的娃啊……"她母亲掩面,哭得欲生欲死,捶打着丁时的背。

"好啦,别再哭哭啼啼了,是你自己不争气,没给我生个男孩,而且我们家的女孩子已经够多了,孩子太多,我们实在是承担不出。"父亲被逼无奈,脾气也变得暴躁起来,吓得母亲蜷缩在被单一旁,双眼无神地,无助地紧紧抓着被子一角。

父亲摔门而出,留下母亲一人在房里。黑暗的客厅中,除了油得发亮的餐桌,周围都是空荡荡的。父亲在黑暗中点燃一支烟,一点星光,两行热泪,隐隐还看得见氤氲生气的熏烟。

但是,小熠很坚强,尽管受到残忍的对待,但是她只要想起奶奶对她的种种好,她暗暗发誓,一定要撑下去,一定要努力,一定要有出息,一定要好好报答奶奶的恩情。

于是，日复一日，年复一年，花开又花落，她没有放弃学习，同时勤勤恳恳做家务。她慢慢学会了怎么处理好这两件事，所以她的学习保持在全班前三名，家务也做得有条有理，有她在的日子，家里干净整洁，充满了温馨。尽管如此，好喝酒的表叔总是面红耳赤回来就给小熠一顿打。很疼，小熠咬着牙，想着忍忍就过去了，什么也不去处理。要不是奶奶每晚深夜偷偷拿了药油来给小熠涂上，恐怕那些伤痕会成为永远的印记。

奶奶对小熠的爱，小熠是永远也不会忘记的，但近段时间，小熠发现还有一个神秘人默默爱着她。那个神秘人会在小熠挑灯学习的深夜，偷偷地送上一个香喷喷的烤番薯。凡是对她好的人，她都会牢牢记住，唯独这个神秘人，从来没有露过面，她该怎么记住？

12岁那年，她小学毕业了，她的成绩非常好，她被老师推荐去当地一个重点初中学习，于是她成了办公室里热议的人物。

“老张，知道不？俺班那个小熠啊，特别优秀，这次毕业考试考了全校第一呢，镇里那边重点初中说全免费收她呢，多好啊……”小熠班主任向一个老师炫耀道。旁边的丁时可是听得一清二楚。

“看来，我是低估这孩子了……”丁时心里暗暗叹息，深深地吸了一口烟，长长地呼了出来。

生活就像在海上扬帆起航，时而风平浪静，时而波涛汹涌，不可能总是一帆风顺的。初二那年，意外发生了。小熠一不小心弄伤了双眼，那鲜红的血从眼里流出，像是对十几年不公的控诉。

医院，奶奶颤巍巍地站在手术室门口，来来回回挪动着脚步，嘴里还唉声叹气念叨着。

“多好的一个孩子啊，学习那么好，这双眼睛是少不得的，要是有啥子不测怎么办啊……”

“孩子，命苦的孩子啊……”浑浊的眼泪，蜿蜒爬在皱巴巴的脸颊上。

表叔也来了，就坐在长椅上，抱怨哀怨。

“本想着嘛，靠你出来，我就有福享了，如今，你这臭丫头还要我给你掏钱呐，我上哪去弄那么多钱呀……”

吱呀一声，手术门开了，医生拉着长长的脸走了出来。奶奶踉踉跄跄到医生跟前，抓住医生的衣服，老泪纵横。

“医生啊，这孩子严不严重啊，眼睛还能医好么？一定要医好啊！她还要看书的啊！”

医生沉默了，支支吾吾挤出了一句话：“老奶奶，恐怕是不行啊，这孩子的角膜被破坏了，需要移植角膜……”他小心翼翼地讲，生怕吓到了这位年迈的老人。

“角膜是个啥子？贵不贵啊？怎么治啊？”

“这个……该怎么解释……嗯，就像一台电视机，电视机的玻璃坏了，需要换上一块新的玻璃才能看得见电视里面的图像……这样懂么?”

“看不见?！我的娃呀,她还要看书的呢……”老奶奶伤心过度,晕了过去。

另一间病房里,老奶奶醒了过来,表叔低着头坐在老奶奶身边,还是无奈说道:“妈,您就别操心了,不就看不见嘛……”其实表叔也想安慰自己的母亲。

“啪”一声,老奶奶一个巴掌下去了,“你这个畜生！没心没肺,怎么能这样说?一双眼睛对孩子多么重要啊!”又哭了起来,哭着哭着,好像想到了什么,从病床上挪了下来,表叔想去扶,被老奶奶推开了。

奶奶只留给了表叔一个背影,她扶着墙,沿着壁,向医生办公室走去,却无意中听到这样一段对话。

“由于我们医院比较小,还没有角膜储备,要向外地调进,但是由于时间问题,不知道要等多久才调得过来。如果将病人送去大医院,也是挺远的。要是有人现捐就好了。”

“医生,用我的,行不行?”老奶奶从门外探出头,问道。

“老奶奶,你年纪大了,角膜的性能或许已经退化了,怕是不适合这个女孩啊……”

老奶奶失望伤心地离开了医院,偷偷跑回家里,因为她想到了小熠的亲生父母。

十几年的隔阂,那一夜老奶奶全都告诉了她母亲王倩,也将小熠的情况告诉了她。那时,她母亲王倩是一个人在家,父亲因与母亲吵架,自己一个人搬去教师宿舍睡了,而她母亲王倩的其他3个女儿打工的打工,嫁人的嫁人。听到这个消息,她母亲很镇定,眼睛里散发阵阵光芒,她没有把这件事告诉家人,而是自己做了决定。

手术很成功,小熠重获光明了。休养好了,小熠得以重新返校上学。但是由于复检的需要,小熠长期在学校住了,家也少回了。然而,时间飞逝,转眼就快中考了。上了初三,小熠更是只顾着忙学习了,但是她从来不知道她的光明是谁给的,一切只是照着自己的生活轨道运行。

奇怪的是,在紧张忙碌的学习中,她总能定期收到别人寄来的烤番薯。那一种味道很熟悉、很温暖。她总以为是奶奶寄的。

终于又到了学校放两天假的时间了,小熠像往常一样出街买东西,返校时,天色渐渐暗了下来,在经过一条小巷子时,她发现有一个人跟着她,她敏捷地一回头,发现有一个人愣在巷子边缘,瘦弱的身躯紧贴墙壁,她大胆地喊了一句:“谁在那里?”

黑影知道自己被发现了,支支吾吾回答道。

“小……小……熠,是我。”

这声音很熟悉,多了一些沧桑感。

“你是……”

“我是阿姨。”

“哦,阿姨。”小熠总算认出来了,放心地走了过去。

“阿姨,你怎么一个人在这呢?”

那位阿姨伸出手，四处摸索，突然伸到小熠脸上，小熠吓了一跳，本能地一躲开。只见她一个踉跄，跌倒在地，拐杖也倒地，滚出了一包热气腾腾香喷喷的东西。

“啊！阿姨，你没事吧？”意识到自己错了，小熠跑上去扶她，借着昏黄的灯光，她看见了阿姨的眼睛是瞎的，吓了一跳。

“阿姨，您，您的眼睛……”

阿姨立即将脸扭过一侧：“你先把我的拐杖找回来，好吗？”

小熠不知所措，四处寻找拐杖，在拐杖不远处。有一包东西，她拿起拐杖，也捡起了那包东西。那包东西散发着熟悉的香味，她忍不住打开一条小缝来看。

“番薯？！”小熠又惊又喜。将拐杖递给阿姨，托着那包烤番薯，问道：“阿姨，这番薯是我奶奶托你带来的么？这个味道我记得，我奶奶经常寄给我吃。”想着这样，小熠心里全都幸福。

“你奶奶？”阿姨迟疑了一下，结结巴巴：“嗯，是……是啊。”

“还有，小……小熠，我来，是想告诉你，那……那……你……”

“我？我什么？”

“你要有心理准备，你奶奶她……过世了。”

“什么？”捧在手上的番薯掉在地上，滚得四处都是。

“你不会骗我吧，怎么可能，她还烤了番薯给我呢？”小熠的眼眶装满了泪水。

“是真的，明天下葬，你表叔叫我，叫我带你回去见见你奶奶最后一面……”

“那我们现在赶快回去吧！”小熠拉起阿姨的手就去了车站，连夜赶回了乡下。

那一夜，小熠跪在奶奶灵前哭了一整夜，阿姨则蹲在门外哭了一整夜。心里绞痛，她却不敢露面，偷偷躲在门外哭泣。

几乎是到了凌晨四五点，小熠才镇定下来，她走进奶奶生前住的房间，房里还点着一根蜡烛，烛光摇曳，在黑暗中绽放光芒，她想起奶奶曾经对她说的话：“生命就像烛光一样脆弱，若是有一阵风，就可以把它吹灭。尽管这样，它还是用自己的生命在奋斗，尽力了，无悔了，至少曾经带来过光芒……”

日出而作,日落而息

陈清灵(2013级基地班)

一

“咯咯咯咯……”

窗外依稀传来鸡鸣声,一声之后又是一声,越来越响亮。

没一会儿,屋里也响起了窸窸窣窣的声音,英婶起身了。她和往日一样,蹲在天井里洗漱好,用扁担挑起两个不大不小的簸箕,放上一把短柄锄头,就轻快地往菜园去了。

乡下的空气甜丝丝的,晨风微微的凉。英婶醒了醒神,就着微亮的天色往村旁的小山丘上走。山上的小路曲曲折折,有些渗水的地方泥泞不堪,难以下脚。可英婶走得又稳又快,也是,走了三十多年,闭着眼睛都能过去了。似乎只一眨眼的工夫,英婶就到了自己家的菜园子。

她看了看,菜心熟得刚刚好,绿油油的菜叶,黄澄澄的菜花,一只只小蜂在其中晃悠悠地飞着,看着就喜人。英婶麻利地摘下菜心,顺手把菜花掐去,然后整齐地码进簸箕里。然后,她又翻了翻姜地,挖了几大块连着沙土的姜,三两下敲下泥块,又到一旁的小水涧里涮了涮,也放到簸箕里了。英婶动作极快,没一会儿就拔了香菜地里的杂草,松了松旁边地里的土,最后又取来放在菜园里的长柄勺舀了水,手臂一抡一抖,就把水均匀地泼洒到菜地上。洒出的水幕在阳光下熠熠生辉,菜叶上的水珠莹润可爱,放眼看去,一片青翠,生机勃勃。英婶看了一圈,觉着菜园的活做得差不多了,就挑起簸箕往回走。

英婶走到村头,天色已经大亮了。几个婆婶围着村头的水井坐着,唠嗑东家长西家短。

“阿英,去菜园回来啦?”

“是啊,今日的菜心好靓喔,摘了点。”

“挺好的喔,什么种啊?”

“就上次在镜林婆那里买的那个。”

和婆婶们聊了几句，英婶就往家走了，没有听到后面婆婶们又聊起她来。

“阿英真是好勤快喔，我都喊我媳妇去菜园的。”

“她几个儿子一家子都在外面，自己不干哪行啊。”

“是咯，几个仔都不沾家，连孙都没几个回来看阿公阿嫲噶。”

“唉，养仔养仔，老来享不到几分福，真是……”

二

“转啦？有没有挖姜？家里没啦。”池叔已经起身了，煮上了白粥，正在炒沙河粉。

“挖了。今日菜心也摘了，长得好靓，中午炒来吃啦。”英婶在东侧屋卸下扁担，把姜放到窗台上，然后就提着簸箕走到天井，把菜心放到大红盆里泡上水。

“唔，先前卖沙河粉的来了，我看还好，买了一点。炒好啦，拿碗筷吧。”池叔边说着，边找来大盘子把锅里的炒粉盛好。

英婶拿好碗筷，把粥和炒粉端到饭桌，刚盛好粥，池叔就收拾好厨房出来了。两夫妇很快吃完早餐，闲不下来，就又各自找活做了。英婶到天井把菜心洗了，顺手洗了块姜，掰下一块，拿来小刀开始刮皮。池叔则到了屋旁的鸡舍，把鸡放出来，让它们四处晃悠，然后就骑上摩托车，到镇上买东西去了。

中午，英婶洗了米，煲上饭，池叔开始炒菜。这天家里吃的是自家种的菜心和池叔在镇上买的排骨，就着大白米饭，简单却温馨。

“这种米是不错啊，香。”英婶吃着吃着就和池叔聊起来了。

“当然啦！比上次买那个贵好多。”

“贵点也算了，上次那个又硬又没味，煮都不烂，难吃过什么的。”

“唔，这个菜心甜，是好。”

“下次继续种这种咯。”

两夫妇边吃边聊，很快就吃完饭。英婶快手快脚地收拾好饭桌，洗好碗筷，就和池叔一起看午间新闻。年过半百的两夫妇到底已经老了，等到新闻播完以后，两人就回房午睡了。

三

时间安静地流淌，下午的阳光斜斜地照进大厅，把屋里烘得暖暖的。

“唔，几点啦？”池叔被一阵阵细微的声音吵醒。

“3点咯，起身啦。”英婶穿好鞋，就往房间外走。很快，池叔也出大厅了。

往日里这个时候，如果有客人的话，两夫妇还有点事做。不过这天，倒没有谁来串门儿，两夫妇只好闲坐在客厅里，东扯一句西扯一句地聊着。

“先前我碰上阿林老婆咯，他们是不是不太好啊？”英婶突然想起村上的一对夫妇。

“唉，什么老婆啊，前老婆咯。”池叔面色不怎么好看。

“什么？阿林五十多六十岁啦，这就离啦？”英婶感觉很惊讶。

“有钱了嘛，看老婆不顺眼，找了个二十几岁的靓妹，就在镇上电影院旁边住哩。”池叔很是不屑。

“之前说阿林跟一个深圳的老板做事，原来是真的喔？”英婶恍然。

“是啊，想不到就被他攀上人家啦。”

“唉，两公婆几十年，说离就离，真是不知道他在想什么，以为人家二十几岁的靓妹真心向着他么？”英婶摇摇头。

“人家知人家事，哪里轮得到我们理呢？自己过好自己的日子就好咯。”池叔显然看不惯阿林的做法，截住了话题。

英婶也顺势转了话题：“是啦，之前阿梅不是说想到广州打工么？杰仔怎么办？”

“怎么办？哼，两公婆扔下孩子到处跑，以后等孩子大了，他们就知错啦。”池叔一直对小儿子和儿媳不顾家的行为非常不满。

“他们两个是这样的咯，说都不听的，这么大了都要我们两个老的来操心。”谈到这个，英婶也难掩倦容，“他们不管孩子，我们可不能不管啊，还是把杰仔接回来吧？”

池叔沉默了一会儿，应了一句：“唔，只能这样啦。”

四

四点多的时候，两夫妇坐不住了，又开始忙了起来。

英婶挑起簸箕，准备再去菜园走一圈。池叔则到了厨房里，把灶上的大锅注满水，点着火，就坐在灶前烧水了。

过了一段时间，英婶回来了。接着，她找了条长棍出门，一边嘴里念着“咯咯咯咯”，一边手上不停地把鸡赶回来，然后关进鸡舍、放了鸡食，就转回东侧屋里看看有什么可收拾的。等到五点多钟，英婶洗米煲饭，这时候，热水也已经烧好了。

“你先冲凉啊，我先整点菜。”池叔在厨房里说了一句。

“哦。”英婶应了，提起水桶到厨房，舀了半桶热水，又到天井加了冷水，就进冲凉房洗澡去了。

英婶洗好澡以后，菜已经弄得差不多了，就差一个青菜没有炒。她让池叔去冲凉，自己接摊儿，动作又快又熟练。等池叔出来，饭菜就上桌了。池叔照常打开电视，调到常看的新闻频道，正好新闻开始播了。两夫妇边吃饭、边看新闻、边聊天，优哉游哉，享受着乡下人忙碌中难得的悠闲。

吃完饭、收拾好以后，池叔和英婶就闲坐在大厅里看电视，偶尔聊上几句家长里短，如同以往的几十年一样，显出几分岁月留下的亲昵和默契。不知不觉就到了九点多，两夫妇又收拾了一下，就上床睡觉去了。与喧嚣繁华的城市不一样，屋里屋外一片静谧，有着乡下特有的安宁。

两夫妇日出而作，日落而息。

日复一日，年复一年。

谁 的 药

冯靖娴(2013级基地班)

“203号,吃药啦。”护士推门而入,将手中配好药的药盘重重地放在病床旁的桌子上,不耐烦地说完后,推着满载药物的推车走出了房间。

阿青看了眼药盘中的花花绿绿的药,小心翼翼地将其中2片圆形白色的药片挑出,走到窗户边将剩下的胶囊拆开,把里面的粉末药物全部撒到窗外,做完这些,阿青安静地坐在床上,恬静的脸上一抹微笑缓缓绽放。

“你好,陈太太,又来看你的侄女吗?”走廊上的护士对着不远处向阿青病房走来的女士说道,“是啊,她最近情况怎么样?”陈太太边用手整理衣服外套,边问护士。“她最近挺乖的,按时吃药,很少大吵大闹,让我们省很多心呢,其他病人有她一半就好了。”护士笑着回答。“是吗,那真是太好了。”陈太太听闻护士这样说,不禁欣喜若狂,脚步也变得急切了起来,朝着阿青的病房走去。

房门的把手被大力地拧开,阿青坐在床上,听到声响后便缓缓转过头,看到来人是大伯娘,脸上的笑容又扩大了几分,神色越发乖巧。“我听说你好很多了,来,乖,听大伯娘的话把这份文件签了吧。”陈太太一进门便开口说话,双手急忙在包内翻找着,眼里是掩不住的兴奋,并未看阿青一眼。“大伯娘坐吧,这么远跑过来一定累了吧,先喝杯水吧。”阿青走过去,将椅子推到陈太太面前,然后回身去拿水杯,背对着陈太太将水注入杯中。

“好好好,我喝,你也坐下赶紧把这份文件签了。”陈太太伸手接过阿青双手递到她面前的水杯,许是想赶紧把水喝了让阿青签文件,又或许是真有些渴了,陈太太两口便将水杯里的水喝了个精光。陈太太昂头喝水的时候,阿青目不转睛地盯着她看,谁也没有发现阿青此时的笑意越发浓厚,眉眼弯弯的笑容有些意味深长。看着陈太太将水喝完,阿青才低头看手中的文件——房产转让书。

“走开,走开,不要碰我,不要碰我!”阿青突然之间将手中的文件狠狠砸向陈太太,大声地叫喊起来,将一切伸手可及的物品全部扔向陈太太。然而,阿青癫狂的样子并未吓到陈太太,她往后退了几步,气急败坏地说:“又是这样,一年了,每次一提到签文件就又是这个鬼样子,你爸妈都死了,怎么偏偏你这么命大,车都撞不死你!你别跟我装疯卖傻,装也没有用! 早晚有一天我会让你签的,别以为这样就能拖延时间,哼!”说完,陈太太头也不回地大步离开了阿青的病房。阿青在陈太太走后渐趋平静,一直握拳的右手松开,两粒被拆开的空胶囊静静地躺在手心,阿青看着这两颗空胶囊,嘴角又挂起了浅浅的微笑。

“203号,今天刚收到消息,你的大伯娘她患了急病,急性肝坏死,没抢救过来,人已经去了。听医生说是长期服用丙戊酸钠,这个是治疗精神疾病常见的药,你大伯说从来没看见过你大伯娘吃什么药,真是奇怪呢……”护士进来收走了阿青的空药盘后,拉过一旁的椅子坐下,带着不解和疑惑,似是自言自语般对阿青说。

两个月后,阿青成功通过精神病院对她的精神分裂症康复的评估和鉴定。走出医院的大门,阿青深深地吸了口气,面对着刺眼的太阳却一点儿也没有闪避,唇边的笑风轻云淡,随手将塞满空胶囊的药瓶扔进路边的垃圾桶里。

从今天开始,再也不用担惊受怕地过日子,再也不用隐瞒自己的真实情绪,再也不用解决根本不需要吃的药,还有……再也不用做研磨药丸成粉再装进胶囊里这么麻烦的事情了。

玻 璃 犬

梁翠琴(2013级基地班)

一

我是新加入城市中成千上万的“流浪狗大军”中的一员。一个星期前,我还在主人家中享受着舒适的被窝和丰盛的食物。可就在前天,一向恩爱的男女主人不知因为何事起了冲突。温柔漂亮的女主人散乱着头发,发疯似的把家里所有的东西都往地上扔。一时间原本干净整洁的家里满地都是破碎的玻璃碴和被撕得破烂的照片。而高大魁梧的男主人只是望着发怒中的女主人,没有上前给她一个温暖的拥抱,也没有甜蜜的耳语,他只是紧紧握住泛起青筋的拳头,狠狠地瞪着对着自己怒吼的女主人。从来没有遇过这种情况的我只好瑟缩着身子在角落里默默地看着怒不可遏的主人们。没过多久,主人们言语上的冲突演变为了肢体上的恶意。我看见从来没有对女主人皱过眉的男主人举起手掌向女主人的脸挥了过去……“啪”的一声在我耳边响起,然后我看见女主人捂着肿起的脸颊,生气地向我这边走来。

“出来!你给我出来!”女主人干瞪着眼睛,面目狰狞地朝我喊道。

我害怕地往角落里缩了缩,抬头一脸不解地看着她。

“出来!好啊,现在连你都不听我话了,是不是?!”说罢,女主人伸手过来狠狠地抓着我的前爪,蛮横地把我从角落里拖了出来。

我疼痛地呻吟了几声。可女主人好像听不见似的,直接拖着我往门口的方向走。

快到门口时,女主人突然一把放下了我。由于没有预料到,我一下子往身后的玻璃碴堆倒去……今天之前,我一直觉得在阳光下闪闪发光的玻璃瓶是世界上最好看的艺术品,可今天之后我才发现,越是美丽的东西伤得我越疼。我感觉到了那些尖锐的玻璃碴快速地刺破我的皮肤,那感觉冰冰凉凉得像融化中的冰水;这份凉意慢慢地渗入我温热的身体,然后沿着我的肌肉、我的血管一路而上,直达心房,沁入骨髓,最后凉意蔓延到了我的全身心。周围一片静谧,我听不见任何声音;眼前一片黑暗,我看不见任何事物;即使鲜血在我的背上汩汩而流,我也只感觉到冷,丝毫没有疼痛感受。很久以后,在我熟睡时这种沁入心脾、深入骨髓的寒意仍会不时唤醒我这段痛苦的记忆。忘了具体是什么时候,我才从别的流浪狗口中知道那种寒意是一种绝望,一种心如死灰似的绝望。

二

第二天,我醒来的时候发现自己正躺在臭气熏天的垃圾箱里。有一位环卫工人正在"打包"我所处的这堆垃圾。我轻轻地抬起头,环顾了一下周围的环境但还是不免拉痛了背部受伤的皮肤。这里不是"家"附近的垃圾堆,我不免有些失落,虽然我不清楚自己是否还愿意回到原本那个"家"。不过这些现在都不是最重要的,当务之急是从这个垃圾箱中出来。垃圾箱并不高,再加上下面的垃圾作为垫子,平常的我可以轻而易举地逃出去。但是如今的我受伤了,奋力跳出去恐怕会撕扯开我还没愈合的伤口。所以我只好寄希望于身边的环卫工人能够好心地把我抱出来。于是我只好安静地等待他过来发现我。很快地,我听见了他翻动我上方垃圾的声音。我尽力做出一副等待救援的无辜表情,还十分期待地叫了一声。结果环卫工人听到声音吓得把手里的塑料袋扔在了地上,过了好一会才继续翻动这堆垃圾,然后才发现了我。我又假装十分友好地叫了一声。环卫工人愣了一愣,然后向我展开了双手。我高兴地向他的方向凑了凑,以为自己终于可以离开这个肮脏的垃圾箱了,结果却瞥见他右手拿着工具钳正向我挥来。我只好闭上眼睛,不顾背部的疼痛奋力向反方向跳出去。直到身体"轰"的一声摔在地上后,我才敢睁开眼睛。我回头看向环卫工人,发现他正气急败坏地叫嚷着:"死狗!别跑,竟然吓唬老子!看我不打死你!"向我奔来。我吓得赶紧跑出了那条垃圾小巷。

好不容易跑出了小巷,我才感觉到背部的灼痛和身体的饥饿。我已经无家可归了,身上的伤只能听天由命,但是身体的饥饿那就要靠自己解决了。我开始漫无目的地在街上行走,看着匆忙行走的人类,我猜现在还是上班的高峰期,离饭店、餐厅那些午餐还有一段时间。所以在这期间要找到吃的是难上加难。好不容易终于等到了饭菜飘香的时候,我早早地走到观望已久的小女孩身边,用头温柔地蹭了蹭她的脚踝,还用十分欢快的声调叫了几声。小女孩和她的家长仿佛被逗乐地看着我,笑了笑,然后愉快地把盘里剩下的鸡腿放到了我面前。我高兴地摇了摇尾巴,然后便把鸡腿叼到角落里津津有味地吃了起来。

当我吃得正欢时,面前出现了3条眼神凌厉的流浪狗。我抬头看了看来者,算是打过了招呼,然后继续低头啃我的鸡腿。对方显然不满意我的敷衍,其中一位高声叫道:"你是哪里来的?敢这样来对我们3位?你知道我们是谁吗?"

本来吃饭被打扰心情就已经不好的我被他这么一说,心里更有火了,于是我也不满地回复:"你们是谁很重要么?没看见我正在吃饭吗?!"

"哟!小子口气也挺大!告诉你,这里所有的流浪狗看到我们没有一个不称我们'爷',你小子刚来,没规矩我不怪你,但是总得知道有吃的先给3位爷尝尝鲜的吧!"其中那位脸上带有刀疤的黑狗轻佻地说道。

“我不知道什么爷不也爷的，我知道东西都是先到先得的，这个鸡腿是我先要来的，当然由我来享用！”

“哟！你小子可别敬酒不吃吃罚酒！”黑狗一边愤愤地说道，一边露出獠牙，凶狠地瞪着我。

我强忍着背部的伤，也尽力做出准备迎战的姿态。

正当我们的“战争”一触即发时，饭店的员工终于因为受不了我们的叫声，拿出扫把赶走了我们。因为逃跑的方向不一样，我还是避免了和3位“大爷”的一场争斗。为此我暗自感到庆幸，只是我不知道原来在这一带这3位“大爷”的影响力倒真是挺大的。

接下来的几天里，每当我出现在任何一家饭店、餐厅附近总有几只“同行”高声地赶我走。不能接近饭店，我只能到垃圾堆里寻找食物，可是在找到一两次后，每次连我靠近垃圾堆时，都开始有其他狗进行“把守”。原本因为受伤身体就显得虚弱的我，由于饥饿早已显得病恹恹，没有活力了。

三

好在“天无绝狗之路”，饥肠辘辘的我终于在某个夜晚听到了食物的“召唤”。那晚饥饿的我用尽身上仅存的力量，循着食物的香气来到了某个大排档，看到了一位一手挥舞着玻璃瓶，一手拿着一只烧鸡“召唤”我过去的老头。正当我讶异终于没有流浪狗出来阻挡我的“食路”时，我仿佛看见巷子尽头有几个欲进又退的狗影，心里油然升起一股不祥之感。但是天知道此时此刻食物对我的诱惑有多大，恐怕即使前面是个陷阱，我也还是会朝猎人的枪支走去。

于是我拖着又累又饿的身体，有气无力地来到了老头脚下。老头看见我乖乖地走了过来，朝我微微一笑，然后高兴地举起手中的啤酒瓶一干而尽。我等到他放下手中的酒瓶，故意温柔地叫了几声，然后舔了舔他干扁的手。老头会意地拿起桌上的烧鸡向我伸来。我高兴地抬起了头，眼冒金星地看着慢慢靠近的烧鸡。当我的鼻子快要碰到香喷喷的食物时，突然间听到了一阵熟悉的摔碎玻璃的声音，我害怕得往后颤了一颤。然后就感觉到了一阵凉意袭向我的眼睛，尖锐的玻璃刺破我的眼膜，刺破了我的眼球……这样的寒意是如此熟悉，让我不禁想起了那天下午我倒在那满地的玻璃碴子上，背部传来的深入骨髓的冰凉。我本能地闭上了眼睛，在黑暗中，我感觉到了一股温热的液体正伴随着老头诡异的笑声从我的眼中流出。我想起了之前老头手里拿着的玻璃瓶，刚才在店铺灯光的照耀下它是那么闪耀、那么美丽，可是为什么转眼间它却伤得我这么痛？果然是越美丽的东西伤得我越痛么？

四

第二天我在一个熟悉的怀抱中醒来。我试图张开眼睛，但锥心的疼痛感让我放弃了尝试。于是我用鼻子嗅了嗅周围的气息,熟悉的香水味让我感觉自己仿佛回到了原本的家。所以当头脑上方那股熟悉的声音传来的时候,我并没有表现很惊讶。

“宝贝,你醒啦?虽然不知道你遭受了什么,但从今以后,我会好好保护你的。”女主人一边温柔地抚摸着我的额头一边轻声说道。

我会意地哼了几声。

原来女主人路过那家大排档,听到了一阵摔碎玻璃声音,然后往里一探就看到了满脸鲜血的我……所以被刺瞎的我和原来的女主人又生活在一起了。虽然失去了光明,但终于不用再过上风吹雨打、食不果腹的日子,我心里的阴霾散去了不少,虽然我仍然忘不了那些美丽的玻璃带给我的痛苦,并且这份痛苦还因我在新家里发现了不少玻璃装饰而逐渐加重。我想我可能患上了“玻璃恐惧症”。虽然我不知道这种病实际上存不存在。

在没有男主人的新家里,女主人比以前更爱抚摸我遍体鳞伤的身体。有时当她摸到我背上还未愈合的伤疤或是不小心碰到我的眼睛时,我偶尔会吃痛地叫唤几声。这时她便会温柔地说:“宝贝,没关系的,不用在意这些伤疤,在我眼里,你还是完美的,甚至比以前更加美好。”虽然我并不懂我的伤疤与“完美”有什么关系,但还是温顺地往她的怀里钻了钻。

因为有了女主人的照顾,我的伤恢复得很快,眼睛终究还是看不见了,但背上的伤疤已经慢慢地结痂愈合。不知是不是因为视觉的丧失而带来其他感官过于敏感的原因,有些时候当女主人小心地摸着我已经结痂的伤口时,我似乎感受到了她不开心。我觉得应该是自己敏感过度了。

终于有一天,女主人回到家里热情地唤了我过去。我闻声来到了她的脚边,她温柔地摸了摸我的头,然后打开塑料袋子,在我面前展开,轻声道:“宝贝,快尝一尝,看看好不好吃。”

我听话地往塑料袋子凑了凑,是很香的卤肉。但因为最近我的嗅觉变得过于敏感,我发现这些卤肉似乎多了一股奇怪的气味。

看我对着卤肉似乎有些迟疑,女主人柔声道:“怎么了?不喜欢吗?我特意买回来给你尝尝的。”

在女主人的催促下,我只好埋头吃了起来。很快的,一袋子的卤肉已经被我“消灭殆尽”。我抬头等待女主人的抚摸,但是还没有等到她温暖的安抚,我就无力地倒在了冰冷的地板上。我躺在地板上,感受到自己的生命正慢慢地逝去,脑海已不可控制地漂浮起了往事。我想起了,以前的家里总是摆满了各式各样的玻璃摆饰,除了是因为女主人喜欢之外,还因为这些饰品中有很多是女主人自己制作的;想起了女主人是个即将毕业的艺术生,她最近一直在为毕业作品发愁;想起了以前她每次看到我在玻璃光的映射下奔跑的身影时眼里散发出的炙热光芒;想起了那天男主人扬手打女主人时吼“我不准你杀死我们的狗!”;想起了当女主人发现我倒在玻璃碴堆那一瞬间的担忧;想起了女主人曾经把冰凉的玻璃珠子放在我受伤的眼眶前而发出的诡异笑声；想起了刚才我倒下那一刻从女主人嘴里传来的那一声“沙扬娜拉”……

我感觉到越来越冷，体内的某股唤作灵魂的东西正逐渐漂离我的身体。顺着我的灵魂，我看见女主人正在忙着往一个足够容纳的玻璃箱子里倾倒一种包装上写着“福尔马林”的液体。我还看到了在桌子上平铺着一张画着我肖像的画稿，只是在画里，我眼睛和背部的伤疤都被玻璃珠子取代。画里的“我”和身上玻璃珠子俨然构成了一幅艺术品。虽然不懂艺术，但我本能地觉得这将是一幅堪称完美的艺术品，更不用说是一份杰出的毕业作品。果然，我在“毕业作品初稿”的下面看到了女主人的署名以及“玻璃犬”3个字。

我想应该不会再害怕玻璃了，因为它今后将成为我的一部分，和我一起成为一件完美的艺术品。

飘着飘着，我仿佛看见从画稿中的“我”眼睛里散发出来的耀眼光芒，它太美了，太刺眼了，刺得我的眼睛开始流出温热的液体，我举起手轻轻地擦了擦眼角溢出的液体，它暗暗的又暖暖的，暗得好像女主人娇艳的嘴唇，暖得好像女主人温暖的怀抱。

我感觉我的身体越来越轻了。我该离开了，是吗？让我再回头看一看温柔美丽的女主人一眼……你看呐，她还是笑着，她笑得多么好看呀，就像天使一样……

我飘呀飘，飘呀飘，终于快要离开这间屋子了。这间屋子和原本的家一样，到处摆放着精致的玻璃装饰，五光十色的玻璃在阳光的照耀下闪烁着。在此之前，我一直觉得玻璃堪称为世界上最美丽的艺术品，但到了最后我才明白：越美丽的东西伤得我越深，越爱的人伤得我越疼；以及比死更伤的是源于内心深处又不可遏制的绝望。

娑 婆①

王丹(2013级基地班)

她,家境殷实,容貌姣好,精通诗书,一个典型的大家闺秀。本该媒妁之言,父母之命,嫁一个情投意合的如意郎君,但是——

那一年庙会,人群熙熙攘攘,她踮足张望走散的丫鬟,恰好与远处的他四目相对。他穿着一件月白长袍,悠悠地走过一棵胭脂色的花树下,微风起,吹落些许的残瓣飞在他身上。他向她点头浅笑了一下。下一刻,他就淹没在了红红绿绿的人潮中。她回过神来,在人海中来回寻他,未果。

时间过去了很久,她仍未忘记那天的回眸,那天的年轻人。她不知道他的名字,她不知道他的住处,甚至连他的容颜也有些模糊,但是她铭记着与他对视的那一刻的微妙悸动。她想再遇见他一次。

于是,她日日在佛前求拜,虔诚地期盼佛能许她一次相遇。

也许是佛被她的执著打动,佛劝说今世他与她无缘,前世五百次回眸尚且只换来今世的一次经过,她说她愿意用等待换取一次相遇。于是佛将她化为一座白玉石桥。

时光来复去,几十年过去了,桥上的人来来往往,却未曾见他。白玉石桥在岁月的腐蚀里变得污迹斑斑。第50年,佛祖出现,告诉她,他明日要来了。她激动不已,可以听到自己现在冰冷躯体中的心跳声。他来了,依旧是那件月白的长袍,从桥边走来,模样依稀是记忆中的那样。她听着自己的心跳,感受着他匆匆的步伐。树叶随着风打着旋飘落在远处的水中,他匆匆地经过了石桥。她又看着他消失在人海中。

佛出现在她面前,说愿望已了。她再求佛许他为她多一分驻足,她说她愿意继续等待。于是佛将她化为一棵红豆树。

时光老去世间的年少,相思树下多少痴男怨女离离合合,却不见他。相思树在百年的河流中变得苍劲茂密。已是第150个年头,佛祖终于来告知她,他的到来。这一次,她心情平静了许多。他一袭青色纱衣,手拿折扇走到相思树下,靠在粗壮的树干上,伸手幽幽地搓着枝上红豆。她用茂密的树冠为他遮挡灼人的日光,低头看着他眼。她有些不记得他的模样。些许,他起身离开,她目送再一次他远走。

① 娑婆:佛家译为“堪忍”,世间众生忍受诸烦恼而不肯出离,求不得,放不下。

佛出现，问她尘缘是否已了。她求佛让她以曾经的模样出现在他身边，她说她再等，佛许她。

她在佛前等了300年，300年期满，佛将她送到了他身边。她站到一座宅子的门口，他一袭玄色大衣，一边吩咐下人，一边走向大门。当他走到门外，他与她面对面站到了一起，此时的她竟前所未有的平静，她看着他，他与她心中的那个影子只是隐隐约约有些重合。他笑问她有何事，她笑而不语，只是淡淡地行礼，随即转身，离开。

她回到那方清虚，她自笑500年的等待皆是虚妄执念。佛说有一人为了她的一次回眸，已等了1000年。

后记：顺其自然，能得自在，一切皆是痴念，放下也是缘。

天　命

吴昊旸(2013级基地班)

一

“当家的,生了,生了!”

“嗯……男孩还是女孩?”

“恭喜当家的,喜得千金啊!”

“当家的,孩子起个什么名字好?要不要请个先生来算一下?”

“就叫,天命吧。”

这是他的第三个孩子,是个女孩,叫林天命。

日子一天天过去,天命也长高了许多,快赶上她的两个姐姐了,她却一点都开心不起来。小小年纪,每天一副心事重重的样子。或许是因为从她出生的那一刻起,父亲就很少关心她的一切了。

在她儿时的记忆里,很少有父亲林玄的影子。父亲好像总是有很多很多事情要处理,也无暇顾及她,更别提关心她的成长了。每天陪伴她的只有吴氏。吴氏是管家老吴的媳妇儿,天命出生的那年,吴氏也刚刚产子不久,也就做了天命的奶妈,天命是吃着吴氏的奶长大的,而林玄也知道天命需要有个人照顾,便留下吴氏照顾三女儿的日常起居,直到她长大成人。

时间过得飞快,天命也到了二八年华。她的命运本该像大姐天娇那样,做个深居简出的大小姐,跟着老师学习琴棋书画,最后嫁给父亲熟识的大户人家。可是那年,辛亥革命爆发了,革命军进城了。

“老爷,您来了。”

“嗯,我今天来看看天命。三小姐人呢?”

“在屋里刺苏绣呢,手艺和夫人像极了,我去帮您找她。”

“不必了,告诉她,让她收拾收拾行李,我们该走了。”

“老爷,您要带天命去哪?”

“革命军进城了,我们要连夜走。吴妈,您和老吴就留在这里帮我们照看家产吧。”

天命终于忍不住跑了出来:“不,父亲,我不走!我要留在这里,生生死死陪着母亲和吴妈。”

“傻孩子,天数变了,革命军进城了,快跟老爷走吧!”吴妈急忙插话说。

“我不走!我要留下来陪您!”

林玄沉默不语,没人知道他到底在想些什么。

“那你就留下吧。”

吴妈愣在了那里。天命也没想到一向强势的父亲却和她妥协了。她却只是随口说了句:“谢谢。”

二

革命军进城了,一队人来到了林家大院,带头的是一个青年军官。“你们都在门外守着,小李,你跟着我。”他敲了敲门,可是没有人回应。其实,管家老吴就在门后紧张地听着门外的动静。

“再不开门就砸了!”

“别别别,我给您开门。”

老吴哆哆嗦嗦开了门,立马就跪在了地上:“您大人有大谅,别跟我们这些奴才一般见识。”

夜里很静,只有火把燃烧和兵士擦枪的声音。老吴怕极了,他知道革命军是不好惹的,这帮人会不会跟土匪一样啊,烧杀抢掠,无恶不作,那屋里的三小姐和老爷的家业可怎么办啊,真是无颜再去面对老爷了。做了一辈子管家的他,却没有想到自己的生命快到了尽头。

“爹,是我啊!”

啊,这领头的是不是头昏了,怎么管我叫爹。老吴跪在地上久久不敢起身,这时,青年军官却把老吴扶了起来,老吴这才借着火把昏暗的光看清了军官的面容。

“你这个不孝子!你不是在广州读书嘛!混蛋!你怎么参加了叛军!你丢尽了老吴家祖祖辈辈的脸啊!老爷看得起你,花钱送你去读书!你却回来抢掠家乡的人民,哎呀,天理难容啊!你迟早会遭天谴的啊你!”老吴瘫坐在地上,骂着眼前他朝思暮想的儿子——吴天佑。

“爹,我们是革命军,是老百姓的救星。您怎么能这么说呢!”

“好好的书你不念,去跟着这些人造反!你滚,滚得越远越好!”老吴起身打算将吴天佑推出大门。

“你这个老夫子,真是什么话都听不进去!让开,我去找我娘。娘,娘!”

奶妈和天命本在后院的地窖里躲藏着,但吴氏仿佛听到了儿子的呼喊声。“天命,是不是我们家天佑回来了?”

“不会吧,天佑哥不是被我爹送去广州读书了?怎么会回来呢?”

“不行,我要出去看看,天命,你在这里好好待着,别出去。”

“娘……”天命嘴里憋着没说出口。

吴妈出了地窖,赶忙跑到前院,看到一身军人装扮的天佑,吓了一跳。“儿啊,你这是咋了?让人抓壮丁了?咋还舞刀弄枪的。”

“娘,我这是参加革命军了,专门来帮助家乡的父老乡亲。像林玄这种资本家买办阶级,应该为革命出些力。”

“啊,啊,娘不懂。你活着就好。”

“孩儿他娘啊,这个兔崽子是造反了啊,气死我了,哎!”

“爹,你别把革命想的那么肮脏,我们是推翻军阀统治的斗士。”

“你……你……你……”老吴被气得说不出话来。

“娘,你过得好么?怎么院子里这么静?林先生他们都睡了么?”

“林先生,他有事,最近不回来,天命在后院地窖里躲着呢。”

“干吗躲着?我把她当亲妹妹一样看,她躲着我?”

“还不是怕……怕革命党。”

“走,娘,带我去看看天命。”

三

一个月后,林玄回来了,他发现大院门口站了两个革命军,转身想离开。老吴看到林玄,赶忙跑过来。

“老爷,不,先生,您回来了……”

“嗯,天命还好吧?”

“天命很好,您这是……”老吴指了指林玄胳膊上的绷带。

“被革命军的流弹打中了,没大碍。这一阵家里还好吧?”

“一切都好,天佑也回来了。这革命军是来保护咱家财产的,您不用怕。”

“嗯。”

林玄走到后院,看到天命在和一个革命军聊天,还是吃了一惊。

“天命。”林玄放低声音喊了一声。

“爹,你回来了!”天命跑过来准备抱林玄。

“伯父,您回来了。”天佑起身鞠躬。

这时,林玄才发现,原来穿军装的正是天佑。胳膊上的弹孔隐隐作痛。

林玄和吴天佑谈了谈国内革命的形势以及对待资本家买办的政策。他明白了许多,可能这发流弹真是个意外吧,或许,这就是命吧。事实上,林玄在逃往上海的路上,遭遇了革命军,被当成间谍追击,才受了伤。

四

清晨,天命独自在院内赏桂花。林玄走了过去,问:“在想什么?”

“没想什么啊，爹。”天命对着林玄撒娇。

“你啊你，真像你母亲。性格真像，都是倔脾气！”

“爹，你给我讲讲，娘是个什么样的人吧？”

“好，真是拗不过你这个小性子。”

天命的娘在天命出生的时候就死了。她的墓就在院子那棵桂花树下。这就是林玄的命吧。

“天命，你觉得天佑哥怎么样？”

“他，他挺好的……”天命红着脸，林玄似乎读懂了些什么。

“天命，你的母亲，她为我生了三个孩子，却唯独没有一个男孩。这也是你名字的原因，我本身就是笃信上苍的人，你母亲生了你，就因为大出血而去世了，而我没办法不把这归结于天命。你的名字，林天命，也是由此而来。有的时候，真觉得吴天佑就像我的儿子一样。”林玄淡淡地说。

“爸，有的时候，他真像我的亲哥哥。”

“谁说不是呢……”林玄低下头叹气道。

五

吴天佑升官了，做了警备连连长，是他的上司蒋团长提拔的。

“团长，承蒙厚爱，我吴天佑一定为北伐大业鞠躬尽瘁，唯您马首是瞻。”吴天佑情绪激动，因为这是他第一次得到实质性提拔。

“天佑啊，听说你跟林家关系不错。这个，这个，咱们十三团的军饷最近有点揭不开锅啊。你看，能不能帮帮老兄？”蒋团长是个泥腿子出身，说话吞吞吐吐的。

“林玄算是我的伯父，这个自然而然包在我的身上。”吴天佑答应了下来。

吴天佑回到了林家大院，敲开了林玄房门。

“伯父，您立功的时候到了，十三团最近在募捐军饷，您看……”

“天佑，你们十三团不一直管理着苏州河旁的众多商铺么？咱家的洋行每月也按例交税啊。”林玄不解地问。

“伯父，您应该抓住时机，所谓识时务者为俊杰嘛，这么好的立功机会您都不把握？”

“可是，天佑，你也知道，这世道，生意是越做越差，伯父一时也拿不出那么多钱啊！”

“您这么聪明的人，我就不多说了，留步。”天佑头也不回地走了出去。

林玄呆呆地望着他。

六

桂花开了又落，军饷的事情还没有着落，林玄坐在院子里回忆着革命前的生活，生活是那样安逸。而现在,政府剥削,军队搜刮,百姓民不聊生。哎,世道变了,都是天命啊……

“爹,你在那想什么呢?”天命开心地跑过来。

“林天命,你都多大了,还这么小孩子气!”林玄有些生气地说。

“爹,我还不到20呢,你干吗凶我,哼!不理你了。”天命又开始和林玄撒娇。

林玄突然想到,天命今年已经18岁了,天娇、天采都是17岁就出嫁了,我这个当爹的一天天都在想什么啊。也该为天命找一户合适的人家啦。

“闺女,爹也该为你好好考虑终身大事了。”

“爹,你干吗,你是不是生气了,你干吗要把我送走!”天命对林玄哭闹着。

“你看,你大姐二姐都是17岁嫁出去的,我也该为你考虑一下的。”

“可是,天佑哥不也没有成家么……您干吗不先为他着想啊,您不说他像您的亲儿子一般么?”天命反驳道。

“他就是我的亲儿子……他不该逼我的。”林玄冷冷地说。身体却不由自主地颤抖了一下。

林天命睁大眼,一句话都说不出来。

林玄也沉默了,时间好像过了很久的样子,才慢慢说道:

“天命,我不该瞒着你的,天佑是你同父异母的三哥。我以为可以瞒你一辈子,我知道你喜欢他,但你们不能在一起,因为他是你的哥哥啊……都是我的错,都是我的错,我对不起你娘,对不起你,对不起天佑啊。这都是命啊!”

林天命默默走回了房间。她不知道该怎么面对这个事实。

七

夜里出奇地静,饱经战火的苏州城终于可以歇歇了。

“三小姐,起床吃早饭了!三小姐!”吴妈敲着天命的房门,往常一向早起的天命今天怎么会赖床。

“三小姐,我进去了啊。”吴妈推开门走了进去。

可眼前的一幕把她吓傻了,天命悬在房梁上,一动不动。

“老爷,老爷,天命她……天命她!”吴妈哭喊着去找林玄。

“怎么了,你慢慢说。”林玄依然是那副淡定的姿态。

“天命上吊自杀了。”说完,吴妈就哭晕在地板上了。

林玄一屁股坐在了地上,喃喃自语:“我不该告诉她的,我不该的……这就是命啊,这就是天命啊。”

交军饷的那个日子终于到了。吴天佑带着卫队来到了林家大院,林玄早已坐在门口等着他,自从他上次离开后,他没有回来过,他也不知道天命已经不在了。

“伯父,军饷您准备好了么?”

“军饷,你看我像军饷嘛?我没有钱,我也没什么可留恋的了。”林玄似笑非笑地回答他。

“伯父,你这个人怎么就这么不开窍呢！不过是一点钱嘛,钱财乃身外之物,有什么大不了的。您还有天命不是,我可是拿她当亲妹妹看的!”天佑不耐烦地回应着。

“天命,呵,她死了,哈哈哈。”林玄像是疯了。

“什么?! 死了,怎么会！你骗我,你骗我！她前几天还好好的,怎么会死!”天佑情绪激动,语无伦次。

“我逼她嫁给城西的姚家,她不从,就上吊了。哈哈哈。”

“什么,你这个混蛋！林玄,你怎么会逼她做这样的事,军饷你不交就算了,连亲闺女你都要逼死。来人,把他带走!”

这时,管家老吴和吴妈冲出来,跪在天佑的面前,说:“天佑,你看在老爷平时关照咱们家的份上,你就绕过他吧！儿啊,我们老两口求你了!”

天佑沉默了一会,还是斩钉截铁地说道:“带走!”

八

天佑和蒋团长坐在团部办公室中,商量着如何处理林玄的问题。

“吴连长,你的看法呢?”

“团长,我觉得这个人已经疯了,财产充公算了。”

“不不不,我觉得不杀鸡不足以儆猴啊。你去办这件事吧,做好看一点,我提你为营副。也足显示你大义灭亲,为北伐事业尽心尽责的忠心。”

“唯团长马首是瞻。”

校场外,林玄跪在地上,蒙着头。

“伯父,你还有什么遗言么?”

“哈哈哈,快杀了我,儿子杀爹,这真是天命啊！真是天大的笑话!”

“伯父,您已经疯了,为了天命,对不起。”

单　　车

闫锦(2013级基地班)

初秋的傍晚。阿程离开了家。

大力甩上身后的门,好像如此便能把内心积郁的所有矛盾都关在门内,与她现在所处的空间隔离。

飞奔下楼,每下一级台阶都在心里默默咒骂:混蛋,大男子主义,刚愎自用……混蛋男人。

不值得为这种事哭什么,不过她确信自己那时的样子很难看,因为路过小区门口时,她又留意到了那些闲聊的老女人们那令人讨厌的、刻意瞟过来的目光。

烦!

陪母亲工作了一下午,她一直高烧不退,却强撑着帮忙布场,调试设备,为第二天的婚礼做准备。可回到家中,却看到沙发上的男人优哉地吃着葡萄,看着电视,明明下午他是可以去帮忙的,什么叫做他太累? 真是混蛋。

跟父亲的争吵,从自己刚步入青春期开始,就可以用频繁来形容,上了高中则更多的是冷战。本以为现在自己上了大学,随着自己的不断成长,与父母的不断疏离,矛盾会逐渐化解,双方会慢慢理解彼此。然而那个人,他就是那样,油盐不进,软硬不吃,每次满怀希望与他沟通,最终都会变成自讨没趣。夹在中间的母亲,义无反顾地扮演起调停者和信息传递者的角色。不过这次,阿程选择逃开,调停者也生病了。

北方的秋天,白日早早地消退,天气微凉,路上已有黄叶沉睡。

阿程沿着江堤,踱着步回到自己曾经的高中。

路上也看到不少一同散步的一家人,那挽在一起的手臂,那被驮在肩膀上的笑容,此刻却平添了她的烦躁。

江心广场上猝不及防地响起了陈奕迅的《单车》,小时候的自己也曾坐过那个男人的肩头,但更多的是坐在他单车的后座。把脸埋在他的后背上,然后对着旁边另一辆单车上的妈妈吐吐舌头。那时候的一家人一起去公园,去郊区,去水库,那时的他还没成为现在这个小城市里有点名气的电视台主持人,那时候的妈妈也不是能管理一家婚庆公司的女强人。

不过，反正改变也都是必然的吧。

阿程小时候一直被父亲当成儿子养，名字就像男孩子，儿时不多的照片上都是清一色的短发，也很少穿裙子。她其实很佩服那个男人，倔强，有力量，敢于追求自己的梦想，从小职员到今天的主持人，背后流过太多汗水。然而让她是佩服而不是敬佩的，是她不能忍受的一点，他打人。打自己倒没什么，他还打自己的女人。更令她不解的是，母亲竟对此那么不以为然，两人争执过后还是能和好如初。也许这是他们那么多年以来的默契，不过她并不懂，她只是觉得，如果自己是个男人，一定要比那个男人好。只不过她没发现，自己也像那个男人一样，固执，脾气不好。

总之就是抱着各种各样的心理，伴随着一些争吵，阿程也悄悄发生了改变。

初中开始就一直穿着很中性的衣服，留着男生头，总是在上课前几分钟再一个人跑进女厕所。她有些沉默，好朋友不过那几个。

高中进了新班，自己的性别“成功地”让同学们有些迷茫，有个奇怪的女生一脸很懂的样子，跑来悄悄问自己：是不是喜欢女生啊？

当时的答案当然是否定的。但现在回想起来，似乎就是这个女生，为自己打开了新世界的大门。

不过这个世界，好累啊。

已经忘记了是从什么时候开始，对坐在身边的那个女孩产生了不一样的情感，明明最初相见时并没有所谓动心的感觉。可能故事的开端总是不同，但结局总是相似。

令人感动的是，同桌并不厌恶与自己在一起，那时候单纯的两个人，是幸福的。自己的成绩一直很好，老师也明白这种事与其强加干预，不如放任它自然夭折。

周末一起约出去逛街时自己会有点在意旁人的目光，也不是没有想过被父母知道了会怎样，但不知为何想想父亲知道时会露出的表情，自己心理竟然有种类似报复的快感。

就这样直到升上高三，直到一天晚上班主任约了父亲出去喝酒。那晚他是喝得大醉回到家，只不过破天荒地没有发脾气，没有跟母亲争吵，什么都没说，早早就睡了。当然了，和班主任出去喝酒这件事，是后来母亲告诉自己的。

当时她知道的就只有，换了新同桌，原来的她开始疏远自己了。而母亲陪自己买衣服的时候，会拉自己进女装店，但并不强迫自己去穿那些衣服。

好在高三繁重的学业是转移注意力的好方式，阿程自知无力改变什么，就只能顺其自然让故事发展下去。

故事的开端不同，结局却跟大多数普通的校园情侣一样相似。

两个人成绩都不错，却分别考上了不同城市的大学。阿程学了自己不喜欢也不讨厌的专业，将来再不济也能用来帮家里做一点事。而前女友毕业后很快就交到了男朋友。之后再主动联系的理由，也就只能等一年一度的节日了。

这不是她想要的，但生活就是这样吧，诸如此类的。

想想自己，也还是太幼稚。

毕业后,父亲自作主张地把家中阿程带不走的各种东西打包送人。当初他送给她的单车连同旧书被一同送给亲戚家的一个弟弟。

如今那辆单车就停在眼前校园的自行车棚里,看得出来新主人也很爱惜它,一如当年的自己。

新主人此时正在不远处教学楼里的某个亮着光的小窗里上晚自修吧,一如当年的自己。

只不过他是个男孩子呢。他应该没自己这么疲惫吧。

在校门口站了一会,晚风吹落了更多的叶子。

回忆就到此为止吧。

回到家里的时候,父亲已经在沙发上睡着了,电视机还开着。阿程有些庆幸,毕竟避免了尴尬。

母亲的高烧已经退掉了,正在卧室里帮父亲整理洗好的袜子和内裤。阿程也不知自己是怎么想的,伸手去帮忙了。母亲问问自己去哪里了,之后两人便都不说话了。

第二天阿程约了高中朋友见面,晚上回到家时发现自己的卧室里居然停了一辆崭新的单车。不是之前送人的那种山地车,是带着后座的,很普通的一辆,后座上夹了一张纸,上面是父亲好看的字迹:给女儿。

阿程不知道为什么此时脑海里浮现出了自己升学宴的场景,面对着那么多同学、亲戚,一家三口人在烂俗的背景音乐和主持人煽动性的话语下,紧紧地抱在了一起。

那是她印象里,唯一的一次,三个人,紧紧地,抱在一起。

傻　　子

杨嘉茹(2013级基地班)

我已经许久没有见到傻子了。

傻子是一个30岁左右的女人,但由于脸上总是带着一种懵懂不谙世事的表情,看上去像个10岁的小孩子。她并不高,一米五多的个子,由于身形臃肿,看起来便显得更加矮小了。由于胖,走起路来屁股总会左右扭动,显得有些滑稽。她说话有些含糊不清,操着一口江门式的粤语,有时声音会突然变得很尖锐。附近的小孩一听到她说话,便在一旁掐着嗓子,故意拉长声调学她说话,有时她反应过来,会回骂一句,不过换来的是更大的笑声。

附近的人都叫她傻子,而我由于胖,常常被归入傻子的"同一阵营",每次经过傻子的身边,大家都会叫嚷起来:"睇,俩母仔又出来行街咯。"有时傻子会回过头来,冲着我傻傻地一笑,本来就多肉的脸一笑起来,肉都堆在了一起,眼睛被挤成了一条线。我看着反感,对身形本身有些自卑的我,由于傻子而受到加倍的嘲笑,对傻子便更加厌恶了。

不知从什么时候开始,身边的人开始传说,傻子已经结了婚了,而且有一个3岁的孩子。傻子心智不全,所以孩子被带到了老人家那边寄养着,也是这阵子才送了回来。傻子开始有了一些变化。比如,她开始在附近的玩具店转悠,买上许多小孩子喜欢的阿尔卑斯棒棒糖;精心挑选一些可以变形的汽车机器人,买的时候还不断询问老板这东西好不好玩;买了许多十字绣工艺品,每次看到十字绣的时候总是笑眯眯的。那时我已经是一个高一的男生,不知怎么的,初三的那个暑假开始瘦下来,已经不是当年那个胖子了。有一次看见傻子带着那个孩子到了玩具店,那男孩眼睛黑亮黑亮的,看见满目琳琅的玩具,眼珠子转来转去四处张望,颇有灵性,十分讨喜,就是瘦了一些。大概是做了母亲的缘故,傻子眉目间少了些许傻气,多了分柔情。据说娶傻子的是个好男人,不嫌傻子痴傻,很努力地工作养家,大家都感叹傻人有傻福。

高三那年,有次回家,却传来了傻子孩子的死讯。小区后面的停车场是孩子们很喜欢玩耍的地方,位置较为僻静,没有车的时候停车场十分空旷,但监管却十分松懈。有次傻子的孩子到停车场那边玩躲猫猫的时候,躲在一辆卡车的后面,不想车子在倒车的时候,没发现车后的男孩,不小心将孩子撞死了。这事在身边的人引起一阵反响,不断嘱咐自己的孩子不要到停车场玩,在背后,对傻子指指点点的。当傻子在场的时候,他们上前故意问傻子:“你个仔宜家点啦?”傻子目光呆滞,整个人比以前更加痴傻了,她张开嘴想说什么,但最后还是什么都没有说。

从那以后,我再也没有见过傻子。工作日的小区有些冷清,在停车场上玩耍的小孩依旧很多,身边的人不断有新的话题讨论,哪家出轨哪家离婚,小区里消息总是那么灵通,大家津津乐道,但再也没有人提起傻子,傻子再也没有出现,就好像她从来没有出现过一样。

白　蛾

姚煜垠(2013级基地班)

五十年前,郑老太的大儿子下溪里摸鱼,却不慎溺水身亡。

郑老太经常说,阿大小时候能吃苦,五岁就会割草喂猪,给大人送饭,八岁就去理发店挑水,一天才五分钱。而现在的小孩,十几岁了还趴在妈妈怀里撒娇。

郑老太心里常记挂着阿大,觉得亏欠了这孩子,没让他吃上一顿饱饭。所以,每年清明节郑老太都会给阿大多烧些纸钱。

前几天郑老太老是心神不宁,去请村里的阿九先生号了脉,阿九先生只是说天气热,多休息就好了。郑老太几十年来大病小病都来找阿九先生,可这一次郑老太却觉得阿九先生没说准。那天,她看见一只白蛾飞进屋里,这白蛾不绕着灯飞,反而绕着她转。起初郑老太也没在意,可第二天那白蛾又飞进屋里,还是围着她转。郑老太觉得不对劲,就试探性地问:"你是不是阿大?"话音刚落,那白蛾就不飞了,停在桌子上。郑老太又说:"我的儿啊,你受苦了。等七月半,我叫你的几个弟媳请师父给你超度,给你烧纸钱。"

郑老太刚说完,那白蛾就消失了。莫非真是阿大显灵了?一想到这,郑老太就热泪盈眶。心情稍微平复之后,郑老太就叫来四嫂,把这事跟她说了。四嫂听完啧啧称奇,连声说:"阿弥陀佛,神明保佑,大伯保佑。妈,你放心,七月半我去庙里上香,请师父给大伯念经。"

郑老太很满意,又叫来三嫂。三嫂素来不信鬼神,更不热心祭拜之事,为此郑老太人前人后没少嚼舌头。但给阿大超度烧纸钱这事单靠四嫂一个人又做不来,于是郑老太不得不叫三嫂也去帮忙。

"三嫂啊,四嫂跟你说了给大伯超度的事了吗?"

"妈,我刚想跟您说,其实这都是幻觉啦,怎么可能有这种事呢?"

"你大伯真显灵了,那白蛾围着我飞了两天,我一问你是不是阿大,那白蛾就停在桌子上。我又说七月半请师父给你超度,那白蛾就消失了。"

"巧合的事多了去了,不就是一只白蛾吗?也没见那只白蛾来找我。按我说,是您晚上门窗没关紧,才招惹这些蚊虫飞进飞出。"

“闲话少说,你要是听我的,就跟四嫂一起去。”郑老太面露愠色。

“妈,您老不要生气,您也不是不知道我要做生意啊,脱不开身。”

“做生意重要还是给大伯超度重要?亏你还是潮汕人,对先人一点敬意都没有。”

就算郑老太放下面子,磨破嘴皮子,最后也没能“请动”三嫂。郑老太想,现在做媳妇的越来越目中无人了。

可第二天一大早,三嫂却急匆匆跑来找郑老太,不仅答应了七月半和四嫂一起去庙里,还细心地问了其他注意事项,弄得郑老太以为三嫂一夜之间开窍了。

三嫂没有告诉郑老太的是,昨天晚上有个东西围着她飞来飞去,等她看清,才发现那是一只白蛾。

塘乌记事

沈晓程(2014级基地班)

一、塘乌小路

故事发生在塘乌村,那年我还小,才七八岁。故事突然就在那个夏天展开了。

夏天的塘乌村跟所有的南方小村一样,是淡淡的土黄和浓浓的墨绿。模模糊糊地,我记得,在高大的大树中间,有一条小路,在小路正中,又断断续续地有些小草丛,把小路分得更小。那天,我和我的表妹天祺为了玩那时很流行的寻宝游戏,来到了这条偏僻的小路上。

我小时候的玩伴主要是我的表妹,我的表妹的玩伴也主要是我。

我们当时小手牵着小手,走在狭长的黄泥路上,不时地怯怯地向两边张望。似乎茂密的草丛中,藏着什么。然而,绿色外面还是深绿,草外面是更多的草。四周围安静得就好像有双眼睛在屏息观看一样。

"大大,你说……""呀!"我被她突然冒出来的一句话,吓了一大跳。"哈哈哈,胆小鬼!"天祺这妹钉(丫头)居然还笑起我来。我恼羞成怒地追着她跑,闹着要打她:"都是你害的!你还笑!"她边跑边冲着我做鬼脸:"就你这胆量还想出来寻宝?"为了扳回点面子,我停下来,认真地对她说:"别跑了!你不知道吧?这里附近有拐子佬!"她显然害怕了,跑回来:"谁跟你说的?""还有谁?我爸我妈呗。大人们都说,这里,还有那边的那片荔枝林。"我边说边指向右边的那片因繁密枝叶而显得阴森的荔枝林。也许是小路上略显空旷的缘故,我暗暗地压低了声音:"这边经常有白粉仔和贼仔出没,他们没钱了,就会去拐小孩换钱的!""跟收买佬一样吗?"那时候我妈也曾指着收买佬的大袋子说过,那个收买废品的大袋子是专门用来装不听话的小孩子的。"嗯嗯!没错。"我说着说着自己也害怕了起来。"那……要不,我们现在回去?"天祺看样子是吓到了。

我还没来得及同意。忽然小路那头就传来"汪汪汪"的狗吠声。"啊!"当时吓得我们两个小孩要死,后来还因为这事,我被我妈禁足了一个星期,这是后话了。伴随着狗吠声的,还有"嗖嗖嗖"的脚步声,小路那边走过来4个人。我和天祺都盯着他们身后看,看见他们没背蛇皮袋,稍稍地放了下心。前面两个并排走着的人是穿着西装的,下面的西裤大而宽,仿佛一个裤管能装下两条腿。后面是一个穿着白大褂的人,最后的一个人身穿整洁的西服,戴着眼镜,手里还拿着笔和本子。“小妹妹!”走在前面的那个宽西裤摆出一个难看的笑,对我们说话。“啊?”当时我们都惊呆了,脑子里的词汇只有这个。“你们有没有看见一个大着肚子的女人?”他的声音特意装得甜甜的,边说边在肚子前比划弧度。“啊?”我再回了他一句。“大大,他们问你有没有看见一个大肚婆?”一直躲在我身后的天祺拉了拉我,在我耳边说。天啊,当时为什么会问我呢?如果没问我该多好。我当时吓傻了,脑子里萦绕的都是“白粉仔”“贼仔”“拐子佬”,于是就向草丛那头的荔枝林随意一指,然后就拉着天祺拼命地往回走。

草丛的那头,那片传说贼仔经常出没的荔枝林,还没挂果,但荔枝树上已经有郁郁葱葱的绿盖了。粗壮的荔枝古树,阴暗的荔枝林,好像真能藏人。想着想着,我似乎都能看见一个人影了,隐隐约约,身材娇小,大大的肚子……

晚上来了一个电话。“喂?冯主任吗?什么?是找到那个外地女人了吗?”因为天祺回到家后吓坏了,好半天没说话,结果舅舅一问,她二话不说就把我给供出来了,说是我带她去的小路那边。于是,脾气火爆的舅舅马上给我妈打了个电话投诉。没想到,不一会,客厅的电话又响了。我妈一看电话显示,就到了另外的小房间去接电话了。我窃喜,电话来得真巧。“所以,医院的考核没问题了吧?”“找到陈娟桦了吗?怎么样了?”“我们要快点找到她,可别出事了。”妈妈紧张兮兮的话被扒墙根的我听到了。良久之后,她长舒了一口气,还是长叹了一口气,记不太清了。我自己都自身难保呢。果然,我妈出来就宣布了我的审判结果:“三天不打上房揭瓦,你!罚你一个星期不许出门!”“妈,我还要上学……”“放学了就回家!放假也不许出去!看你一个女仔老是在外面乱转悠!也不看看现在什么情况!”好吧,没有一丝回旋的余地了。妈妈说完就火急火燎地出门了。

二、收买佬

我过了好久都没心情出去玩。夜里老是想着那天在小路上的那一个模糊的挺着大肚子的身影。妈妈说过,大肚婆最恐怖了,会吸小孩子的阳气来养自己肚子里的孩子。所以,村里的孩子从小看到大肚婆都远远地避开。当然也有例外,班里的肥仔强就喜欢和三四个调皮的男生一起,三三两两地围观大肚婆,还把书包塞进自己的衣服里学着大肚婆走路,当然,这些被他们的爸妈看见,或者是被告状,免不了就是挨揍。我就经常看见肥仔强扭着屁股一瘸一拐地来上学。谁叫他平时没事到处闯祸欺负人。哼。

那天,我放学回家的路上,遇到肥仔强。他在学校老是欺负我,我不怎么想搭理他。于是我就特地挑偏僻的小路走,想要甩掉他这条肥尾巴。没想到,走是走得偏僻了,尾巴没甩掉,却遇上了收买佬。

我们这边的收买佬,说是一个行业,但是真正在做的只有一两个人,而且都是年纪比较大的外地人。他们操着一口浓重的外乡口音，讲着蹩脚的白话，白天骑着自行车在千百条狭窄的古巷子里穿梭，边走边摇着自行车的车铃，车铃的“铃铃”声和他们粗犷的呼喊声，总是穿荡在午后的小巷深处。如果不是我妈从小跟我说收买佬自行车后面的大大的蛇皮袋是用来装路上乱转悠的小孩的，我还真觉得这镜头挺美。

忽然，“铃铃铃”的车铃声从小巷转角处传来，一只手捂住了我的嘴巴把我往墙角处拉。我惊出了一身冷汗，狠狠地把脚往后一踩，想要挣脱他逃走。“啊！蠢材！是我！”后面的人显然是被我踩痛了。我转头一看，原来是肥仔强。“你……”我刚想骂他，“铃铃铃”的车铃声近了，肥仔强快速地比了个“嘘”的手势，我才想起来我的处境，赶紧安静下来，在墙角躲好。

这是我第一次这么近距离地看收买佬。其实他没有想象得那么老，只是皮肤很黑，他很瘦，穿着脏脏的绿色短袖，裤腿也卷起来了，露出黑硕的脚踝，用力均匀地踩着那部高高的掉漆了的自行车。我和肥仔强的眼睛一直盯着自行车后面的大袋子，那个袋子沉甸甸地往下坠，离地面也差不了多少厘米，就一直顺着自行车划出与地面将近重合的轨迹。近了，近了，他来了，我们都闭着眼睛转向墙壁，那一刻，我死死地抓住肥仔强那肉乎乎的手臂，弯着腰把头埋向墙角，不过肥仔强算个男人，一直在我身后护着我。虽然后来一想，其实这样目标更明显了。一秒两秒过去了，我们就僵在墙角，直到感觉一阵风掠过。我眯着眼偷看了一下，发现他过去了。刚想招呼肥仔强快走。收买佬就在我们不远处的一个小出租房前停车了。工作了一天，他的脸上身上都是灰尘和汗水，看起来脏兮兮的。可是，接下来我们看到的一幕惊呆了我和肥仔强，也掀起了塘乌村的一场风波。他居然真从大袋子里抱出了一个4岁左右的小孩子！那个小孩子一动不动，没有反抗。“原来妈妈说的是对的！他真是拐子佬！”我拉着肥仔强的校服害怕地说。“我要去告诉警察叔叔！”这个坚定的胖子就拉着我小心翼翼地离开了巷子。

收买佬拐卖小孩的消息一下子就一传十，十传百了。后来，肥仔强的爸爸带着一群大人抄着棍子、锄头进入了巷子。肥仔强勇敢威武地走在前面给他们指路。我妈知道了，她马上也跟出去了。我却被我妈扣了在家里。所以后来的故事，我都是听肥仔强转述的。

三、别动我的孩子

当肥仔强领着一群大人进入巷子，找到那间小出租房的时候，屋子里的窗户正在飘出做饭的烟气，呛得那一群人都看不清里面情况。“我先去看看吧。”我那身材娇小的妈妈自告奋勇，走了上前。剩下的人都拿着家伙等在巷子转角，就是我之前和肥仔强躲着的那个地方。“咚咚咚！”我妈小心翼翼地敲响了那扇破旧的木门，门上的秦叔宝还有尉迟恭早已掉色。“有人在吗？”我妈用着她那极不标准的普通话喊着。门“吱”的一声开了。收买佬光着膀子拿着刀出来了。我妈见此情形，暗叫不好。几乎是同时，在墙角处的乡亲们一拥而上，把那个收买佬抓住了，还拿下了他的刀。“就是他！

就是他拐小孩!”肥仔强闯进人群,指着那个收买佬义正辞严地说。大人们一听,生气了:“说！小孩子在哪?”“什么小孩子？你们是不是搞错了?”那个收买佬用他生硬的白话解释。这时候,屋里传来一阵小孩子的哭声。也许是被外面的声音吓到了吧。“仔啊,我的仔啊!”人群中一个谁也没有注意到的女人冲进屋里。“那是我家小孩！别吓着我的孩子!”收买佬一看情形不好,想要挣脱众人的控制,险些就要逃脱,但是还是被抓回来了的。那个女人抱着孩子出来了,那孩子在她的怀抱里哭喊着,挣扎着。“别怕,别怕。妈妈在,妈妈在。”人们这时候才看清楚她的样子。“陈娟桦!”我妈喊了出来。“姓陈的？外姓人?”人群中不知道谁说了一句。那个披头散发的女人一听,眼神透出深深的寒意,吓得肥仔强不禁后退了一步。“是你,是你要整死我的仔!”她恶狠狠地指着我妈:“你们这些穿白大褂的,没一个好人!”“你们都想弄死我的仔!”她疯狂地大叫着。我妈也喊了一声:“快抓住她！别让她走！她精神有问题！孩子不是她的!”“那是我家的小孩！快放下他!”收买佬用力地挣开了一双双手,冲过去把孩子抢了回来。“干爸!”那孩子环抱着那个精干的身躯哭得泣不成声。那一个叫陈娟桦的阿姨瘫坐在地上,口里默念着:“我的孩子,我的孩子没了。”大人们都沉默了,肥仔强更是搞不清状况。

后来,肥仔强告诉我,他爸爸说,那个孩子其实是收买佬老家的哥哥的孩子。他哥哥把孩子送到这边给收买佬,自己又生了两个。收买佬没钱让孩子上幼儿园,于是就把他带着出去收破烂。那天回来的时候孩子睡着了,于是就干脆把他放到袋子里载回家,却不想被我们看到了。

我跑去问我妈:“为什么那个阿姨说你们害她?”我妈叹了口气说,陈娟桦是隔壁村嫁过来的,那一胎是超生的,是不合法的。她已经有一个女儿了,但是想要一个儿子。那一天,是她在逃避过去执法的人的时候在荔枝林里摔了一跤,孩子就没了。后来她婆婆逼着她老公要跟她离婚……

“妈妈,我是合法的吗?”我着急地问。

“是。”

“天祺呢？肥仔强呢?”

“是,是,你们都是。”

“那,你和我爸会离婚吗?”

“傻孩子,说什么呢?”

她转过头看着窗外,塘乌镇上空又升起炊烟,晚霞很红很红。

弃 儿

李晓妍(2014级基地班)

荆棘里落下一朵花。
长着刺的冷眼,倾轧着凋零的躯体。
众生旁观,世界在死寂中狂欢。

一

那年夏天,整个鮀城经历着难得一见的闷热酷暑。

下午五点半,我推着自行车走出工厂大门,4个小时的机械劳作让我全身酸痛,神经麻木。傻子青在身后喊我“阿妹,阿妹”,我整个人往车上一靠,不耐烦地喊了句:“快点!”傻子青乐呵呵地骑在自行车上,滑下门前的坡道。

工业区的水泥路上没有一丝风,浓郁的茉莉花香充斥着整片粘腻的空气。下班时间的区道上,三五成群的农民工扯着嗓子唠嗑,整片工业区回荡着既陌生又熟悉的声音。傻子青的车子在我身边缓缓前进,她告诉我宏达塑料厂的厂房前种着两株茉莉花。“真好看,香死了!”她痴痴地笑,呆滞的眼神中涌出一丝兴奋。下午干活儿的时候,她装错了一个玩具车配件,被老板娘掐着手臂数落了好一阵;中间上了趟厕所,老板娘又指着她骂“懒人屎尿多”。一起做工的人都知道,老板娘心情不好,纯粹只是拿她出气。她倒是无知无觉,摸着被掐红的手臂乐呵呵地笑,被人骂也不还嘴。果真是傻子。

快到宏达塑料厂的时候傻子青突然加速,“倏”地一下蹿到我前面,“哈哈哈,我比你快,我比你快!”阿青露出两排整齐洁白的牙齿,笑得像个骄傲的小孩——一个20多岁的小孩。真是傻得无可救药。她在那两株茉莉花前停了下来。我在后面只看见一个佝偻着小心翼翼往前凑的背影。待她转身,耳边便多了两朵纯白的、翠生生的嫩叶,垂在脸侧,十分别扭。她以为我没发现,又回过头来,得意地让我瞧:“看!是不是好看?呵呵,好看啊,好看……”她自顾自地傻笑,嘴角都快咧到耳朵边上了。夏日的夕阳在她脸上投下一片金灿灿的光,我惊异地发觉,阿青的脸部线条竟柔和得像个少女。但是我忘了,她原本就是个少女。夕阳把茉莉花染成橘黄,给她戴上了人生中的第一对金耳环。

阿青应该也算得上一个美人儿吧,如果她不傻。

暑假结束,我回到学校上课,只在周末偶尔遇见下班回家的傻子青。她仍是那样没心没肺地傻乐着,见了面也依旧喊我“阿妹”。时光仿佛忘了在她身上留下印记,数年如一日。我想,她的世界我永远无法理解。

翌年初夏的某个傍晚,空气中有淡淡的玫瑰花香。鸟儿在归巢途中,鸣唱着不知名的悲伤。晚霞如一匹绸缎,披散在淡蓝的天幕。一切都稀松平常。离家不远的巷口处,几位大妈神秘地对着空中指指点点,不时地咬牙切齿,似痛恨,似惋惜,却又带着快慰,仿佛在酝酿一场针对上帝的巨大阴谋。这场景时不时地在农村上演着。秘密虽是暂时的,却依旧是可口的饭前开胃菜。

晚饭时听母亲说起,才知道傻子青要嫁人了。

二

人是她妈给找的,也是个傻子,30多岁了,父母有两套房子和一个店面。阿青和傻男人见了两次面,回来学着那男人咧着嘴流口水的样子,见人就笑。阿青傻笑着,对邻居李姆说:“他,男的!不走路!说话嗯嗯啊啊。”阿青张开长长的手臂,在胸前画着圈:“房子这么大,这么大!真好玩儿……”那样子真像一只猿。

不到两个月,母亲就替女儿拍板了:“就他啦!一个傻子还指望嫁给谁呢?!”不久之后,阿青嫁过去了。

阿青出嫁后,我们这条巷子莫名地安静了许多。孩子们一起玩的时候还是会学阿青,学她说话时口齿不清的蠢样,学她打招呼时的结巴。“阿阿阿阿婶……老老老伯……”可是孩子们越学越不像了。大人们有时也会说起阿青,说她天生智障,爹不疼娘不爱的。说她年纪轻轻,被爹妈逼着“卖”出去。说她妈看中那家人两套房子,甘心让女儿嫁给一个无法自理的残废……阿青从小在街坊邻居的讥笑冷眼中长大,到哪儿都不受待见。如果说她身上有什么招人喜欢的地方,那大概就是她的好脾气了。阿青嘴巴甜,见人就问好,被问候的人不理她也没有关系。可她的傻就像一个黑洞,吞噬了她身上仅有的一个闪光点。人们平时提起她,总是一副嫌弃的口吻。现在倒好,她一走,人们就正正经经议论起她的身世了。

阿青出嫁后只回来过一次。

那一天,我又在街上听到了“阿阿阿阿婶”的声音。这次不是小孩在学样儿,而是阿青真又出现了。久别重逢,七姑八婆们显得很热心,围着阿青聊个没完。

“阿青,你老公疼不疼你?”“阿青,你们有没有亲嘴?”“阿青,你们是不是脱了衣服睡觉?”人们围着阿青,像记者围着明星。空气中洋溢着兴奋热烈的气息。人们第一次如此盼望阿青和他们说上几句,仿佛他们不是街坊,而是嘘寒问暖的家人。其实,农村妇女们只是好奇:两个傻子凑一块儿能生活吗?傻男人会做那档子事吗?而阿青似乎很享受这种万人瞩目的感觉,她也不说话,只是傻呵呵地乐着。

一上午过去,邻居大妈们都觉得,阿青夫妇俩生孩子简直没戏,于是也兴味索然地散了。

三

就这样,阿青似乎永远走出了我们的生活。暑假打工的路上,只有我一个人在往返。阿青家的门口,还放着那辆破旧的自行车。

似乎又过了一年,乍暖还寒时候,阿青离婚了。与其说是离婚,不如说是被赶出来的。

阿青回来的那天下午,我领了寒假工半个月的工资。以前阿青在厂里的时候,工资最低的人永远是她。尽管她手脚麻利,可是她不会算账。所以老板娘动不动给她扣工资。谁让她是傻子呀。而现在,我抓着个薄薄的工资袋,在巷子里看见了她。她正给那辆破单车上机油。人没瘦,只是不见了一头好看的长发。蓬松的短发不经打理,更显出阿青的傻气。傻得彻头彻尾。

人们比上一次更好奇,看见阿青就兴奋。于是,刨根问底的,佯装同情的,都在打着阿青的主意。秘密就像脓疮,只要有一个缺口,脓血就会从里面涌出来,腥臭无比。人们从阿青似真似假的话中,知道阿青被她的公公诱奸了。“家里没人,他让我和他一起睡。”阿青是这样说的。接下来的一切似乎也顺理成章:公公一而再、再而三地诱骗阿青,最后被婆婆发现。婆婆气急败坏地闹个鸡犬不宁。赶走阿青,也算是出了一口气。阿青口中的“故事”很简单,却在群众的版本里愈演愈烈。热心的街坊们总是担负着娱乐生活的重任。人们讲故事讲得起劲,快感如闪电般击中了村民的神经。

后来,不育、堕胎、克夫等传闻在街头巷尾流行过一阵子,倒是人们茶余饭后的好消遣。

阿青又在家里住了下来,还是回原来的厂子上班。再也没有人正正经经地谈论她的身世,也没有人会围着她问长问短。她就像一块隐形的橡皮筋,在无聊的年代里任人揉捏,又随时随地被忽略。阿青似乎又从我们的生活中消失了。

她不在人间,也不在天堂。谁也不知道上帝的弃儿最后去了哪儿。

阿青啊。

第六块纱布

梁成林(2014级基地班)

1995年冬天的一个下午,大雪刚停,阴云渐渐消散。夕阳无力地悬在空中,微薄的余热洒在五点半的人群里。梅走出办公室,闯进等待公交车的人流中。和往常一样,这条不像样的队伍出奇地拥挤,人们的足迹密密麻麻地踩在泥泞的冰碴上,每个人的脚趾都感受着凛冬之寒。等到梅挤到公交车边,她的双脚已经失去知觉,以至于她一脚踩空,狠狠地摔在冰天雪地里。

梅就是我的母亲,这件事是她说给我听的。母亲之所以对这件事记忆犹新,原因有二:一是那天实在太冷,按她的话说至少是"20年以来最冷";二是她摔这一跤摔得实实在在,差点要了两个人的性命。

如果按虚岁算,梅摔这一跤的时候我大概只有七个半月大,只感觉到一阵突如其来的天旋地转,世界就变了个样。一双手把我从迷茫中托出来,放进了另一处温暖之地。我虽然从原住所被勒令搬迁,感受到自己不受尊重,但连表达不满的哭声都发不出来——这在我的一帮长辈看来是要命的,多数人都对我的生命持悲观态度。

我对此不以为然,但我的母亲却非常认同他们的说法,这大概是因为我的出生过程对我只是一片含混的记忆,对她来说却度秒如年。

梅摔倒在沥青地面上的时候,雪水在她身边溅起,渗进她的冬衣,严寒包裹了她的每个关节。但最强烈的阵痛出现在她的腹部,另一个生命不满地蹬了她几下,让她无力再站起来。她艰难地在地上转了个身,拥挤的人群就都意识到了我的存在。

"感觉怎么样? 能不能站起来?"

"要不要送她去医院?"

人群提出七嘴八舌的关心和建议的时候,梅显得不知所措,只感觉到痛苦一点点清晰起来,使她有种不祥的预感。她仿佛听到一阵破碎的声音在她的身体里鼓动,随后某个生命随着热流缓缓抽离她的躯壳。这时人群中有一只手伸了过来,至今梅已经想不起手的主人的模样,只记得他镇定地指导。

"快把她挪到干净地方。"他对人群这样讲。

人们把梅一齐挪到一块干燥的长椅上,叫了一辆救护车,顺带通知了老梁这个突然的消息。

1995年的老梁年青力壮，脾气暴躁，从他身上看不到半点衰老的痕迹。但出于对他的尊重，我还是要这么称呼他——恰巧老梁那天正好开着车，前一天的宿醉让他有些困乏，两只眼睛疲惫地张合，错过了原本该拐弯的十字路口。他听到BP机一阵乱响，心烦意乱地从手边掏出那个该死的玩意儿，瞪大两只布满血丝的眼睛看着上面的消息，睡意立刻消了一半。他扳过方向盘，从刚刚开过的黄河大桥上又走了一遭。人们看到一辆桑塔纳车速陡然加快，在积雪的马路上溅起一串水花，博得了整条路的恶骂。

20分钟以后，一个健壮的男人在医院门口扯住一个医生的衣服，硬是让他把自己带到了手术室门前，一路走还一路埋怨："怎么就要生了呢？"

"怎么就要生了呢？"

这是我所有站在门外的未来亲属们共同的疑问，他们也许会归因于我："这小子在娘胎里闹得太厉害"，但我的出生完完全全归责于我的母亲，我对此没有半点发言权。天可怜见，七个半月的胎儿是什么样子，陈年的照片和人们夹杂其间的叙说完全一致。我被医生抱出手术室的时候，身上的毯子裹了两圈。我的外祖母踮起脚尖才从被子里找到了我的脸。然而她只看了我一眼就不敢再说话了，生怕稍微的一点吵闹就能把我震成内伤。医生把我连带毯子放在体重秤上，指针微微晃了晃就停了下来。她架起眼镜仔细地看了看上面的数字，对后面围拢过来的人群给出了答案：三斤二。

我未发育完全的五脏六腑、四肢骨骼再加一千厚实的毯子只有三斤二，这让身后的人群一齐发出叹息。我的祖母问了医生：这孩子能养活吗？

医生对此司空见惯：怎么养不活？七个半月就这么大，先放到保温箱里养几个月再说吧。

我被放进保温箱的时候，医生把毯子从我身上拿走，我的祖父祖母一辈们才透过玻璃看清楚我的赤身裸体。医生笑着说，不用看啦，是男孩。但我的爷爷奶奶置若罔闻，他们看着这个老鼠大小的男孩，生怕我下一口气就断了，早就忘了是男是女这回事儿。

正当一家人怀着幸福与担忧柔和地注视着我的时候。另一位年轻医生的叫喊打破了这短暂的注视，她匆忙的神色让所有人刚刚松懈的神经骤然绷紧起来，人们突然想起在手术室里还躺着一个他们的亲人。

"你们找找，这有没有一块纱布。"她显得有些着急。

大家拿起毛毯抖了抖，摇了摇头。

她又转过头看向那位抱我出来的医生："李医生，有块纱布找不到了。"

之后的半个多小时是我的母亲梅人生中最难熬的一段时间，李医生为了放我出来，在她的腹部开了一道方便之门。我那时身材苗条，没费什么力气就被抱了出来，涉险捡回一条性命。她却渐渐接近了生命的边缘。

当另一位医生准备缝合伤口的时候,一旁的护士发现有一块纱布失去了踪影,她们找遍了整个手术室,但那块纱布好像在和她们开玩笑,迟迟不肯现形。手术室的气氛猛然凝重起来。医生让护士帮她擦了擦头上的冷汗,重新戴上口罩说,她再找找看。于是又探开了梅的创口,过了一阵她抬起头看向护士说了三个字:找不到。

护士也不知道怎么处理,她试探地问:“那先缝上?”

医生摇了摇头:“万一真在里面怎么办?”

生育的幸福感和麻醉一齐褪去,不舒适的感觉再次向梅袭来。她感觉到自己像是飘零在荒凉的冰海里,半个身子沉重地抬不起来,仿佛在向深海坠落。有什么扼住了她的喉咙,让她喘不过气。于是她本能地伸出手,抓住了护士的衣襟。

好了没有,她问。

护士把手塞给了她:听我的,深呼吸,马上给你缝合。

与此同时,医生和老梁从五楼跑向一楼,又从一楼跑回手术室。取来裹我的毯子,然而毯子里并没有那块纱布。李医生对年轻医生武断地说,你们肯定数错了。她喘着粗气回到手术室,指着那些带血的纱布一块一块地数了好几次,但是怎么数都只有五块。

那第六块呢?她大声质问。

那第六块呢?

在寻找第六块纱布的半个小时里,老梁的身姿是最矫健的,他找遍了李医生说的每一个和我母亲有关的地方,充分发挥了一个退伍军人的能力。但不得不说,这次他做了无用功。

我的母亲梅在手术室里拖着半个麻醉的身体看一群医生护士把手术室翻了个天翻地覆,感受到一种莫名的恐怖气息。如果把我的肚子剖开一个小时,我大概也会有与此相同的感受。世界在她眼里是恍惚着上升的,而她像是在做梦,梦中她悬在一座孤崖之上,双腿酸麻,慢慢地滑向一片漆黑。

护士发现梅攥住她的手更用力了,于是她体贴地问道:怎么了?

梅只是觉得她在向下落,她问,她是不是要掉下去了。

过了几秒钟,护士明白了她的意思,手伸向梅的腰部。这本不是这台手术里允许的动作,但护士觉得她确实很难受,所以例外地用一只手垫起了她的腰,摸到了一块方形的软物。等她抽回手来,她发现一块带血的纱布带着梅的体温静静地躺在她手里。

纱布,纱布,她喊道。手术室里所有人都看向她手里那团血迹。

你从哪找到的?李医生问。她夺过那块纱布,翻看一下,抬手把它扔进属于它的垃圾堆。刚刚那块金子般的血迹瞬间大打折扣,变成了一条烂布。

腰底下,护士回答说。

怎么会在腰底下垫着呢?李医生不解地问。但没有人知道答案。

好久以后,我再见到她的时候,她总是对着我的脑袋看来看去,因为我的后脑勺有一块地方不太规则，而第一个摸我脑袋的人就是她（她使的力气的确有点大）。她对此也提出过类似的问题：这块地方怎么好像陷下去了呢？好像在表达对我头部的不满。但我知道，这恐怕是她说话的习惯。

当然，我不是说那块纱布是她放在那里的，我只是说，我对我的后脑勺不太完美耿耿于怀。

1995年的冬天是我记忆的开始，对我来说那个冬天大概温暖如春。一家人裹着厚厚的棉衣围在玻璃窗后为我担忧的时候，我毫不领情地在保温箱里沉睡，丝毫不知道自己在几个小时之前有生死之虞，也不知道我的母亲差点因为一块纱布丢了性命。而那大概是我人生中最幸福的时光之一。3个月后，我被一双大手抱出那块温暖之地，和3个月以前一样不受尊重。我看着老梁那张胡子拉碴的脸不满地大哭。然而他却笑容迭起，不时夹带赞许的叫好一声，似乎以引起我的不满为乐。

我更大声地哭喊着："谁让你把我抱出来的？"

但老梁笑得更灿烂了，他把我放进婴儿车，带回了属于我的那个小房子。

我的故事就这样开始了，但是关于那第六块纱布的故事还没结束。它在16年后让我的母亲差点又死了一次。

时长过久的剖腹产手术让她患上了子宫肠粘连而不自知。16年以后，某顿晚饭之后，她就犯起长时间的肠胃病。在一个冬天的夜晚，她从床上翻下来，捂着肚子紧紧靠在墙上，脸色蜡黄，汗滴如雨。而我们竟然一时无措，让她挨到天亮才送她去医院。不过我们也万没想到医院作出了一次严重的误诊，让她在转院途中就险些撒手人寰。后来我的堂姐去那家医院上班，重新调出病人资料后告诉了我们当年的实情。怀着恶意的生活对我们开了一个大大的玩笑。

我那时正在学校里上课，无从得知这个消息，丝毫不知这件事的严重性。也不知道我的母亲几乎要与我阴阳两隔。

在她经历了又一次手术后，我有些反感地来到医院，看到她无力地躺在病床上，露出了年轻而顽皮的笑容，对着她的饮食习惯从头数落到尾。我并不知道她挨得这一刀和吃了什么关系不大，却和我息息相关。

我的母亲为我差点死了两次，而我嬉皮笑脸不知事情轻重。直到后来听说了我出生的故事，我才感到属于我生命的那根血线曾经如此脆弱，以至于我活下来，让她付出了两次代价。

现在，我身体健康，发育正常，既没有留下什么后遗症，也没有得过什么大病。早产在我身上留下的痕迹除了我那块不太完美的后脑勺以外别无他物。但硬币的反面是，我的母亲现在常常敲我的脑壳，提醒我她在我身上吃了多少亏。

这点我是知道的，虽然我并不喜欢她这样做，但我竟然不知道找一个什么样的理由拒绝她的提醒。

惊变之夜

刘思怡(2014级基地班)

又是那么一个平静的夜晚,看着窗外阳台对面楼已经灯灭,美男依旧开着台灯伏案写着他的小说,整个宿舍只有他笔尖的沙沙声透过纸上的另外一个世界,而这个小房间的其他一切都陷入黑暗之中,包括美男自己。

说来奇怪,明明是周末,舍友回家了,剩下自己一个人,学校又不断电,不必关掉大灯,但美男已经习惯每晚凌晨熬夜坐在自己的书桌前了,于是习惯性也关掉了大灯。就这样写着写着,也不知道过了多久,美男嗅着空气中变淡的咖啡香气,渐渐意识模糊……突然,一声玻璃的敲击声惊醒了美男,美男睁开眼,只见写满字的小说稿纸上被一片血红色覆盖,上面赫然是四个狂乱的红字:"放我出去"! 美男吓得甩开稿纸企图逃开座位,稿纸中却伸出一只青筋暴起的手冲过来一把抓住美男的脖子,死死掐住,把美男按到座位旁边的阳台窗户上! 惊吓万分的美男这时看到了更可怕的东西。窗户外面贴着一张狰狞的人脸,充满血丝的眼睛正死死盯住自己。

"啊!"一声惨绝的尖叫,美男本能地用尽最大力气远离那可怕的窗户,挣脱了手的控制。而这时窗外的脸动了,表情更加狰狞狂乱,狠命撞着玻璃,还有两只手,疯狂拍打着,不合常理地整个人像悬空一样撞向玻璃。"放我出去! 放我出去!"嘶吼声撕裂耳膜。

阳台的窗和门剧烈晃动,眼看要碎开,美男破门逃出可怕的宿舍。走道空无一人,楼梯一片黑暗,美男冲冲撞撞,一踩空便滚下楼梯,顾不上痛,爬起来继续跑到一楼庭院,却始终甩不开耳后那阴魂不散的"放我出去! 放我出去!",总觉得在黑暗的空间中已经逼近。极度恐惧中美男竟翻过宿舍楼的墙,一瞬间耳边声音减弱变无。"是躲过了吗?"跳落地的美男心想,转身一看,楼外竟是黑夜! 美男靠着墙喘息着,眼睛渐渐熟悉了黑暗,而此时,他看到的,让他瞬间停止了呼吸。眼前站着的是那个窗外那个人,他狰狞的脸正对着自己邪笑。

美男屏住呼吸,无法动弹,无路可逃,感到眼前人的恐怖范畴已经超过了"人",是无法向对凶恶的歹徒那样具有"人"的概念,而让人问起:"你是谁? 你想做什么?"眼前这个人,只让人觉得恐怖,纯粹的恐怖感。

“他要来了他来了！他来了！死定了！死定了！死定了！死定了！……”美男紧闭起眼睛蜷缩在墙角颤抖着。接着，他听到利器插入肉躯组织而血液溅出的清脆声响，接着左胸传来剧痛，他一睁眼，看到刀就插在胸口，血不停往外流，美男觉得自己要死了，然而事情没有那么简单。

“睁开眼睛！软弱的狗！看着我！”那人竟喊着清晰可辨的话语，那是个人。“这刀快进快出，你很想死吗？没有那么容易！我要让你生不如死！”那人丧心病狂地笑着，拿起一根一头很锋利但满带刺儿的粗木棍，他脸上的邪笑已被恶狠狠的仇恨眼神代替。而美男这才由将死的木讷突转为极度恐惧，太可怕了！那个人，他……他竟然要拿那种粗糙的工具慢慢折磨自己！“不要不要！求求你放了我吧！”又是插入皮肤血肉至胸膛，不再是清脆的声响，而是钝器慢慢钻进去，接着，比钻进去更可怕的是旋转着抽出来，钻进去抽出来！“啊啊！不要！求你杀了我！直接杀了我吧！”一下，两下，美男身上已是几个血窟窿。美男哭着喊着，那人就更起劲，“是你太弱！软弱的人，都活该全部死掉！什么温柔谦让，一味迁就，一点伤害对自己没什么，凡事相安无事就好，他妈的这就是你忍气吞声，软弱无能，所以才会被欺负！所以你这种人就是活该被我捅死的！知道吗！你知道吗！你错在无知！这是一个弱肉强食的世界！”三下、四下……美男心理最后一根稻草已落下，“宁愿自己承受，也不伤害别人”的品德教育让自己过往至今受到的全部伤痛彻底溃堤。“错的不是我！是你们！是这个肮脏的世界！”一声发自肺腑的嘶吼，掩盖了那两声清脆，眼前的人倒下了，而美男，正坐在他身上，一刀，两刀，三刀，四刀，五刀……握着原本胸口那把利刀疯狂地刺杀着。“以牙还牙，十倍百倍千倍奉还！”他身上仍然淌着血，和身下的血躯流成了一体。

“弱肉强食，弱肉强食，你刚刚想把我弄死，那么你现在被我吃掉也不能抱怨！”美男刺累了，冷冷地说道，一头扑下去咬！“啃食”，他脑中划过这个可怕的词语。

一口两口，啊！手尖的痛通过神经传到大脑，美男睁开眼睛，是自己的手在流血，手指……破了一个洞。“我咬的是……我的手指？”看看身下，空无一人，四周，是安静的夜，宿舍楼的墙仍然冷冰冰地耸立于身后。

这是怎么回事？那个人呢？他是谁？美男回想着那个人的脸，但头痛欲裂，一思考，脑中就是闪过的白炽灯刺痛着神经，似乎还伴着一股令人窒息的咖啡浓香，美男随即呕吐了起来，扶着墙壁，一片狼藉。他摸了摸口袋，想找找有没有纸巾，却摸出了一张皱皱的作业稿纸。这不是今晚自己写的那张，一切事情最开始的起因吗？美男凑到楼里透出的一点光线下，颤抖着翻开，四个狂乱的血字跃然纸上，“放我出去”！这是真的，摸不着头脑。这时，血字底下原本的内容吸引了美男，那不只是他写的小说，再底下，那是什么文件的复印件，已经模糊不清，美男很仔细很仔细查看着。“病症？精神……分……裂……刘美男”，脑袋一嗡，“临床表现：自残，咬破手指为分界……病人曾受到强烈刺激，具体病因仍不清楚，对灯光、咖啡、锐器等工具敏感……两面人格完全相反”。美男想起了监狱的黑，医院的酒精味道……想起了病历背后的真相，那句“放我出去”，似乎是另一个自己所说。

“我坐在书桌前,看着自己的病历,愤怒,不甘心,不相信,于是,我照着病历上写的,喝着咖啡,咬破手指,结果就……我在纸上用手指写出了另一个自己出现的征兆,我对着阳台玻璃窗疯狂地拍着,为的是想出去,不是另一个人想进来,而是我的影子,我想出去……后来我逃出去了,心中那句话却更加强烈,让这个我,以为后面有人追自己,翻过楼墙后,彻底地……分裂了。”

“这一切是为什么呢?”一个中年男子的声音,他用手电筒照着美男的脸,这时,四周渐渐聚满了人,带来一片光亮。“你醒过来了,让我们好好回想起来吧。”眼前这个穿着西装眼神坚定的男人,向美男走过来。“你是……古律师。”美男感觉自己像是睡了一个大觉醒来,分不清什么是梦什么是现实,觉得睡了太久快忘掉现实中的人了。

“美男,你的确捅了一个人,那个人被及时抢救,昏迷了很多天,终于醒过来了,你没想起来他是谁吗?”

“他是……”美男又觉得一丝丝头痛。

“他醒过来第一句话,就是指控你。他说你是蓄意已久,故意杀人未遂,现在情况对你很不利,你被检测出患精神分裂,所以一直无法查证你行凶时是否发病,是否自卫,无法可证。之后你一直处于发病状态,态度恶劣,行为很危险,对周围人造成严重的伤害,因此被强制隔离到精神病A级病房,一边治疗,一边监禁。可是最终审判快到了,如果你仍然不清醒,则很可能按原告证词被判以故意杀人未遂罪行,接下来十年你会在监狱中囚禁,之后则是转到精神病房。所以我们只能出此办法,尝试让你醒过来。那个人,你的宿舍,没想起来什么吗?”

白炽灯,咖啡味,光线下的那个人是……“我的,室友?”

“你想起来了? 慢慢来。”

“我的室友,他……他是个变态! 是个恶魔! 白炽灯,咖啡味,是他! 从开学同宿舍后,他开始折磨我,每晚总是睡觉不肯关白炽灯来折磨我,我总是,总是失眠,他灌我喝咖啡,喂我吃安眠药! 好可怕! 我一开始,想着能忍就忍,想着同宿舍,相安无事就好,可是他,越来越过分,完全不听我的,甚至威胁我打我,说我敢揭发敢换宿舍的话,他会跟过来缠着我……我好怕好绝望,但我还是忍着,想着我听他的话他或许就不生气了,就可以放过我。可是他竟然……竟然压着我做那种事情,一次,一次又一次,我不愿意,但我不敢说出去,觉得人生,是黑色的。”美男瑟瑟发抖着,带着哭腔:“那晚,他有很恐怖的癖好,他压着我,一边下面捅我,一边拿刀子在我身上比划,一边残暴地骂我,好可怕! 他说的,是他说的话! 说这个世界弱肉强食,他要把我吃掉! 要拿刀子割开我的胸腔,真的好恐怖! 下刀的瞬间,我抓住他的手……捅了下去,我把他捅了!”

“正当防卫。结合以往的伤害和当晚的情景,这是正当防卫,你应当被无罪释放。放轻松,美男,不要迷失自己,当晚过后,你被你室友的话,被他的观念洗脑了,所以才会精神分裂。其实分裂的两个你,两个观念,一直在作斗争。坚持下去,保持清醒,不要迷失自己,我会尽量帮助你,法律是正义的,我一定会找到有利证据证明你的清白。”

不知道美男有没有听进去，当晚在场的人都说他嚎啕大哭起来，哭得惨绝人寰。

古律师找到了证据，打了个漂亮的官司，美男被无罪释放，但仍需要医院监护和药物治疗。“古律师，谢谢你。但医生说我仍不稳定，有可能受到刺激会转为之前那种发病状态吧。真怕我到时又做出伤害周围人的事情，律师，精神病杀了人会被判死刑吗？”

“嗯，精神病人发病期不负刑事责任，但是正常期一定负刑事责任。放轻松，美男，你会好的，忘掉以前那些事情，都会变好的。”

“谢谢你。我会配合治疗的。”

“好，那么这个案子到此结束了。”古律师离开医院。

几天后，美男醒来看到医院的白炽灯，瞬间发病，伤了两个护士，把同医院的他的室友捅死了。

“弱肉强食”，只有美男清醒地知道自己输了，输给这个世界。

以后的人生，自己就是黑夜中的食月者，月光留给自己，就这样继续活下去吧！

房 · 坊

赵亚男(2014级基地班)

一、偶 遇

今年冬天,才下过几场小雪,天气便出奇地冷。这天夜晚,我戴着帽子和口罩,脖子上围着一条厚厚的围巾,独自走在大街上,浑身上下只露出了一双眼睛。此时街上的生意已十分冷清,除了不远处几家饭店传出热闹的喧哗声,伴着浓烈的火锅味道,其他的都蜷缩在昏黄的路灯后。行人们也大多裹紧了衣服,行色匆匆。我漫无目的地走在街上,几年前破土动工的地方现已建好座座高楼并开始入住,只是一些细节还没处理好。楼与楼间的路面裸露出暗黄色的土地,四周堆起高高的土堆和垃圾,寒风从中穿过更加刺骨。

忽然我发现在前面的路边上静默地站着一位老人,正好背对这个巨大缝隙。他身子不高,有些驼背,穿着黑色大衣,戴着黑色的贝雷帽,从头到脚都被黑色包裹着,显得十分突兀。我有些奇怪,暗自纳闷之时,我已不知不觉地走过老人身旁。莫名的我回头望了一眼,发现他也正在看我。一看见老人帽檐下熟悉的眼睛,我心中顿时一股亲切,是王爷爷,我刚才竟没认出来,赶忙调转方向,回到王爷爷的身边。王爷爷也松开围巾,不知是因为马路上灯光太暗还是其他原因,才半年不见的王爷爷脸好像瘦了一圈,脸颊微微向里凹陷,布满了暗褐色的老年斑。

"王姥爷,你怎么在这儿站着,怪冷的。"我连忙问道。

"哦,是雅兰啊。我看着眼熟呢。我下来走走,屋里太热,我待不住。"王爷爷的反应有点迟钝,双眼无神地看着我。

"王姥爷,你搬这儿来啦?"我关心地问道。

"嗯,我搬闺女这里来了,就在这个楼上。"说着,王爷爷缓慢地抬起手臂,指了指身后左侧的楼层:"你姥爷最近都挺好的吧,他搬哪去啦?"

"都挺好的,他在中行(中国银行)家属院那里租的房子。"我回答道。

"哦,好,没事就好,还上去坐会儿吗?"王爷爷的表情想被寒风冻住了,木木的,只有微弱的嗓音依然透出往日的亲切与熟悉。

“不了，不了，改天再去吧，您也注意点，别冻着了。”

和老人交谈完后，我继续向前走去。不知怎的，我又偷偷回头望了一眼，只见巨大无边的缝隙像张着一只黑乎乎的大嘴，王爷爷仍站在原地，注视着前方。只是本就不算魁梧的身体在大嘴前更显得如一根瘦弱的小草一样。

二、拆

拆，不停地拆，挖掘机发出怒吼般的轰鸣声，像欢乐的号角。小小的清河县要发展，经济要提高，县城要建设，拆，一切都要拆！十年前建好的小区？拆！开发商迟迟不建新楼？管他的呢，拆！楼盘卖不出去？又不关我们的事，拆！像是一声令下，小小的县城里遍地开花，这里刚刚拆完还在建新楼，那里迅速就破土动工了。各个工地上飘起厚厚的黄土粒，裹胁着冬日的寒风，向人们的头上脸上脖子里袭来。天空像一层黄土被，干燥的土粒均匀地浮在空气中。

我家楼后的空地上新建起了一座小区，要盖30层的高楼。当这个消息不胫而走时，整个清河县都震动了。30层，落后的清河县从未有过这么高的楼。“30层，那得是100多米呐！”不少人啧啧赞叹。可是这两栋巨无霸的百米高楼距我们家的那栋只有42米的空隙。42，没人关心这个数字，相比于100，它上不得台面，也不必上台面。同在一排楼的老太太们打出了“我们要阳光”的标语，不同意建这么高的楼。可是塔吊声依旧每天都响起，远远覆盖过这些微弱的呼喊。“哐当哐当”楼后的工地夜以继日，两座30层的高楼拔地而起。开发商贴出告示，条件苛刻地同意给一些居民微薄的补偿。我们家正好在两座楼缝隙间，不符合条件。我不知道是该哭还是该笑了。

透过玻璃窗，我能清晰地看见百米高楼的每个窗口。成千上万个没有售出的窗口，像一个个失去瞳孔的眼睛，张着空洞的眼眶，木木的，在未完工的冬天里呼啸着。

三、丝瓜藤

鬼使神差般的，我走到了清河桥畔，朦胧的月光洒在眼前袒露着的大片废墟上，借着不甚清楚的月光，我仿佛看到无数灵魂在废墟上缓缓升起、游荡。

挖掘机沿着河岸边狭窄的小路嗡嗡开过来了，那无数次被雨亲吻过、击打过的赤裸的小路，如今又要承受这轰然作响的机器的碾压了。一下两下，挖掘机锋利无比的大手，毫不留情地撕扯下房子的外表，随着大手上下翻飞，原来伫立着的五颜六色的房子，各式各样的房子都成了一堆堆相同的废墟，同样赤裸在大地上。

然而我并没有看到这一切，我只看到了成堆成堆的废墟。

王爷爷住在女儿家，姥爷搬到了狭小的出租楼，杨爷爷搬去了儿子家，而我在这之前便早已搬到了楼上。这一切都是如此美满和谐，除了那堆瓦砾，似乎嗫嚅着嘴唇想要说些什么。不过听不清也没关系，因为不久之后这里便会建起电梯洋房，倘若开发商不跑的话。

这只是一片被人遗忘的土地,我几乎要走了。忽然我仿佛看见清色的月光下,一抹绿色赫然出现在废墟上。嘿,那是姥爷家的废墟吗?那是曾经的丝瓜藤吗?

丝瓜是这片胡同里最流行的蔬菜。自从爱吃辣椒的杨爷爷在门前空地种下的辣椒苗中撒入丝瓜的种子,那绿色的藤蔓不仅牢牢地抓住向上的绳子,也牢牢地抓住了胡同里所有人的目光。

第二年,几乎所有人家都开辟出门前的小小的一片空地,种上丝瓜。丝瓜从不挑地方,看着那些或长或短,窄窄的空地,居然在夏季也都枝繁叶茂,开花结果了。胡同里大部分都是从同一个单位退下来的老人们,彼此都非常了解,平时没事就聚在一起磕牙(方言,聊天消磨时间),丝瓜无疑增加了他们之间谈论的话题。比比谁的丝瓜最先发芽,结的果最多。

"哟,接外孙子回来啦!"姥爷一边在门前摘丝瓜,一边用他一贯的大嗓门招呼到。

"昂。"白白胖胖的王爷爷脸上浮现出一副"来者不善"的表情。

"给人家做点好吃的啊?"姥爷略带挑衅的语气,得意地笑着。

"喃,好东西来。哎,就是不给你吃。"王爷爷也毫不留情地还击。

开始我老是以为他们在吵架,后来才知道这也可以是老伙计间一种独特的交流方式。

夏天的傍晚,胡同里的人家习惯搬出躺椅,或者是板凳、小马扎,放在河边小路的树下。吃过晚饭,家家都端着碗茶水,出来乘凉。讲究的人家穿着短袖衫出来,而这几位老头却一律白色背心,坐在各自的座位上。有时隔着几个人还不忘互相调侃。这时候最重要的是说各色新闻,上至国家大事下至清河县的鸡毛蒜皮,无所不包。

拆迁的话题不止一次被提起。开始的时候人们还都将信将疑,可后来在胡同前建完一座孤零零的楼房后,就再也没了动静。几年过去了,楼房里渐渐住满了人,胡同与楼间的空地也完全被垃圾和野草占据,胡同的房子依然坚如磐石。

"唉,你说咱这儿还拆不拆啊?"王奶奶抱怨道。

"我看呀,是拆不了喽。传了多少次,哪一次动真格的了?"杨奶奶笃定地说道。

"唉,看来咱这辈子是甭想住上楼了。"王奶奶叹了口气。

"是呀,这辈子甭想啦。"杨奶奶随声附和道。

清河的水缓缓流淌,蛙鸣聒噪,这些话融进流水中,没有任何波澜。

四、废　墟

可是这次是真要拆了,在姥爷家房顶上用来增加拆迁面积的彩钢板已经被腐蚀的不像样子后,在杨爷爷因为增盖房子而被杨奶奶数落多年后,在人们早已习惯年年夏天吃着数不完的丝瓜以及乘不完的凉后,胡同要拆了!

拆房的速度和消息的传播一样快,测量面积、签订合同、搬出住房。一年后的夏天,胡同的人们搬走了,一边开心地笑着一边有些惋惜地说,以后没有不要钱的丝瓜吃了。留下一座座空房,还有春天种下已经一片绿色的丝瓜藤。

姥爷在舅舅们的明示暗示下选择了添钱要房，拿着可怜的租房补助金和姥姥搬进了不足八十平方米的出租楼。姥姥的病愈发严重起来，原来在平房时还可以自己走动，然而自从搬进楼房，几乎就一直坐在客厅里，一坐一整天。在一个冬天的夜晚，姥姥不慎摔在了地板上，被紧急送往医院。母亲和我前去照顾，姥爷仿佛突然间老了许多，见到我一直在不停地说，足足说了一上午，我几乎没法插嘴。

回去的路上，我们恰好在菜市场门口，碰见了杨奶奶和杨爷爷，还有他们的小孙子和小孙女。杨奶奶热情地打招呼："你爸爸，现在身体都还好吧？"

"嗯，杨婶儿，他没大事，就是俺妈看着不大好。"母亲有些担忧地回答道，"俺叔跟你倒没胖啊。"

"是呀。你妈妈，多让她活动，下来走走。"杨奶奶出主意。

"唉，她这一搬到楼上更不愿意下来活动了。"

"是啊，我听说你王叔搬到楼上也是，老是病。"

"就是，好像听说他瘦了不少呢。"

寒暄一阵后，我们继续向家中走去。"看起来杨奶奶一家过得也还行啊。"我感叹道。

"嗯，你刚才没看出来吗，他们既要带俩孩子，还要管做饭。而且儿媳妇连妈都不肯叫，到现在也一直喊叔叔阿姨。"母亲幽幽地说道。

我沉默了，不知该如何回答。经过清河桥畔，开发商已在工地四周建起了一座围墙，不准旁人随便出入，也看不见了绿色的藤蔓。想必不久的将来这里也会是高楼林立吧。

墙是围住了，可废墟仍然在。

木 棉 花

邹逸轩(2015级基地班)

杨武恩在三江中学教语文。

这是一所历史悠久的学校,坐北朝南,枕山襟水,环境相当幽美。但是学生很少——近几年来,镇子里的大部分学生都到县里上学去了。

学校进门右手边上,有一排矮平房,灰瓦白壁,原是学校最早的校舍,如今已经破烂不堪,还似乎特别潮湿,杨武恩每次路过的时候,都能闻到一股湿布的味道。学校几次想翻修,向县里申报资金。县里的教育局考察说这是文物,不可以擅自动工,要组织会议讨论通过才行。申报了几次,会议也没有讨论出来结果,学校便把老校舍作了扫帚间。

西边,一直往内头延伸的,都是学校的新行政楼,筹镇里的钱建的。

校门往里是一个宽阔的广场,中间是座发黄的牌坊。原来的字在“文革”时期被铲去,并用水泥糊上,刻上了朱砂红的“天天向上”。

靠北的绿地就是操场。操场四周都是绿荫的树木。镇里对上元、中元等节日特别重视,而镇里头最大的空地就是操场。每到过节时候,校园就会开放,附近的人们就到里头去,嗅嗅还在开着的桂花,摆好几张矮脚方桌,放几盆瓜子、毛豆、酥饼,热热闹闹聚在一起。

在操场和牌坊之间,是教学楼。

教学楼是以前的行政楼改建的。进门有一个狭长的过道,墙壁上挂着蒙尘的荣誉。进去是一个长方形的天井,修得恰到好处,使得一年四季都能照进太阳。天气稍坏的时候,唯独这里头冷暖怡人。

天井正中间种着一树木棉,每到三四月份,木棉树就会使劲往外开,发疯似的把自己开在春天里。没有浓绿的叶子,只有干枯得不得了、发了黑的枝干。胭脂般的红花开得十分热闹。有人传说,木棉开得越盛,今年升学率就越高。

热闹之下,又是冷清。本就少人的学校,放学后没有一点声音。在乌黑乌黑的枝干和嫣红的花儿下边,坐着柳蕙。

柳蕙是杨武恩为数不多的几个学生之一,平常文静得很,长得也很漂亮,没有浓妆艳抹，气质自成，落落大方，时而拨弄头发绾在耳朵后边。她并不刻意去打扮，倒是平常无奇的衣服被她穿着好看了。邻里的女孩学着裁了一模一样款式的，反倒被人讥笑是东施效颦。

杨武恩每天下班，都要特意经操场过教学楼，看看操场边上低矮的桂花，看看“天天向上”，还会看看开得正盛的木棉花。但每次他只记得，在乌黑乌黑的枝干和嫣红的花儿下边，坐着的柳蕙。

这是杨武恩的黄昏，若是少了柳蕙，黄昏便不成黄昏了。

最触动杨武恩心的，是柳蕙那一段不幸的身世。她在初三的时候被父亲许给了邻村的王老七。王老七当然也是有名字的。王老七只是杨武恩叫的，他也没有见过王老七，这样叫是为了轻视。王老七几乎和柳蕙父亲一个年纪，原是镇里工宣队队长，牌坊就是他亲手糊上的。因为柳蕙母亲早故，王老七拿着钱供她上了学，还担负着柳家小辈的生活费用。杨武恩相信柳蕙是不愿意的，也难怪她总是蹙着眉头。

这都是学校另一位语文老师告诉杨武恩的。这位老师在大学里的研究方向是小说。

杨武恩很不舒服了，他要努力赚一笔钱，把这个心爱的女学生从牢笼里营救出来。他开始写稿给比较大的报刊，一笔一笔稿费都整整齐齐地收在枕头边的铁盒子里。杨武恩还写了一册给柳蕙的诗文，想象着柳蕙感动了，羞涩地卧在他的怀里。

从那以后，杨武恩在听到“杨柳依依”一类词的时候，心里总会一紧，联想翩翩。

一次，杨武恩到县里去参加会议，回来的时候坐的是县里的奥迪轿车。看着时间尚早，他让送他的司机绕道停在柳蕙巷口，他想用小轿车接柳蕙上学。

柳蕙家在巷子的最尾，斜对着道，杨武恩听到学生私底下揶揄说是“歪门斜道”，杨武恩还怒斥过他们。不过杨武恩也庆幸这是斜着的，这样便不会直面着。

杨武恩越近柳蕙家，心里越是澎湃。他打算好了，等柳蕙出来，就要学着平淡的样子，说一声：“我来接你了”。院门开着，杨武恩竟然看到两个人在里头缠绵。

是柳蕙和他的男人！他的男人并不是王老七，也不是和他父亲一样的老人，而是一个英挺的小伙子。两人缠绵又呢喃着。不一会儿，整个巷子里都是柳蕙的嬉笑声。杨武恩当然也听到了，他立马转过身，逃了。

杨武恩如遭雷击，心里很不是滋味。在车上，他渐渐觉得柳蕙那不幸的命运、未婚夫王老七还有贫困的家庭，都是他那研究小说的同事编出来的。研究小说的话怎么能信呢？

在这个学校里他又怎么待得住？他回到学校，翻出压在桌子下的调任通知，给校长打了个招呼，就又到县城去了。

临走前，他拿出了那本诗文册子，经过小河的时候把它扔了下去。

从此，在乌黑乌黑的枝干和嫣红的花儿下边，也没有坐着柳蕙了。

木棉花还在开着。

有一次，调研员杨武恩到三江中学调查，看见柳蕙在操场边休息。隔得远了，只看到了背影,头上别着红花。

一朵木棉花。

剧　本

故　事

马玺(2010级基地班)

场景：两把椅子，椅子中间一张桌子，桌子上一盏台灯。女一坐在其中一把椅子上，女二坐另一把。旁边有数把椅子，坐着数人。有背景音乐。

女一：这是一个故事。很久很久以前，像童年的梦那么远的从前。我们一家人，到一个岛上，对，一次旅行。因为妈妈说，那里的贝壳，很美，可以串出很多很多项链，做成很多很多风铃。姐姐说，也许她会寻找到一个脚印，跟着它，去到未来。我只有那么小，比那只狗高一点点，只知道贝壳，不知道未来是什么。

未来,也许,是一间房子,屋顶有只燕子风筝;也许,是一棵树,树下住着蚂蚁。姐姐总在画画,画一扇窗,一个花瓶,一片云朵,有时候,一架飞机。她很想去远方。

在那次旅行中,我们的狗,贝拉,生了一场大病,死在了那个岛上。那天下着大雨,爸爸在花圃里挖了一个土坑,把贝拉埋在了土里。我摘了一朵花,白色的,插在那土堆上。姐姐说,它们总会走到一起的,生命最后都会走到一起的。

女二：停（侧过脸歪着头对着女一，果断地说）。那天根本没有下雨，你记错了。

女一：哦（短促），那重来好了。这是一个故事。很久、很久以前，像童年的梦那么远的从前。我们一家人，到一个岛上，做一次旅行。因为爸爸说，他必须去看看那座灯塔。那灰白色的灯塔，矗立在远处朦胧的雾色中。妈妈呢，她一定要带上一些厚衣服，去看那个守塔的孩子。她已经很久没有见到他了，一定长高了不少。她说话的时候，看着远方，好像那是她的孩子。

我那么小,只有小玫瑰枝那么高。姐姐总是故意踩那些旅行的蚂蚁。她一直在画画,画了一艘船,帆布随风动起来了。她还画了一个蓝眼睛的孩子。

爸爸乘船出发了,去看那个灯塔。妈妈也去了,带了一个大包裹。那天风很大,风坏了一扇窗户……

女二：不（直视前方，语气平淡）。妈妈没有去，她去花园看贝拉的墓，确认它安然无恙。

女一：那我再重来好了。这是一个故事。很久、很久以前，像童年的梦那么远的从前。我们一家人，到一个岛上，去旅行，是一个夏天。

（这段故事中，听众一个个离开，女二号闭上了眼睛，换着坐姿。）

我们都要去找点什么。妈妈说要找回青春。姐姐说，她要找回梦想。我呢，我想去长大。姐姐不停地画画，画一杯拿铁咖啡，一座俯瞰的城堡。后来，一个笑容，她说那是爱情。

她的画好像在说，我们只能在时间的碎片中爱和思考。每一个时间的碎片，沿着自己的轨道进行，在瞬间消失。

那是黄昏，风从海上吹来，天空像个橙色的玻璃杯，倒了过来。姐姐摘下了一朵白色玫瑰，她说，艾嘉，你会长大，长成和我一样。如果我离开，代替我活下去。

（下）

场景：黄昏的沙滩，远处有座白色灯塔。男一和女三号背对背站着。以下女三号同时扮演两个人，艾莉和艾嘉。

男一：艾莉，跟我走吧。那不是你的梦想吗，远方。我们去巴黎，去画你的梦。

女三：不，我改变了，我要留下来。走太远太累，会回不来的。

男一：你还记得吧，在岛上的时候，窗帘总是不断飘动。

女三：（转身）记得。所以，每一个画窗，都有一个影子。可那不是窗帘的影子，是风。

男一：（转身）是什么改变了你。是生活给了你什么，还是……

场景：同样是黄昏的沙滩，远处有灯塔。男一和女三背对背站着。女三捧着一个装满信笺的盒子。

男一：是你吗，艾莉?

女三：不。我不是艾莉。

男一：那你是谁?为什么如此地相像?

女三：艾嘉。艾莉走了，10年前，你离开的那一年，艾莉就死了。

男一：走了。死了。（手捂着胸口，语气沉痛缓慢，转身。）

女三：（转过身，走向男一，把盒子交到他手中）这些，你拿走吧。

男一：（心痛地看着手中的盒子）这是我写的信。十年来，每天一醒来就写的信……

女三：她是个有天赋的画家，从小就不断地画。她说，画一棵仙人掌就可以保护我。可是，她没能像河流一样，流下来。10年前，她多想和你一起去巴黎。可是生活，生活就像一座陌生的花园，迷魂阵似的，令人惊奇。是的，有些时候简直叫人惊异得喘不过气来。

男一：那，10年来我收到的那些回信，并不是艾莉写的？

女三：我，是我写的。我和你写了10年的信，每一天。那时候，我们在岛上旅行，艾莉说，如果我离开，代替我活下去。只有这样，你才能平安地住下来，活下去……

男一：可是你，你不是艾莉！你怎么可以写信！你欺骗了我也欺骗了自己。骗子！你这个命运的大骗子！

女三：你怎么知道我不是艾莉。从艾莉死的那一天起，我就变成了她。她说，我会长大，长大成和她一样。你看，我和她多么相像。没有人可以看出我们的差别。就连爱你这件事，也一样。

男一：不行！不行！（摇头，语气激动，望着怀里的信笺）不，不，不。你不是艾莉，艾莉死了，她死了。

女三：死，不是无也不是零。更不会成佛，也不会有灵魂的存在。死亡什么都不是，就是手上的一捧灰，吹掉后就消失了。仅此而已。艾莉死了，也是一样。然后我像她一样活着，像她一样把你放在自己的生命里。

男一：死亡什么都不是。你的死亡甚至让我无所觉察，生如是，死亦是，从不让时间碎片改变轨迹。爱和思考，10年来，也从没有改变。

场景：（30年后）同样是黄昏的沙滩，远处有灯塔。男一手里捧着一个装满信笺的盒子，地上也撒了一些信笺。

男一：艾嘉，30年了。还记得吗，30年前，我们也在这里。我从巴黎回来，去了城南找你，他们告诉我，你已经走了。所以我回到这里来，也许会遇见你。

（看着自己怀里的盒子）这些信，是你写给我的。30年前，我不能接受，不能接受你以艾莉的身份给我写信。可是，这30年以来，我天天看着这些信，却好像你在与我说话聊天。你以为你像艾莉，其实不是的。艾莉从来不说带情感的话，而你，每一个字都在说着一个故事。30年来，每天黄昏，我都会望着窗外，怀想那个夜晚。那时候，天空好像一朵褪了色的玫瑰。风吹起来，把所有时间冲刷尽的细节都唤醒了过来。我害怕，害怕忠诚勒住我的脖子，害怕艾莉的死亡。30年了，时光已经爬上了我的脸，而我才明白，一个悲剧连着一个悲剧。不要害怕，把沉重的负担交给大海，它为众生悲哀叹息，然后又更新，聚合，任意流散。不要害怕。

女三：（舞台远处）再也不要害怕。现在，我想去远方，你愿意带我一起走吗。（喜悦的语气）

落幕。

幸福死了

吴阳岚（2011级戏影班）

【人物简介】

李空空：女，校园新闻刊物的记者

沈　辰：空空的男友，校园新闻刊物的主编

赵　菲：在校女生，热情阳光，法律系“系花”

陈　可：在校女生，赵菲的舍友，勤奋务实，班级学霸

李小妍：在校女生，赵菲和陈可的舍友，性情敏感多虑，一直担心自己配不上“高富帅”男友，怀疑男友对舍友赵菲有好感

刘　炜：李小研的男友，家境优越，法律系“系草”，内心其实一直没有变心，却被女友误会

李志强：刘炜的舍友，翘课成自然，唯一爱好是电脑游戏，暗恋赵菲

小　黄：空空的舍友

【片头】

镜头安静呈现大学校园内不同地点的面貌，如学生三五成群进出的校门前；人流穿梭的小广场；田径跑道上跑步的人；教室里不同姿势听课的人；安静的林荫道等。

背对校园大门，全景，呈现校内通往校门的纵深镜头。

画面定格，浮现片名（先浮现“幸福”二字，再浮现“死了”二字）

第一章

一

画面呈现一段采访视频录像，为前后剪辑好的四段采访。

采访一：

图书馆前，一位漂亮女生，说话时面带笑容，给人如沐春风之感。

问：“同学，请问你幸福吗?”

赵菲：“嗯，我觉得我挺幸福的!”

问：“能具体说说为什么吗?”

赵菲：“行，首先我是一个学生嘛，不愁吃也不愁穿，家里对我一直都很好，父母也幸福完满。然后在学校里也有挺多好朋友的，可以做很多自己喜欢的事儿，比如参加礼仪队啦，跟着大家周末去吃好吃的呀，还有像现在去图书馆看书啊……我觉得我很喜欢现在的生活，所以还挺开心的!”

采访二：

日月湖边，一对正在散步的情侣。镜头前男生表情自然随和，女生略带腼腆和矜持，同时神情中透着一丝愠色，从而有些心不在焉。

问：“你们好，请问你们觉得自己幸福吗?”

刘炜：“幸福? 哦，我觉得我还挺幸福的吧。”

问：“为什么觉得幸福呢?”

刘炜：“呵呵，这还用说吗?”微微侧身示意身边站着的女生。

采访三：

田径跑道上，一位刚跑完步，在跑道上慢走的女生。说话时还带着运动后的喘气，表情没有太大波澜，给人以冷静、压迫之感。

问：“同学，请问你幸福吗?”

陈可：“哦，我呀，嗯，我还挺幸福的!”

问：“为什么呢?”

陈可：“我最近拿到了奖学金呀！呵呵，我的追求就是努力学习，以后做个公务员或法官，早日为家里减轻负担。”

采访四：

小卖部门口，被访者是一位刚刚买完两支罐装啤酒的高大男生。俯视镜头，眼神不时张望，给人以浮躁之感。

问：“同学，请问你幸福吗？”

李志强：“幸福吗？呵，当然幸福啦，我觉得我幸福死了！”

问：“为什么这么幸福呢？”

李志强：“没别的，就感觉呗。我现在10节课翘9节，唯一去上的就是体育。天天在宿舍玩游戏，没人管着，那个爽呀！再加上个好哥们，每天谈恋爱还不忘给我带饭盒，你说我能不幸福吗？“说完还堵着镜头摆了个pose。

二

学生饭堂一处。饭桌上摆着笔记本电脑，屏幕上是刚才采访视频定格的画面。一位女生坐在电脑前，一位男生坐在旁边看着电脑，饭桌的另一侧摆着两个省着剩饭剩菜的饭盒。

空空：“怎么样，我视频剪得还可以吧！”

沈辰：“可以啊，出师了！”

空空回了一个不屑与自得的表情。

沈辰：“欸，你说我们这次采访会不会做偏了？”

空空：“怎么说？”

沈辰：“这几个受访者，个个说自己幸福。”

空空（想了一会儿）：“嗯，这也没什么奇怪的。你看第一个女生，人长得漂亮，受人爱护，她能不幸福吗！后面那对情侣就不用说了，这叫爱情的甜蜜！第三个女生，一看就是个典型的学霸，人家一分耕耘一分收获的，也挺幸福吧。最后那个男生，那件简直就是活在天堂！人家这叫什么？10节课翘9节——超脱啊！”配合空空的讲述。画面依次回放刚才的几个被访者。

沈辰：“嗨，也对，我要能那么超脱，早就成仙了。”

空空：“你还是省了吧，做好你的凡夫俗子！回去排你的版，等着我把稿子发过来。”说完开始起身收拾东西，盖上电脑。

沈辰（也起身收拾饭盘）：“行，你打算弄什么主题啊。”

空空：“嗯，我想过了，就叫‘看得见的幸福’，受访的大学生都感到幸福，说明我们的祖国青年还是过得很好的，对吧！”

沈辰（端着两个饭盘，打趣道）：“对，要是每餐给我加个肉，还不带三聚氰胺的，我就更幸福了！”

空空：“切，美得你！”

三

女生宿舍。空空兴冲冲坐到自己的桌子前，打开手里的笔记本电脑，趁着word文档启动的功夫，重新理了理头发，喝了口手边茶杯里的水，开始专注地写稿子。在她桌子前的那面墙上，贴着她和沈辰甜蜜的合照。

画面变黑。配合打字机的声音节奏,一个个文字顺次出现,这是空空写的稿子的开头:

看得见的幸福

幸福,词典里的解释是使人舒畅的境遇和生活;又指称心如意的心理状态。最近,笔者在校园内进行了一个以“你幸福吗?”为题的随机采访,采访结果显示,99%的同学都是“幸福”的……通过他们的回答,我们似乎可以看到,幸福其实很简单……

画面淡出。

空空敲下最后一个字,松了口气,稿子写完了,她又拿起手边的杯子,喝了口水。

这时,空空的舍友急匆匆跑进宿舍,空空转头看她,发现她满脸惊恐。

舍友(面无血色,直呼):“天呐,太可怕了!”

空空(察觉事情不对,急忙起身扶住舍友):“怎么了,小黄!你别急,慢慢说!”

小黄:“有人死了……就在楼下……”

空空(一震):“什么?有人死了?!”

小黄:“就在我们这栋,在二楼……一个长发女生,就这样躺在宿舍里(一边指着宿舍的地面比划着),这个地方,她们说,已经没气了。”

空空松开扶住小黄的手,也许是凭着记者的直觉,她不顾害怕要跑出去看看。

快走到那间门口围着人的宿舍时,空空才感到有一丝害怕,她拿出手机,打电话给沈辰。

空空:“喂,沈辰,你在哪里?你快过来,我们这栋楼有人死了!”

第二章

一

空空和沈辰在出事的宿舍门外朝里张望,警察和医务人员还没有赶来。宿舍门旁,有一位女生蹲坐在地上哭泣不止。

一行人走来就疏散围观人群,沈辰掏出手机拍了几张现场照片。空空忍不住低着头捂住嘴哭泣,这时,她注意到蹲在门口哭泣的女生很眼熟,画面闪现那位在田径场接受采访的人。

宿舍楼下。空空忍不住蹲下身哭了起来,沈辰默然,翻着刚才拍的照片。

空空(突然抬起头):“我想起来了,那个在宿舍门口哭的女生,就是我们上个礼拜在田径场采访的哪个霸道女生!”

沈辰(疑惑):“是吗?你是说她?”沈辰用手拍着手机上刚刚拍下的照片。

镜头推进到沈辰的手机屏幕,画面出现照片。

沈辰：（照片里是蹲坐在门口哭泣的女生）“是她！没错，我记得她戴着这个灰色手表。天呐，经历这一次，她心理创伤一定很大。”

照片翻过前一张。躺在宿舍地板上的女生，却是赵菲。

两人（仔细一看，异口同声道）：“是她！”

画面立刻闪黑。

二

浮现字幕：一周前。

【淡入】

女生宿舍。镜头由下而上刻画赵菲坐在凳子上弯腰系鞋带、捋平衣服、捋好头发，做好出门前的准备。

赵菲起身，把桌子上准备好的要还图书馆的书又整理了一遍。此时可以看到赵菲整洁的桌面，上面依次摆放有一个迷你梳妆台；一个漂亮的相框，里面有她的个人写真；还有一束波斯菊的花瓣，上面挂着写有“Happy Birthday”字样的小卡片。

赵菲朝宿舍门方向走，经过卫生门前，侧过身对着镜子理了一下刘海，微笑着哼着歌出门了。

【淡出】

三

【淡入】

赵菲走在去图书馆的路上，自然喜悦。阳光很好，路边紫荆花树正开出满树的紫色花朵。

前方男生宿舍走下一男生，身材高大，赵菲认出是同系的李志强。

李志强走在路的另一侧，和赵菲相向而行，认出赵菲后，感到有点拘束却依旧往前走着。

两人走近，赵菲友好地对李志强抬手打招呼。李志强尴尬回应，当赵菲走过后，他的表情表现出一丝不好意思。

【淡出】

四

【淡入】

日月湖旁边。李小妍和刘炜正在散步。

李小妍（手机响。她一边接电话一边抬头张望）：“喂，菲菲，你到了吗?”

赵菲（站在图书馆门口，朝日月湖方向望去，看到李小妍和刘炜后，举起拿着书的手对李小妍示意，同时对电话说）：“我看到你了，我还以为你还在图书馆呢，我这就过来!”

李小妍和刘炜看着赵菲从图书馆方向小跑过来，赵菲面带笑容，李小妍看着她有些不悦。

赵菲（对刘炜点头示意，接着从书包里掏出李小妍的学生证）：“来，给你，我从你衣柜上的小书包里找到的!”

李小妍（接过学生证）：“好的，谢谢了！吃过饭了吗?”

赵菲一（边把书包重新背到背上，一边笑着说）：“还没呢，打算先去图书馆还书。”

刘炜（注意到赵菲书包拉链没拉上，便走上前）：“你书包拉链忘拉了，我帮你拉上吧。”

赵菲（扭头看见）：“哦，对，忘记了！谢谢!”

此时刘炜已经帮她把拉链拉上了，同样回应了一个微笑。

刘伟：“嗯，不客气!”

李小妍在一旁看着刘炜和赵菲相视而笑。眼神流露不安。

【淡出】

五

男生宿舍。刘炜开门回到宿舍，把手里的饭盒放到正在玩游戏的李志强的桌子上。李志强正沉浸在游戏中，没有反应。

刘炜照常坐回自己位子上，打开电脑。

李志强（因游戏输了，高呼“shit”，把耳机从头上取下，看到桌上的饭盒，打开就吃，一边说）：“谢了，阿炜!”

刘炜（回头说）：“别介意，我这都习惯了!”

李志强：“哎，你也别不平衡嘛，你想你天天在外头多舒服泡妞，我只能窝在宿舍跟游戏打交道，我容易嘛我!”

刘炜：“嗨，这还不简单，想要女朋友，找一个呗！”

李志强只顾低头吃饭，没回应。

刘炜（察觉不对，转过身道）：“哎，你也别太焦虑了，凭你这体格、这气魄，指不定哪天就有人递情书呢！”

李志强（一下笑了）：“行了，你当我是你啊，收情书收到手软。你别说，哥们在这方面眼光还不低，这一般女生我还看不上呢！”

刘炜：“哦？已经有看上的了？”

李志强猛往嘴巴扒了几口饭，没有回答。

刘炜：“你别突然间就矜持了呀，喜欢上谁了尽管说，没准我还能帮上忙呢！”

李志强（扣上盒饭，抽出面巾纸抹了一把嘴，拿出上午买的两瓶啤酒，先开了一瓶，递给刘炜，然后把另一瓶也开了，喝了一口道）：“这回真得要靠你帮忙了！”

刘炜（拿着酒喝了一小口，只顾着问）：“是谁啊？”

李志强：“李小妍的舍友。”

刘炜（琢磨着说）：“小妍的舍友？赵菲……不对吧……陈可？不可能！……难道是赵菲？”

李志强默认了。

刘炜（喝了口酒）：“你这眼光还真不得了。”

李志强（用泄了气般的语气道）：“阿炜你这次必须得帮我！你看眼见这就要倒了，你要再不趁此机会把我给解救了你就得一辈子给我买盒饭了！”

刘炜：“行了行了，你先别激动，我跟赵菲其实也不是很熟……”

李志强：“再不熟也比我熟呀，你让小妍把她约出来，然后你再跟他引见引见我，做个中间人，让我好开口。”

刘炜见到向来沉迷于游戏的李志强这副模样，不禁苦笑，答应着帮他这个忙。

六

女生宿舍。陈可坐在椅子上背单词；赵菲正对着镜子卸妆；李小妍在刷微博。

李小妍（手机响，见是刘炜的电话，不禁开心）：“喂，怎么了？”

电话另一头的声音听不见。

李小妍：“哦，你要直接跟她说吗？”李小妍的语调顿时低落。

“嗯，嗯，好了我知道了……是你要见她吗？……那到底是谁啊？……好了我不问了，你去忙吧。”

李小妍（挂了电话后，看了赵菲一眼，看到他专心对着镜子卸妆的模样，无趣地说）：“菲菲，刘炜说明天中午有个人约你，十二点半，在吧。”

赵菲：“约我？他说了是谁吗？”

李小妍：“没有。我哪知道呀，他就叫我告诉你，你去了不就得了。”说完李小妍便扭头走出宿舍。

赵菲（无奈，对陈可说）：“小妍她怎么了?”

陈可：“可能还在为上午的事生气吧。刘炜说好要同她看电影去的，可是因为要练球，又不去了。”

赵菲：“嗯，哎，希望小妍可以想开一点吧。”

七

冰吧门口。李小妍在门外朝里张望，他看见赵菲坐在那，对面坐着一个男生。她仔细再看那个男生，认定是刘炜。她顿时捂着嘴转身跑走。

李小妍只顾着低头小跑，正撞上了迎面走来的李志强，险些摔倒。

李志强问：“欸，你没事吧。”

李小妍没有抬头，继续跑走了。

八

草地上，李小妍埋头哭泣。哭着哭着抬起头来，此时，一组蒙太奇画面迅速交叉、循环浮现：赵菲和刘炜的对视；赵菲和刘炜坐在冰吧里聊天；赵菲坐在桌子前化妆；众人对她和刘炜议论纷纷；刘炜的笑；赵菲的脸……

李小妍表情从悲伤转为坚定，似乎是下了什么狠心似的，同时嘴角流露出邪恶。

第三章

一

画面回到第二章第一场赵菲躺在宿舍地板的照片定格。

沈辰关掉手机相册，与空空对视。两人都感到巨大的震惊和莫名的疑惑。

这时，他们看见一个男生跑了过来，正是刘炜。

空空：“是那天在日月湖采访的男生。”空空对沈辰说。两人站起身，目光追随刘炜。

只见刘炜径直跑到在他们两旁边3米开外的陈可面前。刘炜扶着陈可的肩。

刘炜：“是真的吗？小可，赵菲她……”

陈可抬起头，早已泣不成声。

刘炜：“小可，小妍呢？你看到她了吗？我找不到她！”

陈可（听到“小妍”二字，立马抬头，失去理智般地喊道）：“不要找她！李小妍！她是凶手！”

刘炜呆了。沈辰和空空也震惊了，它们马上走上前去。

【画面淡出】

二

草地上。空空和沈辰并排坐着。他们的对面依次坐着李志强、赵菲、刘炜、李小妍、陈可。

沈辰对着镜头举起摄像机。

姑娘：“请问你幸福吗?”

李志强（面对镜头）：“幸福死了。没日没夜地玩dota，盒饭有舍友帮带，女朋友有舍友帮追……我觉得真TM幸福死了！可是，幸福……幸福真TM死了。”

赵菲（面对镜头）：“幸福死了。我被爱而且爱人，我爱生活，爱这个世界，可是我死了，幸福死了。”

刘炜（面对镜头）：“幸福死了。我不知道我做了什么。我对小妍不好；我不喜欢赵菲，可我把她害死了，幸福死了。”

李小妍（面对镜头）：“幸福死了。我以为我可以幸福了，可是，我死了。”

陈可（面对镜头）：“幸福死了。我努力学习，那并没有什么意义，我救不了人，还想做什么法官，做什么公务员？我错了，幸福死了。”

【淡出】

画面变黑，配合打字机的声音节奏。一个个文字顺次出现，这是空空写的稿子的开头：

幸福死了

幸福，词典里的解释是使人舒畅的境遇和生活；又指称心如意的心理状态。最近，笔者在校园内进行了一个以“你幸福吗?”为题的随机采访，采访结果显示，99%的同学都是“不幸福”的……通过他们的回答，我们似乎可以看到，幸福其实没有那么简单，它不仅需要被爱，还需要爱人；它不仅需要爱人，还需要在不被爱的情况下爱人；它不仅需要努力争取，还需要不求索取；它不仅需要不求索取，它还需要我们了解自己做的一切是为了什么……

“冥币”有何错

廖雅倩(2014级基地班)

人物：李宝才；黄彩英（李宝才妻子）；郑月娥（李宝才母亲）
时间：2015年11月28日下午三点
地点：李宝才家里

黄彩英手拿遥控器，脸上敷着面膜，靠在客厅的沙发上看电视节目；李宝才从房里走出客厅，左顾右盼地像是在寻找些什么，他走到电视机旁的货物架上翻来翻去。

黄彩英：（随手拿起沙发上的抱枕丢向李宝才，郁闷地）哎，你在翻什么？还让不让我看电视了？

李宝才：（一手抓住抱枕丢到一边，继续翻着）有什么好看的，昨晚不是已经看过了吗？我在找东西，别烦我。

黄彩英：（嗤了一声）又没有放钱在那儿，找那么认真干吗？你说你要找什么，我看看放哪了。

李宝才：（结结巴巴地）钱，钱什么钱，我每个月的工资可全都交给你了呀，我可没有私房钱！

黄彩英：（怀疑地）你这么紧张干吗？我又没有说过你有私房钱，你是不是心里有鬼？莫非？

李宝才：（停下手中的动作，坐到黄彩英身旁，用手按下她指向自己的手指）没有没有，没有莫非！（食指指向电视）咦？人民币出新版了喔！土豪金级别的呢！

黄彩英：（淡定地）你不是昨晚看过这新闻了吗？大惊小怪的？不就是想转移话题！行了，我不问你了，跟了你那么多年，还不知道你是什么人么？

李宝才：（摸了摸自己的鼻子，干笑了几声）话说你见过了吗？就那新版的人民币？

黄彩英：（笃定地）见过了呀！

李宝才：（坐直了身子，紧张地）在哪啊？

黄彩英：（慢条斯理地揭开脸上的面膜，又放慢动作地把面膜放在茶几上，用手指了指电视）你不是也见过了吗？电视上。

李宝才：（从鼻子里呼出一口气，无语地翻了个白眼）算了，跟你说不清！（往厨房方向看了看）妈呢？又去隔壁家串门了吗？

黄彩英：是吧，我睡完午觉出来就没看到她，这个时间段她应该去找隔壁陈婶了。

黄彩英说完便从沙发上站起来走回了房间，李宝才在黄彩英走后就急忙地坐到她刚刚坐着的位置，把手塞往沙发的缝隙，摸索着些什么，还一边自言自语道："怎么就不见了呢？奇怪了，我明明藏这了呀！"这时，门外响起开锁的声音，郑月娥打开家门走了进来。

郑月娥：宝才呀，今儿我在沙发上找到了十几张冥币呀，你们怎么把这东西随便放呢？多晦气！

李宝才：我们家沙发怎会有冥币！什么？币！妈，那上面有毛爷爷头像的吧?!

郑月娥：（坐下，拿起茶几上的茶杯喝了一口水）对啊，你别说，那就像真的一样！

李宝才：（急切地）什么就像真的一样，那就是真的呀！妈，那些钱呢？

郑月娥：你可别开玩笑，我一开始也以为是真的，还拿去市场买菜了呢，可是没一个人肯收，我还在验钞机里验过了，这些都是假的！所以我就顺便把它们丢到门外的垃圾桶了！

李宝才：哎，妈，你真是！

李宝才跑出门外，把垃圾桶里的东西全倒了出来，并把那十几张显眼的红当当的人民币捡了起来。此时，黄彩英从房间走到了门外。

黄彩英：总算是找到了吧！很高兴？

李宝才：是啊！总算是找到了！

李宝才一说完就感到了不对劲，僵硬地转过身，黄彩英正靠着门框，一脸笑眯眯的样子，向他伸出了右手。

李宝才：（装可怜，略带哭腔）老婆……

黄彩英：（把李宝才手里的钱一抽）看你那可怜样儿！留下一张，其余上交！

李宝才：（双手一放，仰天，愤愤地）好好地改什么版！验钞机都验不了！这该死的新版冥币！

剧终

同床异梦

蔡楚衡(2014级师范班)

镜头1

在家中。

女儿：爸，我要出去。

父亲：去哪里?

女儿：找朋友。

父亲：记得学习，不要整天都出去，早点回来。

女儿：知道啦。(烦躁的样子)

镜头2

女儿去报了补习班，花了4520元，之后与朋友逛街。

女儿：哎，这个好看。

朋友：不错啊，试试。

女儿：嗯。(挑了好几件走向试衣间，过了一会出来。)

女儿：我就要这几件。

服务员：好的，总共是315元。

女儿把卡递了过去。

镜头3

场景：信和大厦，律师事务所。

父亲忙着打字，手机一直响着，收到了银行来的信息。(显示：您的借记卡账户4699于2015-09-26 9：35：24 ATM支出（手续费）人民币4520元，交易后余额为900元。您的借记卡账户4699于2015-09-26 11：20：10 银行端支取人民币315元。)父亲拿出手机，看到后摇了摇头，叹了气。

上司：快快，把这几个文件处理一下。

父亲：是是。（连忙把手机收起，戴上眼镜，低头查阅。）

镜头4

场景：KTV。

女主：让我们把手举起来，耶耶耶。（跳起来欢呼）

朋友：如果你愿意……（唱歌中）

服务员：你好，包括自助餐总共是100元。（推门进来）

女主：喏，在这里。

镜头5

场景：公司。

上司：没什么事情吧，这里还有几份文件需要检查，辛苦你了加下班。

父亲：哎，没事。（抱着文件走回办公桌，拿了瓶眼药水滴了滴，其他的人几乎都走完了，办公室里显得很清静。）

镜头6

女儿回到了家，梳洗后，开始写作业，复习直到10点多，开始拿起手机玩，父亲回来了。

父亲：你在做什么？（神情严肃。）

女儿：……（被吓了一跳的样子，欲解释的样子）

父亲：一天到晚都在玩，都不用学习吗？这样子还怎么考上大学？就知道花钱。

女儿：……（不想说话，低头玩手机，眼眶湿润）

父亲：……（回房间）

镜头7

场景：第二天，父女俩一起吃早餐。（互不对视）

女儿：我出门了。

父亲：……（不搭理）

镜头8

女儿去坐地铁上补习班，父亲开着车。女儿刚从地铁站出来，父亲开着车进了停车场。

女儿走进了信和大厦，走进快满人的电梯里说了声：“麻烦按一下3层，谢谢！”

接着后面传来声音：“麻烦按一下20层，谢谢！”

女儿觉得声音有点耳熟（疑惑的样子），电梯到了，走了出去。

镜头9

父亲忙着看信息，走进了电梯忘记按楼层。到达一层后，人们拥了进来，父亲往后退了退，听到“麻烦按一下3层，谢谢”，抬起头，看着前面的人影，觉得有点眼熟，便心想：去上补习班啊，如果是我女儿就好了。接着反应过来自己忘记按电梯，说：“麻烦按一下20层，谢谢！”

镜头10

女儿在认真地听课、做笔记，父亲戴着眼镜看着电脑检查文件。忙碌的一天过去了，父亲提前下班了，走进了电梯，按了负一层。（特写电梯层数19，18，17，16，15，14，13，12……）电梯停了，父亲看了看显示楼层，便低头看文件。

镜头11

女儿刚好下课，出来坐电梯（看着电梯层数从20开始下降），门打开了，女儿玩弄着手机，走了进去，电梯里，父亲也低头摆弄着手机，两人并肩站着（只有他们两个人）。

镜头12

女儿玩着手机从1楼走出，父亲看着文件从负一层走出，女儿进了地铁站，父亲开着车从停车场出来。

镜头13

两人几乎同时回到家，默不作声，各回各的房间，同时关门。

后　记

自2010级开始，暨南大学文学院中文系要求每级学生在大学二年级进行为期一年的百篇写作。百篇写作既有文学体裁创作，也有公文应用文体，每个学生都指派一位指导教师，指导教师针对每篇习作进行点评。可以说，每位指导教师为每位同学写作能力的提高都付出了辛勤汗水。在此将指导2010级至2014级百篇写作的58位教师列出，以示谢意。

蔡亚平	陈林侠	陈义华	程　刚	戴爱明
傅　莹	付　勇	甘于恩	高　然	何志军
侯兴泉	胡　伟	花宏艳	黄汉平	黄　勇
李亚萍	梁建先	廖健琦	刘惠明	刘绍瑾
刘卫宁	刘新中	龙杨志	鲁承临	罗执廷
马　莎	莫嘉丽	倪列怀	聂巧平	全秋菊
盛永生	宋剑华	宋小克	苏桂宁	唐礼兵
王进驹	温明明	熊　焰	徐国荣	闫　华
闫秋红	杨俊华	杨　秋	姚新勇	喻群芳
曾昭聪	张春晓	张海沙	张家梅	张世君
张振谦	赵春利	赵静蓉	赵维江	郑焕钊
钟　奇	周　娟	朱巧云		